ux 5 épreuves du brevet

W0306155

Infos et conseils sur l'épreuve 19
Sujet France métropolitaine : SUJET 1 22
Sujets par thème : SUJETS 2 à 6 31
Le programme en 10 fiches mémo 85

Infos et conseils sur l'épreuve 98
Sujet France métropolitaine : SUJET 7 99
Sujets par thème : SUJETS 8 à 31 112
Le programme en 15 fiches mémo 182

Infos et conseils sur l'épreuve 198
Sujet France métropolitaine : SUJETS 32 à 34 199
Sujets par thème : SUJETS 35 à 47 211

Infos et conseils sur l'épreuve 266
Sujet France métropolitaine : SUJETS 48 et 49 267
Sujets par thème : SUJETS 50 à 58 281

Infos et conseils sur l'épreuve 344
Sujets d'histoire des arts : SUJETS 59 à 66 359
Simulation d'un projet interdisciplinaire : SUJET 67 376

- Coordination éditoriale : Grégoire Thorel et Louise Roullier assistés de Théa Goossens et Pauline Siegwart
- Édition : Maya Camus, Jean-Marc Cheminée, Aude Marot et Stéphanie Mathé
- Graphisme : Dany Mourain et le studio Favre & Lhaïk
- Prépresse : Hatier et Nadine Aymard
- Infographie : STDI, Coredoc, Vincent Landrin
- Cartographie : STDI
- Illustration : Juliette Baily
- Mise en page : STDI

Les sujets classés par matière

Pour chaque matière, voici les ressources de ton Annabrevet.

Indique sur cette liste l'avancement de tes révisions.
☐ À retravailler encore ☒ Désormais ok !

Français

Sujet de France métropolitaine, juin 2022

☐ SUJET 1 L'arroseur arrosé 21

Se raconter, se représenter

☐ SUJET 2 L'autre membre de la famille • Polynésie française, juin 2021 31

Dénoncer les travers de la société

☐ SUJET 3 Une vengeance bien particulière
Antilles, Guyane, septembre 2019 43

Agir dans la cité : individu et pouvoir

☐ SUJET 4 Destin tragique • Polynésie française, juillet 2019 53

Visions poétiques du monde

☐ SUJET 5 L'arbre à poèmes • Centres étrangers, juin 2021 64

Progrès et rêves scientifiques

☐ SUJET 6 *Globalia*, un monde totalitaire • Centres étrangers, juin 2019 74

Maths

Sujet de France métropolitaine, juin 2022

☐ SUJET 7 Sujet complet du brevet

EXERCICE 1 La rivière 99

EXERCICE 2 QCM géométrie, analyse et statistiques 100

EXERCICE 3 Les cartes de jeu 101

EXERCICE 4 Aire et algorithmique 102

EXERCICE 5 Le robinet qui fuit 103

Nombres et calculs

- SUJET 8 Le gaspillage alimentaire • Amérique du Nord, juin 2019 112
- SUJET 9 Les JO de Rio • Polynésie française, juillet 2019 115
- SUJET 10 Le trésor • France métropolitaine, juillet 2019 117
- SUJET 11 Décompositions • France métropolitaine, septembre 2019 119
- SUJET 12 Programme de calcul • France métropolitaine, juillet 2019 121

Organisation et gestion de données, fonctions

- SUJET 13 QCM • France métropolitaine, juin 2021 124
- SUJET 14 Températures à Tours • France métropolitaine, juin 2021 127
- SUJET 15 Des chaussures en vitrine • Centres étrangers, juin 2019 129
- SUJET 16 La randonnée • Centres étrangers, juin 2019 132
- SUJET 17 Les pièces montées • France métropolitaine, septembre 2019 135
- SUJET 18 Le médicament • Amérique du Nord, juin 2019 138
- SUJET 19 Vive le ski ! • Centres étrangers, juin 2021 141

Grandeurs et mesures

- SUJET 20 Le puits • Asie, juin 2019 145
- SUJET 21 Les verres de jus de fruits • Antilles, Guyane, juin 2019 148
- SUJET 22 Les bougies • Amérique du Sud, novembre 2021 152
- SUJET 23 La pyramide du Louvre • Polynésie française, juillet 2019 155

Espace et géométrie

- SUJET 24 Le composteur • France métropolitaine, juin 2021 158
- SUJET 25 Au Futuroscope • France métropolitaine, juin 2021 161
- SUJET 26 Les transformations du plan • France métropolitaine, juin 2019 .. 164
- SUJET 27 Photo de la tour Eiffel • Antilles, Guyane, juin 2019 167
- SUJET 28 Le décor de la pièce de théâtre
  France métropolitaine, juillet 2019 170
- SUJET 29 Deux voiliers face au vent • Polynésie française, juillet 2019 173

Algorithmique et programmation

- [ ] SUJET 30 Jeux de dés • France métropolitaine, septembre 2019 175
- [ ] SUJET 31 Scratch et résolutions d'équations
France métropolitaine, juin 2021 179

Histoire-Géo • EMC

Exercice 1 : Analyser les documents

Exercice 2 : Maîtriser les différents langages

Sujet de France métropolitaine, juillet 2022

- [ ] SUJET 32 GÉOGRAPHIE Les coopérations transfrontalières dans l'Union européenne 199
- [ ] SUJET 33 HISTOIRE Les caractéristiques du régime nazi (1933-1945) 204
- [ ] SUJET 34 EMC Un exemple d'éducation aux médias 207

Histoire

- [ ] SUJET 35 La mobilisation des enfants pendant la Grande Guerre
Exercice 1, Antilles, Guyane, juin 2019 211
- [ ] SUJET 36 La décolonisation des empires (1945-1975)
Exercice 2, Antilles, Guyane, septembre 2020 216
- [ ] SUJET 37 Le projet européen en construction (9 mai 1950)
Exercice 1, France métropolitaine, septembre 2021 220
- [ ] SUJET 38 La guerre froide : l'affrontement des blocs
Exercice 2, France métropolitaine, juin 2021 224
- [ ] SUJET 39 La refondation de la République (1944-1945)
Exercice 1, Polynésie française, septembre 2021 227

Géographie

- [ ] SUJET 40 La dynamique des aires urbaines en France
Exercice 2, France métropolitaine, juillet 2019 231
- [ ] SUJET 41 Le renouveau des espaces ruraux et montagnards
Exercice 1, France métropolitaine, juin 2021 236
- [ ] SUJET 42 Les inégalités entre les territoires français
Exercice 2, France métropolitaine, septembre 2019 241
- [ ] SUJET 43 Aménager pour réduire les inégalités territoriales en Polynésie • Exercice 1, Polynésie française, juin 2021 245

- [ ] SUJET 44 Les effets des politiques de coopération européenne sur les territoires français • Exercice 2, Asie, juin 2019 250

Enseignement moral et civique

- [ ] SUJET 45 L'impôt sur le revenu et la solidarité nationale
Amérique du Nord, juin 2019 254
- [ ] SUJET 46 Faire vivre les valeurs de la République
France métropolitaine, juin 2021 258
- [ ] SUJET 47 L'engagement des citoyens dans la vie de leur commune
France métropolitaine, juillet 2019 262

Sciences

Sujet de France métropolitaine, juillet 2022

- [ ] SUJET 48 SVT L'importance des coraux 267
- [ ] SUJET 49 TECHNOLOGIE Robot collecteur de déchets 275

Physique-Chimie

- [ ] SUJET 50 Ultra trail du Mont-Blanc • Asie, juin 2021 281
- [ ] SUJET 51 La physique et la chimie au service du football
Antilles, Guyane, juin 2019 286
- [ ] SUJET 52 Fonte et régression des glaciers
France métropolitaine, juin 2021 292

SVT

- [ ] SUJET 53 Photosynthèse de feuilles rouges et panachées
France métropolitaine, juin 2021 298
- [ ] SUJET 54 La nutrition des végétaux • France métropolitaine, juillet 2019 305
- [ ] SUJET 55 Stérilité et PMA • Amérique du Nord, juin 2021 312

Technologie

- [ ] SUJET 56 Aide au stationnement • Centres étrangers, juin 2021 320
- [ ] SUJET 57 Système de ventilation autonome pour une véranda
Polynésie française, juin 2021 327
- [ ] SUJET 58 Test d'abrasion de gants de moto
Polynésie française, juillet 2019 335

Épreuve orale

Histoire des arts

- [ ] SUJET 59 *La Femme au chapeau*, Henri Matisse 359
- [ ] SUJET 60 *Le Cheval majeur*, Raymond Duchamp-Villon 361
- [ ] SUJET 61 *Chrysler Building*, William Van Alen 363
- [ ] SUJET 62 *Les Temps modernes*, Charlie Chaplin 365
- [ ] SUJET 63 *Complainte du progrès*, Boris Vian 367
- [ ] SUJET 64 *Electronic Superhighway*, Nam June Paik 370
- [ ] SUJET 65 Affiche antibolchevique, Adrien Barrère 372
- [ ] SUJET 66 *Dracula*, Francis Ford Coppola 374

Projet interdisciplinaire

- [ ] SUJET 67 L'image au service de la propagande 376

1 Comment s'organise le brevet ?

Le brevet comprend quatre épreuves écrites – en français, en maths, en histoire-géographie EMC et en sciences – et une épreuve orale (voir fiche 1 de la partie Oral).

A Les épreuves écrites de français et de maths

Notées chacune sur **100 points**, les épreuves écrites de français et de mathématiques sont les épreuves majeures de l'examen.

1. L'épreuve de français (3 heures)

- Elle est structurée en trois temps :

1. Tu dois d'abord répondre à des **questions** sur un texte littéraire et sur une image (1 h 10). L'une des questions, généralement sur 10 points, est un exercice de réécriture.
2. Puis une **dictée** de 600 signes environ (20 minutes) t'est proposée.
3. L'épreuve se termine par une **rédaction** (1 h 30). Tu as le choix entre deux sujets : un sujet de réflexion et un sujet d'imagination.

- Les réponses aux questions sont notées sur 50 points ; la dictée, sur 10 points ; la rédaction, sur 40 points.

Épreuve de FRANÇAIS

DESCRIPTIF

3 heures

100 points

3 parties :
- travail sur un texte et une image
- dictée
- rédaction

MÉTHODE

1. Lisez plusieurs fois le sujet avant de répondre aux questions.
2. Préparez votre rédaction au brouillon (environ 45 min).
3. Gardez du temps pour relire l'ensemble de votre devoir (environ 15 min).

CONSEILS

- Pendant l'année, repérez les fautes d'orthographe que vous faites souvent pour les corriger lors de la relecture.
- Soignez votre écriture pour faciliter le travail du correcteur !

▶ **Plus d'informations dans les fiches 1, 2 et 3 de la partie Français.**

2. L'épreuve de maths (2 heures)

- Le sujet est constitué de **six à huit exercices** indépendants les uns des autres. Certains prennent la forme de questionnaires à choix multiple (QCM) ; les autres proposent des questions ouvertes. Les énoncés peuvent s'appuyer sur des situations de la vie courante ou sur d'autres disciplines.

> INFO **Le sujet comprend en général au moins un exercice d'algorithmique.**

- L'**évaluation** valorise la clarté et la précision des raisonnements ainsi que la qualité de la rédaction mathématique. Si tu ne termines pas un exercice, les démarches engagées seront prises en compte dans la notation.

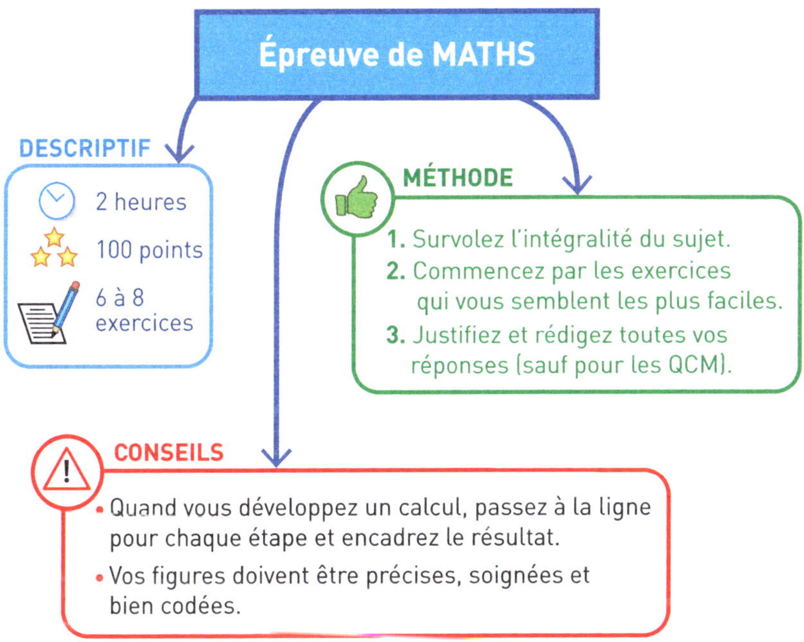

▶ **Plus d'informations dans la fiche 1 de la partie Maths.**

B Les deux autres épreuves écrites

Le brevet comprend également deux épreuves écrites notées chacune sur **50 points**, portant :

– l'une sur le programme d'histoire-géographie et d'enseignement moral et civique (EMC) ;

– l'autre sur le programme de physique-chimie, de SVT et de technologie.

1. L'épreuve d'histoire-géo et EMC (2 heures)

Le sujet comprend **trois exercices** : un dans chaque domaine.

1. Le premier exercice (en histoire ou en géographie) porte sur la compréhension, l'analyse et l'interprétation d'un corpus documentaire.

2. Le deuxième exercice (en géographie ou en histoire) appelle un développement rédigé et – le cas échéant – un travail graphique.

3. Le troisième exercice porte sur le programme d'EMC.

Épreuve d'HISTOIRE-GÉO. EMC

DESCRIPTIF

- 2 heures
- 50 points
- 3 exercices
  - d'histoire
  - de géographie
  - d'EMC

MÉTHODE

1. Répondez de manière claire et concise aux premières questions portant sur le(s) document(s).

2. Organisez votre développement construit en 2 ou 3 paragraphes.

3. En EMC, essayez de vous projeter dans la situation pratique décrite.

CONSEIL

Pendant l'année, apprenez régulièrement les repères temporels et spatiaux pour pouvoir réaliser la tâche graphique (frise chronologique, schéma, carte).

▶ **Plus d'informations dans la fiche 1 de la partie Histoire-Géo • EMC.**

2. L'épreuve de sciences (1 heure)

- Cette épreuve porte sur **deux des trois disciplines** suivantes : physique-chimie ; sciences de la vie et de la Terre ; technologie.

> INFO **Les matières sont tirées au sort chaque année.**

- Le sujet se compose, pour chaque discipline, d'un ou de plusieurs exercices d'une durée totale de 30 minutes.

Épreuve de SCIENCES (SVT, physique-chimie,technologie)

DESCRIPTIF

- 1 heure
- 50 points
- Exercices se rapportant à 2 des 3 matières

MÉTHODE

1. Lisez attentivement tous les documents.
2. Pour les questions ciblées, identifiez précisément les informations demandées.
3. Pour les questions de synthèse, choisissez bien vos arguments et faites apparaître les étapes de votre raisonnement.

CONSEIL

Soignez la présentation et la rédaction : elles comptent dans la notation de l'épreuve.

▶ **Plus d'informations dans la fiche 1 de la partie Sciences.**

2 À quelle condition obtient-on son brevet ?

Pour obtenir le diplôme du brevet, il faut qu'en ajoutant les points du contrôle continu et ceux des épreuves finales, tu totalises au moins 400 points sur 800.

A Le décompte des points

1. Les points du contrôle continu

- À la fin de l'année, sur la base du travail effectué en cours, tes professeurs se réunissent pour évaluer ton degré de maîtrise des huit composantes du socle commun de connaissances et de compétences. Pour chaque composante, le barème ci-contre est appliqué :
- Tu peux alors obtenir au maximum 8×50, soit **400 points**, si tu as une très bonne maîtrise des huit composantes du socle.

> INFO **Des points supplémentaires sont accordés aux candidats ayant suivi un enseignement de complément, selon le niveau acquis.**

2. Les notes obtenues lors des cinq épreuves finales

- À ces points s'ajoutent les notes obtenues aux épreuves finales, selon ce système de notation :
- En additionnant les cinq notes maximales, on arrive également à un total de **400 points**.

B Le diplôme et les mentions

- Pour obtenir ton brevet, il te suffit d'avoir **400 points sur 800**.
- Des mentions sont décernées selon cette règle :

Mention	Note
Assez bien	au moins 480 points
Bien	au moins 560 points
Très bien	au moins 640 points

3 Comment te préparer à l'examen ?

Les épreuves finales du brevet constituent ton premier examen. Cela peut générer du stress. Mais, si tu es en bonne forme et que tu as travaillé régulièrement tout au long de l'année, tu n'as aucune raison de t'inquiéter.

A De manière générale

1. La préparation physique

- Il est recommandé de **dormir correctement** dans les deux derniers mois avant l'examen. Le manque de sommeil risque en effet de réduire tes performances intellectuelles.
- Pour mieux gérer ton stress, continue de **faire du sport**, sans excès, dans les jours qui précèdent l'examen.

2. La préparation intellectuelle

Cette préparation-là s'effectue tout au long de l'année.

- En premier lieu, sois **attentif en cours**.
- **Apprends tes leçons** au fur et à mesure ; n'attends pas le contrôle. Donne du sens à ce que tu apprends : n'hésite pas à expliquer, à l'oral ou à l'écrit, le contenu de ta leçon à un proche ou à un camarade de classe.
- Lors de la préparation d'un contrôle, entraîne-toi à **extraire de ta mémoire** ce que tu y as mis. Révise pour de vrai !

> ATTENTION ! **Réviser n'est pas seulement relire. Il faut reformuler montalement ce que tu lis et, si possible, par écrit, devant une feuille blanche.**

B Dans chaque discipline

- En **mathématiques et en sciences**, fais une fiche de révision par chapitre : note les définitions et les propriétés à connaître, illustrées par des exemples rédigés.
- En **français**, prends le temps nécessaire pour lire attentivement les textes qu'on te donne à lire à la maison (sous forme d'extraits ou d'œuvres complètes).
- En **histoire, géographie et EMC**, pour chaque chapitre, note les points principaux en t'appuyant sur ton cours ou ton manuel.

Français

INFOS et CONSEILS sur l'épreuve

FICHE 1 Comment réussir les questions de français ? 18

FICHE 2 Comment réussir la dictée ? 19

FICHE 3 Comment réussir la rédaction ? 20

Sujet de France métropolitaine 2022

SUJET 1 21

Se raconter, se représenter

SUJET 2 31

Dénoncer les travers de la société

SUJET 3 43

Agir dans la cité : individu et pouvoir

SUJET 4 53

Visions poétiques du monde

SUJET 5 64

Progrès et rêves scientifiques

SUJET 6 74

Le programme en 10 fiches MÉMO

FICHE 4 Répondre à une question de vocabulaire 85

FICHE 5 Identifier la classe grammaticale d'un mot 86

FICHE 6 Reconnaître la fonction d'un mot ou d'un groupe de mots 87

FICHE 7 Analyser une phrase complexe 88

FICHE 8 Expliquer la valeur d'un temps 89

FICHE 9 Utiliser la bonne terminaison verbale 90

FICHE 10 Faire les accords nécessaires 91

FICHE 11 Confronter un texte et une image 93

FICHE 12 Construire un récit ou une suite de récit 94

FICHE 13 Construire une argumentation 95

1 Comment réussir les questions de français ?

Les questions portent sur un texte d'une trentaine de lignes, d'un auteur de langue française, et sur un document iconographique.

A Comprendre les documents

1. Le texte

- **Lis deux ou trois fois** le texte. Identifie son **genre** : récit, théâtre, poésie… Mobilise tes connaissances sur l'auteur, si tu le connais, et sur l'époque de parution du livre (la date est toujours indiquée).
- Dans le cas d'un texte narratif, repère les personnages, le lieu et l'époque de l'action. S'agit-il d'un récit à la 1re personne ? à la 3e personne ?

2. L'image

- Regarde attentivement le document iconographique.
- Interroge-toi : quel élément permet de faire le lien avec le texte ?

B Traiter les questions de grammaire

- Lis l'ensemble des questions avant de répondre. Elles suivent une progression : il est donc recommandé de les traiter **dans l'ordre**.
- Les questions de grammaire portent sur des éléments précis : un mot, une phrase, un verbe, une figure de style… Elles appellent en général des **réponses assez brèves**, mais qui doivent être **justifiées**.

> ATTENTION ! **Toutes tes réponses doivent être rédigées.**

- Pour la réécriture, veille à bien faire toutes les transformations orthographiques impliquées par le changement initial. **Souligne les mots à modifier** : verbes, noms et adjectifs, pronoms, déterminants possessifs, etc. Attention également aux mots qui ne changent pas : toutes les fautes de copie sont pénalisées !

C Traiter les questions de compréhension

- Regarde bien le **barème** de chaque question : plus le nombre de points est élevé, plus ta réponse doit être longue et argumentée.
- Les dernières questions te demandent de faire le bilan (visée de l'auteur, intérêt du texte) et de confronter le texte et l'image. Prends appui sur les documents pour détailler ta réponse et **justifier ton point de vue**.

> CONSEIL **Pour toutes tes réponses, rédige de manière simple et claire, et pense à citer le texte.**

2 Comment réussir la dictée ?

Le texte de la dictée, de 600 signes environ, a toujours un rapport avec le texte initial : même œuvre, même auteur ou même thème.

A Écouter

- Lors de la première lecture, concentre-toi sur le **sens** du texte et repère ses difficultés. Demande-toi si le récit est à la 1re ou à la 3e personne.

> INFO **La dictée est lue au total trois fois.**

- Identifie le type du texte et le **temps dominant** : généralement, imparfait et passé simple pour un récit, présent ou imparfait pour une description.

B Écrire

1. Les verbes

- Fais attention aux temps qui, à l'oral, peuvent se confondre :
  - participe passé et infinitif des verbes du 1er groupe (*aimé/aimer*) ;
  - imparfait et passé simple (*je marchais/je marchai*) ;
  - futur et conditionnel présent (*je partirai/je partirais*).
- Pour les différencier, **change de personne** : *il partira / il partirait*.

2. Les chaînes d'accord

- Repère le sujet de chaque **verbe** pour savoir comment accorder celui-ci.
- Pour chaque **adjectif**, demande-toi à quel **nom** il se rapporte pour l'accorder correctement en genre et en nombre.
- N'oublie pas d'accorder les **participes passés** qui doivent l'être.

3. Les homophones

Sois attentif à bien distinguer les homophones : *ou/où*, *quand/qu'en*, *c'est/s'est*… Identifie leur **classe grammaticale** pour ne pas te tromper.

> CONSEIL **Essaie de retrouver l'orthographe des mots que tu ne connais pas à partir de mots formés sur le même radical.**

C Se relire

- Effectue plusieurs relectures, en te concentrant à chaque fois sur **un point précis** : l'accord sujet-verbe ; les homophones, etc.
- Vérifie que tes phrases commencent par une majuscule, forme correctement les accents et rends ton écriture la plus **lisible** possible.

3 Comment réussir la rédaction ?

Tu as le choix entre un sujet de réflexion et un sujet d'imagination. Tous deux portent sur la même thématique que les documents distribués dans la première partie de l'épreuve.

A Comprendre le sujet

Lis les deux sujets et choisis rapidement celui que tu veux traiter.

1. Le sujet de réflexion

- On te demande d'exprimer **ton avis** sur une question précise. Tu dois écrire un texte à dominante **argumentative** en justifiant ton point de vue.
- Le plus souvent, il s'agit d'écrire un petit texte. On peut aussi te demander de développer une argumentation dans une lettre ou sous forme de dialogue.

2. Le sujet d'imagination

- Il peut s'agir d'écrire la **suite d'un récit**, de raconter la même scène en changeant de point de vue ou d'imaginer une autre scène sur le même thème. On pourra également te demander de **raconter une expérience personnelle**, en précisant les sentiments que tu as éprouvés à cette occasion.

> CONSEIL **Pense à enrichir tes récits par des descriptions et des dialogues, même lorsque les consignes ne le précisent pas.**

- La consigne t'indique clairement le **type de texte** attendu : texte essentiellement narratif, lettre, récit avec passages dialogués…

B Travailler au brouillon

- Accorde **40 minutes** à cette phase.
- Pour un **sujet de réflexion**, contente-toi d'écrire au brouillon le plan et les idées principales de chaque paragraphe, sans faire de phrases complètes. En revanche, rédige intégralement ton **introduction**.
- Pour un **sujet d'imagination**, écris au brouillon uniquement le **plan** du texte et les **idées majeures**.
- Quand tu as terminé ton premier jet, **retravaille-le** : vérifie que les phrases s'enchaînent bien et qu'il n'y a pas de répétitions ; puis corrige les erreurs.

C Rédiger au propre

- Accorde **40 minutes** à cette dernière étape. Écris lisiblement. Ton texte doit faire 2 pages minimum, soit 300 mots environ.
- Il te restera **10 minutes** pour te relire et supprimer les erreurs d'inattention.

1 France métropolitaine • Juin 2022

FRANÇAIS

L'arroseur arrosé

3 heures
100 points

INTÉRÊT DU SUJET • La Fontaine raconte ici le combat entre un lion et un moucheron, dont l'issue est assez surprenante. Comme toujours dans une fable, le récit amusant permet d'illustrer une leçon de vie.

DOCUMENT A Texte littéraire

Le Lion et le Moucheron

« Va-t'en, chétif[1] insecte, excrément de la terre[2] ! »
C'est en ces mots que le Lion
Parlait un jour au Moucheron.
L'autre lui déclara la guerre.
« Penses-tu, lui dit-il, que ton titre de Roi
Me fasse peur ni me soucie ?
Un bœuf est plus puissant que toi :
Je le mène à ma fantaisie[3]. »
À peine il achevait ces mots
Que lui-même il sonna la charge[4],
Fut le Trompette[5] et le Héros.
Dans l'abord il se met au large[6]
Puis prend son temps, fond[7] sur le cou
Du Lion, qu'il rend presque fou.
Le quadrupède écume, et son œil étincelle ;
Il rugit ; on se cache, on tremble à l'environ ;
Et cette alarme universelle
Est l'ouvrage d'un Moucheron.
Un avorton de Mouche en cent lieux le harcelle :
Tantôt pique l'échine[8], et tantôt le museau,
Tantôt entre au fond du naseau.
La rage alors se trouve à son faîte[9] montée.
L'invisible ennemi triomphe, et rit de voir
Qu'il n'est griffe ni dent en la bête irritée
Qui de la mettre en sang ne fasse son devoir.

Le malheureux Lion se déchire lui-même,
Fait résonner sa queue à l'entour de ses flancs,
Bat l'air, qui n'en peut mais[10] ; et sa fureur extrême
Le fatigue, l'abat : le voilà sur les dents.
L'insecte du combat se retire avec gloire :
Comme il sonna la charge, il sonne la victoire,
Va partout l'annoncer, et rencontre en chemin
L'embuscade d'une araignée ;
Il y rencontre aussi sa fin.

Quelle chose par là nous peut être enseignée ?
J'en vois deux, dont l'une est qu'entre nos ennemis
Les plus à craindre sont souvent les plus petits ;
L'autre, qu'aux grands périls tel a pu se soustraire,
Qui périt pour la moindre affaire.

Jean de La Fontaine, *Fables*, livre II, fable 9, 1668

1. chétif : faible. 2. excrément de la terre : ce qui est rejeté par la terre. Il s'agit d'une insulte méprisante. 3. à ma fantaisie : comme je veux. 4. sonna la charge : annonça l'attaque. 5. Trompette : celui qui joue de la trompette pendant une bataille. 6. Dans l'abord il se met au large : pour commencer, il s'éloigne. 7. fond : se précipite pour attaquer. 8. l'échine : le dos de l'animal. 9. à son faîte : au plus haut. 10. qui n'en peut mais : qui n'en peut plus.

DOCUMENT B Illustration d'Auguste Vimar, *Le Lion et le Moucheron*

ph © BnF, Paris

Fables de La Fontaine, Alfred Mame, 1897

TRAVAIL SUR LE TEXTE LITTÉRAIRE ET SUR L'IMAGE

50 POINTS • 1 h 10

Les réponses doivent être entièrement rédigées.

Compréhension et compétences d'interprétation

▶ **1.** Vers 1 à 8 :

a) Qui parle au vers 1 ? À qui s'adresse-t-il ? *(1 point)*

b) Quelle réaction ce propos déclenche-t-il et pourquoi ? *(2 points)*

▶ **2.** Vers 9 à 29 :

a) Quel animal domine le combat ? Justifiez votre réponse en relevant trois expressions dans ce passage. *(2 points)*

b) Quelle tactique est utilisée par le moucheron aux vers 12 à 29 ? Quel en est le résultat ? *(3 points)*

c) Comment le fabuliste met-il en évidence le mouvement et l'agitation du combat ? Pour justifier votre réponse, vous vous appuierez notamment sur les verbes, les adverbes et le rythme des vers. *(4 points)*

▶ **3.** Vers 15 à 29 : par quels groupes nominaux le lion est-il désigné ? Quel est l'effet produit ? *(3 points)*

▶ **4.** Vers 30 à 34 : quel est le retournement de situation raconté par cette fable ? *(2 points)*

▶ **5.** Au cours de la fable, de quel défaut le Lion et le Moucheron font-ils preuve à tour de rôle ? Justifiez votre réponse en vous appuyant sur l'ensemble de la fable. *(5 points)*

▶ **6.** Vers 35 à 39 : comment comprenez-vous les deux enseignements que le fabuliste donne au lecteur ? *(4 points)*

▶ **7. a)** Comment l'illustration donne-t-elle à voir les effets de l'attaque du moucheron sur le lion ? *(4 points)*

b) Comment s'y prend l'illustration pour laisser entrevoir la fin de la fable ? *(2 points)*

Grammaire et compétences linguistiques

▶ **8.** « L'autre lui déclara la guerre » (vers 4).

a) Donnez la fonction précise de chaque complément souligné. *(1 point)*

b) Réécrivez la phrase en remplaçant le pronom « lui » par le groupe nominal auquel il renvoie. *(1 point)*

c) Quelles manipulations avez-vous utilisées pour identifier la fonction de « la guerre » ? *(2 points)*

▶ **9.** « Il rugit ; on se cache » (vers 16). Transformez ces deux propositions en une phrase complexe comportant une proposition subordonnée. *(2 points)*

▶ **10.** « L'invisible ennemi » (vers 23).

a) De quels éléments le mot souligné est-il composé ? *(1,5 point)*

b) Donnez sa définition en vous appuyant sur la signification des éléments qui le composent. *(0,5 point)*

▶ **11.** Réécrivez le passage suivant en remplaçant « Le malheureux Lion » par « Les malheureux Lions » : *(10 points)*

« Le malheureux Lion se déchire lui-même,
Fait résonner sa queue à l'entour de ses flancs,
Bat l'air [...] ; et sa fureur extrême
Le fatigue, l'abat » (vers 26-29)

DICTÉE — 10 POINTS • 20 min

Le nom de l'auteur et le titre de l'œuvre sont écrits au tableau.

D'après Ésope
Fables, VIIe-VIe siècle avant J.-C.

Le moustique et le lion

Un moustique s'approcha d'un lion et lui dit : « Je n'ai pas peur de toi, et tu n'es pas plus puissant que moi. Si tu veux, je te provoque même au combat ». Et, sonnant de la trompe, le moustique fondit sur lui, mordant le museau dépourvu de poil autour des narines. Quant au lion, il se déchirait de ses propres griffes, jusqu'à ce qu'il renonce au combat. Le moustique, ayant vaincu le lion, sonna de la trompe, entonna un chant de victoire, et prit son envol. Mais il s'empêtra dans une toile d'araignée : tandis qu'elle le dévorait, il se lamentait d'être tué par un vulgaire animal, une araignée, lui qui avait combattu les plus puissants animaux.

RÉDACTION

40 POINTS • 1 h 30

Vous traiterez à votre choix l'un des sujets suivants.

Sujet d'imagination

Le Moucheron « sonne la victoire » et « va partout l'annoncer ».
Imaginez le récit que fait le Moucheron de son combat victorieux aux autres animaux. Vous mettrez en évidence le caractère, les sentiments et les réflexions du Moucheron et vous pourrez montrer les réactions des autres animaux.
Votre récit peut être rédigé à la première ou à la troisième personne du singulier.

Sujet de réflexion

La littérature et les œuvres artistiques peuvent-elles nous aider à réfléchir sur notre propre comportement ? Vous répondrez à cette question dans un développement organisé, en vous appuyant sur des exemples pris dans les œuvres littéraires et artistiques que vous connaissez.

LES CLÉS DU SUJET

Analyser les documents

LE TEXTE

Le genre
La fable comporte deux parties : un récit, et une morale expliquant la ou les leçons à tirer de l'histoire.

Le thème
Cette fable pourrait illustrer le proverbe « Tel est pris qui croyait prendre », lui-même tiré d'une autre fable de La Fontaine !

L'IMAGE

Le thème
L'illustration en noir et blanc est très fidèle à l'histoire racontée dans la fable et représente les trois personnages.

Les caractéristiques clés
Le lion, personnifié, est dessiné dans une posture saisissante : les yeux rivés sur l'insecte, il semble fou et comme désarticulé.

Traiter le sujet d'imagination

Recherche d'idées

Piste 1

- Ne change pas le caractère du moucheron : celui-ci restera sûr de lui, arrogant et vaniteux.
- Tu peux imaginer qu'il fera preuve d'exagération dans son récit pour paraître encore plus fort.

Piste 2

- Choisis les autres personnages. Tu peux prendre des animaux d'autres fables : cigale, corbeau, cerf, renard, rat…
- Tous les animaux ne réagiront pas de la même manière : certains seront heureux et admiratifs de la victoire du moucheron, d'autres non.

Conseils de rédaction

- Le sujet ne t'oblige pas du tout à écrire en vers. Tu peux donc raconter cet épisode en prose.
- Si tu choisis d'écrire un récit à la 3e personne, tu peux faire parler directement les personnages dans un dialogue.

Traiter le sujet de réflexion

Recherche d'idées

Piste 1

- Les œuvres artistiques peuvent relever de différents domaines. En plus de la littérature, tu peux penser au cinéma, à la peinture, à la photographie, à la musique.

Piste 2

- Pars de ta propre expérience : connais-tu un livre, un film ou une chanson qui transmet un enseignement, une règle de vie, un comportement à suivre ou à éviter ?

Conseils de rédaction

- Privilégie un plan dialectique : une première partie (thèse) répondra par l'affirmative à la question posée, une seconde (antithèse) montrera les limites de l'influence des œuvres d'art sur notre comportement.
- Efforce-toi de trouver des références personnelles qui mettent en valeur ta culture, et évite les allusions aux dessins animés de Disney.

1 CORRIGÉ GUIDÉ

TRAVAIL SUR LE TEXTE LITTÉRAIRE ET SUR L'IMAGE

Compréhension et compétences d'interprétation

▶ **1. a)** Le lion s'adresse au moucheron dans le vers 1, comme les deux vers suivants le prouvent : « […] le Lion/ Parlait un jour au Moucheron ».

b) Ces paroles déclenchent l'agressivité du moucheron : insulté par le lion (« chétif insecte, excrément de la terre »), il veut se venger de cet affront et lui déclare la guerre.

▶ **2. a)** Le combat est immédiatement dominé par le moucheron, qui mène l'attaque. Il est sujet de nombreux verbes d'action : « il fond », « harcelle », « pique ». Sa victoire est également annoncée au début de l'affrontement par le mot « héros », puis à la fin par le verbe « triomphe ».

b) Le moucheron utilise une tactique qui va faire ses preuves : il pique sans relâche le lion en différents endroits : « fond », « pique », le « cou », « l'échine », « le museau » et enfin le « fond du naseau ». Cette tactique est une réussite puisque « le malheureux Lion se déchire lui-même » en essayant de tuer le moucheron.

c) La bataille est mouvementée : les verbes conjugués au présent de narration donnent de la vivacité à la scène. L'adverbe « tantôt », répété trois fois, met en valeur les attaques variées et incessantes de l'insecte. L'alternance de vers longs (alexandrins) et de vers plus courts (octosyllabes) rythme le récit.

▶ **3.** Le lion est désigné par différents groupes nominaux : « le quadrupède », « la bête irritée » et enfin « le malheureux Lion ». Si la première désignation est neutre, les deux suivantes montrent la progression du combat.

▶ **4.** La fable présente un retournement de situation : le moucheron, vainqueur, va rencontrer un adversaire plus puissant, une araignée, qui le tue.

▶ **5.** Le lion et le moucheron font preuve du même défaut : l'arrogance. Le lion, se croyant le plus fort, est vaincu par un moucheron, qui à son tour, se vantant de sa victoire, est dévoré par une araignée. La vanité et la vantardise sont ainsi punies.

▶ **6.** Le fabuliste délivre deux morales : d'abord, que les dangers qui nous semblent minimes sont sans doute les plus à craindre. Ensuite, que les succès dans les entreprises difficiles ne protègent pas des échecs dans les plus petits projets.

▶ **7. a)** Le lion semble engagé dans une danse endiablée : il se tient en équilibre sur une patte, les piqûres de l'insecte le rendent fou, mais ses griffes n'atteindront pas son ennemi. Il en sera réduit à se déchirer lui-même en tentant de l'attraper. Le moucheron, visible devant le lion, prend le temps d'observer son œuvre, certain d'échapper à la fureur du fauve.

b) L'issue de la fable est représentée sur la gravure. À gauche, au premier plan, l'araignée, au centre de sa toile, attend son heure.

Grammaire et compétences linguistiques

▶ **8. a)** « la guerre » est COD du verbe « déclara » ; « Lui » est COI du même verbe.

b) L'autre déclara la guerre au lion.

c) On repère d'abord le verbe conjugué (« déclara ») et on identifie son sujet (« l'autre »). Pour trouver la fonction de « la guerre », on pose la question « qui ? » ou « quoi ? » après le sujet et le verbe : l'autre déclara quoi ? La guerre. C'est donc un COD.

> **INFO +**
> On peut également parler de COS, puisque le verbe est suivi de deux compléments d'objets.

▶ **9.** On se cache parce qu'il rugit, ou bien : on se cache puisqu'il rugit.

▶ **10. a)** Le mot est composé du préfixe privatif *-in*, du radical *-vi-* (qui vient du verbe voir) et du suffixe *-ible* (qui sert à former l'adjectif et indique une idée de possibilité).

b) Le mot signifie « qui ne peut pas être vu ».

> **INFO +**
> Ces subordonnées introduisent un rapport de cause. On aurait également pu dire : « il rugit si bien que l'on se cache » (conséquence), ou encore : « on se cache lorsqu'il rugit » (simultanéité).

▶ **10.** Les malheureux lions se déchirent eux-mêmes,
Font résonner leur queue à l'entour de leurs flancs,
Battent l'air […] ; et leur fureur extrême
Les fatigue, les abat.

DICTÉE

POINT MÉTHODE

❶ Ne confonds pas se ou s' (que l'on trouve dans la conjugaison des verbes pronominaux) avec ce. Si tu changes le sujet de la phrase, se sera modifié : « il se lamente » devient « je me lamente ».

❷ Souviens-toi que les participes passés qui se terminent par le son « u » s'écrivent *-u* et non *-ut*.

❸ Sois attentif aux verbes conjugués au passé simple : à la 3e personne du singulier, les verbes du 1er groupe se terminent en *-a* comme « s'approcha », tandis que les verbes des autres groupes ont une terminaison en *-t*, comme « fondit ».

Le moustique et le lion

Un moustique s'approcha d'un lion et lui dit : « Je n'ai pas peur de toi, et tu n'es pas plus puissant que moi. Si tu veux, je te provoque même au combat ». Et, sonnant de la trompe, le moustique fondit sur lui, mordant le museau dépourvu de poil autour des narines. Quant au lion, il se déchirait de ses propres griffes, jusqu'à ce qu'il renonce au combat. Le moustique, ayant vaincu le lion, sonna de la trompe, entonna un chant de victoire, et prit son envol. Mais il s'empêtra dans une toile d'araignée : tandis qu'elle le dévorait, il se lamentait d'être tué par un vulgaire animal, une araignée, lui qui avait combattu les plus puissants animaux.

RÉDACTION

Voici un exemple de rédaction sur chacun des deux sujets.
Attention, les indications entre crochets ne doivent pas figurer sur la copie.

Sujet d'imagination

[Récit] Extrêmement content de lui, le moucheron s'en alla chercher une oreille attentive : il voulait tant raconter son combat… Il voleta jusqu'à une clairière, où des lapins grignotaient au soleil. Notre insecte se rengorgea, fit du bruit pour attirer leur attention et commença le discours que voici.

[Discours du moucheron] « Savez-vous qui je suis ? demanda l'orgueilleux. J'ai vaincu le plus gros et le plus fort d'entre nous, le lion en personne ! Sa Majesté m'avait insulté et Sa Majesté l'a bien regretté.

– Vraiment ? demanda timidement un lapereau minuscule.

– Vraiment, se vanta l'important. Malgré ses rugissements et sa morgue, il n'a rien pu faire face à moi. Je l'ai piqué, piqué et repiqué, sa peau en est toute ensanglantée. Comme il se contorsionnait de manière grotesque sous mes attaques ! On l'aurait cru possédé ! »

REMARQUE
Tu peux employer le présent de narration, ou raconter l'histoire au passé ; mais ne mélange pas les deux systèmes de temps.

[Réactions des animaux] L'histoire était belle et se répandit rapidement. De tous côtés, renards, loups, pies et rats accoururent, oubliant leurs querelles habituelles pour voir de près cet insecte roi. Celui-ci ne se lassait pas de raconter ses exploits, qui grossissaient à chaque fois. Ce n'était plus un lion, mais trois qui désormais étaient morts sous ses assauts. Si les lapereaux restaient ses plus fervents adorateurs, certaines bêtes se mirent à ricaner des discours de

CONSEIL
Établis une liste de substituts pour désigner le moucheron et éviter les répétitions : l'orgueilleux insecte, le vainqueur du combat, l'insupportable vantard…

l'insolent. La chouette et le lézard surtout, se sachant insensibles aux piqûres du pauvre orgueilleux, ne prenaient plus la peine de dissimuler leur incrédulité.

[Fin de l'épisode] Cela mit en fureur notre moucheron, qui partit ailleurs conter ses prouesses. Hélas, il ne savait pas, héros éphémère, que la gloire serait de courte durée ; l'araignée, patiemment, tissait sa toile et le guettait.

Sujet de réflexion

[Introduction] Les œuvres d'art, telles les *Fables* de La Fontaine et leurs morales, peuvent-elles réellement avoir une influence sur notre vie et guider nos comportements ? Nous verrons que c'est la volonté de nombreux artistes, mais que cela n'est pas toujours suivi d'effets.

[Thèse] Tout d'abord, nous pouvons voir que certaines œuvres d'art nous amènent à nous questionner sur nous-mêmes. Molière, dans ses pièces, montre souvent les dangers de certains traits de caractère excessifs, afin de nous en éloigner. Qui voudrait ressembler à Harpagon, l'avare de la pièce du même nom ? On peut également penser aux œuvres engagées, qui dénoncent certains comportements et incitent à en adopter d'autres. Dans sa chanson « Le Déserteur », Boris Vian proteste contre les guerres colonialistes et invite à refuser d'aller combattre. Plus près de nous, la chanson de Bigflo et Oli « Rentrez chez vous » fait réfléchir au regard que l'on porte sur les réfugiés : les horreurs de la guerre et de l'exil pourraient aussi toucher les Français.

[Antithèse] Néanmoins, si les œuvres d'art essayent souvent de nous influencer, leur impact peut sembler limité. La Première Guerre mondiale et ses millions de morts ont été un traumatisme terrible. Des romans, comme *À l'ouest rien de nouveau*, de l'Allemand Erich Maria Remarque ou encore *Les Croix de bois* de Roland Dorgelès, en témoignent. Hélas, vingt ans après, les nations européennes s'engageront de nouveau dans un conflit extrêmement meurtrier. De la même manière, le *street art* s'efforce de nous faire prendre conscience des inégalités sociales, du racisme, de l'urgence climatique… Pourtant, force est de constater que si ces œuvres sont admirées, les comportements ne changent guère.

INFO +
L'expression *street art* désigne toutes les formes d'art réalisées dans la rue, comme les graffitis.

[Conclusion] Si certaines œuvres d'art réussissent à nous faire réfléchir, trop souvent leur impact semble limité : nos mauvais penchants persistent et nos habitudes ne semblent pas profondément modifiées.

2 Polynésie française • Juin 2021

L'autre membre de la famille

3 heures
100 points

INTÉRÊT DU SUJET • Les documents soulignent l'importance que peut prendre la pratique musicale dans une vie, *a fortiori* quand il s'agit d'un instrument de taille – le piano.

DOCUMENT A Texte littéraire

Le passage proposé est la première page du roman.

Dans la maison de mon enfance vivait un intrus. À l'extérieur, tout le monde croyait que la famille Schmitt comptait quatre membres – deux parents, deux rejetons –, alors que cinq personnes habitaient notre domicile. L'intrus occupait le salon en permanence ; il y dormait, il y veillait, râleur, immobile, importun.

Accaparés par leurs tâches, les adultes l'ignoraient, sauf parfois ma mère qui, agacée, intervenait afin qu'il restât propre. Ma sœur seule entretenait une relation avec le fâcheux en le réveillant chaque jour vers midi, ce à quoi il réagissait bruyamment. Moi, je le haïssais ; ses grondements, son air lugubre, sa carrure austère, son aspect renfermé me rebutaient ; le soir, au fond de mon lit, je priais souvent pour son départ.

Depuis quand résidait-il parmi nous ? Je l'avais toujours vu là, incrusté. Brun, trapu, obèse, couvert de taches, l'ivoire des dents jauni, il passait du mutisme sournois au vacarme tapageur. Lorsque mon aînée lui consacrait du temps, je courais me réfugier dans ma chambre où je chantonnais, mains sur les oreilles, soucieux de me soustraire à leur dialogue.

Sitôt que j'entrais au salon, le contournant avec suspicion, je lui lançais un regard intimidateur pour qu'il demeurât à sa place et comprît que l'amitié ne nous unirait jamais ; lui feignait de ne pas me remarquer. Nous nous évitions avec un tel acharnement que notre défi empesait l'atmosphère. Le long des soirées, il écoutait nos conversations sans commenter, ce qui n'horripilait que moi, tant mes parents avaient l'habitude de sa présence obtuse.

L'intrus s'appelait Schiedmayer et c'était un piano droit. Notre famille se refilait ce parasite depuis trois générations.

Sous prétexte d'apprendre la musique, ma sœur le tourmentait quotidiennement. Ou l'inverse… Aucune mélodie ne sortait de ce buffet en noyer, mais des coups de marteau, des couacs, des grincements, des gammes édentées, des lambeaux d'air, des rythmes boiteux, des accords dissonants[1] ; entre les *Dernier soupir* et autres *Marche turque*, je craignais en particulier une torture que ma sœur intitulait la *Lettre à Élise*[2], conçue par un bourreau baptisé Beethoven[3], qui me vrillait les oreilles comme la fraise du dentiste.

Un dimanche, tandis que nous fêtions mes neuf ans, tante Aimée, blonde, féminine, soyeuse, poudrée, fleurant l'iris et le muguet, désigna l'ogre endormi.

– Ton piano, Éric ?

– Surtout pas ! rétorquai-je.

– Qui en joue ? Florence ?

– Il paraît, grognai-je en grimaçant.

– Florence ! Viens nous interpréter un morceau.

– Je n'en sais aucun, gémit ma sœur dont, pour une fois, j'appréciai la lucidité.

Aimée se frotta le menton, lequel s'ornait d'une jolie fossette, et considéra l'indésirable.

– Voyons voir…

Je ris, l'expression « voyons voir » m'ayant toujours amusé, d'autant plus que ma mère l'employait sous la forme « voyons voir, disait l'aveugle ».

Indifférente à mon hilarité, Aimée souleva le couvercle de bois avec délicatesse comme si elle ouvrait la cage d'un fauve, parcourut les touches des yeux, les effleura de ses doigts fins qu'elle retira soudain quand un feulement traversa la pièce : le félin se cabrait, rétif, menaçant.

Alors, patiemment, tante Aimée réitéra ses précautions d'approche. De la main gauche, elle flatta le clavier. L'animal émit un son ouaté[4] ; cas unique, il ne trépignait pas, il montrait presque de l'amabilité. Aimée égrena un arpège[5] ; réceptif, le rustaud ronronna ; il cédait, elle l'apprivoisait.

Satisfaite, Aimée suspendit son geste, toisa le tigre qu'elle avait métamorphosé en chaton, s'assit sur le tabouret et, sûre d'elle autant que de la bête, commença à jouer.

Au milieu du salon ensoleillé, un nouveau monde avait surgi, un ailleurs lumineux flottant en nappes, paisible, secret, ondoyant, qui nous figeait et nous rendait attentifs. À quoi ? Je l'ignorais. Un événement extraordinaire venait de se dérouler, l'efflorescence d'un univers parallèle, l'épiphanie d'une manière d'exister différente, dense et éthérée, riche et volatile, frêle et forte, laquelle, tout en se donnant, conservait la profondeur d'un mystère.

Dans le silence chargé de notre éblouissement, tante Aimée contempla le clavier, lui sourit en guise de remerciement, puis releva son visage vers nous, ses paupières retenant mal ses larmes.

Ma sœur, déconfite, fixait d'un œil torve[7] le Schiedmayer qui ne lui avait jamais fait l'honneur de sonner ainsi. Mes parents se regardaient, estomaqués que ce bahut sombre et ventripotent, côtoyé durant un siècle, dispensât de tels charmes. Quant à moi, je frictionnais mes avant-bras dont les poils s'étaient redressés et demandai à tante Aimée :

– Qu'est-ce que c'était ?

– Chopin, évidemment.

Le soir même, j'exigeai de prendre des cours, et une semaine plus tard, j'entamai l'apprentissage du piano.

Éric-Emmanuel Schmitt, *Madame Pylinska et le secret de Chopin*, 2018.

---

1. Dissonants : qui sonnent faux.
2. *Dernier soupir*, *Marche turque*, *Lettre à Élise* sont des titres de pièces musicales célèbres.
3. Beethoven et Chopin (qui apparaît à la ligne 62), célèbres compositeurs de musique du XIXe siècle.
4. Ouaté : atténué.
5. Égrener un arpège : jouer un accord de musique, en détachant les notes les unes des autres.
6. Épiphanie : apparition, nouveauté.
7. Un œil torve : un regard de travers.

DOCUMENT B Gustave Caillebotte, *Jeune homme au piano* (1876)

Le jeune homme représenté est le compositeur et pianiste français Martial Caillebotte, frère du peintre Gustave Caillebotte.

Huile sur toile (81 cm x 116 cm), musée d'art Bridgestone, Tokyo.

TRAVAIL SUR LE TEXTE LITTÉRAIRE ET SUR L'IMAGE — 50 POINTS • 1 h 10

Les réponses doivent être entièrement rédigées.

Compréhension et compétences d'interprétation

▶ **1.** Quelle période de sa vie le narrateur évoque-t-il ? Justifiez votre réponse. (*2 points*)

▶ **2. a)** « la famille Schmitt comptait quatre membres » (l. 2-3). Identifiez-les. (*2 points*)

b) Le narrateur écrit pourtant : « cinq personnes habitaient notre domicile » (l. 3-4). Comment expliquez-vous la différence entre les deux nombres ? Justifiez votre réponse. (*2 points*)

▶ **3.** « l'ivoire des dents jauni » (l. 14-15). Que sont ces « dents » en réalité ? (*2 points*)

▶ **4.** Dans les quatre premiers paragraphes, identifiez un moyen employé par l'auteur pour créer l'effet de surprise de la ligne 26. (*2 points*)

▶ **5.** De la ligne 28 à la ligne 35, le narrateur exprime une souffrance quotidienne.

a) Quelle en est la cause ? (*2 points*)

b) Relevez une figure de style qui exprime bien cette souffrance. (*2 points*)

▶ **6.** « Satisfaite, Aimée suspendit son geste, toisa le tigre qu'elle avait métamorphosé en chaton, s'assit sur le tabouret et, sûre d'elle autant que de la bête, commença à jouer. » (l. 62 à 64). D'après ce qui précède, de quelle métamorphose s'agit-il réellement ? Quelles sont les qualités de la tante Aimée qui permettent d'accomplir cette métamorphose ? (*4 points*)

▶ **7.** En vous appuyant sur l'ensemble du texte pour structurer votre réponse, expliquez pourquoi le narrateur parle d'« événement extraordinaire » aux lignes 67-68. (*6 points*)

▶ **8.** Comparez la vision de la pratique musicale offerte par le tableau de Gustave Caillebotte et celle du texte d'Éric-Emmanuel Schmitt. (*6 points*)

Grammaire et compétences linguistiques

▶ **9.** « Dans la maison de mon enfance vivait un intrus. » (l. 1)

a) Indiquez la fonction grammaticale du groupe souligné. (*1 point*)

b) Réécrivez cette phrase en employant une structure plus courante. (*1 point*)

▶ **10.** « il y dormait, il y veillait » (l. 5)

a) Que remplace le mot « il » ? (*1 point*)

b) Indiquez sa classe grammaticale. (*1 point*)

▶ **11.** « Depuis quand résidait-il parmi nous ? » (l. 13)

a) Indiquez le mode et le temps du verbe « résidait ». (*2 points*)

b) Quelle est la valeur de ce temps ? (*1 point*)

▶ **12.** « Aimée […] considéra l'indésirable » (l. 46-47)

a) Expliquez la formation du mot souligné. (*2 points*)

b) Que signifie-t-il ? (*1 point*)

▶ **13.** « Depuis quand résidait-il parmi nous ? Je l'avais toujours vu là, incrusté. Brun, trapu, obèse, couvert de taches, l'ivoire des dents jauni […] » (l. 13-15)

Réécrivez le passage suivant en remplaçant « il » par « ils » et faites toutes les modifications nécessaires. (*10 points*)

DICTÉE

10 POINTS • 20 min

Le nom de l'auteur, le titre et la date de l'œuvre, ainsi que les termes « Chopin », « la Barcarolle », « mésange » sont écrits au tableau.

Éric-Emmanuel Schmitt
Madame Pylinska et le secret de Chopin, 2018.

Ce matin, je m'accoude à la fenêtre et contemple la nature, laquelle ignore le deuil et ne connaît que la vie. […] Je descends au salon et ouvre le piano à queue. Aussitôt, mes trois chiens accourent ; après une caresse de la truffe sur mes paumes, ils s'allongent sous l'instrument, répétant la conduite de l'enfant de Chopin auprès de sa mère. Ils frémissent, ils languissent.

J'entame la *Barcarolle*… Le calme s'impose. La musique me donne accès à l'étonnement. Le temps ne passe plus, il palpite. Je ne subis plus la durée, je la savoure. Tout devient merveille. Je m'extasie d'être et me coule dans le ravissement. […]

Troublé, je manque une note, deux, rate mon accord, lève les mains et me retourne.

Rapide, la mésange file dans le ciel, tourbillonne, […] hésite, repart, se fige de nouveau.

RÉDACTION

40 POINTS • 1 h 30

Vous traiterez au choix l'un des sujets suivants.

Sujet d'imagination

Le piano prend la parole et raconte un épisode vécu dans la maison du narrateur.

Sujet de réflexion

« Le soir, j'exigeai de prendre des cours, et une semaine plus tard, j'entamai l'apprentissage du piano ».
Selon vous, est-il bon de prendre des décisions aussi soudainement ?

LES CLÉS DU SUJET

Analyser les documents

LE TEXTE

Le thème
Dans cet extrait, le jeune Éric, bouleversé d'entendre sa tante jouer du Chopin, décide de prendre des cours de piano.

Les caractéristiques clés
L'originalité de cet *incipit* (début de roman) repose sur la personnification de l'instrument, présenté comme un membre de la famille encombrant.

L'IMAGE

Le thème
Placé tout près de son frère, le peintre le représente en train de jouer du piano dans l'appartement familial.

Les caractéristiques clés
Dans cette scène intime, l'imposant piano occupe tout l'espace. L'effet de plongée (vue d'en haut) en renforce encore la taille.

Traiter le sujet d'imagination

Recherche d'idées

Piste 1 Tu dois faire parler un piano personnifié. Réfléchis à ce qu'il pourrait éprouver dans cette famille qui le délaisse : ennui, hostilité, souffrance, impatience…

Piste 2 Inspire-toi des données du texte pour imaginer l'épisode à raconter : une des leçons éprouvantes de la sœur aînée ; la première leçon du petit Éric ; le déménagement dans une autre famille, de mélomanes cette fois…

Conseils de rédaction

- Le discours du piano peut être raconté au présent ou au passé.
- Pense à utiliser un indicateur temporel pour marquer le début de l'épisode : un matin, ce jour-là, le lendemain…

Traiter le sujet de réflexion

Recherche d'idées

Piste 1 Deux réponses sont possibles pour ce sujet : oui ou non. Tu peux choisir de répondre de manière nuancée en utilisant un plan dialectique : tu répondras dans un premier paragraphe par l'affirmative, puis dans un second par la négative (ou inversement).

Piste 2 Pour appuyer tes arguments, utilise des exemples, pris dans la littérature (comme le texte support), dans des films, ou même dans ta vie (comme les décisions concernant l'orientation).

■ **Conseils de rédaction**

• Efforce-toi, dans l'introduction, de reformuler la question posée par le sujet pour montrer que tu l'as bien comprise.

• Entre les deux paragraphes qui défendent des réponses opposées, pense à ménager une transition.

2 CORRIGÉ GUIDÉ

TRAVAIL SUR LE TEXTE LITTÉRAIRE ET SUR L'IMAGE

Compréhension et compétences d'interprétation

▶ **1.** Le narrateur évoque son enfance, comme le prouvent les indications suivantes : « dans la maison de mon enfance » et « tandis que nous fêtions mes neuf ans ».

▶ **2. a)** La famille compte quatre membres : le narrateur, sa sœur aînée Florence et leurs deux parents (« deux parents, deux rejetons »).

b) Si la famille compte quatre membres au sens strict, le piano est compté comme un cinquième « habitant » par le narrateur. Ce dernier éprouve du rejet pour ce « fâcheux », cet « intrus » qui prend tant de place. Plus loin, « je le haïssais » montre l'hostilité de leurs rapports.

▶ **3.** Les « dents » désignent les touches du piano faites en ivoire qui ont pris une teinte jaune avec les années. Le piano est ainsi personnifié : même détesté par le narrateur, il appartient littéralement à la famille.

> **RAPPEL**
> La personnification consiste à donner des caractéristiques humaines à ce qui ne l'est pas.

▶ **4.** La personnification employée dans les quatre premiers paragraphes ne permet pas immédiatement de comprendre qu'il s'agit d'un instrument. La révélation de la ligne 26 n'en est alors que plus surprenante, car tous les termes employés auparavant pour le désigner donnaient l'impression de s'appliquer à un être humain : « râleur, importun, obèse ».

Le piano est également sujet de verbes d'action : « il y dormait, il réagissait bruyamment, il écoutait nos conversations ».

▶ **5. a)** La souffrance du narrateur est sonore : tous les sons que sa sœur fait sortir du piano sont douloureux pour ses oreilles.

b) Plusieurs figures de style soulignent cette souffrance, comme la comparaison de la ligne 35 : « qui me vrillait les oreilles comme la fraise du dentiste ».

INFO+
On aurait pu également citer la métaphore filée du supplice avec les termes « craignais, torture, bourreau », ou l'énumération l. 30-32.

▶ **6.** On comprend que la tante Aimée réussit à produire des sonorités mélodieuses en jouant du piano : le monstre imposant et dissonant s'est métamorphosé en instrument de musique. La tante semble ainsi posséder plusieurs qualités : la délicatesse, la patience et l'assurance pour apprivoiser la bête. Sa maîtrise technique est accompagnée d'une sensibilité certaine puisque son jeu ouvre « un nouveau monde » pour le narrateur.

▶ **7.** Le narrateur évoque un « événement extraordinaire ». Écouter le morceau joué par sa tante lui permet de découvrir une autre réalité : « un univers parallèle, une manière d'exister différente » où les contraires se côtoient ; de vieil ennemi, détesté et redouté, le piano est devenu synonyme d'émotion. Le meuble encombrant et sombre révèle ses charmes à toute la famille, qui ne soupçonnait pas que cela fût possible.

▶ **8.** Les deux documents évoquent une scène intime de l'univers domestique. Le piano imposant occupe une place importante dans l'espace et dans l'histoire des deux familles. Le tableau de Caillebotte montre l'instrument utilisé, reflétant la lumière, en action. Le pianiste, frère du peintre, concentré, doit jouer souvent comme en témoignent les nombreuses partitions disposées sur l'instrument. Les deux documents s'efforcent donc de dépeindre la beauté d'un morceau de piano joué dans la sphère familiale.

Grammaire et compétences linguistiques

▶ **9. a)** Le groupe souligné est le sujet du verbe « vivait », placé ici après le verbe. On parle de sujet inversé.

b) Un intrus vivait dans la maison de mon enfance.

▶ **10. a)** « Il » remplace « l'intrus », sujet employé en début de phrase.

b) « Il » est un pronom personnel (masculin, troisième personne du singulier).

▶ **11. a)** Le verbe « résidait » est employé à l'imparfait de l'indicatif.

b) Le temps indique ici une action non limitée dans le temps, qui peut durer.

▶ **12. a)** Le mot est formé à l'aide du préfixe privatif *in-*, suivi du radical *désir*, et enfin du suffixe *-able*.

b) Le mot est employé pour désigner quelqu'un qui n'est pas désiré, dont la présence n'est pas souhaitée.

▶ **13.** Depuis quand résidaient-ils parmi nous ? Je les avais toujours vus là, incrustés. Bruns, trapus, obèses, couverts de taches, l'ivoire des dents jauni [...].

ATTENTION
Le participe passé « vus » est employé avec l'auxiliaire *avoir*. Il s'accorde avec le COD « les » placé avant le verbe.

DICTÉE

POINT MÉTHODE

1. Ne confonds pas « ce », employé devant un nom commun, qui est un déterminant démonstratif, et « se », pronom réfléchi faisant partie d'une forme verbale.

2. Retiens l'orthographe de ces mots : *accourir, s'accouder, deuil, languir, s'extasier.*

3. Sois attentif à la terminaison du présent de certains verbes du 3e groupe : les verbes comme *descendre* ont pour terminaison *-ds* à la première personne du singulier.

Ce matin, je m'accoude à la fenêtre et contemple la nature, laquelle ignore le deuil et ne connaît que la vie. [...] Je descends au salon et ouvre le piano à queue. Aussitôt, mes trois chiens accourent ; après une caresse de la truffe sur mes paumes, ils s'allongent sous l'instrument, répétant la conduite de l'enfant de Chopin auprès de sa mère. Ils frémissent, ils languissent.

J'entame la *Barcarolle*... Le calme s'impose. La musique me donne accès à l'étonnement. Le temps ne passe plus, il palpite. Je ne subis plus la durée, je la savoure. Tout devient merveille. Je m'extasie d'être et me coule dans le ravissement. [...]

Troublé, je manque une note, deux, rate mon accord, lève les mains et me retourne.

Rapide, la mésange file dans le ciel, tourbillonne, [...] hésite, repart, se fige de nouveau.

RÉDACTION

Voici un exemple de rédaction sur chacun des deux sujets.
Attention, les indications entre crochets ne doivent pas figurer sur la copie.

Sujet d'imagination

[Contexte] Ma vie est triste, car je m'ennuie. Trop souvent, les membres de ma famille m'oublient. On me nettoie parfois, d'un petit geste rapide et impatient, comme un gosse malpropre qui prend trop de place. Chaque semaine, la maladroite Florence s'exerce à me torturer et mes plaintes n'y font rien. Il faut qu'un étranger à notre petit cercle familial arrive pour que je puisse parfois sortir de ce profond ennui qui est mon quotidien et exprimer ma sensibilité. Comment s'appelait cette jolie tante qui aimait tant Chopin et me réveilla avec ses mains gracieuses ? Aimée, je crois, un nom prédestiné.

[Épisode particulier] Ce matin toutefois, il s'est passé quelque chose. Le petit Éric s'est approché de moi et m'a caressé du bout des doigts. Auparavant lorsqu'il entrait dans le salon, il me jetait un regard hostile. Il me détestait. Je lui faisais peur : j'en impose, je luis, et il ne connaît rien de moi. Il évitait jusqu'à présent soigneusement de me frôler tant ma taille l'effrayait, et j'avoue que je prenais plaisir à susciter son effroi. Cela me distrayait de mon ennui profond. Mais ce matin tout a changé. Il a promené ses doigts sur mon dos, puis a grimpé sur le tabouret et a touché mes touches de ses petites mains. Timide, il n'a pas osé tout de suite produire un son. Il semblait hésiter : les noires ou les blanches ? Et puis… et puis il a posé ses deux mains, et a plaqué un accord. Un accord timide, mais un accord tout de même. Puis il s'est enhardi, a décalé ses doigts, a cherché un autre accord… qu'il n'a pas trouvé tout de suite. J'ai protesté par des grincements désagréables, mais il ne s'est pas découragé, et touche après touche, a fini par trouver l'accord parfait.

[Réflexions tirées de l'épisode] Se pourrait-il que la musique de la tante Aimée ait produit des miracles ? Que ce petit animal hostile puisse se transformer en être sensible ? Et sa sœur, cette bécasse de Florence, aura-t-elle aussi été touchée par la grâce et renoncera-t-elle à me martyriser tous les matins ?

> **CONSEIL**
> À la personnification du piano peut correspondre l'animalisation des humains.

Sujet de réflexion

[Introduction] Certaines décisions sont mûrement réfléchies, d'autres prises sans questionnement préalable. Doit-on faire des choix spontanés ou est-il préférable de prendre le temps de raisonner avant de se décider ?

[Des décisions soudaines] L'*incipit* du roman *Madame Pylinska et le secret de Chopin* se présente comme un récit d'enfance mené à la première personne, où le narrateur porte le même prénom que l'auteur, « Éric ». Il raconte la décision soudaine prise après avoir écouté sa tante jouer du Chopin au piano : prendre à son tour des cours sans attendre. La grande émotion qu'il a ressentie impose ce choix comme une révélation, et peut expliquer la rapidité de cette résolution. En effet, plus le sentiment éprouvé est fort, plus la décision peut être instantanée car évidente. Cette décision est certes précipitée, mais elle n'est pas farfelue et correspond à une envie sincère et profonde.

[Transition] Toutefois, il n'est pas toujours bon de faire certains choix sans réflexion personnelle aboutie. L'enjeu de certaines décisions est en effet trop important pour être pris à la légère.

[Des décisions réfléchies] On demande ainsi aux élèves de prendre assez tôt des décisions concernant leur orientation : ces choix, au collège puis au lycée, auront un impact sur leurs études supérieures et donc en théorie aussi sur leur futur métier. Est-il raisonnable alors de s'engager dans une voie pendant plusieurs années sans y avoir longuement réfléchi ? Certains, influencés par des séries télévisées, aimeraient être avocats et commencent de longues études de droit sans savoir exactement de quoi il retourne. Peut-être se rendront-ils compte un peu tard que le métier est très éloigné de l'univers décrit dans les films qui avaient pu motiver leurs choix. Une solide réflexion aurait sans doute été une meilleure solution.

[Conclusion] Les décisions soudaines ne sont pas forcément mauvaises, mais elles ne sont pas forcément bonnes non plus ! Tout dépend de la profondeur des envies et du poids de ces choix sur notre vie.

INFO +
La conclusion ne se contente pas de rappeler les grandes étapes de la réflexion. Elle permet de surmonter la contradiction apparente entre les deux parties.

Une vengeance bien particulière

3 heures
100 points

INTÉRÊT DU SUJET • Dans les deux documents présentés, des personnages ordinaires sont confrontés à l'irruption du surnaturel, provoquant stupéfaction, terreur et folie pour ceux qui en sont les malheureuses victimes.

DOCUMENT A Texte littéraire

Dutilleul est un petit employé qui possède le don de passer à travers les murs. Personne n'est au courant de ce pouvoir. Il est mis à l'écart par son supérieur, M. Lécuyer, dans une petite pièce à côté de son bureau.

Un jour, le sous-chef fit irruption dans le réduit[1] en brandissant une lettre et il se mit à beugler :

– Recommencez-moi ce torchon ! Recommencez-moi cet innommable torchon qui déshonore mon service !

Dutilleul voulut protester, mais M. Lécuyer, la voix tonnante, le traita de cancrelat routinier[2], et, avant de partir, froissant la lettre qu'il avait en main, la lui jeta au visage. Dutilleul était modeste, mais fier. Demeuré seul dans son réduit, il fit un peu de température et, soudain, se sentit en proie à l'inspiration. Quittant son siège, il entra dans le mur qui séparait son bureau de celui du sous-chef, mais il y entra avec prudence, de telle sorte que sa tête seule émergeât de l'autre côté. M. Lécuyer, assis à sa table de travail, d'une plume encore nerveuse déplaçait une virgule dans le texte d'un employé, soumis à son approbation[3], lorsqu'il entendit tousser dans son bureau. Levant les yeux, il découvrit avec un effarement indicible la tête de Dutilleul, collée au mur à la façon d'un trophée de chasse. Et cette tête était vivante. À travers le lorgnon à chaînette[4], elle dardait sur lui un regard de haine. Bien mieux, la tête se mit à parler.

– Monsieur, dit-elle, vous êtes un voyou, un butor et un galopin[2].

Béant d'horreur, M. Lécuyer ne pouvait détacher les yeux de cette apparition. Enfin, s'arrachant à son fauteuil, il bondit dans le couloir et courut jusqu'au réduit. Dutilleul, le porte-plume à la main, était installé à sa place habituelle, dans une attitude paisible et laborieuse. Le sous-chef le regarda longuement et, après avoir balbutié quelques paroles, regagna son bureau. À peine venait-il de s'asseoir que la tête réapparaissait sur la muraille.

– Monsieur, vous êtes un voyou, un butor et un galopin.

Au cours de cette seule journée, la tête redoutée apparut vingt-trois fois sur le mur et, les jours suivants, à la même cadence. Dutilleul, qui avait acquis une certaine aisance à ce jeu, ne se contentait plus d'invectiver[5] contre le sous-chef. Il proférait des menaces obscures, s'écriant par exemple d'une voix sépulcrale[6], ponctuée de rires vraiment démoniaques :

– Garou ! garou ! Un poil de loup ! (rire). Il rôde un frisson à décorner tous les hiboux (rire).

Ce qu'entendant, le pauvre sous-chef devenait un peu plus pâle, un peu plus suffocant, et ses cheveux se dressaient bien droits sur sa tête et il lui coulait dans le dos d'horribles sueurs d'agonie. Le premier jour, il maigrit d'une livre[7]. Dans la semaine qui suivit, outre qu'il se mit à fondre presque à vue d'œil, il prit l'habitude de manger le potage avec sa fourchette et de saluer militairement les gardiens de la paix. Au début de la deuxième semaine, une ambulance vint le prendre à son domicile et l'emmena dans une maison de santé.

Marcel Aymé, *Le Passe-Muraille*, 1941,

1. Réduit : petite pièce de la taille d'un placard.
2. Cancrelat routinier ; voyou, butor, galopin : insultes.
3. Approbation : accord.
4. Lorgnon à chaînette : lunettes à un seul verre tenues par une petite chaîne.
5. Invectiver : dire des paroles violentes et injurieuses contre quelqu'un.
6. Sépulcrale : voix glaçante qui semble surgie d'un tombeau.
7. Livre : unité de masse, équivalant à 500 grammes.

DOCUMENT B Chris Van Allsburg, « Sous la moquette », dans *Les Mystères d'Harris Burdick*, 1985

Note : dessin en noir et blanc.

TRAVAIL SUR LE TEXTE LITTÉRAIRE ET SUR L'IMAGE

50 POINTS • 1 h 10

Les réponses doivent être entièrement rédigées.

Grammaire et compétences linguistiques

▶ **1.** « – Recommencez-moi ce torchon ! Recommencez-moi cet innommable torchon qui déshonore mon service ! » (lignes 3 à 4)

a) Identifiez le mode du verbe « Recommencez ». (*1 point*)

b) Quel est le type de phrase employé ? (*1 point*)

c) Quelle émotion est ainsi exprimée ? (*1 point*)

▶ **2.** « indicible » (ligne 15).

a) Analysez la formation de ce mot en nommant les éléments qui le composent. (*1,5 point*)

b) Expliquez son sens. (*0,5 point*)

▶ **3. a)** Quelle forme de discours est majoritairement utilisée pour rapporter les paroles des personnages ? (*1 point*)
b) Sur quels indices, dans le texte, vous êtes-vous appuyé ? (*2 points*)
c) Quel est l'effet produit par ce choix ? (*2 points*)

▶ **4.** « le pauvre sous-chef » (ligne 36)
a) Donnez la classe grammaticale de « pauvre » ainsi que sa fonction. (*2 points*)
b) Quelle est la différence de sens entre un « pauvre sous-chef » et un sous-chef pauvre ? (*2 points*)

▶ **5.** Réécrivez le passage ci-dessous au présent de l'indicatif en remplaçant « il » par « elles ».
Faites toutes les modifications nécessaires. (*10 points*)
« Demeuré seul dans son réduit, il fit un peu de température et, soudain, se sentit en proie à l'inspiration. Quittant son siège, il entra dans le mur qui séparait son bureau de celui du sous-chef. » (lignes 8 à 10)

Compréhension et compétences d'interprétation

▶ **6.** Lignes 15 à 22 : identifiez deux réactions successives de M. Lécuyer lorsqu'il aperçoit pour la première fois la tête de Dutilleul qui sort du mur. Justifiez votre réponse en citant le texte. (*4 points*)

▶ **7.** Lignes 24 à 35.
a) Repérez deux actes que Dutilleul effectue à l'encontre de son patron. (*3 points*)
b) Qu'en déduisez-vous sur la stratégie adoptée par Dutilleul envers M. Lécuyer ? (*2 points*)
c) Comment évolue-t-elle au fil des jours ? (*2 points*)

▶ **8.** Pour quelle raison Dutilleul agit-il ainsi envers son supérieur ? (*2 points*)

▶ **9.** Lignes 36 à 43 : analysez l'évolution de l'état de santé physique et mental de M. Lécuyer au fil des jours. (*4 points*)

▶ **10.** Que veut dénoncer Marcel Aymé dans cet extrait ? (*3 points*)

▶ **11. a)** Quelle atmosphère se dégage du dessin intitulé « Sous la moquette » ? Justifiez votre réponse en donnant au moins deux éléments de description. (*2 points*)
b) Quels rapprochements pouvez-vous faire entre le texte et l'image ? (*4 points*)

DICTÉE

10 POINTS • 20 min

Le nom de l'auteur, le titre de l'œuvre, ainsi que « Dutilleul », « larcin » et « Garou-Garou » sont écrits au tableau.

Marcel Aymé
Le Passe-Muraille, 1941.

Le premier cambriolage auquel se livra Dutilleul eut lieu dans un grand établissement de crédit de la rive droite. Ayant traversé une douzaine de murs et de cloisons, il pénétra dans divers coffres-forts, emplit ses poches de billets de banque et, avant de se retirer, signa son larcin à la craie rouge, du pseudonyme de Garou-Garou, avec un fort joli paraphe qui fut reproduit le lendemain par tous les journaux. Au bout d'une semaine, ce nom de Garou-Garou connut une extraordinaire célébrité. La sympathie du public allait sans réserve à ce prestigieux cambrioleur qui narguait si joliment la police.

RÉDACTION

40 POINTS • 1 h 30

Vous traiterez au choix un des deux sujets de rédaction suivants. Votre travail fera au moins deux pages (soit une cinquantaine de lignes).

Sujet d'imagination

Un mois plus tard, M. Lécuyer, guéri, revient au travail. Il retrouve donc Dutilleul. Faites le récit des événements qui ont lieu lors de ce retour.
Vous veillerez à respecter les caractéristiques de la narration et du cadre spatio-temporel du texte et à prendre en compte le caractère de chaque personnage.

Sujet de réflexion

Dans l'extrait étudié, Marcel Aymé dénonce les mauvaises conditions de travail.
Pensez-vous que les œuvres d'art (littérature, cinéma, musique, peinture…) sont efficaces pour dénoncer les travers de la société ?
Vous répondrez à cette question en vous appuyant sur votre expérience, vos lectures, votre culture artistique et vos connaissances personnelles.

LES CLÉS DU SUJET

Analyser les documents

LE TEXTE

Le genre
La nouvelle présente les aventures d'un homme ordinaire découvrant qu'il possède le pouvoir de passer à travers les murs.

Le thème
Dutilleul se sert de ce don pour se venger de son supérieur ; puis pour cambrioler des banques.

L'IMAGE

Les caractéristiques clés
Le caractère fantastique de l'illustration et l'usage du noir et blanc conduisent à une interprétation inquiétante.

Le genre
L'image est tirée d'un recueil de dessins insolites qui offrent de nombreuses interprétations.

Traiter le sujet d'imagination

Recherche d'idées

Piste 1 Dutilleul a compris le potentiel de ce don ; il est probable qu'il en fera à nouveau usage.

Piste 2 Réfléchis aux caractères des personnages : est-il vraisemblable que M. Lécuyer continue à rudoyer Dutilleul ? Ce dernier, s'estime-t-il suffisamment vengé ? Comment leurs relations vont-elles évoluer ?

Conseils de rédaction

• Trouve des synonymes pour désigner les personnages : « le sous-chef », « le tyran », « le directeur », pour M. Lécuyer. Ajoute ensuite des expansions qui précisent ces noms : « malheureux », « cruel », « misérable », « qui n'avait plus rien d'arrogant ». Fais de même pour Dutilleul.

• Respecte les caractéristiques de la narration, en utilisant les temps du récit et en reprenant certains éléments du texte : caractéristiques des personnages, paroles obscures prononcées par Dutilleul…

Traiter le sujet de réflexion

Recherche d'idées

Piste 1 Trouve des exemples d'œuvres d'art engagées : pour le cinéma, *Le Dictateur* de Charlie Chaplin ; pour la littérature, le roman *Germinal* d'Émile Zola ; pour la peinture, les œuvres d'Otto Dix ; pour la musique les chansons censurées.

Piste 2 Ta réponse peut être nuancée ; même si tu as un avis tranché sur la question, prends le temps d'imaginer les arguments du camp adverse.

Conseils de rédaction

- Pour ton introduction, pars de la dénonciation contenue dans le texte de Marcel Aymé. Reprends ensuite la question du sujet.
- Veille à varier les domaines où tu puises des exemples. Essaye de donner des références précises à chaque fois (titre et auteur).

FRANÇAIS

3 CORRIGÉ GUIDÉ

TRAVAIL SUR LE TEXTE LITTÉRAIRE ET SUR L'IMAGE

Grammaire et compétences linguistiques

▶ **1. a)** Le verbe est conjugué à l'impératif.

b) Il s'agit d'une phrase injonctive, utilisée pour donner un ordre.

c) La colère et l'exaspération sont exprimées ici : le sous-chef méprise ouvertement Dutilleul.

> INFO +
> On parle de phrase **injonctive** plutôt que de phrase impérative : on peut en effet donner un ordre sans utiliser l'impératif (ex. : Tu recommenceras ce torchon).

▶ **2. a)** L'adjectif est composé d'un préfixe *in-*, du radical du verbe dire, du suffixe *-ible*.

b) Le suffixe *-ible* indique l'idée de capacité. Le préfixe privatif *in-* indique un sens contraire ; « indicible » qualifie donc ce qui ne peut pas être dit.

▶ **3. a)** Les paroles sont rapportées au discours direct.

b) Les tirets précédés des deux points, les propositions incises précisant qui parle (« dit-elle ») et l'emploi du présent dans les paroles (« vous êtes ») nous l'indiquent.

c) Le discours direct produit un effet de réel : le lecteur a l'impression d'assister à la scène. Les paroles rapportées ainsi sont plus frappantes, et les émotions plus aisément compréhensibles.

▶ **4. a)** « Pauvre » est un adjectif qualificatif, qui a pour fonction d'être épithète liée du nom « sous-chef ».

b) L'adjectif change de sens selon sa place. Il signifie « malheureux » dans l'expression « pauvre sous-chef » ; mais, placé après le nom, il désigne quelqu'un ayant des moyens financiers limités.

▶ **5.** *Les modifications sont en couleur.*

Demeurées seules dans leur réduit, elles font un peu de température et, soudain, se sentent en proie à l'inspiration. Quittant leur siège, elles entrent dans le mur qui sépare leur bureau de celui du sous-chef.

Compréhension et compétences d'interprétation

▶ **6.** M. Lécuyer ressent de la peur lorsqu'il aperçoit pour la première fois la tête sortant du mur (« effarement » et « horreur »). Il est aussi fasciné par cette apparition fantastique : « ne pouvant détacher les yeux ».

▶ **7. a)** Dutilleul passe sa tête à travers le mur, insulte son patron (« voyou »), puis prononce des menaces énigmatiques entrecoupées de rires.

b) Dutilleul veut donc se venger de son patron en l'effrayant ; il comprend alors qu'il est en train de le rendre fou et continue à soulager sa rancune en se moquant de lui.

c) La répétition des apparitions révèle que Dutilleul savoure sa vengeance. Il veut éprouver la résistance de M. Lécuyer.

▶ **8.** Dutilleul éprouve du ressentiment. M. Lécuyer l'a en effet traité sans égard, a dénigré son travail (« ce torchon »), l'a humilié (« lui jeta au visage » la lettre).

▶ **9.** L'état de santé de M. Lécuyer ne cesse de se dégrader : il éprouve d'abord toutes les manifestations physiques de l'angoisse : il pâlit, suffoque, transpire, puis perd du poids. Son état mental se dégrade également, il accomplit des actes absurdes (manger le potage avec une fourchette). Sa folie est reconnue lorsqu'une ambulance vient l'emmener.

▶ **10.** Marcel Aymé dénonce les actes tyranniques d'un petit chef se croyant autorisé à rudoyer et humilier ses employés, sans aucun égard pour leur travail ni pour leur susceptibilité.

INFO +
Dans le début de la nouvelle, on apprend que M. Lécuyer avait déjà commis à l'encontre de Dutilleul un certain nombre d'actes visant à l'humilier.

▶ **11. a)** Une atmosphère fantastique se dégage du dessin. La scène a lieu la nuit. Le noir et blanc et les ombres contribuent à la mise en place de l'angoisse. Le contraste est grand entre le décor tranquille et la forme effrayante qui se déplace sous la moquette.

b) Dans les deux documents, les personnages semblent ordinaires. Ils évoluent dans un univers tranquille : les bureaux d'un ministère ou un salon douillet. Ils sont face à un phénomène inexplicable et en éprouvent de la frayeur.

DICTÉE

POINT MÉTHODE

1 Ne confonds pas le pronom *se*, toujours employé devant un verbe, et *ce*, déterminant démonstratif employé devant un nom ou un adjectif : *se donner*, *se décommander*, mais *ce jeune homme*, *ce héros*.

2 Certains noms sont composés : ils sont formés à l'aide de deux mots. Au pluriel, seuls le nom et l'adjectif peuvent s'accorder, et seulement si le sens le permet : *des canapés-lits,* mais *des gratte-ciel*.

Le premier cambriolage auquel se livra Dutilleul eut lieu dans un grand établissement de crédit de la rive droite. Ayant traversé une douzaine de murs et de cloisons, il pénétra dans divers coffres-forts, emplit ses poches de billets de banque et, avant de se retirer, signa son larcin à la craie rouge, du pseudonyme de Garou-Garou, avec un fort joli paraphe qui fut reproduit le lendemain par tous les journaux. Au bout d'une semaine, ce nom de Garou-Garou connut une extraordinaire célébrité. La sympathie du public allait sans réserve à ce prestigieux cambrioleur qui narguait si joliment la police.

RÉDACTION

Voici un exemple de rédaction sur chacun des deux sujets.
Attention, les indications entre crochets ne doivent pas figurer sur ta copie.

Sujet d'imagination

[La nouvelle du retour] Trente jours plus tard exactement, M. Lécuyer fit sa réapparition au ministère. Dutilleul avait passé un mois délicieux à travailler au calme. Retrouvant la routine qui lui était chère, il peaufinait les courriers qu'il rédigeait, et se concentrait depuis plusieurs jours sur un épineux problème de syntaxe : fallait-il placer le point à l'intérieur ou à l'extérieur des guillemets ?

[Description de M. Lécuyer] Le remue-ménage dans le couloir lui fit quitter le petit réduit qui lui servait de bureau ; M. Lécuyer, quand il l'aperçut, fut pris d'une faiblesse et s'assit sur une chaise. Le teint vert et flottant dans ses vêtements, il n'avait plus rien de l'arrogant personnage qui avait fait de la vie de ses employés un enfer.

[Relations au travail] Les jours suivants, tout le monde n'eut plus qu'une idée en tête : se venger de l'ancien tyran. Les uns se moquaient ouvertement de son apparence craintive ; d'autres le traitaient avec grossièreté ; certains allaient jusqu'à le bousculer. Dutilleul était le seul à se montrer compatissant.

[Actes de Dutilleul] Désireux de protéger celui qu'il voyait comme une nouvelle victime, Dutilleul reprit l'activité qui lui avait si bien réussi :

« Garou ! Garou ! Poil de loup » criait-il en passant la tête dans les bureaux occupés par les nouveaux bourreaux. Chacun sait que les paroles énigmatiques font beaucoup d'effet. Au bout d'une semaine, la moitié des employés démissionnait ; la semaine suivante, cinq ambulances emmenèrent les derniers fonctionnaires. Lorsque M. Lécuyer s'aperçut qu'il ne restait plus que lui et Dutilleul, il s'enfuit sans chapeau ni pardessus. Nul ne sait ce qu'il est devenu.

GAGNE DES POINTS
Au sein de ton récit, tu peux intercaler des commentaires du narrateur, faits au présent de vérité générale.

Sujet de réflexion

[Introduction] Dans *Le Passe-Muraille*, Aymé met en scène M. Dutilleul, employé consciencieux, harcelé par un chef autoritaire. Il dénonce par le biais d'un texte de fiction, les abus de pouvoir dans le monde du travail. Les œuvres d'art sont-elles efficaces pour dénoncer les défauts de la société ?

[La dénonciation des abus par l'art engagé] De nombreuses œuvres d'art dénoncent des injustices. Des chansons remettant en cause des décisions politiques ont ainsi été censurées par le pouvoir, qui craignait leur influence, comme la chanson *Le Déserteur*, de Boris Vian. En peinture, l'art est aussi souvent considéré comme un moyen de dénoncer un comportement. Ainsi, Picasso, en peignant la gigantesque toile *Guernica*, voulait montrer l'horreur des bombardements subis par une population civile.

[Transition] Les artistes se servent donc de leur art pour défendre des idées qui leur sont chères. Mais cette dénonciation est-elle réellement efficace ?

[L'efficacité de la dénonciation] On pourrait penser que les moyens d'action tels que la grève, l'opposition politique directe ont plus d'effet que des poèmes ou des films. Pourtant, les œuvres d'art possèdent une durée dans l'histoire supérieure à celle d'un discours politique. La dénonciation peut alors sembler plus efficace. La Fontaine, quand il écrit ses fables, veut dénoncer certains travers : l'arbitraire du pouvoir royal, les défauts et la bêtise des hommes. En utilisant la littérature, il donne un tour plaisant à cette dénonciation, et la rend plus efficace, puisque nous lisons encore ses fables aujourd'hui.

CONSEIL
Ménage une transition entre les deux parties de ton développement : récapitule ce que tu as dit, insère un connecteur logique, annonce ce qui va suivre.

[Conclusion] L'art n'est pas le seul moyen de défendre des idées. Il permet toutefois de donner visibilité et efficacité à cette dénonciation et de toucher ainsi le plus grand nombre.

Destin tragique

3 heures
100 points

INTÉRÊT DU SUJET • Les documents racontent comment les migrants, originaires d'Afrique, tentent de rejoindre l'Europe en traversant la Méditerranée. Leur périple s'apparente souvent à une tragédie.

DOCUMENT A Texte littéraire

Des migrants clandestins espèrent entrer en Europe par la côte italienne. Pour cela, ils payent très cher le passage illégal à des marins qui semblent prêts à courir ce risque. Le début du texte se situe au moment où ils embarquent sur un navire en très mauvais état. Parmi ces migrants, le narrateur met en évidence un personnage, une jeune femme, qui fait le voyage avec son enfant.

L'équipage était constitué d'une dizaine d'hommes, silencieux et précis. Ce sont eux qui donnèrent le signal de l'embarquement. Les centaines d'ombres confluèrent alors vers la petite passerelle et le bateau s'ouvrit. Elle fut une des premières à embarquer. Elle s'installa sur le pont contre la rambarde et observa le lent chargement de ceux qui la suivaient. Ils ne tardèrent pas à être serrés les uns contre les autres. Le bateau ne semblait plus aussi vaste que lorsqu'elle était sur le quai. C'était maintenant un pont étroit piétiné par des centaines d'hommes et de femmes.

Ils levèrent l'ancre au milieu de la nuit. La mer était calme. Les hommes, en sentant la carcasse du navire s'ébranler, reprirent courage. Ils partirent enfin. [...]

Mais il y eut ces cris poussés à l'aube du deuxième jour, ces cris qui renversèrent tout et marquèrent le début du second voyage. De celui-là, elle se rappelait chaque instant. Depuis deux ans, elle le revivait sans cesse à chacune de ses nuits. De celui-là, elle n'était jamais revenue.

Les cris avaient été poussés par deux jeunes Somalis[1]. Ils s'étaient réveillés avant les autres et donnèrent l'alarme. L'équipage avait disparu. Ils avaient profité de la nuit pour abandonner le navire à l'aide de l'unique canot de sauvetage. La panique s'empara très vite du bateau. Personne ne savait piloter pareil navire. Personne ne savait non plus où l'on se trouvait. […] Ils se rendirent compte avec désespoir qu'il n'y avait pas de réserve d'eau ni de nourriture. Que la radio ne marchait pas. Ils étaient pris au piège. Encerclés par l'immensité de la mer. Dérivant avec la lenteur de l'agonie. […][2]

Son esprit assommé ne pensa plus à rien. La fatigue l'envahit. À partir de cet instant, elle renonça. Elle se laissa glisser dans un coin, s'agrippa à la rambarde et ne bougea plus. Elle n'était plus consciente de rien. Elle dérivait avec le navire. Elle mourait, comme tant d'autres autour d'elle, et leurs souffles fatigués s'unissaient dans un grand râle continu.

Ils dérivèrent jusqu'à la troisième nuit. La frégate[3] italienne les intercepta à quelques kilomètres de la côte des Pouilles[4]. Au départ de Beyrouth[5], il y avait plus de cinq cents passagers à bord. Seuls trois cent quatre-vingt-six survécurent. Dont elle. Sans savoir pourquoi. Elle qui n'était ni plus forte, ni plus volontaire que les autres. Elle à qui il aurait semblé juste et naturel de mourir après l'agonie de son enfant. Elle qui ne voulait pas lâcher la rambarde […].

Elle raconta tout cela avec cette lenteur et précision. Pleurant parfois, tant le souvenir de ces heures, était encore vif en elle. Le commandant Piracci ignorait que la femme eût un enfant mais, en d'autres occasions, sur d'autres mers, il avait dû, parfois, arracher des nourrissons inertes à leur mère. Il connaissait ces histoires de mort lente, de rêve brisé. Pourtant le récit de cette femme le bouleversa. Il repensa à cette destinée saccagée, à la laideur des hommes. Il essaya de mesurer la colère qui devait y avoir en elle et il sentit qu'elle était au-delà de toute mesure. Et pourtant durant tout son récit, elle ne s'était pas départie de la pleine dignité de ceux que la vie gifle sans raison et qui restent debout.

Il repensa à l'argent qu'il avait dans un de ses livres de sa bibliothèque et il lui demanda : « Que voulez-vous ? » […] Il était bouleversé et il était prêt à donner autant qu'il pouvait.

Elle le regarda droit dans les yeux et sa réponse le laissa stupéfait. Elle lui dit d'une voix posée :

« Je voudrais que vous me donniez une arme. »

Laurent Gaudé, *Eldorado*, 2006.

1. Somalis : habitants de Somalie, pays situé à l'extrémité orientale de la Corne de l'Afrique.
2. Dans le passage coupé, les cadavres sont jetés par-dessus bord, par peur d'une contamination, y compris l'enfant, mort, de la jeune femme.
3. Frégate : bateau de guerre rapide à trois mâts (et aussi grand oiseau des mers dont la femelle ne couve qu'un œuf par an).
4. Les Pouilles : région du Sud de l'Italie en Europe formant le talon de la botte.
5. Beyrouth : capitale du Liban, pays du Proche-Orient.

DOCUMENT B Alain Dambès, *Rives de l'Eldorado*, 2013

Huile sur toile.

TRAVAIL SUR LE TEXTE LITTÉRAIRE ET SUR L'IMAGE

50 POINTS • 1 h 10

Les réponses doivent être entièrement rédigées.

Grammaire et compétences linguistiques

▶ **1. a)** Dans le premier paragraphe, par quels groupes nominaux désigne-t-on respectivement l'équipage et les passagers ? (*2 points*)

b) Que désigne le mot « la » à la ligne 6 ? Indiquez la classe grammaticale et la fonction de ce mot. (*3 points*)

▶ **2.** « Encerclés par l'immensité de la mer. » (lignes 25-26)
a) À quelle classe grammaticale le mot « encerclés » appartient-il ? (*1 point*)
b) Expliquez la composition de ce mot et précisez son sens dans le contexte. (*2 points*)

▶ **3.** « L'équipage avait disparu. » (l. 19-20).
Indiquez le temps et la valeur du verbe. (*2 points*)

▶ **4.** « La fatigue l'envahit. À partir de cet instant, elle renonça. Elle se laissa glisser dans un coin, s'agrippa à la rambarde et ne bougea plus. Elle n'était plus consciente de rien. » (l. 27-30).
Réécrivez ce passage en remplaçant « elle » par « elles » et faites toutes les modifications nécessaires. (*10 points*)

Compréhension et compétences d'interprétation

▶ **1.** Au début du texte, à quel moment de la journée le navire lève-t-il l'ancre ? Pour quelle raison, selon vous ? (*2 points*)

▶ **2.** D'après le premier paragraphe, précisez dans quelles conditions les voyageurs sont embarqués. (*3 points*)

▶ **3. a)** Pourquoi le narrateur parle-t-il de « second voyage » à la ligne 14 ? (*2 points*)
b) Montrez que les passagers sont véritablement « pris au piège » (l. 25). (*2 points*)
c) Combien de passagers survivent à ce terrible voyage ? (*1 point*)

▶ **4.** Quelles impressions la situation du personnage féminin produit-elle sur vous ? Justifiez votre réponse en vous appuyant précisément sur le texte. (*4 points*)

▶ **5.** Pourquoi le commandant Piracci est-il bouleversé par le récit de la femme ? Développez votre réponse en vous appuyant sur le texte. (*4 points*)

▶ **6.** Dans les trois dernières lignes du texte, comment comprenez-vous l'attitude et les paroles du personnage féminin ? (*2 points*)

▶ **7.** À quel procédé littéraire avez-vous été le plus sensible dans le texte ? Justifiez votre choix. (*2 points*)

▶ **8.** Quelles réflexions ce texte vous inspire-t-il ? (*2 points*)

▶ **9.** Comment le peintre Alain Dambès représente-t-il la tragédie actuelle des migrants, qui quittent leurs pays pour se rendre clandestinement en Europe ? (*6 points*)

DICTÉE

10 POINTS • 20 min

Le nom de l'auteur et le titre de l'œuvre sont écrits au tableau.

Laurent Gaudé
Eldorado, 2006.

Le bateau lui sembla énorme. C'était une haute silhouette immobile, et cette taille imposante la rassura. Elle se dit que les passeurs avec qui elle avait traité devaient être sérieux et accoutumés à ces traversées s'ils possédaient de tels bateaux.

On la fit attendre sur le quai, au pied du monstre endormi. Les camionnettes ne cessaient d'arriver. Il en venait de partout, déposant leur chargement humain et repartant dans la nuit. La foule croissait sans cesse. Tant de gens. Tant de silhouettes peureuses qui convergeaient vers ce quai. Des jeunes hommes pour la plupart. N'ayant pour seule richesse qu'une veste jetée sur le dos. Elle aperçut quelques familles et d'autres enfants comme le sien, emmitouflés dans de vieilles couvertures. Cela aussi la rassura. Elle n'était pas la seule mère.

RÉDACTION

40 POINTS • 1 h 30

Vous traiterez au choix un des deux sujets de rédaction suivants. Votre travail fera au moins deux pages (soit une cinquantaine de lignes).

Sujet d'imagination

Le commandant Piracci refuse de donner une arme à la jeune femme. Imaginez ce qu'il lui dit, en prenant soin de développer son discours. La jeune femme peut éventuellement prendre la parole.

Sujet de réflexion

Selon vous, de quelle manière peut-on exercer sa solidarité envers ceux qui en ont besoin ? Développez et argumentez votre point de vue.

LES CLÉS DU SUJET

Analyser les documents

LE TEXTE

Le genre
Une partie du roman se concentre sur un commandant italien chargé d'intercepter les navires de migrants clandestins.

Le thème
Touché par le récit dramatique d'une jeune femme, le commandant tente ensuite la traversée en sens inverse.

L'IMAGE

Le genre
Reprise du tableau de Géricault, *Le Radeau de la Méduse* (1819) où les naufragés furent contraints de se manger entre eux.

Les caractéristiques clés
A. Dambès actualise le tableau : les naufragés sont devenus des immigrés, et la terre, donc l'espoir, s'aperçoit au loin.

Traiter le sujet d'imagination

Recherche d'idées

Piste 1 Tu dois écrire la suite immédiate du texte, en imaginant la réponse négative donnée par le commandant à cette demande d'arme.

Piste 2 Réfléchis aux arguments qu'il va utiliser pour essayer de dissuader la jeune femme de se venger sur les passeurs malhonnêtes dont les agissements ont entraîné la mort de son enfant.

Conseils de rédaction

• Le commandant doit s'exprimer au discours direct : ses paroles auront alors plus de poids, et tu pourras plus facilement utiliser le registre des émotions. Utilise les caractéristiques de ce discours : deux points, guillemets, présent de l'énonciation comme temps de référence.

• Des interventions du narrateur sont toutefois possibles, mais les paroles du personnage doivent composer l'essentiel du devoir.

Traiter le sujet de réflexion

Recherche d'idées

Piste 1 Commence par définir « solidarité ». Étymologiquement, ce terme désigne un rapport de dépendance réciproque entre les personnes.

Piste 2 Par quels actes peut-on se montrer solidaire envers ceux qui ont besoin d'aide : en donnant du temps ? de l'argent ? en partageant leurs peines ? en endossant leurs problèmes ?

Conseils de rédaction

• Établis une liste de synonymes pour « solidaire » : « compatissant », « charitable », « généreux », « bienfaisant » en font partie, mais aussi « responsable ».

• Pour que ton argumentation soit efficace, n'hésite pas à anticiper les objections que l'on pourrait te faire.

4 CORRIGÉ GUIDÉ

TRAVAIL SUR LE TEXTE LITTÉRAIRE ET SUR L'IMAGE

Grammaire et compétences linguistiques

▶ **1. a)** « une dizaine d'hommes » désigne l'équipage ; « les centaines d'ombres », « des centaines d'hommes et de femmes » désignent les passagers.

b) Le pronom personnel « la » désigne le personnage féminin ; il est COD du verbe « suivre ».

▶ **2. a)** Il s'agit d'un participe passé employé comme adjectif qualificatif.

b) Le mot est composé du radical *cercle*, du préfixe *en-* qui signifie « dans » et du suffixe *-é* qui sert à former le participe. La mer à perte de vue entoure l'embarcation : sans rivage, nul sauvetage possible.

▶ **3.** Le verbe est conjugué au plus-que-parfait, pour indiquer l'antériorité par rapport aux actions exprimées par les verbes au passé simple ou à l'imparfait.

▶ **4.** *Les modifications sont en couleur.*

La fatigue les envahit. À partir de cet instant, elles renoncèrent. Elles se laissèrent glisser dans un coin, s'agrippèrent à la rambarde et ne bougèrent plus. Elles n'étaient plus conscientes de rien.

Compréhension et compétences d'interprétation

▶ **1.** Le navire lève l'ancre au milieu de la nuit, car la traversée vers l'Europe s'effectue de manière clandestine.

▶ **2.** Les voyageurs sont embarqués de nuit, et les passagers sont trop nombreux : « un pont étroit piétiné par des centaines d'hommes et de femmes ».

▶ **3. a)** Le 1er voyage est celui qui doit mener en Europe. Le 2e commence lorsque les passagers découvrent que l'équipage est parti. C'est le début d'un voyage vers l'horreur.

b) Les voyageurs sont en pleine mer ; sans instrument de navigation ni nourriture, ils ne peuvent agir sur leur destinée et sont piégés.

c) Trois cent quatre-vingt-six passagers sur cinq cents ont survécu ; presque un quart sont morts.

▶ **4.** La femme produit une impression forte. Sa destinée terrible – exil, perte de son enfant – fait naître de la compassion, mais aussi de l'admiration, puisqu'elle reste digne et fait partie de « ceux que la vie gifle sans raison mais qui restent debout ».

▶ **5.** Le commandant est bouleversé. Les événements racontés lui rappellent des scènes vécues : « sur d'autres mers, il avait dû, parfois, arracher les nourrissons inertes à leur mère ». Le destin de cette femme le révolte et il semble prêt à tout pour essayer de rétablir un semblant de justice : « il était prêt à donner autant qu'il pouvait ».

▶ **6.** La femme a soif de justice, justice qui semble passer par la punition des criminels (propriétaire du bateau et passeurs) qui ont provoqué la mort de son fils.

> **REMARQUE**
> Il est peu vraisemblable que la femme veuille se suicider, car le texte évoque ceux qui restent debout malgré les malheurs.

▶ **7.** Les parallélismes de construction sont nombreux : « De celui-là, elle [...] De celui-là, elle [...] » ; « Personne ne savait piloter [...] Personne ne savait non plus [...] ; « Elle qui n'était [...] Elle à qui [...] Elle qui ne voulait [...]. » L'insistance créée par ce procédé de reprise permet de souligner l'horreur des événements vécus.

▶ **8.** La situation des migrants est tragique : poussés à l'exil par une situation malheureuse, ils doivent survivre à une traversée terrible, à la merci des passeurs malhonnêtes.

▶ **9.** La peinture d'Alain Dambès reprend le célèbre tableau de Géricault, *Le Radeau de la Méduse.* Les naufragés, ici originaires d'Afrique, sont dans une situation critique : l'embarcation est chancelante, certains sont morts. Quelques-uns pourtant agitent la main en direction de la rive : l'espoir est permis. En reprenant un illustre modèle, Dambès montre que ces horreurs d'un autre siècle sont encore d'actualité.

DICTÉE

POINT MÉTHODE

1 Attention aux accords sujet-verbe : une subordonnée peut les séparer ! Parfois, la tournure est impersonnelle : le pronom sujet ne désigne personne, et s'écrit au singulier, comme dans *Il semble que…*

2 Sois attentif aux accords du participe passé : employé seul, il s'accorde avec le nom ; employé avec *être*, il s'accorde avec le sujet ; employé avec *avoir*, il ne s'accorde pas avec le sujet.

Le bateau lui sembla énorme. C'était une haute silhouette immobile, et cette taille imposante la rassura. Elle se dit que les passeurs avec qui elle avait traité devaient être sérieux et accoutumés à ces traversées s'ils possédaient de tels bateaux.

On la fit attendre sur le quai, au pied du monstre endormi. Les camionnettes ne cessaient d'arriver. Il en venait de partout, déposant leur chargement humain et repartant dans la nuit. La foule croissait sans cesse. Tant de gens. Tant de silhouettes peureuses qui convergeaient vers ce quai. Des jeunes hommes pour la plupart. N'ayant pour seule richesse qu'une veste jetée sur le dos. Elle aperçut quelques familles et d'autres enfants comme le sien, emmitouflés dans de vieilles couvertures. Cela aussi la rassura. Elle n'était pas la seule mère.

RÉDACTION

Voici un exemple de rédaction sur chacun des deux sujets.
Attention, les indications entre crochets ne doivent pas figurer sur ta copie.

Sujet d'imagination

[Mise en place du récit] Le commandant était interdit. Au bout d'un moment, et devant le regard qui ne le lâchait pas, il essaya de répondre à la question et d'aller au-delà de la stupéfaction qu'elle lui avait causée.

« Mais… Comment… Vous ne pouvez pas… »

Un éclair noir passa rapidement dans les yeux de son interlocutrice :

« Il le faut pourtant », déclara-t-elle calmement. Il comprit qu'il avait un devoir envers elle, un devoir d'honnêteté.

[1er argument] « Je ne peux pas vous donner une arme. Vous voulez tuer les passeurs et les intermédiaires qui, tout en sachant ce qui vous attendait, n'ont eu aucun scrupule à embarquer femmes et enfants, après les avoir dépouillés de leurs dernières économies. Je comprends votre colère, mais qui voulez-vous tuer ? Une personne ? Le propriétaire du bateau que vous ne connaissez pas ? Dix personnes ? Les passeurs qui vous ont abandonnés et que vous n'avez aperçus que de nuit ? Les reconnaîtriez-vous après tout ce temps ?

[2e argument] Et même si c'était le cas, qu'est-ce que cela changerait ? Derrière ces personnes, il y en a au moins cent, au moins mille qui font le même travail et qui commettent les mêmes crimes. Elles méritent de mourir. Allez-vous les tuer également ?

[3e argument] Et comment allez-vous vous y prendre ? Vous vous souvenez des dangers auxquels vous avez échappé en faisant la route à l'aller ? Voulez-vous vraiment y être à nouveau confrontée ? Une femme seule ? Qu'on ne ménagera pas car on n'a plus d'argent à lui soutirer ? La situation a changé depuis dans ces régions : elle est pire qu'avant ; personne ne vous sauvera. »

Mais ces mots sonnaient creux. Elle était bien au-delà de la logique. Les raisonnements ne pouvaient plus l'atteindre. Seule restait cette colère. Cette colère immense, cette colère au nom de laquelle elle agissait désormais, cette colère qui seule pouvait rétablir du sens dans le chaos du monde. Et cette colère, il la partageait :

« C'est moi qui les retrouverai et qui les tuerai », s'entendit-il déclarer alors.

GAGNE DES POINTS
Termine le récit par un rebondissement ou une idée neuve : tu maintiendras ainsi l'attention du lecteur jusqu'à la dernière ligne.

Sujet de réflexion

[Introduction] On fait souvent appel à la solidarité dans les périodes difficiles : aider les gens qui sont dans le besoin semble en effet indispensable. Mais selon les besoins, les manières de se montrer solidaire seront différentes.

[Donner de l'argent] Il est fréquent de rencontrer des gens qui n'ont pas les moyens financiers nécessaires pour assurer à leur famille un quotidien convenable. Beaucoup sont obligés de se tourner vers des associations pour obtenir des vêtements ou de la nourriture, par exemple. On peut donc les aider en faisant preuve de générosité ; les dons sont en effet indispensables à ces associations pour fonctionner : argent, vêtements, nourriture ou fournitures scolaires, tout a une utilité.

[Donner de son temps] Mais être solidaire, c'est parfois aussi donner de son temps. Certaines personnes n'ont pas de problèmes financiers, mais souffrent d'isolement. On évoque souvent les personnes âgées qui n'ont pas de famille proche géographiquement et se retrouvent rapidement isolées. De manière individuelle ou collective, par le biais d'associations, il est fréquent de voir des gens prendre en compte la solitude des autres et leur offrir ce dont ils ont besoin : du temps et de la compagnie.

[Partager peines et problèmes] On peut enfin faire profiter les autres de ce que l'on a : il est possible en effet de posséder certaines qualités qui peuvent être utiles aux autres. Un élève qui comprend rapidement un exercice de mathématiques peut prendre le temps d'expliquer consignes et démarches à ceux qui ont plus de mal. En faisant bénéficier les autres de son savoir, il permet au groupe entier de progresser. Être solidaire, c'est donc aussi se sentir responsable des autres.

[Conclusion] La solidarité est une valeur considérée comme inestimable et universelle. En donnant ce dont l'autre a besoin, on se met à sa place et on gagne ainsi le droit, peut-être, de recevoir à notre tour quand cela sera nécessaire.

CONSEIL
Efforce-toi d'élargir la réflexion à la fin de ton devoir. Il est bon en effet de terminer la conclusion par une ouverture, une nouvelle question : ici, celle de la réciprocité.

5 Centres étrangers • Juin 2021

L'arbre à poèmes

3 heures
100 points

INTÉRÊT DU SUJET • Dans ce poème en prose, l'auteur, qui a fait de la prison pour avoir parlé librement, défend le droit à la poésie. Il affirme la nécessité d'avoir une vision poétique du monde.

DOCUMENT A Texte littéraire

L'arbre à poèmes

Je suis l'arbre à poèmes. Les savants disent que j'appartiens à une espèce en voie de disparition. Mais personne ne s'en émeut[1] alors que des campagnes ont été lancées récemment pour sauver le panda du Népal et l'éléphant d'Afrique.

Question d'intérêt, diront certains. Question de mémoire, dirai-je. De temps en temps, la mémoire des hommes sature. Ils se délestent alors du plus encombrant, font de la place en prévision du nouveau dont ils sont si friands.

Aujourd'hui, la mode n'est plus aux vieilles essences. On invente des arbres qui poussent vite, se contentent de l'eau et du soleil qu'on leur mesure et font leur métier d'arbre en silence, sans état d'âme.

Je suis l'arbre à poèmes. On a bien essayé sur moi des manipulations, qui n'ont rien donné. Je suis réfractaire[2], maître de mes mutations. Je ne m'émeus pas à de simples changements de saison, d'époque. Les fruits que je donne ne sont jamais les mêmes. J'y mets tantôt du nectar[3], tantôt du fiel[4]. Et quand je vois de loin un prédateur, je les truffe[5] d'épines.

Parfois je me dis : Suis-je réellement un arbre ? Et j'ai peur de me mettre à marcher, parler le triste langage de l'espèce menteuse, m'emparer d'une hache et m'abattre sur le tronc du plus faible de mes voisins. Alors je m'accroche de toutes mes forces à mes racines. Dans leurs veines infinies je remonte le cours de la parole jusqu'au cri primordial. Je défais l'écheveau des langues. J'attrape le bout du fil et je tire pour libérer la musique et la lumière. L'image se rend à moi. J'en fais les bourgeons qui me plaisent et donne rendez-vous aux fleurs. Tout cela nuitamment, avec la complicité des étoiles et des rares oiseaux qui ont choisi la liberté.

Je suis l'arbre à poèmes. Je me ris de l'éphémère et de l'éternel.

Je suis vivant.

Abdellatif Laâbi, *L'Étreinte du monde*, 1993.

1. Émeut/émeus (ligne 11) : verbe *émouvoir* conjugué au présent de l'indicatif.
2. Réfractaire : qui résiste, qui refuse de se soumettre.
3. Nectar : au sens propre, boisson délicieuse ; au sens figuré, propos doux et élogieux.
4. Fiel : au sens propre, liquide amer ; au sens figuré, propos accompagnés de méchanceté.
5. Truffe : verbe *truffer*, remplir quelque chose en de nombreux endroits.

DOCUMENT B Pawel Kuczynski, *Soul*[1], 2010

Pawel Kuczynski a transformé une souche d'arbre en gramophone, un appareil qui permettait d'écouter de la musique.

1. *Soul*, en anglais, signifie « âme ».

TRAVAIL SUR LE TEXTE LITTÉRAIRE ET SUR L'IMAGE

50 POINTS • 1 h 10

Les réponses doivent être entièrement rédigées.

Compréhension et compétences d'interprétation

▶ **1.** Montrez que l'arbre est personnifié en relevant deux éléments que vous expliquerez. (*4 points*)

▶ **2.** Quels reproches l'arbre poète fait-il à l'homme ? Trois éléments de réponse sont attendus. (*6 points*)

▶ **3.** Lignes 21 à 29 : de « Alors je m'accroche de toutes mes forces… » à « Je suis vivant. »

a) Dans ce passage, relevez trois éléments qui justifient l'affirmation : « Je suis vivant. » (l. 29) (*3 points*)

b) En quoi ce passage présente-t-il une vision poétique du monde ? Justifiez votre réponse. (*4 points*)

▶ **4.** Abdellatif Laâbi a passé plusieurs années en prison parce qu'il a fait le choix de parler librement. Dans ce poème, comment le poète montre-t-il qu'il tient à défendre sa liberté ? Trois éléments de réponse sont attendus. (*6 points*)

▶ **5.** Quels liens pouvez-vous établir entre ce texte et le document iconographique ? Deux éléments de réponse sont attendus. (*5 points*)

Grammaire et compétences linguistiques

▶ **6.** « réellement » (l. 18)

a) Expliquez la formation du mot en nommant précisément les éléments qui le constituent. (*2 points*)

b) Donnez la classe grammaticale de ce mot. (*1 point*)

▶ **7.** « […] je les truffe d'épines. » (l. 17)

Réécrivez cette phrase en remplaçant le pronom souligné par le groupe de mots auquel il renvoie dans le texte. (*3 points*)

▶ **8.** « Ils se délestent alors du plus encombrant, font de la place en prévision du nouveau dont ils sont si friands. » (l. 6 à 8)

a) Relevez tous les verbes conjugués de cette phrase. (*3 points*)

b) En fonction du nombre de verbes, que peut-on dire sur la construction de la phrase ? (*2 points*)

▶ **9.** Réécrivez la phrase ci-dessous en remplaçant la proposition subordonnée relative par un adjectif qualificatif de même sens. (*2 points*)

« On a bien essayé sur moi des manipulations, qui n'ont rien donné. » (l. 12 et 13)

▶ **10.** Réécrivez le passage suivant en remplaçant « je » par « nous » et en conjuguant les verbes à l'imparfait de l'indicatif. Vous ferez toutes les modifications nécessaires. (*9 points*)

« Alors je m'accroche de toutes mes forces à mes racines. Dans leurs veines infinies je remonte le cours de la parole jusqu'au cri primordial. Je défais l'écheveau des langues. » (l. 21 à 23)

DICTÉE — 10 POINTS • 20 min

Le nom de l'auteur, le titre de l'œuvre et la date sont écrits au tableau.

Antoine de Saint-Exupéry
Citadelle, 1948
© Éditions Gallimard

Tu n'as rien deviné de la joie si tu crois que l'arbre lui-même vit pour l'arbre qu'il est, enfermé dans sa gaine. Il est source de graines ailées et se transforme et s'embellit de génération en génération. Il marche, non à ta façon, mais comme un incendie au gré des vents.

Tu plantes un cèdre sur la montagne et voilà ta forêt qui lentement, au long des siècles, déambule.

Que croirait l'arbre de soi-même ? Il se croirait racines, tronc et feuillages. Il croirait se servir en plantant ses racines, mais il n'est que voie et passage. La terre à travers lui se marie au miel du soleil, pousse des bourgeons, ouvre des fleurs, compose des graines, et la graine emporte la vie, comme un feu préparé mais invisible encore.

RÉDACTION — 40 POINTS • 1 h 30

Vous traiterez au choix l'un des sujets suivants.

Sujet d'imagination

Comme dans le poème d'Abdellatif Laâbi, *L'Arbre à poèmes*, écrivez un texte poétique dans lequel vous donnerez la parole à un élément de la nature qui exprimera sa liberté et sa beauté.
Vous commencerez par « Je suis… » et vous terminerez par « Je suis vivant.e ».

Sujet de réflexion

Selon vous, faut-il résister à l'évolution du monde ?
Vous développerez votre point de vue en prenant appui sur des exemples variés issus de votre expérience personnelle, de votre culture et des œuvres étudiées lors de votre scolarité.

LES CLÉS DU SUJET

Analyser les documents

LE TEXTE

Le genre
Poème en prose extrait du recueil *L'Étreinte du monde* d'Abdellatif Laâbi, un poète marocain (né en 1942) incarcéré et persécuté pour ses idées.

Le thème
Un « arbre à poèmes » prend la parole pour clamer qu'il est vivant et prêt à résister dans un monde où le droit à la liberté d'expression est bafoué.

L'IMAGE

Le genre
Dessin de l'artiste/graphiste polonais Pawel Kuczynski (né en 1976).

Les caractéristiques clés
Ce dessin surréaliste dénonce un monde qui abat les arbres et symbolise la nature qui reprend ses droits, la beauté qui résiste au saccage.

Traiter le sujet d'imagination

Recherche d'idées

Piste 1 Commence par choisir l'élément naturel auquel tu donneras la parole : un élément liquide (eau, ruisseau, rivière, mer…), un élément minéral (roche, montagne…), un élément végétal (fleur, herbe…) ou encore un élément aérien (vent, ciel, nuage…).

Piste 2
- Tu dois personnifier l'élément choisi : trouve-lui un caractère, des sentiments, des états d'âme.
- Tu peux le faire se révolter devant le sort que lui font subir les hommes qui ne respectent pas la nature.

Conseils de rédaction

- N'oublie pas de commencer par « Je suis… » et de terminer par « Je suis vivant.e », comme l'exige le sujet. Tout ton texte doit être écrit du **point de vue de l'élément de la nature choisi.**
- Essaie de faire de ton texte un **poème en prose** en jouant :
– sur l'inégale longueur des paragraphes qui peuvent ne faire qu'une ligne à la manière d'un vers, comme dans le texte d'Abdellatif Laâbi ;
– sur la musicalité de tes phrases, en variant les rythmes et les sonorités.

FRANÇAIS

Choisis par exemple des mots qui riment entre eux ou qui permettent de créer des allitérations et des assonances, c'est-à-dire la reprise de mêmes sons.

Traiter le sujet de réflexion

Recherche d'idées

Piste 1	Recherche des arguments : • ce qui te paraît bénéfique dans l'évolution du monde (progrès social, technologique…) ; • ce qui te paraît nocif dans l'évolution du monde (pollution, destruction de la planète, possibilité de sociétés totalitaires…).
Piste 2	Recherche des exemples d'œuvres littéraires, cinématographiques ou tirés d'expériences personnelles qui te permettront d'illustrer tes arguments (*Germinal* d'Émile Zola, *Antigone* de Jean Anouilh, *L'Armée des ombres* de Joseph Kessel, *1984* de George Orwell, *L'homme qui plantait des arbres* de Jean Giono…).

Conseils de rédaction

• Construis un **développement en deux parties** : arguments pour et arguments contre la nécessité de résister à l'évolution du monde.

• Emploie des **connecteurs argumentatifs** pour articuler les différentes parties et les arguments entre eux (*car, parce que, donc, si bien que, bien que, quoique, cependant, pourtant*…).

5 CORRIGÉ GUIDÉ

TRAVAIL SUR LE TEXTE LITTÉRAIRE ET SUR L'IMAGE

Compréhension et compétences d'interprétation

▶ **1.** L'arbre est personnifié : tout d'abord, il parle et il pense. Il s'interroge sur son existence : « Parfois je me dis : Suis-je réellement un arbre ? » Il est aussi doué de sentiments : « Je suis réfractaire », « j'ai peur de me mettre à marcher », « Je me ris de l'éphémère et de l'éternel ».

INFO+
Une personnification est une figure de style consistant à donner des propriétés humaines (la parole, la pensée) à des animaux ou à des objets inanimés.

▶ **2.** L'arbre poète reproche à l'homme de manquer de mémoire, de se désintéresser de la poésie, de la laisser dépérir.

Il lui reproche aussi de ne pas prendre le temps de regarder le monde : tout doit aller vite, devient rapidement obsolète.

Enfin, l'homme est une « espèce menteuse » qui s'en prend aux plus faibles.

▶ **3. a)** L'arbre est vivant : il a des racines, veines dans lesquelles circule une énergie vitale qui le ramène à son origine, à la puissance créatrice de son imagination et à une existence libre.

b) Le passage présente une vision poétique du monde : l'arbre est une métaphore du poète qui revendique une parole « qui remonte jusqu'au cri primordial », une langue originale qui fait naître des images, des rythmes et des sonorités, qui crée une œuvre et propose une autre façon de regarder le monde, de s'exprimer en toute liberté.

INFO+
Une métaphore est une figure d'analogie, comme une comparaison, mais sans mot-outil pour l'introduire (*comme, ainsi que, tel, semblable à*...).

▶ **4.** Le poète revient sur les pressions, peut-être les tortures physiques et morales qu'on lui a fait subir, « les manipulations qui n'ont rien donné ». Il clame qu'il est « réfractaire », qu'il refuse de se laisser dominer, intimider : il affirme sa force de résistance à l'oppression.

Il se sent armé contre « ses prédateurs », ceux qui en veulent à sa liberté de parole. Ce sont ses écrits qu'il « truffe d'épines », qui deviennent des armes contre les oppresseurs.

Il veut continuer à résister, si nécessaire dans la clandestinité, « nuitamment, avec la complicité des étoiles et des rares oiseaux qui ont choisi la liberté. »

▶ **5.** Le document iconographique et le texte évoquent l'un et l'autre un arbre. Dans le dessin, l'arbre a été abattu, contrairement à celui du poème qui continue à se dresser avec vigueur. Cependant l'un et l'autre résistent à ceux qui veulent leur disparition, comme en témoigne le rameau qui émerge du cornet du gramophone.

Dans les deux œuvres, les artistes ont voulu exprimer de façon concrète leur vision poétique du monde : l'arbre gramophone comme l'arbre à poèmes donnent naissance à des sons, des rythmes, de la musique, ils rendent le monde plus beau.

Grammaire et compétences linguistiques

▶ **6. a)** Le mot « réellement » est composé d'un radical, l'adjectif « réel » au féminin, et du suffixe *-ment*.

b) Il s'agit d'un adverbe.

INFO+
Un mot est généralement constitué d'un radical suivi d'un suffixe et peut être précédé d'un préfixe. Ici, le suffixe *-ment* permet de former un adverbe de manière.

▶ **7.** *Les modifications sont mises en couleur.*

« Je truffe d'épines les fruits que je donne. »

▶ **8. a)** Il y a trois verbes conjugués : « se délestent », « font », et « sont ».

b) Cette phrase est donc une phrase complexe.

INFO+
Une phrase qui contient un seul verbe conjugué est dite simple. Lorsqu'elle contient plusieurs verbes conjugués, elle est dite complexe.

▶ **9.** *Les modifications sont mises en couleur.*

« On a bien essayé sur moi des manipulations infructueuses. »

▶ **10.** *Les modifications sont mises en couleur.*

« Alors nous nous accrochions de toutes nos forces à nos racines. Dans leurs veines infinies, nous remontions le cours de la parole jusqu'au cri primordial. Nous défaisions l'écheveau des langues. »

DICTÉE

POINT MÉTHODE

1 Attention à l'accord des verbes. Identifie bien leur sujet. Dans la dictée, les deux premiers verbes sont conjugués à la deuxième personne du singulier : n'oublie pas le *s*. Tous les autres verbes sont conjugués à la troisième personne du singulier.

2 Dans l'énumération « racines, tronc et feuillages », *racines* est au pluriel car l'arbre en a plusieurs, *tronc* est au singulier car l'arbre n'en a qu'un. *Feuillages* est au pluriel mais peut aussi être écrit au singulier.

3 Attention aux homophones qui peuvent être source de confusions : *voie* (= chemin) ≠ *voix*.

Tu n'as rien deviné de la joie si tu crois que l'arbre lui-même vit pour l'arbre qu'il est, enfermé dans sa gaine. Il est source de graines ailées et se transforme et s'embellit de génération en génération. Il marche, non à ta façon, mais comme un incendie au gré des vents.

Tu plantes un cèdre sur la montagne et voilà ta forêt qui lentement, au long des siècles, déambule.

Que croirait l'arbre de soi-même ? Il se croirait racines, tronc et feuillages. Il croirait se servir en plantant ses racines, mais il n'est que voie et passage. La terre à travers lui se marie au miel du soleil, pousse des bourgeons, ouvre des fleurs, compose des graines, et la graine emporte la vie, comme un feu préparé mais invisible encore.

RÉDACTION

Voici un exemple de rédaction sur chacun des deux sujets.
Attention, les indications entre crochets ne doivent pas figurer sur la copie.

Sujet d'imagination

[Présentation] Je suis l'eau douce qui prend sa source dans la montagne.

[Origine] Au début, je ne suis qu'un minuscule filet qui glougloute tout doucement, frêle et limpide. Je me fraie mon petit chemin buissonnier entre les cailloux et les mousses qui tapissent mon berceau. J'émets un doux murmure cristallin. Je caresse de mon onde câline les herbes qui se dressent sur mon passage. Je me sens libre et je scintille dans la lumière du soleil qui me fait cligner des yeux et couvre ma robe légère de mille paillettes argentées.

CONSEIL
N'hésite pas à jouer avec les sonorités (assonances, allitérations, effets de rimes…) et à varier la longueur des paragraphes pour créer un poème en prose.

[Évolution] Je suis ma pente naturelle et deviens un jeune torrent fougueux bien décidé à explorer le monde. Parfois, la colère me prend et je me jette tête la première du sommet de hauts rochers, cascadant puis caracolant en remous mouvementés. Je gronde alors, je rugis, je me fâche mais très vite je me calme dans d'accueillantes petites vasques en douces vagues miroitantes.

[Avenir et influence nocive des hommes] Je sais le long voyage que j'entreprends vers l'inconnu : bientôt mon eau se mêlera à d'autres, des rivières me prendront dans leurs bras ; des industries me pollueront peut-être, je perdrai ma pureté, je prendrai des teintes maladives ; des fleuves sombres m'enlaceront et m'entraîneront vers la mer, la haute mer dans laquelle je me perdrai, d'où je m'évaporerai en lourds nuages… pour renaître, un jour, sous la forme d'un petit filet argenté.

Je suis l'eau douce qui prend sa source dans la montagne et qui toujours se renouvelle, toujours se réinvente.

[Phrase finale] Je suis vivante.

Sujet de réflexion

[Introduction] Faut-il accepter, accompagner l'évolution du monde ou au contraire y résister ? Vaste question !

[Éléments positifs dans l'évolution du monde] Dans un premier temps, je pense qu'il est difficile de nier que les progrès technologiques et scientifiques ont contribué à rendre la vie plus facile, en particulier dans les pays les plus riches de la planète. En effet, on vit mieux et plus longtemps ; les conditions de travail se sont grandement améliorées ; la culture, les informations sont facilement accessibles grâce à Internet ; l'Europe, sinon le monde, vit une relative période de paix comme elle n'en avait pas connu auparavant.

Comment pourrait-on dire que c'était mieux avant ? Il suffit de penser à l'existence misérable des mineurs au XIXe siècle telle que la dépeint Zola dans *Germinal* pour être persuadé du contraire.

Bien sûr, certains de ces progrès ont été acquis de haute lutte par des hommes qui ont su participer à l'évolution du monde. Ainsi le combat des mineurs raconté dans *Germinal* ou celui des résistants contre le nazisme tel qu'il nous est conté dans *L'Armée des ombres* de Joseph Kessel. Et il reste beaucoup de batailles à mener pour toujours davantage d'égalité, de liberté, de fraternité à l'échelle de la planète.

[Éléments négatifs dans l'évolution du monde] Cependant, si les progrès technologiques se révèlent bénéfiques, ils constituent également une menace pour l'humanité.

> **CONSEIL**
> Pense à employer des connecteurs argumentatifs.

Ils sont tout d'abord responsables d'une pollution alarmante qui risque de détruire notre environnement de manière irréversible, de rendre la terre invivable pour l'espèce humaine, situation envisagée dans les romans post-apocalyptiques comme *La Planète des singes* de Pierre Boulle. Dès 1953, Jean Giono dans *L'homme qui plantait des arbres* appelait déjà à prendre conscience de l'importance de l'écologie.

Ils sont aussi une menace pour notre liberté. En effet, le développement d'Internet crée le risque d'une société totalitaire qui contrôlera nos vies et nos cerveaux, comme l'imagine George Orwell dans *1984*.

[Conclusion] Si les progrès technologiques ont grandement contribué à améliorer la vie des hommes, leur développement incontrôlé constitue une grave menace pour la survie des espèces, y compris l'espèce humaine, et pour la liberté. C'est pourquoi il est nécessaire de rester vigilant, de combattre certaines dérives qui peuvent nous mener à notre perte.

6 Centres étrangers • Juin 2019

Globalia, un monde totalitaire

3 heures
100 points

INTÉRÊT DU SUJET • Le texte et la bande dessinée évoquent l'un et l'autre un acte de résistance contre un pouvoir totalitaire qui impose une pensée uniformisée.

DOCUMENT A Texte littéraire

Baïkal et Kate sont sortis clandestinement de « Globalia », le monde dans lequel ils vivent. Ils se retrouvent dans la « non-zone » qu'ils ne connaissent pas.

– Tu ne comprends pas, Kate, je te l'ai souvent répété. Ce sera partout la même chose. Partout nous serons en Globalia. Partout, nous retrouverons cette civilisation que je déteste.

– Évidemment, puisqu'il n'y en a qu'une ! Et c'est heureux. Aurais-tu la nostalgie du temps où il y avait des nations différentes qui n'arrêtaient pas de se faire la guerre ?

Baïkal haussa les épaules. Kate poussa son avantage.

– Il n'y a plus de frontières, désormais. Ce n'est tout de même pas plus mal ?

– Bien sûr que non, Kate. Tu me récites la propagande que tu as apprise comme nous tous. Globalia, c'est la liberté ! Globalia, c'est la sécurité ! Globalia, c'est le bonheur !

Kate prit l'air vexé. Le mot de propagande était blessant. Il ne s'agissait ni plus ni moins que de la vérité.

– Tu te crois certainement plus malin que moi, mais tu ne peux tout de même pas nier qu'on peut aller partout. Ouvre ton multi-fonction[1], sélectionne une agence de voyages et tu pars demain dans n'importe quel endroit du monde…

– Oui, concéda Baïkal, tu peux aller partout. Mais seulement dans les zones sécurisées, c'est-à-dire là où on nous autorise à aller, là où tout est pareil.

– Mais tout Globalia est sécurisé ! L'Europe, l'Amérique, la Chine… Le reste, c'est le vide, ce sont les non-zones.

Baïkal reprit d'un ton passionné et s'écria :

– Moi, je continue à croire qu'existe un ailleurs.

Kate soupira.

– C'est ce que tu m'as expliqué et c'est pour cela que je t'ai suivi. Mais rends-toi à l'évidence. L'ailleurs est dans tes rêves, mon amour. Il n'y a que quelques endroits pourris aux confins du monde, des réserves, des friches.

– Depuis six mois je recoupe les informations, insista Baïkal en secouant la tête – mais on sentait le désespoir éteindre sa voix. Je suis sûr que toutes ces non-zones sont en continuité. On peut sortir d'ici et rejoindre la mer, il doit y avoir des déserts, des villes peut-être. J'ai fait l'impossible pour obtenir des plans. J'ai soudoyé[2] un type dont le grand-père était botaniste[3]. Il avait effectué des missions dans les non-zones. Il m'a vendu ce logiciel cartographique, mais il est sans doute dépassé : on ne reconnaît plus rien.

Kate le sentait au bord des larmes. Elle passa sa main dans ses cheveux, lissa ses éternels épis couleur de jais[4] qui se redressaient aussitôt.

– Rentrons maintenant, souffla-t-elle. Nous raconterons que nous nous sommes perdus, que la porte était ouverte, que nous avons voulu être seuls dans la montagne. Cela n'ira pas bien loin. Une amende peut-être.

– Non, dit Baïkal en secouant la tête. Je ne retournerai pas là-bas. Ce monde est une prison.

Jean-Christophe Rufin, *Globalia*, 2004, © Éditions Gallimard.

---

1. Multifonction : ordinateur.
2. Soudoyer : payer quelqu'un pour obtenir quelque chose de défendu.
3. Botaniste : scientifique qui étudie les plantes, les fleurs et les arbres.
4. Jais : de couleur noire.

DOCUMENT B **Quino, *Y a un truc !*, 1981**

Quino, scénariste et auteur de bandes dessinées argentin, porte un regard critique sur la société, notamment celle de son pays.

TRAVAIL SUR LE TEXTE LITTÉRAIRE ET SUR L'IMAGE

50 POINTS • 1 h 10

Les réponses doivent être entièrement rédigées.

Grammaire et compétences linguistiques

▶ **1.** « Globalia » (l. 2)

a) À partir de quel mot ce terme est-il formé ? (*1 point*)

b) Expliquez le sens de « Globalia ». (*1 point*)

▶ **2.** « […] là où on nous autorise à aller » (l. 20), « mais on sentait le désespoir éteindre sa voix » (l. 32), « on peut sortir d'ici et rejoindre la mer » (l. 33-34).

a) Quelle est la classe grammaticale du mot « on » ? (*1 point*)

b) Identifiez ce que désigne chacun des trois mots soulignés. (*3 points*)

▶ **3.** « Nous raconterons que nous nous sommes perdus, que la porte était ouverte, que nous avons voulu être seuls dans la montagne. » (l. 42-44)
Comment les paroles du personnage sont-elles rapportées ? (*1 point*)

▶ **4.** « Globalia, c'est la liberté ! Globalia, c'est la sécurité ! Globalia, c'est le bonheur ! » (l. 11-12)
Identifiez une figure de style employée dans ce passage. (*1 point*)

▶ **5.** « Mais rends-toi à l'évidence. » (l. 28)

a) Quel mode est employé dans cette phrase ? (*1 point*)

b) Expliquez l'emploi de ce mode. (*1 point*)

▶ **6.** « Je ne retournerai pas là-bas. Ce monde est une prison. » (l. 46-47)

a) Nommez la relation logique qui unit les deux phrases. (*1 point*)

b) Réécrivez-les en utilisant une conjonction de subordination qui exprime la même relation logique. (*1 point*)

▶ **7.** « Tu ne comprends pas, Kate, je te l'ai souvent répété. Ce sera partout la même chose. Partout nous serons en Globalia. Partout, nous retrouverons cette civilisation que je déteste. » (l. 1-3)
Réécrivez ce passage en commençant par : « Baïkal explique à Kate qu'elle… » (*10 points*)

Compréhension et compétences d'interprétation

▶ **8.** Quel est le sujet central de la conversation entre Kate et Baïkal ? (*2 points*)

▶ **9. a)** Que pense Kate de Globalia ? (*2 points*)

b) Reformulez deux arguments qu'avance Kate pour défendre son opinion. Vous illustrerez votre réponse à l'aide de deux citations. (*4 points*)

c) Dans les lignes 4 à 18, nommez un procédé qu'elle utilise pour convaincre Baïkal. Justifiez-le à l'aide d'un exemple issu du texte. (*2 points*)

▶ **10. a)** Quelle vision Baïkal a-t-il de Globalia ?
Relevez deux arguments. (*3 points*)
b) Quel est son projet ? Justifiez votre réponse. (*3 points*)

▶ **11.** Quelle proposition Kate formule-t-elle à la fin de l'extrait ?
Pour quelle raison ? (*2 points*)

▶ **12.** En vous appuyant sur les réponses précédentes et votre lecture du texte, que pensez-vous de Globalia ? Développez votre réponse de manière argumentée. (*4 points*)

▶ **13. a)** Quelles sont les caractéristiques de la société représentée par Quino dans cette planche de bande dessinée ? (*3 points*)
b) Quels liens établissez-vous avec le texte *Globalia* ? (*3 points*)

DICTÉE — 10 POINTS • 20 min

Le nom de l'auteur, le titre de l'œuvre, ainsi que « Baïkal », « Kate », « glauque » et « biais » sont écrits au tableau.

Jean-Christophe Rufin
Globalia, 2004
© Éditions Gallimard

Tout à coup, emportés par leur élan, ils butèrent contre la vitre qui courait à mi-pente. Elle rendit un son vibrant quand ils la heurtèrent. Ils étaient tombés accroupis, emmêlés. Baïkal se redressa, couvert d'aiguilles sèches. Il aida Kate à se relever. Elle n'osait pas toucher la vitre. C'était la première fois qu'elle approchait des limites. Le mur lisse et brillant était transparent de près mais prenait un ton vert glauque à mesure qu'il s'éloignait et qu'on le voyait de biais. […] La pente qu'ils avaient dégringolée était si raide qu'il semblait impossible de la remonter.

RÉDACTION — 40 POINTS • 1 h 30

Vous traiterez au choix un des deux sujets de rédaction suivants. Votre travail fera au moins deux pages (soit une cinquantaine de lignes).

Sujet d'imagination

Kate rentre seule à Globalia. Imaginez une situation qui lui ouvre les yeux, l'amenant à considérer Globalia comme une prison et à partager le point de vue de Baïkal sur ce monde. Vous respecterez les caractéristiques de la narration et du cadre spatio-temporel du texte. Vous intégrerez dans votre récit les pensées et les sentiments de Kate.

Sujet de réflexion

Comment l'expression artistique (la littérature, la peinture, le cinéma, la musique…) permet-elle de dénoncer le totalitarisme ? Vous vous appuierez sur vos lectures, vos connaissances personnelles et culturelles.

LES CLÉS DU SUJET

Analyser les documents

LE TEXTE

Le genre
Roman d'anticipation de J.-C. Rufin, qui prend la forme d'une dystopie (2004).

Le thème
Le jeune héros, Baïkal Smith, cherche à sortir clandestinement de Globalia, un état mondial sécurisé et uniformisé.

L'IMAGE

Le genre
Bande dessinée de Quino, dessinateur et scénariste argentin surtout connu pour sa série de bandes dessinées *Mafalda*.

Le thème
Dénonciation d'une pensée unique imposée par une idéologie totalitaire et affirmation de la nécessité d'y résister.

Traiter le sujet d'imagination

Recherche d'idées

Piste 1 Imagine un événement (rencontre, confrontation, fait, incident) qui va provoquer une prise de conscience chez Kate.

Piste 2 Kate peut réaliser que Globalia n'est pas le monde parfait qu'elle pense, que la propagande n'est pas la vérité, qu'elle n'est pas si libre qu'elle le croit, que tout est peut-être trop uniforme et laisse peu de place à l'imagination, au droit à la différence…

Conseils de rédaction

- Reprends les caractéristiques de la narration : récit à la troisième personne et au passé.
- Respecte aussi le cadre spatio-temporel.

– Le lieu : à Globalia, un État totalitaire où règnent la propagande et l'uniformité de la pensée imposée.

– Le moment : dans un futur indéterminé, peu de temps après le retour de Kate de son escapade secrète avec Baïkal.

• Intègre dans ton récit les pensées et les sentiments de Kate.

– Imagine, par exemple, un court dialogue intérieur.

– Fais appel au lexique des sentiments pour évoquer ses doutes, ses désirs, ses révoltes.

Traiter le sujet de réflexion

Recherche d'idées

Piste 1	Recherche les différentes façons dont les artistes peuvent combattre le totalitarisme (les dictatures) : – le rire, l'ironie ; – l'art de persuader, d'émouvoir, de se révolter ; – l'appel à la résistance ; – les récits d'anticipation, les dystopies.
Piste 2	Choisis des exemples précis parmi des œuvres littéraires, picturales, cinématographiques ou encore musicales. N'oublie pas de citer aussi le roman de Jean-Christophe Rufin.

Conseils de rédaction

• Présente tout d'abord la question dans ton introduction.

• Construis ensuite ton développement en plusieurs paragraphes, chacun correspondant à un moyen d'agir contre le totalitarisme. Introduis chaque paragraphe avec un connecteur : « tout d'abord », « ensuite », « mais aussi », « enfin »…

• N'oublie pas de conclure par une rapide synthèse et en élargissant ta réflexion : par exemple, évoque l'importance de l'expression artistique et les risques encourus par les artistes dans un monde muselé par la censure.

6 CORRIGÉ GUIDÉ

TRAVAIL SUR LE TEXTE LITTÉRAIRE ET SUR L'IMAGE

Grammaire et compétences linguistiques

▶ **1. a)** Le nom propre « Globalia » est formé à partir de l'adjectif « global ».

b) Globalia est une sorte d'état mondial où les habitants sont englobés dans une même uniformité politique, sociale et intellectuelle.

▶ **2. a)** « On » est un pronom personnel sujet.

b) • « là où on nous autorise à aller » : « on » désigne ceux qui gouvernent.

• « mais on sentait le désespoir éteindre sa voix » : « on » désigne ici Kate, le narrateur, les lecteurs, ceux qui écoutent Baïkal.

• « on peut sortir d'ici et rejoindre la mer » : « on » désigne cette fois « nous » (Kate et Baïkal).

▶ **3.** Les paroles sont rapportées au discours indirect.

▶ **4.** La figure de style employée est une anaphore.

▶ **5. a)** Le mode employé est l'impératif.

b) Il exprime une invitation pressante, un ordre, une exhortation.

> **INFO +**
> Une anaphore consiste à répéter le même mot ou la même construction au début de plusieurs phrases ou vers.

▶ **6. a)** La relation logique est une relation de cause. Elle est implicite, sous-entendue.

b) Je ne retournerai pas là-bas parce que ce monde est une prison.

▶ **7.** *Les modifications sont en couleur.*

« Baïkal explique à Kate qu'elle ne comprend pas, qu'il le lui a souvent répété, que ce sera toujours la même chose, que partout ils seront en Globalia, que partout ils retrouveront cette civilisation qu'il déteste. »

Compréhension et compétences d'interprétation

▶ **8.** Le sujet central de la conversation entre Kate et Baïkal est la possibilité qu'il existe un autre monde au-delà des frontières de cet univers globalisé et uniformisé dans lequel ils vivent.

▶ **9. a)** Kate a une opinion très positive de Globalia : elle considère que c'est un monde où l'on est heureux.

b) Elle apporte deux arguments. Tout d'abord, il s'agit d'un monde sans guerre : « Aurais-tu la nostalgie du temps où il y avait des nations différentes qui n'arrêtaient pas de se faire la guerre ? » Ensuite, c'est un monde sans frontières dans lequel on peut se déplacer librement : « Tu ne peux tout de même pas nier qu'on peut aller partout. »

c) Pour tenter de convaincre Baïkal, Kate emploie des questions rhétoriques : « Il n'y a plus de frontières désormais. *Ce n'est tout de même pas plus mal ?* »

> **INFO +**
> Une question rhétorique est une question à laquelle on n'attend pas de réponse, dont on connaît d'avance la réponse.

▶ **10. a)** Baïkal a une vision très critique de Globalia : c'est un monde totalitaire, où la liberté de penser et de se déplacer n'est qu'apparente, où tous les habitants sont amenés à penser de la même manière. Il voit Globalia comme une prison, physique et morale.

b) Baïkal souhaite s'évader de cet univers, partir à la recherche d'un ailleurs. Cela fait des semaines qu'il enquête sur les « non-zones ». Il s'est procuré un logiciel cartographique. Il est persuadé qu'il y a un autre monde hors de Globalia.

▶ **11.** Kate tente de le convaincre de regagner Globalia. Elle a peur de l'inconnu qui les attend et elle voit Baïkal perdu, au bord des larmes.

▶ **12.** Je pense comme Baïkal que Globalia est un monde totalitaire qui semble offrir le bonheur et la paix, mais au détriment de la liberté de penser, de se déplacer. Les esprits y sont uniformisés, en proie à la propagande. Il n'y a plus de libre-arbitre. C'est un monde aseptisé, sans surprise, sans différences. On peut y voyager à sa guise, mais à quoi bon puisqu'il n'y a plus qu'une civilisation unique ?

▶ **13. a)** La société représentée par Quino sur sa planche de bande dessinée est une société où tout le monde pense de manière identique, ce qui est symbolisé par des carrés. La résistance à cette pensée totalitaire consiste à se procurer clandestinement un instrument subversif, un compas, qui permettra de réaliser des ronds, c'est-à-dire de penser et s'exprimer autrement.

b) Le monde de Globalia et celui de la bande dessinée ont les mêmes caractéristiques : ils imposent à leurs habitants une pensée unique. Baïkal ressemble à ce personnage qui se procure un compas : il veut échapper à cette dictature de la pensée, découvrir d'autres horizons.

DICTÉE

POINT MÉTHODE

Attention aux règles d'accord du participe passé.

1 Le participe passé employé avec l'auxiliaire *être* s'accorde avec le sujet : *Ils étaient tombés accroupis, emmêlés.*

2 Le participe passé employé avec l'auxiliaire *avoir* s'accorde avec le COD si celui-ci est placé avant le verbe : *La pente qu'il avait dégringolée était si raide.*

3 Le participe passé employé comme adjectif s'accorde avec le nom ou le pronom qu'il qualifie : *Tout à coup, emportés par leur élan, ils butèrent contre la vitre.*

Tout à coup, emportés par leur élan, ils butèrent contre la vitre qui courait à mi-pente. Elle rendit un son vibrant quand ils la heurtèrent. Ils étaient tombés accroupis, emmêlés. Baïkal se redressa, couvert d'aiguilles sèches. Il aida Kate à se relever. Elle n'osait pas toucher la vitre. C'était la première fois qu'elle approchait des limites. Le mur lisse et brillant était transparent de près mais prenait un ton vert glauque à mesure qu'il s'éloignait et qu'on le voyait de biais. [...] La pente qu'ils avaient dégringolée était si raide qu'il semblait impossible de la remonter.

RÉDACTION

Voici un exemple de rédaction sur chacun des deux sujets.

Attention les indications entre crochets ne doivent pas figurer sur ta copie.

Sujet d'imagination

[Introduction] Kate laissa Baïkal derrière elle et réintégra discrètement Globalia, soulagée, mais aussi inquiète pour son jeune compagnon affrontant seul les dangers des non-zones, s'y perdant peut-être pour toujours. Elle s'en voulait de l'avoir ainsi abandonné, mais elle ne se sentait pas capable de quitter le cocon protecteur du seul monde qu'elle connaissait.

[Élément déclencheur] Soudain, Kate sentit une odeur lui chatouiller les narines, un léger arôme un peu entêtant, à la fois étrange et familier : cela sentait quelque chose de doux, de subtil et de sauvage en même temps, quelque chose qui éveillait en elle une sorte de nostalgie, une impression de poésie… Elle plongea la main dans sa poche et en sortit une petite poignée de quelque chose qui sentait la terre, l'humus. Cela avait dû s'y glisser alors qu'elle suivait son jeune ami.

[Prise de conscience] Il n'y avait rien de tel à Globalia : les odeurs étaient proscrites, chassées. Tout était désodorisé, aseptisé, fade. Tout ce qui pouvait éveiller des élans de poésie, des désirs, des envies était formellement interdit. Kate, déjà, remarquait quelques regards désapprobateurs et suspicieux. Elle se hâta de s'éloigner de peur d'être soupçonnée de quelque pratique prohibée.

Malgré elle, sa main tâta précautionneusement le fond de sa poche : c'était doux, un peu friable… Elle jeta un coup d'œil rapide à la petite poignée de terre ocre qu'elle venait d'extraire du bout de ses doigts. Elle ne put s'empêcher de porter ces quelques grains à ses narines et huma profondément. Cela lui donna envie de chantonner, même si c'était interdit, à l'exception des chants patriotiques. Comme tout lui semblait terne, insipide, monotone tout à coup. Était-ce cette vie-là qu'elle considérait encore comme heureuse, idéale, quelques heures auparavant ?

[Conclusion] Elle cacha la petite poignée de terre bien profondément dans les plis de sa poche et ressentit le violent désir de fuir cette prison mentale qu'était devenu pour elle, en quelques instants, Globalia. Elle ne souhaitait plus qu'une chose : rejoindre Baïkal et explorer avec lui les espaces inconnus. Mais saurait-elle le retrouver ?

Sujet de réflexion

[Introduction] L'expression artistique (la littérature, la peinture, le cinéma, la musique...) est un moyen de lutte contre le totalitarisme. Mais de quelle façon une œuvre d'art peut-elle se révéler une arme efficace ?

[Combattre en se moquant] Certains artistes ont choisi l'ironie, la dérision comme arme. Ainsi, Charlie Chaplin dans son film *Le Dictateur* (1940) use-t-il du rire pour mettre en évidence la folie des grandeurs et la mégalomanie d'un chef d'État qui ressemble étrangement à Hitler.

[Combattre en indignant et en frappant les esprits] Une œuvre d'art peut aussi agir en frappant les esprits. S'il est un tableau qui symbolise la barbarie, c'est *Guernica* de Picasso (1937) qui met en scène le martyr de la population de cette petite ville bombardée par les aviations fasciste et nazie lors de la guerre d'Espagne. Cette œuvre est un terrible manifeste contre les horreurs de la guerre et de la dictature.

[Combattre en appelant à la résistance] Une œuvre peut aussi être un appel à la résistance. Ainsi, dans son poème *Courage* (1944), Éluard exhorte les Parisiens à s'élever contre le nazisme. Quant au célèbre *Chant des partisans*, c'est l'hymne de la Résistance française contre l'occupant allemand.

[Alerter sur des dangers futurs] Enfin, des romanciers ont choisi de faire des récits d'anticipation, de dystopies pour alerter leurs lecteurs sur les risques que courent nos sociétés de sombrer dans des régimes totalitaires. Citons par exemple *Le Meilleur des mondes* d'Aldous Huxley (1932), *1984,* de George Orwell (1949), *La Servante écarlate* de Margaret Atwood (1985) ou encore *Globalia* de Jean-Christophe Rufin (2004).

[Conclusion] La création artistique offre donc des formes variées de lutte contre les totalitarismes : l'ironie et le rire, le pouvoir d'émouvoir, de persuader, d'appeler à la résistance ou encore de rendre vigilant et critique face à l'avenir. C'est sous les dictatures que l'expression artistique est la plus essentielle et la plus risquée, lorsqu'on cherche à la museler, preuve qu'elle constitue une arme efficace contre le totalitarisme.

4 Répondre à une question de vocabulaire

FRANÇAIS

Ce type de question est récurrent dans un sujet de brevet et peut présenter des formes diverses dont voici ici les plus courantes.

A Formation d'un mot et définition(s)

Analyser la formation d'un mot, c'est délimiter les **différents éléments** qui le constituent. Cela permet d'en définir le **sens**.

▶ Analyser la formation d'un mot dérivé

Prenons l'exemple d'*illégal*.

Le **préfixe** modifie le sens du mot.	Le **radical** constitue l'élément central du mot, sa racine.	Le **suffixe** précise la classe grammaticale du mot.
Ex. : *il-* préfixe de sens négatif	*-lég-* radical qui vient du latin *lex, legis* : la loi	*-al* suffixe qui signale l'adjectif

▶ Donner la définition d'un mot

Il s'agit de donner le **sens du mot**. L'adjectif *illégal* signifie « contraire à la loi ».

B Synonymes, familles de mots et champs lexicaux

On peut te demander de trouver des **synonymes**, des **mots de la même famille** ou appartenant au même **champ lexical** que le mot étudié.

illégal

Synonymes
Mots de sens proches et de même classe grammaticale
Ex. : *interdit, frauduleux, prohibé…*

Mots de la même famille
Ils sont construits à partir du même radical.
Ex. : *illégal, légalité, législation, légiférer, loi*

Champ lexical
Désigne tous les mots appartenant à un même thème.
Ex. : *tribunal, juge, infraction, frauder, frauduleusement…*

ATTENTION ! **Le radical peut présenter des variantes : *fleur* et *floral*, *mer* et *marin*, *légal* et *loi* sont des mots de la même famille.**

5 Identifier la classe grammaticale d'un mot

Les mots sont répartis en dix classes grammaticales (ou natures). Il existe cinq classes variables et cinq classes invariables.

A Les mots variables

Mémorise un exemple pour chaque classe : **remplace**-le par le mot sur lequel tu t'interroges et vois si cela fonctionne.

Classe grammaticale	Caractéristique
Nom (*stylo*, *liberté*, *Anglais*)	Il désigne une personne, une idée, une chose.
Déterminant (*un*, *une*, *le*, *ma*, *son*)	Il accompagne le nom.
Adjectif qualificatif (*beau*, *laid*, *gentil*, *peureux*)	Il se rapporte à un nom et en exprime une caractéristique.
Pronom (*je*, *la*, *la sienne*, *ça*)	Il remplace le plus souvent un nom ou un groupe nominal.
Verbe (*prendre*, *déclarer*, *voir*)	Il se conjugue.

B Les mots invariables

Leur orthographe ne **varie jamais**. La **substitution** est le meilleur moyen de les identifier sans se tromper.

Classe grammaticale	Caractéristique
Adverbe (*bien*, *mal*, *fortement*, *très*)	Il modifie le sens d'un mot ou d'une phrase.
Préposition (*à*, *de*, *par*, *pour*, *sur*, *avec*)	Elle introduit un complément.
Interjection (*Ouf ! Bravo ! Oh ! Zut !*)	Exclamation ou juron exprimant une émotion.
Conjonction de coordination (*mais*, *ou*, *et*, *donc*, *or*, *ni*, *car*)	Elle lie des mots ou groupes de mots de même nature.
Conjonction de subordination (*que*, *parce que*, *puisque*, *alors que*)	Elle relie une proposition subordonnée à une proposition principale.

ATTENTION ! Un mot peut parfois appartenir à deux classes distinctes, par exemple adjectif et adverbe.
Ex. : elle possède une voix *forte* → une voix puissante
elle parle *fort* → fortement

6 Reconnaître la fonction d'un mot ou d'un groupe de mots

La fonction est le rôle qu'un mot ou qu'un groupe de mots occupe dans la phrase.

A Le sujet et les compléments du verbe

Ces mots ont des **fonctions essentielles**. On ne peut pas les supprimer.

Fonction	Exemple
Le **sujet** accomplit l'action exprimée par le verbe. On le reconnaît en posant la question « qui est-ce qui ? » ou « qu'est-ce qui ? » suivie du verbe.	*Jouer au foot reste mon activité préférée.* *Qu'elle aime le basket ne m'étonne pas.*
Le **complément d'objet direct** (COD) se reconnaît en posant la question « qui ? » ou « quoi ? » après le verbe.	*Je préfère les sports d'équipe.* *Je les préfère.*
Le **complément d'objet indirect** (COI) se reconnaît en posant la question « de qui/de quoi ? » ou « à qui/à quoi ? » après le verbe.	*Le ballon appartient à son meilleur ami.* *Il lui appartient.*
L'**attribut du sujet** caractérise le sujet par l'intermédiaire du verbe *être* ou d'un verbe attributif.	*L'équipe adverse semble impressionnée.*

INFO Pour chacune des fonctions, la classe grammaticale peut varier. Il peut s'agir d'un nom, d'un GN, d'un pronom, d'une proposition…

B Les compléments circonstanciels

Ils apportent des **précisions sur les circonstances de l'action**.

Compléments circonstanciels

Place
Ils peuvent être déplacés ou supprimés.
Ex. : *Demain nous participons à notre premier match.*

Classe grammaticale
Nom, GN, pronom, adverbe, infinitif, proposition.
Ex. : *Je me couche tôt pour être en forme.*

Sens
Ils peuvent exprimer le temps, le lieu, la manière, la cause, le but, la conséquence, l'opposition, la comparaison.
Ex. : *Je suis impatiente comme s'il s'agissait de la coupe du monde.*

7 Analyser une phrase complexe

Une proposition est un ensemble de mots organisé autour d'un verbe conjugué. Une phrase complexe comporte plusieurs verbes conjugués, donc plusieurs propositions.

A Les propositions indépendantes

- Une proposition indépendante ne dépend d'aucune autre proposition et aucune autre proposition ne dépend d'elle. Elle pourrait **fonctionner seule**.
- Les propositions indépendantes peuvent être **juxtaposées** : elles sont reliées par une virgule, un point-virgule ou deux-points.

Ex. : [*Écrire son autobiographie est une entreprise ambitieuse*] : [*beaucoup d'auteurs s'y sont essayés*].

- Elles peuvent aussi être **coordonnées** : elles sont reliées par une conjonction de coordination (*mais*, *ou*, *et*, *donc*, *or*, *ni*, *car*) ou par un adverbe de liaison (*puis*, *en effet*, *par conséquent*…)

Ex. : [*Ils s'engagent* à dire la vérité,] [*mais la tentation d'embellir le réel est grande*].

B La proposition principale et la proposition subordonnée

- Les propositions ne sont pas toujours indépendantes. La proposition **subordonnée** peut dépendre d'une autre, qu'on appelle **principale**. Une subordonnée est introduite en général par un **mot subordonnant**.
- On distingue **différents types** de subordonnées selon leur fonction.

Propositions subordonnées

Relative
Ex. : *Je dévore l'autobiographie [que Romain Gary a écrite].*
Fonction : épithète du nom *l'autobiographie*

Complétive
Ex. : *On y découvre [que sa mère l'aimait beaucoup].*
Fonction : COD du verbe *découvre*

Circonstancielle
Ex. : *[Bien qu'elle soit morte depuis des années], il continue à recevoir ses lettres.*
Fonction : complément circonstanciel d'opposition

8 Expliquer la valeur d'un temps

Après avoir identifié le temps d'un verbe, il te sera demandé d'en expliquer la valeur dans le texte.

A Les valeurs du présent de l'indicatif

Le présent de l'indicatif peut avoir des **valeurs très diverses**.

Valeur du présent de l'indicatif	Exemple
Présent de l'énonciation	*Aujourd'hui, c'est mon anniversaire.*
Présent de narration	*Un jour, notre héros décide de partir.*
Présent de vérité générale	*Deux et deux font quatre.*
Présent d'habitude	*Je vais à la piscine une fois par semaine.*
Présent à valeur de passé récent	*Il vient de partir.*
Présent à valeur de futur proche	*Le train part dans deux minutes.*

B Les valeurs du passé simple et de l'imparfait

Le passé simple et l'imparfait sont les **principaux temps du récit au passé** et se partagent les rôles.

- Le **passé simple** est le temps du récit proprement dit. Il exprime des actions ponctuelles qui se succèdent chronologiquement et qui constituent la trame du récit.

- L'**imparfait** est le temps de la description.

Dans un récit au passé, il exprime aussi :
- des actions de second plan, les circonstances de l'action ;
- des actions en cours d'accomplissement ;
- des actions habituelles, qui se répètent.

Ex. : « *Il ouvrit toute grande la porte ; une trombe d'eau nous submergea d'un seul coup [...]. Dehors, c'était chaud, humide, l'orage battait son plein, des éclairs jaillissaient presque sans cesse et le tonnerre semblait tomber un peu partout [...].* »

Michel Tremblay, « Sturm und Drang », *Bonbons assortis*, 2010.

passé simple : premier plan du récit
imparfait : second plan du récit

9 Utiliser la bonne terminaison verbale

L'hésitation est fréquente entre des terminaisons verbales dont la prononciation est identique.

A Infinitif ou participe passé ?

Les verbes du premier groupe ont un **infinitif en *-er*** et un **participe passé en *-é***. Il faut les distinguer bien que leur prononciation soit identique.

Ex. : *Le soldat veut aid… son camarade tomb… sous la mitraille ; celui-ci est bless… et doit se faire soign… .*

1 J'identifie toutes les formes concernées et je les **remplace** par un **verbe du 3e groupe** à l'infinitif comme *vendre*, *voir*, *battre*, etc.

2 Je vois les substitutions qui fonctionnent et celles qui ne fonctionnent pas.
→ *Le soldat veut **battre** / son camarade ~~battre~~ sous la mitraille ; / celui-ci est ~~battre~~ / et doit se faire **battre**.*

3 Je choisis l'**infinitif en *-er*** pour les substitutions qui ont fonctionné, le **participe passé en *-é*** pour les autres.
→ *Le soldat veut aid**er** son camarade tomb**é** sous la mitraille ; celui-ci est bless**é** et doit se faire soign**er**.*

> ATTENTION ! **Au présent de l'indicatif, la terminaison *-ez* de la 2e personne du pluriel se prononce comme l'infinitif en *-er* et le participe passé en *-é*. Pour l'identifier, repère le pronom sujet *vous*.**

B Passé simple ou imparfait ?

À la première personne du singulier, les verbes du **premier groupe** ont une **prononciation** très proche au passé simple (*-ai*) et à l'imparfait (*-ais*). **Changer de personne** permet de les différencier plus aisément.

Ex. : *Hier, je rencontr… par hasard mon ancien camarade ; je lui parl… du métier que j'exerç… depuis deux ans.*

1 Pour identifier le temps employé, je repère les formes concernées et je les **remplace par une autre personne**, par exemple la 3e personne du singulier (passé simple en *-a* / imparfait en *-ait*).
→ *Hier, il rencontr**a** par hasard son ancien camarade ; il lui parl**a** du métier qu'il exerç**ait** depuis deux ans.*

2 Je choisis la terminaison qui correspond au temps identifié.
→ *Hier, je rencontr**ai** par hasard mon ancien camarade ; je lui parl**ai** du métier que j'exerç**ais** depuis deux ans.*

10 Faire les accords nécessaires

Tu dois vérifier que tu as respecté les accords dans toutes les parties de l'épreuve : dans la dictée, mais aussi dans la rédaction et les réponses aux questions.

A Accorder un verbe

- Le verbe s'accorde **en personne** et **en nombre avec le sujet**, qu'il faut donc identifier sans se tromper (voir fiche 6).
- Voici quelques cas particuliers.

Cas particuliers

- Le sujet est **éloigné du verbe.** → **Ex. :** *Antigone, contrairement aux autres personnages, semble triste et pensive.*
- Le sujet est **inversé.** → **Ex. :** *Dès le prologue se dessinent clairement les caractères des personnages.*
- Le sujet comprend un **complément du nom :** il faut accorder le verbe avec le noyau. → **Ex. :** *Le peuple des Thébains acclame le nouveau roi, Créon.*
- Le sujet est un **verbe à l'infinitif** ou une **proposition subordonnée :** ce qui entraîne un accord à la 3e personne du singulier. → **Ex. :** *Que l'on prévienne Créon de sa terrible destinée ne changera rien.*

B Accorder un adjectif

- L'adjectif qualificatif s'accorde toujours **en genre et en nombre avec le nom** (ou le **pronom** auquel il se rapporte).
- Voici quelques cas particuliers.

Cas particuliers

- L'adjectif peut être **éloigné** du nom qu'il qualifie.
  → **Ex. :** *Indifférente aux ordres donnés par Créon, Antigone décide d'enterrer son frère.*
- Les **adjectifs de couleur** dérivés d'un nom ne s'accordent pas (sauf rose, mauve, pourpre et fauve) ; les adjectifs de couleur composés non plus.
  → **Ex. :** *Ses sandales marron, teintées de sang, sont maintenant rouge vif.*

C Accorder un participe passé

La règle **varie** selon la manière dont le participe passé est employé.

Le participe passé est employé…

- **…seul**
  Il fonctionne comme un adjectif et s'accorde avec le nom.
  → **Ex. :** *Scandalisée par les ordres de son oncle, la jeune fille se rebelle.*
- **…avec *être***
  Il s'accorde avec le sujet du verbe.
  → **Ex. :** *Antigone a été obligée de mentir à tout le monde.*
- **…avec *avoir***
  - Il ne s'accorde jamais avec le sujet.
  - Il s'accorde avec le COD si celui-ci précède le verbe.

  → **Ex. :** *Créon a donné des ordres qu'Antigone n'a pas respectés.*

11 Confronter un texte et une image

L'objectif consiste à rechercher les points communs, les analogies et les différences, voire les oppositions, entre le texte littéraire et un document iconographique.

FRANÇAIS

A Analyse de l'image

Commence par observer et présenter brièvement l'image.

- Genre : tableau, dessin satirique, sculpture, photographie, image tirée d'un film, installation artistique, affiche de propagande, publicité…
- Auteur et date
- Registre : réaliste, fantastique, satirique, polémique, comique, pathétique…
- Thème : courte description

B Confrontation de l'image au texte

- Après avoir bien observé l'image, relis attentivement le texte à la recherche d'**analogies** ou de **différences**.
- Plusieurs cas de figure peuvent se présenter.

Cas de figure	Conseil
L'image **illustre bien** le texte : la situation que les deux documents évoquent est assez **similaire.**	• Relève les points communs entre l'image et le texte. • Attention ! La similitude peut porter uniquement sur un paragraphe, voire une seule ligne du texte.
L'image et le texte présentent une **situation similaire**, mais avec des **différences.**	Relève d'abord les ressemblances, puis les dissemblances qui existent entre les deux documents.
L'image et le texte présentent des **réalités** ou des **points de vue opposés.**	• Ce peut être le cas si l'image est une publicité ou une affiche de propagande dont le dessein est diamétralement opposé à celui d'un texte qui présente un point de vue critique, voire polémique. • Tiens compte des dates de création des deux documents : les époques, et donc le contexte, peuvent être différents.

À NOTER **La propagande a pour but de diffuser une doctrine, une idéologie afin d'influencer, d'embrigader les esprits et les opinions.**

12 Construire un récit ou une suite de récit

Les deux démarches sont différentes : construire un récit à partir de ton imagination et/ou d'une expérience vécue ou bien écrire une suite de texte en te glissant dans l'imaginaire de l'auteur.

A Construire un récit

- Tu dois le plus souvent écrire un **récit autobiographique**. Mais, rien ne t'empêche de faire preuve d'imagination à condition de rester crédible.
- **Lis** bien le sujet et **surligne** les consignes pour ne rien oublier.

Ex. : *Votre texte mêlera description et narration et cherchera à faire partager les sensations et les sentiments que vous avez alors éprouvés.*

- Construis ton récit en **intégrant** les **éléments** suivants.

Les éléments du récit

↓

1. Paragraphe introducteur
   - Présentation du **lieu** où se produit l'événement raconté et du **moment**
   - Description du **décor**

↓

2. **Récit** proprement dit avec **enchaînement d'actions**
   Possibilité d'introduire un court dialogue

↓

3. Expression des **sentiments** et des **sensations** éprouvés

REMARQUE Passages narratifs, descriptifs et dialogues peuvent s'imbriquer les uns dans les autres pour se compléter.

B Construire une suite de récit

- Construire une suite de récit, c'est imaginer ce qui va se passer à la **fin de l'extrait** proposé dans le sujet de brevet.
- Tu dois respecter un certain nombre de **contraintes** :

– respect des **circonstances** : lieu, époque, personnages… Évite les anachronismes ;
– respect des **temps employés** : présent de narration ou temps du passé ;
– respect du **point de vue narratif** : récit à la 1re ou 3e personne, point de vue d'un des personnages.

13 Construire une argumentation

Tu dois donner ton avis et argumenter sur une question en rapport avec le texte.

A Trouver des arguments et des exemples

- Lis attentivement le sujet pour bien comprendre la **question** posée.
- Puis, au brouillon, cherche des **idées** et organise-les.

Étapes préparatoires au brouillon

1. Écris tes **arguments** sous forme de **mots-clés**.
2. **Classe** ensuite ces arguments du moins important au plus important ou arguments positifs / arguments négatifs.
3. Construis un **plan** en au moins deux **parties** : thèse / antithèse ou argument 1 / argument 2 / argument 3
4. Recherche des **exemples** tirés de tes lectures et de ton expérience personnelle.

À NOTER **La thèse, c'est la défense d'un point de vue ; l'antithèse, le point de vue opposé. Ex. : *Je préfère vivre en ville car... . Cependant, la vie urbaine a ses inconvénients...***

B Rédiger

Passe à présent à l'étape de la **rédaction**.

- Rédige une **introduction** en reprenant la question posée et en la reformulant avec tes propres mots.
- Compose les différents **paragraphes** de ton raisonnement correspondant à tes arguments classés dans un ordre croissant d'importance.
- Emploie des **connecteurs argumentatifs** pour introduire tes arguments (*tout d'abord, ensuite, enfin*) ou pour mettre en évidence la logique de ton raisonnement (*car, donc, parce que, si bien que, c'est pourquoi, mais, cependant, pourtant, quoique*...).
- Illustre tes arguments avec des **exemples** (expériences vécues, lectures...).
- **Conclus** en faisant une **synthèse** de tes arguments et en proposant une **ouverture**, c'est-à-dire une projection dans le futur, un élargissement de la question posée... C'est la dernière impression que gardera ton lecteur.

Maths

INFOS et CONSEILS sur l'épreuve

FICHE 1 Comment réussir l'épreuve de maths ? 98

Sujet de France métropolitaine 2022

SUJET 7 99

Nombres et calculs

SUJETS 8 à 12 112

Organisation et gestion de données, fonctions

SUJETS 13 à 19 124

Grandeurs et mesures

SUJETS 20 à 23 145

Espace et géométrie

SUJETS 24 à 29 158

Algorithmique et programmation

SUJETS 30 et 31 175

Le programme en 15 fiches MÉMO

FICHE 2 Différents nombres et leurs représentations 182

FICHE 3 Puissance et racine carrée 183

FICHE 4 Calcul avec des fractions 184

FICHE 5 Multiples, diviseurs, nombres premiers 185

FICHE 6 Calcul littéral 186

FICHE 7 Statistiques 187

FICHE 8 Probabilités 188

FICHE 9 Proportionnalité, pourcentages 189

FICHE 10 Fonctions 190

FICHE 11 Grandeurs et mesures 191

FICHE 12 Transformations sur une figure 192

FICHE 13 Repérages 193

FICHE 14 Triangle et parallélogramme 194

FICHE 15 Pythagore et Thalès 195

FICHE 16 Algorithmique et programmation 196

1 Comment réussir l'épreuve de maths ?

Pour chaque exercice de mathématiques, tu dois comprendre le problème posé, utiliser les données fournies, mobiliser tes connaissances et expliquer clairement ton raisonnement.

A Bien gérer son temps

- Commence par **survoler l'intégralité** du sujet. Les exercices sont indépendants : tu peux les traiter dans l'ordre que tu veux.
- Tu disposes de 2 heures pour faire 6 à 8 exercices : tu dois donc accorder environ **15 minutes** à chacun. Veille néanmoins à garder **10 minutes** à la fin de l'épreuve pour te relire.
- Si tu peines sur une question ou sur un exercice, ne t'y attarde pas trop : passe au suivant, et tu y reviendras ensuite.

B Bien analyser chaque exercice

- Lis une fois chaque énoncé ; puis relis en soulignant les **données clés**.
- En géométrie, si l'énoncé ne fournit pas de figure, **trace rapidement celle-ci au brouillon** : tu visualiseras mieux le problème et feras apparaître des configurations connues.

C Bien rédiger et bien présenter sa copie

1. La présentation de la copie

- Travaille d'abord au brouillon, afin d'éviter les ratures.
- Sur ta copie, indique bien le numéro de chacun des exercices. Quand tu développes un **calcul**, passe à la ligne pour chaque étape et souligne le résultat. Tes **figures** doivent être précises, soignées et bien codées.

2. La qualité de la rédaction

Tu dois **justifier et rédiger** toutes tes réponses, sauf dans les QCM.

- Dans une démonstration, explicite les hypothèses te permettant de faire appel à une propriété, écris la formule employée.
- Quand tu donnes une réponse chiffrée, fais attention à la précision demandée, n'oublie pas l'unité.
- De façon générale, exprime-toi dans un français correct et efforce-toi d'employer avec justesse le vocabulaire mathématique.

Sujet du brevet de France métropolitaine 2022

2 heures
100 points

EXERCICE 1 • LA RIVIÈRE — 20 POINTS

Une famille se promène au bord d'une rivière.
Les enfants aimeraient connaître la largeur de la rivière.
Ils prennent des repères, comptent leurs pas et dessinent le schéma ci-dessous sur lequel les points C, E et D, de même que A, E et B sont alignés. (Le schéma n'est pas à l'échelle.)

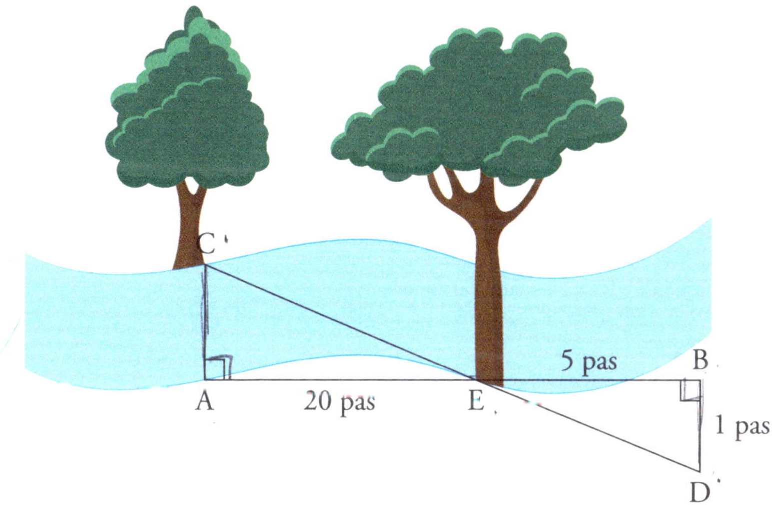

AE = 20 pas ; BE = 5 pas ; BD = 1 pas.

▶ **1.** Démontrer que les droites (AC) et (BD) sont parallèles.

▶ **2.** Déterminer, en nombre de pas, la largeur AC de la rivière.

Pour les questions qui suivent, on assimile la longueur d'un pas à 65 cm.

▶ **3.** Montrer que la longueur CE vaut 13,3 m, en arrondissant au décimètre près.

▶ **4.** L'un des enfants lâche un bâton dans la rivière au niveau du point E. Avec le courant, le bâton se déplace en ligne droite en 5 secondes jusqu'au point C.

a) Calculer la vitesse du bâton en m/s.

b) Est-il vrai que « le bâton se déplace à une vitesse moyenne inférieure à 10 km/h » ?

EXERCICE 2 • QCM GÉOMÉTRIE, ANALYSE ET STATISTIQUES — 20 POINTS

Cet exercice est un questionnaire à choix multiples (QCM). Aucune justification n'est demandée. Pour chaque question, trois réponses (A, B et C) sont proposées. ***Une seule réponse est exacte.***

Question	Réponse A	Réponse B	Réponse C
▶ **1.** On considère les deux figures suivantes. Par quelle transformation la figure 2 est-elle l'image de la figure 1 ? 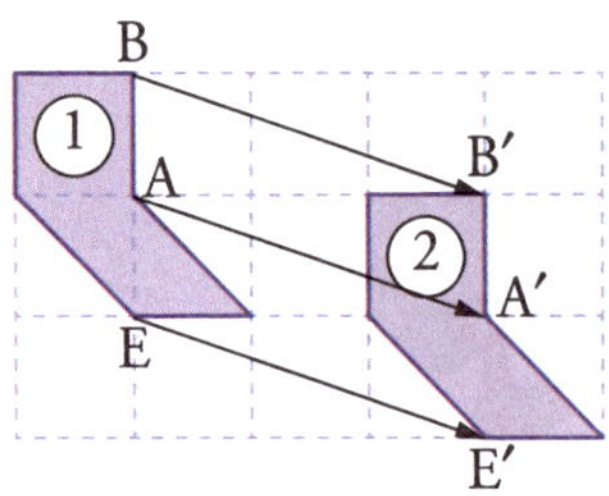	Une translation	Une homothétie	Une symétrie axiale
▶ **2.** On considère la représentation graphique de la fonction g suivante : 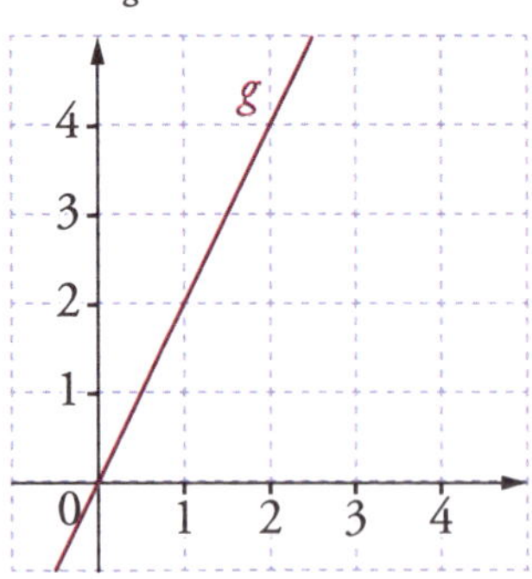 Quel est l'antécédent de 2 par la fonction g ?	2	1	4

Question	Réponse A	Réponse B	Réponse C
▶ **3.** Soit f la fonction définie par : $f : x \mapsto 3x^2 - 7$ Quelle affirmation est correcte ?	29 est l'image de 2 par la fonction f.	$f(3) = 20$	f est une fonction affine.
▶ **4.** On a relevé les performances, en mètres, obtenues au lancer du poids par un groupe de 13 élèves d'une classe. 3,41 m ; 5,25 m ; 5,42 m ; 4,3 m ; 6,11 m ; 4,28 m ; 5,15 m ; 3,7 m ; 6,07 m ; 5,82 m ; 4,62 m ; 4,91 m ; 4,01 m Quelle est la médiane de cette série de valeurs ?	7	4,91	5,15
▶ **5.** On considère la configuration suivante, dans laquelle les triangles LAC et BUT sont semblables. 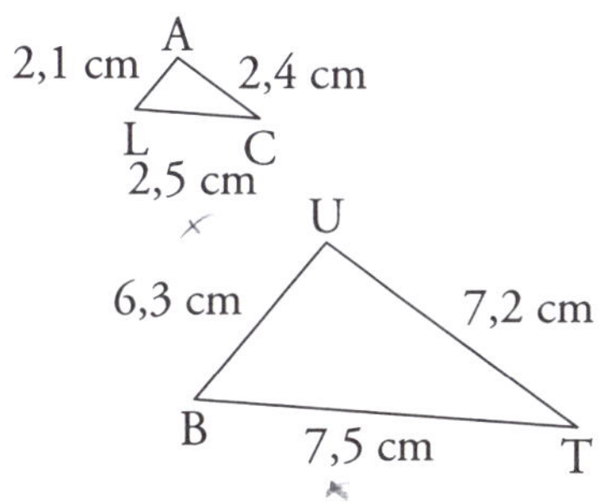 Par quel nombre doit-on multiplier l'aire du triangle LAC pour obtenir l'aire du triangle BUT ?	3	6	9

EXERCICE 3 • LES CARTES DE JEU — 20 POINTS

Une collectionneuse compte ses cartes Pokémon afin de les revendre. Elle possède 252 cartes de type « feu » et 156 cartes de type « terre ».

▶ **1. a)** Parmi les trois propositions suivantes, laquelle correspond à la décomposition en produit de facteurs premiers du nombre 252 ?

Proposition 1	Proposition 2	Proposition 3
$2^2 \times 9 \times 7$	$2 \times 2 \times 3 \times 21$	$2^2 \times 3^2 \times 7$

b) Donner la décomposition en produit de facteurs premiers du nombre 156.

▶ **2.** Elle veut réaliser des paquets identiques, c'est-à-dire contenant chacun le même nombre de cartes « terre » et le même nombre de cartes « feu » en utilisant toutes ses cartes.

MATHS

a) Peut-elle faire 36 paquets ?
b) Quel est le nombre maximum de paquets qu'elle peut réaliser ?
c) Combien de cartes de chaque type contient alors chaque paquet ?

▶ **3.** Elle choisit une carte au hasard parmi toutes ses cartes. On suppose les cartes indiscernables au toucher.
Calculer la probabilité que ce soit une carte de type « terre ».

EXERCICE 4 • AIRE ET ALGORITHMIQUE — 20 POINTS

Dans cet exercice, x est un nombre strictement supérieur à 3.
On s'intéresse aux deux figures géométriques dessinées ci-dessous :
- un rectangle dont les côtés ont pour longueurs $x - 3$ et $x + 7$;
- un carré de côté x.

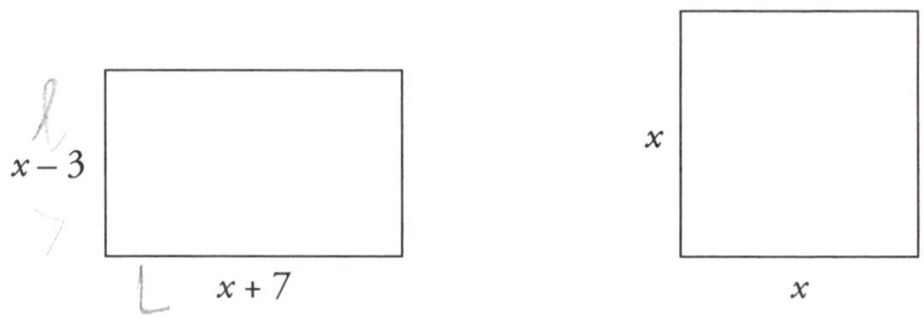

▶ **1.** Quatre propositions sont écrites ci-dessous.
Recopier sur la copie celle qui correspond à l'aire du carré. On ne demande pas de justifier.

$4x$	$4 + x$	x^2	$2x$

▶ **2.** Montrer que l'aire du rectangle est égale à : $x^2 + 4x - 21$.

▶ **3.** On a écrit le script ci-dessous dans Scratch.
On veut que ce programme renvoie l'aire du rectangle lorsque l'utilisateur a rentré une valeur de x (strictement supérieure à 3).
Écrire sur la copie les contenus des trois cases vides des lignes 5, 6 et 7, en précisant les numéros de lignes qui correspondent à vos réponses.

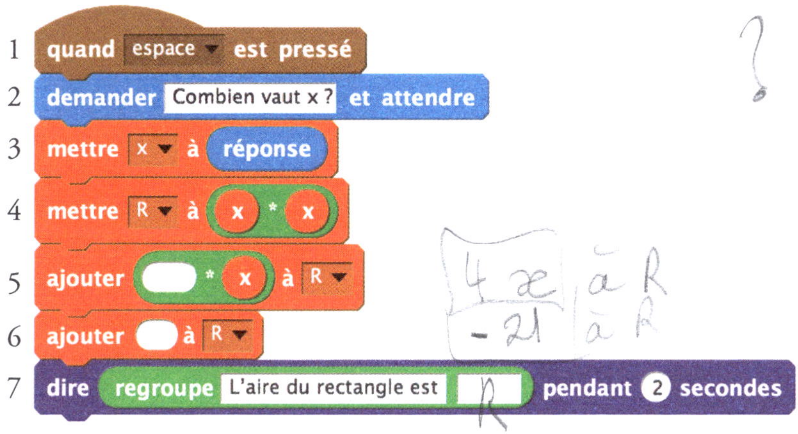

▶ **4.** On a pressé la touche espace puis saisi le nombre 8. Que renvoie le programme ?

▶ **5.** Quel nombre x doit-on choisir pour que l'aire du rectangle soit égale à l'aire du carré ?

Toute trace de recherche, même non aboutie, sera prise en compte.

EXERCICE 5 • LE ROBINET QUI FUIT — 20 POINTS

Dans une habitation, la consommation d'eau peut être anormalement élevée lorsqu'il y a une fuite d'eau.
On considère la situation suivante :

© Bathco

- Une salle de bains est équipée d'une vasque de forme cylindrique, comme l'illustre l'image ci-contre.
- Le robinet fuit à raison d'une goutte par seconde.
- En moyenne, 20 gouttes d'eau correspondent à un millilitre (1 mL).

Caractéristiques de la vasque :
– diamètre intérieur : 40 cm ;
– hauteur intérieure : 15 cm ;
– masse : 25 kg.

Rappels :
volume du cylindre = $\pi \times \text{rayon}^2 \times \text{hauteur}$
$1\ dm^3 = 1$ litre

MATHS

▶ **1.** En raison de la fuite, montrer qu'il tombe 86 400 gouttes dans la vasque en une journée complète.

▶ **2.** Calculer, en litres, le volume d'eau qui tombe dans la vasque en une semaine en raison de la fuite.

▶ **3.** Montrer que la vasque a un volume de 18,85 litres, arrondi au centilitre près.

▶ **4.** L'évacuation de la vasque est fermée et le logement inoccupé pendant une semaine. L'eau va-t-elle déborder de la vasque ? Justifier la réponse.

▶ **5.** À la fin du XIXe siècle, la consommation domestique d'eau par habitant en France était d'environ 17 litres par jour. Elle a fortement augmenté avec la généralisation de la distribution d'eau par le robinet dans les domiciles : elle est passée à 165 litres par jour et par habitant en 2004.
En 2018, la consommation des Français baisse légèrement pour atteindre 148 litres d'eau par jour et par habitant.
Calculer le pourcentage de diminution de la consommation quotidienne d'eau par habitant entre 2004 et 2018. On arrondira ce pourcentage à l'unité.

LES CLÉS DU SUJET

Exercice 1

L'intérêt du sujet

Cet exercice classique te permet de revoir les théorèmes principaux de géométrie, ainsi que les vitesses.

Nos coups de pouce, question par question

▶ **1. Montrer que des droites sont parallèles**	Comment les droites (AC) et (BD) sont-elles par rapport à la droite (AB) ?
▶ **2. Utiliser le théorème de Thalès**	Trouve les quotients égaux dans les triangles ACE et EBD.

▶ **3. Utiliser le théorème de Pythagore**	Écris la formule de Pythagore dans le triangle ACE.
▶ **4. Calculer et convertir une vitesse moyenne**	**a)** Trouve le nombre de mètres parcourus par le bâton en 1 seconde. **b)** Pour convertir la vitesse en km/h, n'oublie pas qu'il y a 3 600 secondes dans 1 heure.

Exercice 2

L'intérêt du sujet

Ce QCM te permet de réviser rapidement tes connaissances sur les fonctions, les transformations et les statistiques.

Nos coups de pouce, question par question

▶ **1. Reconnaître une transformation**	Quel type de transformation permet un « glissement » de figure ?
▶ **2. Lire une représentation graphique de fonction**	Les antécédents d'un nombre se lisent sur l'axe des abscisses.
▶ **3. Calculer une image par une fonction**	Remplace x par 3 dans l'expression de f. Que se passe-t-il ?
▶ **4. Déterminer une médiane**	Range les valeurs dans l'ordre croissant et trouve la valeur centrale.
▶ **5. Utiliser un coefficient d'agrandissement ou de réduction de figures**	Dans un agrandissement/réduction de rapport k, les aires sont multipliées par k^2.

MATHS

Exercice 3

L'intérêt du sujet

Cet exercice te permet de revoir pleinement la leçon sur les diviseurs et les nombres premiers.

Nos coups de pouce, question par question

▶ **1. Décomposer un nombre en produit de facteurs premiers**	Divise successivement par 2, puis 3, etc.
▶ **2. Calculer le plus grand diviseur commun**	Trouve les facteurs communs aux deux décompositions.
▶ **3. Calculer une probabilité**	Divise le nombre de cas favorables par le nombre de cas possibles.

Exercice 4

L'intérêt du sujet

Avec cet exercice, tu vas pouvoir revoir une bonne partie des notions de calcul littéral de collège.

Nos coups de pouce, question par question

▶ **2. Faire un calcul littéral**	Utilise la formule de double distributivité.
▶ **3. Comprendre et modifier un algorithme**	Les lignes 5, 6 et 7 permettent d'exprimer pas à pas chaque terme de l'expression $x^2 + 4x - 21$.
▶ **4. Dérouler un algorithme**	Remplace x par 8 et calcule.
▶ **5. Résoudre une équation du 1er degré à 1 inconnue**	Écris une égalité entre les deux expressions littérales donnant les aires du carré et du rectangle.

Exercice 5

L'intérêt du sujet

À travers cet exercice très concret de fuite d'eau, tu vas pouvoir travailler les conversions de volumes, la proportionnalité et les pourcentages.

Nos coups de pouce, question par question

▶ 1. Convertir des durées	Calcule d'abord le nombre de secondes en 1 jour.
▶ 2. Convertir des volumes	N'oublie pas qu'il y a 7 jours dans une semaine et utilise le rappel pour convertir ton volume en litres.
▶ 3. Calculer le volume d'un cylindre	Remplace le rayon par 20 et la hauteur par 15 dans la formule du volume.
▶ 4. Comparer des nombres	Compare les volumes obtenus.
▶ 5. Calculer un pourcentage	Pourcentage de diminution = $\frac{\text{variation de la quantité}}{\text{quantité initiale}} \times 100$.

7 CORRIGÉ GUIDÉ

EXERCICE 1

▶ **1.** Les droites (AC) et (BD) sont perpendiculaires à la droite (AB).
Or, si deux droites sont perpendiculaires à une même droite, alors elles sont parallèles.

On en déduit que (AC) et (BD) sont parallèles.

▶ **2.** Les droites (AB) et (CD) sont sécantes en E, les droites (AC) et (BD) sont parallèles.
On peut donc appliquer le théorème de Thalès, et on a :

$$\frac{BE}{AE} = \frac{DE}{CE} = \frac{BD}{AC}, \text{ soit } \frac{5}{20} = \frac{DE}{EC} = \frac{1}{AC}.$$

Donc, par le produit en croix, on a $AC = \frac{20 \times 1}{5} = 4$ pas.

▶ **3.** Le triangle ACE est rectangle en A donc, d'après le théorème de Pythagore, on a :

$AC^2 + AE^2 = CE^2$

$4^2 + 20^2 = CE^2$

$16 + 400 = CE^2$

Donc $CE = \sqrt{416} \approx 20{,}4$ pas.

Un pas a une longueur de 65 cm donc $CE \approx 20{,}4 \times 65 = 1\,326$ cm.

Au décimètre près, CE = 13,3 m.

▶ **4. a)** Le bâton parcourt 13,3 m en 5 s, donc sa vitesse moyenne vaut $V = \dfrac{13{,}3}{5} = 2{,}66$ m/s.

La vitesse moyenne du bâton est de 2,66 m/s.

b) En 1 seconde, le bâton parcourt 2,66 m, soit 0,00266 km.

Donc en 1 heure, il parcourt $0{,}00266 \times 3\,600 = 9{,}576$ km.

La vitesse moyenne du bâton est de 9,58 km/h environ : la vitesse moyenne est bien inférieure à 10 km/h.

EXERCICE 2

▶ **1.** La bonne réponse est la réponse A.

Le motif 1 a été glissé de 3 carreaux vers la droite et 1 carreau vers le bas, il s'agit d'une translation.

▶ **2.** La bonne réponse est la réponse B.

On repère la valeur 2 sur l'axe des ordonnées et on trace une droite horizontale qui coupe la représentation graphique de g en un point. On lit l'abscisse de ce point : c'est l'antécédent de 2. On a alors $g(1) = 2$.

▶ **3.** La bonne réponse est la réponse B.

$f(3) = 3 \times 3^2 - 7 = 3 \times 9 - 7 = 27 - 7 = 20.$

▶ **4.** La bonne réponse est la réponse B.

On ordonne les valeurs de la série selon l'ordre croissant :

3,41 ; 3,7 ; 4,01 ; 4,28 ; 4,3 ; 4,62 ; 4,91 ;

5,15 ; 5,25 ; 5,42 ; 5,82 ; 6,07 ; 6,11

La médiane est la valeur centrale : 4,91.

RAPPEL
La médiane est une valeur qui partage la série ordonnée en deux parties d'effectifs égaux.

▶ **5.** La bonne réponse est la réponse C.

$\frac{7,5}{2,5} = 3$ donc on obtient les longueurs du triangle BUT en multipliant celles de LAC par 3. On doit donc multiplier l'aire du triangle LAC par $3^2 = 9$ pour obtenir l'aire du triangle BUT.

EXERCICE 3

▶ **1. a)** La bonne réponse est la proposition 3.

Les autres décompositions contiennent des nombres qui ne sont pas premiers : $9 = 3 \times 3$; $21 = 3 \times 7$.

a) Par divisions successives :

156	2
78	2
39	3
13	13
1	

Donc : $156 = 2^2 \times 3 \times 13$.

▶ **2. a)** $252 \div 36 = 7$ et $156 \div 36 \approx 4,3$ donc elle ne peut pas faire 36 paquets.

> **REMARQUE**
> Avec 36 paquets, il resterait 12 cartes type « terre » inutilisées.

b) La collectionneuse veut utiliser toutes les sortes de cartes, donc on doit chercher un diviseur commun à 252 et 156.

Puisqu'elle veut un nombre maximal de paquets, on cherche le plus grand diviseur commun à 252 et 156.

Elle peut donc faire $2^2 \times 3 = 12$ paquets au maximum.

c) $252 \div 12 = 21$ et $156 \div 12 = 13$.

Il y aura alors 21 cartes « feu » et 13 cartes « terre ».

▶ **3.** Il y a 156 cartes « terre » sur un total de 408 cartes.

Donc, la probabilité de tirer une carte « terre » est de : $\frac{156}{408} = \frac{12 \times 13}{12 \times 34} = \frac{13}{34}$.

> **RAPPEL**
> Donne les probabilités sous forme de fractions irréductibles.

EXERCICE 4

▶ **1.** L'aire d'un carré de côté x vaut x^2.

▶ **2.** Aire(rectangle) $= L \times l = (x + 7)(x - 3) = x^2 - 3x + 7x - 21$

Aire(rectangle) $= x^2 + 4x - 21$.

▶ **3.** Ligne 5 : « ajouter 4 * x à R ».
Ligne 6 : « ajouter – 21 à R ».
Ligne 7 : « L'aire du rectangle est R ».

▶ **4.** Remplaçons x par 8 dans le programme (ou dans la formule) :
$8^2 + 4 \times 8 - 21 = 64 + 32 - 21 = 75$.
Donc en prenant 8 comme nombre de départ, le programme annonce 75.

▶ **5.** On doit résoudre l'équation :
Aire(rectangle) = Aire(carré)

$x^2 + 4x - 21 = x^2$

$4x - 21 = 0$

$4x = 21$

$x = 21 \div 4 = 5{,}25$

Il faut donc prendre 5,25 comme nombre de départ pour que les aires soient égales.

EXERCICE 5

▶ **1.** Dans 1 journée, il y a 24 heures. Dans chaque heure, il y a 3 600 secondes. Il y a donc 86 400 secondes dans une journée.
Puisque 1 goutte tombe toutes les secondes, il tombera 86 400 gouttes en 1 journée.

▶ **2.** On utilise un tableau de proportionnalité pour calculer le volume d'eau tombé en une journée :

Nombre de gouttes	20	86 400
Volume (mL)	1	x

Avec le produit en croix on obtient :

$$x = \frac{86\,400 \times 1}{20} = 4\,320 \text{ mL} = 4{,}32 \text{ L}$$

Donc le volume d'eau tombé en une journée est de 4,32 L.

Donc le volume d'eau tombé en 1 semaine est de $7 \times 4{,}32 = 30{,}24$ L.

▶ **3.** L'intérieur de la vasque est un cylindre de rayon $r = 40 \div 2$ et de hauteur $h = 15$, son volume est :

$$V(\text{cylindre}) = \pi \times r^2 \times h$$
$$= \pi \times 20^2 \times 15$$
$$= 6\,000\pi$$

Soit V(cylindre) ≈ 18 850 cm³, c'est-à-dire environ 18,85 L.

ATTENTION !
Pense à diviser le diamètre par 2 pour avoir le rayon.

▶ **4.** D'après les questions précédentes, le volume de la vasque (18,85 L) est inférieur au volume d'eau perdu par la fuite en une semaine (30,24 L).

Donc l'eau va déborder.

▶ **5.** Le pourcentage de diminution de la consommation d'eau, arrondi à l'unité, vaut :

$$\frac{\text{valeur de la diminution de la consommation}}{\text{consommation initiale}} \times 100 = \frac{165 - 148}{165} \times 100 \approx 10.$$

La consommation quotidienne d'eau par habitant a baissé d'environ 10 % entre 2004 et 2018.

1 dm³ = 1 l
1 cm³ = 0,1 l . 18 850 cm³ =
1 mm³ = 0,01 l.

5 = $\frac{165-148}{165}$ = $\frac{17}{165}$ × 100

Le gaspillage alimentaire

EXERCICE 3

15 min
12 points

Le diagramme ci-dessous représente, pour six pays, la quantité de nourriture gaspillée (en kg) par habitant en 2010.

Quantité de nourriture gaspillée en kg par habitant en 2010

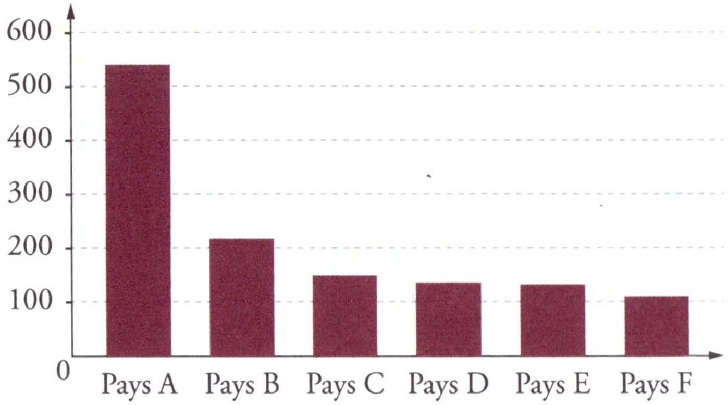

▶ **1.** Donner approximativement la quantité de nourriture gaspillée par un habitant du pays D en 2010.

▶ **2.** Peut-on affirmer que le gaspillage de nourriture d'un habitant du pays F représente environ un cinquième du gaspillage de nourriture d'un habitant du pays A ?

▶ **3.** On veut rendre compte de la quantité de nourriture gaspillée pour d'autres pays. On réalise alors le tableau ci-dessous à l'aide d'un tableur.
Rappel : 1 tonne = 1 000 kg.

	A	B	C	D
1		Quantité de nourriture gaspillée par habitant en 2010 (en kg)	Nombre d'habitants en 2010 (en millions)	Quantité totale de nourriture gaspillée (en tonnes)
2	Pays X	345	10,9	3 760 500
3	Pays Y	212	9,4	B2×C2×1000
4	Pays Z	135	46,6	

a) Quelle est la quantité totale de nourriture gaspillée par les habitants du pays X en 2010 ?
b) Voici trois propositions de formule, recopier sur votre copie celle qu'on a saisie dans la cellule D2 avant de l'étirer jusqu'en D4.

Proposition 1	Proposition 2	Proposition 3
=B2*C2*1000000	=B2*C2	=B2*C2*1000

LES CLÉS DU SUJET

L'intérêt du sujet

Le gaspillage alimentaire est un enjeu de développement durable primordial dans nos sociétés modernes.

Nos coups de pouce, question par question

▶ **1. Lire un diagramme en barres**	Observe que la hauteur de la barre correspondant au pays D dépasse un peu la graduation 100.
▶ **2. Calculer une fraction d'une quantité**	• Lis, sur le diagramme, les quantités de nourriture gaspillée par les pays A et F. • Regarde si $\frac{1}{5}$ de la quantité trouvée pour le pays A correspond bien à la quantité gaspillée par le pays F.
▶ **3. Écrire une formule avec un tableur**	**a)** Lis le nombre de la cellule D2. **b)** Écris le nombre en C2 en écriture décimale, puis calcule le nombre de kilogrammes de nourriture gaspillée par le pays X. Convertis le résultat trouvé en tonnes.

8 CORRIGÉ GUIDÉ

▶ **1.** Par lecture, on voit que la quantité de nourriture gaspillée par un habitant du pays D est d'environ **140 kg**.

▶ **2.** La quantité de nourriture gaspillée par un habitant du pays F est d'environ 110 kg.

La quantité de nourriture gaspillée par un habitant du pays A est d'environ 545 kg.

$545 \times \frac{1}{5} = 109$

Donc on peut affirmer que le gaspillage de nourriture d'un habitant du pays F représente environ un cinquième du gaspillage de nourriture d'un habitant du pays A.

▶ **3. a)** La quantité totale de nourriture gaspillée par les habitants du pays X en 2010 est de **3 760 500 tonnes**.

b) La formule à saisir est : **= B2*C2*1000**

Les JO de Rio

EXERCICE 6

15 min
12 points

Le tableau ci-dessous regroupe les résultats de la finale du 200 m hommes des Jeux Olympiques de Rio de Janeiro en 2016, remportée par Usain Bolt en 19,78 secondes.

Rang	Athlète	Nation	Performance en seconde
1	U. Bolt	Jamaïque	19,78
2	A. De Grasse	Canada	20,02
3	C. Lemaître	France	20,12
4	A. Gemili	Grande-Bretagne	20,12
5	C. Martina	Hollande	20,13
6	L. Merritt	USA	20,19
7	A. Edward	Panama	20,23
8	R. Guliyev	Turquie	20,43

▶ **1.** Calculer la vitesse moyenne en m/s de l'athlète le plus rapide. Arrondir au centième.

▶ **2.** Calculer la moyenne des performances des athlètes. Arrondir au centième.

▶ **3.** En 1964, à Tokyo, la moyenne des performances des athlètes sur le 200 m hommes était de 20,68 s et l'étendue était de 0,6 s. En comparant ces résultats à ceux de 2016, qu'observe-t-on ? écart ?

Vitesse = Distance / Temps. 200 / 19,78

LES CLÉS DU SUJET

L'intérêt du sujet

Cet exercice te fait entrer dans l'univers des JO en analysant des performances d'athlètes.

Nos coups de pouce, question par question

▶ 1. Calculer une vitesse moyenne	La vitesse moyenne s'obtient en divisant la distance parcourue par le temps mis.
▶ 2. Calculer une moyenne arithmétique	Pour calculer une moyenne arithmétique, ajoute toutes les valeurs puis divise le tout par le nombre de valeurs.
▶ 3. Calculer une étendue	Pour calculer une étendue, soustrais la plus petite valeur à la plus grande.

9 CORRIGÉ GUIDÉ

▶ **1.** Usain Bolt a parcouru 200 m en 19,78 s, d'où sa vitesse moyenne :

$$V = \frac{d}{t} = \frac{200}{19{,}78}.$$

Au centième près :

$$\boxed{V \approx 10{,}11 \text{ m/s}}.$$

▶ **2.**

$$\frac{19{,}78+20{,}02+20{,}12+20{,}12+20{,}13+20{,}19+20{,}23+20{,}43}{8} = 20{,}13$$

La moyenne des performances des athlètes est de 20,13 s environ.

▶ **3.** L'étendue des performances des athlètes aux JO de 2016 est :

$$20{,}43 - 19{,}78 = 0{,}65 \text{ s}.$$

On constate que l'étendue des performances des athlètes reste globalement stable, mais que leur vitesse moyenne a baissé entre 1964 et 2016.

Le trésor

EXERCICE 1

15 min
10 points

Le capitaine d'un navire possède un trésor constitué de 69 diamants, 1 150 perles et 4 140 pièces d'or.

▶ **1.** Décomposer 69 ; 1 150 et 4 140 en produits de facteurs premiers.

▶ **2.** Le capitaine partage équitablement le trésor entre les marins. Combien y a-t-il de marins sachant que toutes les pièces, perles et diamants ont été distribués ?

PGDC Plus Grand Dénominateur Commun

LES CLÉS DU SUJET

L'intérêt du sujet

Travaille l'arithmétique à travers un cas concret de partage d'argent !

Nos coups de pouce, question par question

▶ **1. Décomposer un nombre en produit de facteurs premiers**	Décompose chaque nombre comme produit de nombres premiers en commençant par 2, puis 3, puis 5…
▶ **2. Calculer un PGCD**	Regarde quel nombre est commun aux trois décompositions.

10 CORRIGÉ GUIDÉ

▶ **1.** $69 = 3 \times 23$

$1\,150 = 2 \times 575 = 2 \times 5 \times 115 = 2 \times 5^2 \times 23$

$4\,140 = 2 \times 2\,070 = 2^2 \times 1\,035 = 2^2 \times 3 \times 345 = 2^2 \times 3^2 \times 115$

$= 2^2 \times 3^2 \times 5 \times 23$

▶ **2.** Le facteur commun aux trois nombres est 23.

Donc PGCD(69 ; 1 150 ; 4 140) = 23.

Il y a donc 23 marins.

Décompositions

EXERCICE 2

15 min
14 points

▶ **1. a)** Déterminer la décomposition en produit de facteurs premiers de 2 744.

b) En déduire la décomposition en produit de facteurs premiers de $2\,744^2$.

c) À l'aide de cette décomposition, trouver x tel que $x^3 = 2\,744^2$.

▶ **2.** Soient a et b deux nombres entiers supérieurs à 2 tels que $a^3 = b^2$.

a) Calculer b lorsque $a = 100$.

b) Déterminer deux nombres entiers a et b supérieurs à 2 et inférieurs à 10 qui vérifient l'égalité $a^3 = b^2$.

LES CLÉS DU SUJET

L'intérêt du sujet

Cet exercice te permet de vérifier tes connaissances dans le domaine de l'arithmétique et des puissances.

Nos coups de pouce, question par question

▶ **1. a) Décomposer un nombre en produit de facteurs premiers**	Vois si le nombre est divisible par 2, puis par 3, puis par 5…
b) et c) Calculer avec des puissances	Utilise les formules $(a \times b)^n = a^n \times b^n$ et $(a^m)^n = a^{mn}$.
▶ **2. a) Utiliser les règles de calculs avec les puissances**	Tu as à résoudre une équation carrée, pense à la racine carrée.
b) Résoudre un problème	Dresse un tableau de valeurs de tous les cas possibles avec a allant de 2 à 10.

11 CORRIGÉ **GUIDÉ**

▶ **1. a)** $2\ 744 = 2 \times 2 \times 2 \times 343 = 2^3 \times 7 \times 7 \times 7$

D'où :

$$\boxed{2\ 744 = 2^3 \times 7^3}.$$

b) D'après **a)** :

$$2\ 744^2 = (2^3 \times 7^3)^2$$

$$\boxed{2\ 744^2 = 2^6 \times 7^6}.$$

c) Soit x tel que $x^3 = 2\ 744^2$, alors :

$$x^3 = (2^3 \times 7^3)^2 = (2^2 \times 7^2)^3$$

donc :

$$\boxed{x = 2^2 \times 7^2 = 196}.$$

▶ **2. a)** Si $a^3 = b^2$ avec $a = 100$ et $b > 2$, alors :

$$100^3 = b^2$$

$$b^2 = 1\ 000\ 000$$

$$b = \sqrt{1\ 000\ 000}$$

$$\boxed{b = 1\ 000}.$$

b) Dressons un tableau de tous les cas possibles :

Valeur de a	Valeur de a^3	Valeur de b	Valeur de b^2
2	8	2	4
3	27	3	9
4	64	4	16
5	125	5	25
6	216	6	36
7	343	7	49
8	512	8	64
9	729	9	81
10	1 000	10	100

Donc les valeurs qui conviennent sont :

$$\boxed{a = 4 \text{ et } b = 8}.$$

Programme de calcul

EXERCICE 6

15 min
12 points

Voici deux programmes de calcul.

Programme 1

Choisir un nombre
Le multiplier par 3
Ajouter 1

Programme 2

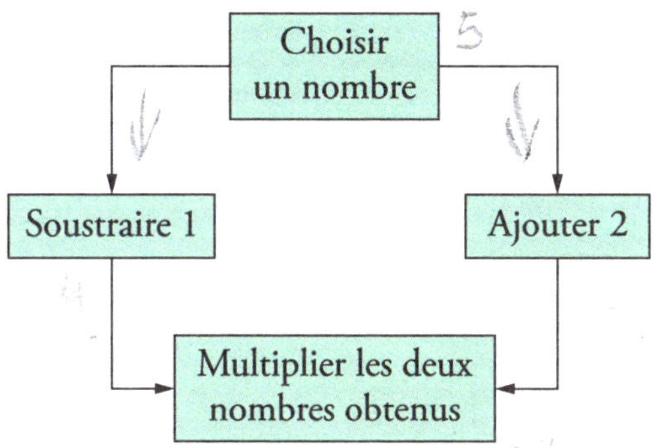

▶ **1.** Vérifier que si on choisit 5 comme nombre de départ,
- Le résultat du programme 1 vaut 16.
- Le résultat du programme 2 vaut 28

On appelle $A(x)$ le résultat du programme 1 en fonction du nombre x choisi au départ.
La fonction $B : x \mapsto (x-1)(x+2)$ donne le résultat du programme 2 en fonction du nombre x choisi au départ.

▶ **2. a)** Exprimer $A(x)$ en fonction de x.
b) Déterminer le nombre que l'on doit choisir au départ pour obtenir 0 comme résultat du programme 1.

▶ **3.** Développer et réduire l'expression :
$B(x) = (x-1)(x+2)$.

▶ **4. a)** Montrer que $B(x) - A(x) = (x+1)(x-3)$.
b) Quels nombres doit-on choisir au départ pour que le programme 1 et le programme 2 donnent le même résultat ? Expliquer la démarche.

LES CLÉS DU SUJET

L'intérêt du sujet

Dans cet exercice sur les programmes de calcul, tu vas retravailler le calcul littéral et les équations.

Nos coups de pouce, question par question

▶ **1. Appliquer un programme de calcul**	Prends comme nombre de départ 5 et calcule chaque étape des programmes.
▶ **2. Résoudre une équation du 1er degré à 1 inconnue**	**a)** Choisis pour nombre de départ l'inconnue x et déroule le programme. **b)** Résous l'équation $3x + 1 = 0$.
▶ **3. Développer une expression littérale à l'aide de la double distributivité**	Utilise la formule de la double distributivité suivante : $(a + b)(c + d) = ac + ad + bc + bd$.
▶ **4. b) Résoudre une équation produit**	Résous l'équation $A(x) = B(x) = 0$. C'est une équation-produit nulle avec deux facteurs, elle a donc deux solutions.

Les étapes de résolution pour la question 4. a)

Montrer l'égalité de deux expressions littérale

1. Réduis l'expression $B(x) - A(x)$.
2. Développe l'expression $(x + 1)(x - 3)$.
3. Compare les expressions obtenues et conclus.

12 CORRIGÉ GUIDÉ

▶ **1.**

Programme 1 :

5

$5 \times 3 = 15$

$15 + 1 = \boxed{16}$

Programme 2 :

5

$5 - 1 = 4$

$5 + 2 = 7$

$4 \times 7 = \boxed{28}$

▶ **2. a)** $\boxed{A(x) = 3x + 1}$

b) On résout l'équation $3x + 1 = 0$.

$3x = -1$

$\boxed{x = -\dfrac{1}{3}}$

▶ **3.** $B(x) = (x - 1)(x + 2) = x^2 + 2x - x - 2 = \boxed{x^2 + x - 2}$

▶ **4. a)** D'une part : $B(x) - A(x) = x^2 + x - 2 - 3x - 1 = x^2 - 2x - 3$.

D'autre part : $(x + 1)(x - 3) = x^2 - 3x + x - 3 = x^2 - 2x - 3$.

Donc les deux expressions sont bien égales.

> **ATTENTION !**
> $B(x) = A(x)$ signifie que $B(x) - A(x) = 0$.

b) On cherche x tel que $B(x) = A(x)$ donc $B(x) - A(x) = 0$, soit $(x + 1)(x - 3) = 0$.

C'est une équation produit, or, si un produit de facteurs est nul alors l'un au moins des facteurs est nul.

Donc $x + 1 = 0$ ou $x - 3 = 0$, soit :

$x = -1$ ou $x = 3$.

Conclusion : les deux valeurs pour lesquelles ces deux programmes sont égaux sont -1 et 3.

13 France métropolitaine • Juin 2021

QCM

EXERCICE 3

20 min
20 points

Cet exercice est un questionnaire à choix multiples (QCM). Aucune justification n'est demandée. Pour chaque question, trois réponses (A, B et C) sont proposées. Une seule réponse est exacte.

PARTIE A

Une urne contient 7 jetons verts, 4 jetons rouges, 3 jetons bleus et 2 jetons jaunes. Les jetons sont indiscernables au toucher.
On pioche un jeton au hasard dans cette urne.

Questions	Réponse A	Réponse B	Réponse C
▶ **1.** À quel événement correspond une probabilité de $\frac{7}{16}$?	Obtenir un jeton de couleur rouge ou jaune.	Obtenir un jeton qui n'est pas vert.	Obtenir un jeton vert.
▶ **2.** Quelle est la probabilité de ne pas tirer un jeton bleu ?	$\frac{13}{16}$	$\frac{3}{16}$	$\frac{3}{4}$

PARTIE B

On considère la figure suivante, composée de vingt motifs numérotés de 1 à 20, dans laquelle :
- $\widehat{AOB} = 36°$;
- le motif 11 est l'image du motif 1 par l'homothétie de centre O et de rapport 2.

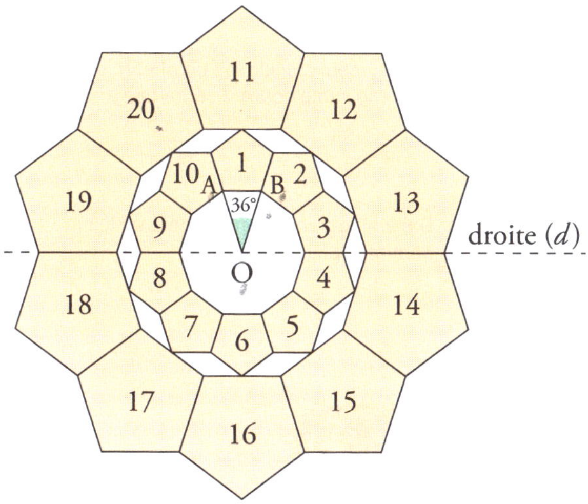

Questions	Réponse A	Réponse B	Réponse C
▶ **1.** Quelle est l'image du motif 20 par la symétrie d'axe la droite (*d*) ?	Le motif 17.	Le motif 15.	Le motif 12.
▶ **2.** Par quelle rotation le motif 3 est-il l'image du motif 1 ?	Une rotation de centre O, et d'angle 36°.	Une rotation de centre O, et d'angle 72°.	Une rotation de centre O, et d'angle 90°.
▶ **3.** L'aire du motif 11 est égale :	au double de l'aire du motif 1.	à 4 fois l'aire du motif 1.	à la moitié de l'aire du motif 1.

LES CLÉS DU SUJET

L'intérêt du sujet

À travers un QCM, tu vas réviser les notions de transformations planes ainsi que les probabilités.

Nos coups de pouce, question par question

Partie A
Déterminer une probabilité

Souviens-toi que le dénominateur correspond au nombre total d'issues et le numérateur au nombre d'issues de l'événement cherché.

Partie B ▶ **1. et** ▶ **2. Utiliser des transformations**	Une symétrie axiale fait un effet miroir ; une rotation « tourne » une figure d'un certain angle.
▶ **3. Calculer l'effet d'un agrandissement sur une aire**	Dans un agrandissement de coefficient k, les aires sont multipliées par k^2.

13 CORRIGÉ GUIDÉ

PARTIE A

▶ **1.** La bonne réponse est la réponse C.
Il y a bien 7 jetons verts sur les 16 disponibles.

▶ **2.** La bonne réponse est la réponse A.
Il y a bien 13 jetons non bleus sur les 16 disponibles.

PARTIE B

▶ **1.** La bonne réponse est la réponse A.
Les motifs 20 et 17 se superposent par pliage le long de l'axe (d).

▶ **2.** La bonne réponse est la réponse B.
Les motifs 3 et 1 correspondent dans la rotation de centre O d'angle 72°.

▶ **3.** La bonne réponse est la réponse B.
Le rapport de l'homothétie est 2 donc les aires sont multipliées par 2^2, c'est-à-dire par 4.

Les températures à Tours

EXERCICE 1

20 min
20 points

Cette feuille de calcul présente les températures moyennes mensuelles à Tours en 2019.

	A	B	C	D	E	F	G
1	Mois	J	F	M	A	M	J
2	Température en °C	4,4	7,8	9,6	11,2	13,4	19,4

	A	H	I	J	K	L	M	N
1	Mois	J	A	S	O	N	D	Moyenne sur l'année
2	Température en °C	22,6	20,5	17,9	14,4	8,2	7,8	

▶ **1.** D'après le tableau ci-dessus, quelle a été la température moyenne à Tours en novembre 2019 ?

▶ **2.** Déterminer l'étendue de cette série.

▶ **3.** Quelle formule doit-on saisir en cellule N2 pour calculer la température moyenne annuelle ?

▶ **4.** Vérifier que la température moyenne annuelle est 13,1 °C.

▶ **5.** La température moyenne annuelle à Tours en 2009 était de 11,9 °C.
Le pourcentage d'augmentation entre 2009 et 2019, arrondi à l'unité, est-il de : 7 % ; 10 % ou 13 % ? Justifier la réponse.

LES CLÉS DU SUJET

L'intérêt du sujet

Les statistiques permettent d'étudier de nombreux phénomènes et, dans cet exercice, tu vas découvrir leur application dans le domaine de la météorologie.

Nos coups de pouce, question par question

▶ **1. Lire un tableau**	Lis la valeur en L2.
▶ **2. Calculer un indicateur statistique**	L'étendue est la différence entre la plus grande et la plus petite valeur.
▶ **3. Utiliser une feuille de calculs**	Rappelle-toi que, dans un tableur, toute formule commence par un signe « = ».
▶ **4. Calculer un indicateur statistique**	• Calcule la somme des 12 températures. • Divise ensuite le tout par 12.
▶ **5. Calculer un pourcentage**	Divise la hausse de température par la moyenne de température en 2009, puis multiplie par 100.

14 CORRIGÉ GUIDÉ

▶ **1.** En cellule L2, on lit que la température moyenne en novembre est de 8,2 °C.

▶ **2.** 22,6 – 4,4 = 18,2
L'étendue est de 18,2 °C.

▶ **3.** La formule à entrer en N2 est « =SOMME(B2:M2)/12 » ou « =(B2+C2+D2+E2+F2+G2+H2+I2+J2+K2+L2+M2)/12 ».

▶ **4.** La moyenne des températures pour l'année est :

$$\frac{4,4+7,8+9,6+11,2+13,4+19,4+22,6+20,5+17,9+14,4+8,2+7,8}{12}=13,1\text{ °C}.$$

▶ **5.** Le pourcentage d'augmentation entre 2009 et 2019 est de :

$$\frac{13,1-11,9}{11,9}\times 100\approx 10.$$

Des chaussures en vitrine

EXERCICE 4

15 min
13 points

Dans la vitrine d'un magasin A sont présentés au total 45 modèles de chaussures. Certaines sont conçues pour la ville, d'autres pour le sport et sont de trois couleurs différentes : noire, blanche ou marron.

▶ **1.** Compléter le tableau suivant.

Modèle	Pour la ville	Pour le sport	Total
Noir		5	20
Blanc	7		
Marron		3	
Total	27		45

▶ **2.** On choisit un modèle de chaussures au hasard dans cette vitrine.

a) Quelle est la probabilité de choisir un modèle de couleur noire ?

b) Quelle est la probabilité de choisir un modèle pour le sport ?

c) Quelle est la probabilité de choisir un modèle pour la ville de couleur marron ?

▶ **3.** Dans la vitrine d'un magasin B, on trouve 54 modèles de chaussures dont 30 de couleur noire. On choisit au hasard un modèle de chaussures dans la vitrine du magasin A puis dans celle du magasin B. Dans laquelle des deux vitrines a-t-on le plus de chance d'obtenir un modèle de couleur noire ? Justifier.

LES CLÉS DU SUJET

L'intérêt du sujet

Toutes les chaussures n'ont pas le même usage. Pour son confort et sa sécurité, il est souhaitable de prendre des chaussures faites pour l'usage qui est prévu comme, par exemple, choisir des chaussures de sport pour jouer au basket-ball.

Nos coups de pouce, question par question

▶ 1. Gérer les données d'un exercice	• Complète le tableau à double entrée. • Vérifie bien tes résultats.
▶ 2. Calculer des probabilités dans des contextes familiers	Pour chaque question, la démarche est toujours la même : – évalue le nombre de résultats favorables ; – évalue le nombre de résultats possibles ; – applique la formule : $p(E) = \dfrac{\text{nombre de résultats favorables}}{\text{nombre de résultats possibles}}$.

Les étapes de résolution de la question 3

Comparer deux probabilités

1. Calcule la probabilité pour que le modèle choisi dans la vitrine A soit noir.
2. Calcule la probabilité pour que le modèle choisi dans la vitrine B soit noir.
3. Compare ces deux résultats et conclus.

15 CORRIGÉ GUIDÉ

▶ **1.** Tableau complété.

Modèle	Pour la ville	Pour le sport	Total
Noir	15	5	20
Blanc	7	10	17
Marron	5	3	8
Total	27	18	45

▶ **2. a)** Soit E_1 l'événement « choisir un modèle de couleur noire ».
Parmi les 45 modèles, il en existe 20 de couleur noire.

$p(E_1) = \frac{20}{45}$ ou encore $\boxed{p(E_1) = \frac{4}{9}}$.

b) Soit E_2 l'événement « choisir un modèle pour le sport ».
Parmi les 45 modèles, il en existe 18 pour le sport.

$p(E_2) = \frac{18}{45}$ ou encore $\boxed{p(E_2) = \frac{2}{5}}$.

c) Soit E_3 l'événement « choisir un modèle pour la ville de couleur marron ».
Parmi les 45 modèles, il en existe 5 pour la ville de couleur marron.

$p(E_3) = \frac{5}{45}$ ou encore $\boxed{p(E_3) = \frac{1}{9}}$.

▶ **3.** Soit A l'événement « le modèle choisi dans la vitrine A est noir ».
D'après la question **2. a)**, $p(A) = \frac{4}{9}$.

Soit B l'événement « le modèle choisi dans la vitrine B est noir ».
$p(B) = \frac{30}{54} = \frac{5}{9}$. On a $p(B) > p(A)$.

Conclusion : on a plus de chance d'obtenir un modèle de couleur noire dans la vitrine B.

MATHS

La randonnée

EXERCICE 6

15 min
14 points

Une famille a effectué une randonnée en montagne. Le graphique ci-après donne la distance parcourue en km en fonction du temps en heures.

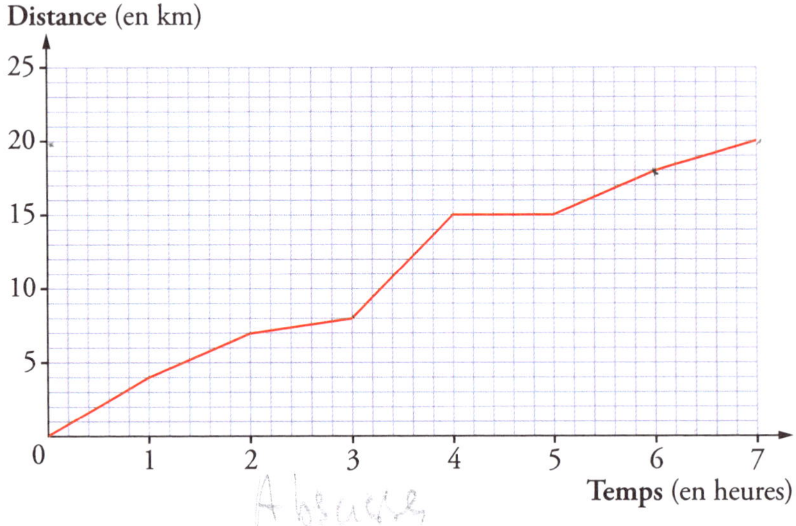

▶ **1.** Ce graphique traduit-il une situation de proportionnalité ? Justifier la réponse.

▶ **2.** On utilisera le graphique pour répondre aux questions suivantes. Aucune justification n'est demandée.

a) Quelle est la durée totale de cette randonnée ?

b) Quelle distance cette famille a-t-elle parcourue au total ?

c) Quelle est la distance parcourue au bout de 6 h de marche ?

d) Au bout de combien de temps ont-ils parcouru les 8 premiers km ?

e) Que s'est-il passé entre la 4e et la 5e heure de randonnée ?

▶ **3.** Un randonneur expérimenté marche à une vitesse moyenne de 4 km/h sur toute la randonnée.
Cette famille est-elle expérimentée ? Justifier la réponse.

LES CLÉS DU SUJET

L'intérêt du sujet

La randonnée pédestre en montagne est la découverte d'un nouvel environnement autant qu'un sport exigeant. La randonnée a des règles qu'il faut impérativement respecter.

Nos coups de pouce, question par question

▶ **1. Reconnaître une situation de proportionnalité**	Rappelle-toi qu'une situation de proportionnalité est graphiquement représentée par une droite passant par l'origine du repère.
▶ **2. Effectuer des lectures graphiques**	**a)** Lis l'abscisse du point A. **b)** Lis l'ordonnée du point A. **c)** Lis l'ordonnée du point B d'abscisse 6. **d)** Lis l'abscisse du point C d'ordonnée 8. **e)** Quelle distance a été parcourue entre la 4e et la 5e heure ?
▶ **3. Calculer une vitesse moyenne**	Utilise la relation $v = \frac{d}{t}$ où d désigne la distance parcourue, t le temps mis pour la parcourir et v la vitesse moyenne réalisée.

MATHS

16 CORRIGÉ GUIDÉ

▶ **1.** Le graphique ne traduit pas une situation de proportionnalité. En effet ce n'est pas une droite passant par l'origine du repère.

▶ **2. a)** Le point A situé sur le graphique a pour abscisse 7.

La durée totale de la randonnée est de 7 heures.

> **ATTENTION !**
> Le point A situé sur le graphique représente l'arrivée de la randonnée.

b) Le point A situé sur le graphique a pour ordonnée 20.

La famille a parcouru 20 km.

c) Le point B situé sur le graphique et d'abscisse 6 a pour ordonnée 18.

La distance parcourue au bout de 6 h de marche est de 18 km.

d) Le point C situé sur le graphique et d'ordonnée 8 a pour abscisse 3.

Les 8 premiers kilomètres ont été parcourus en 3 heures.

e) Aucune distance n'a été parcourue entre la 4e et la 5e heure.

Cela peut correspondre à une pause.

▶ **3.** Calculons la vitesse moyenne v de la famille au cours de la randonnée.

Cette famille a parcouru 20 km en 7 h.

Donc $v = \frac{d}{t} = \frac{20}{7}$ km/h. Nous remarquons que $\frac{20}{7} < 4$.

Conclusion : la famille n'est pas expérimentée.

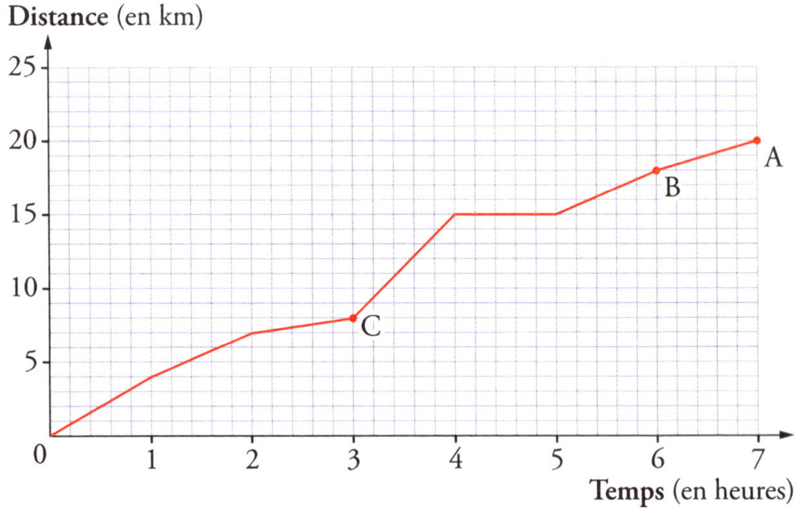

17 France métropolitaine • Septembre 2019

Les pièces montées

EXERCICE 4 — 15 min, 16 points

MATHS

Pour le mariage de Dominique et Camille, le pâtissier propose deux pièces montées constituées de gâteaux de taille et de forme différentes.

La tour de Pise

La première pièce montée est constituée d'un empilement de 4 gâteaux de forme cylindrique, de même hauteur et dont le diamètre diminue de 8 cm à chaque étage.

Le gâteau du bas a pour diamètre 30 cm et pour hauteur 6 cm.

Ph © APeriamPhotography/iStock/Getty Images

La tour Carrée

La deuxième pièce montée est constituée d'un empilement de 3 pavés droits à base carrée de même hauteur. La longueur du côté de la base diminue de 8 cm à chaque étage.

La hauteur des gâteaux est 8 cm ; le côté de la base du gâteau du bas mesure 24 cm.

Ph © Christopher Niemann/Alamy Stock Photo

Tous les gâteaux ont été confectionnés à partir de la recette ci-dessous, qui donne la quantité des ingrédients correspondant à 100 g de chocolat.

Recette du gâteau pour 100 g de chocolat :	• 65 g de sucre • 2 œufs • 75 g de beurre • 30 g de farine

▶ **1.** Quel est le ratio (masse de beurre : masse de chocolat) ? Donner le résultat sous forme de fraction irréductible.

▶ **2.** Calculer la quantité de farine nécessaire pour 250 g de chocolat noir suivant la recette ci-avant.

▶ **3.** Calculer la longueur du côté de la base du plus petit gâteau de la tour Carrée.

▶ **4.** Quelle est la tour qui a le plus grand volume ? Justifier votre réponse en détaillant les calculs.
On rappelle que le volume V d'un cylindre de rayon r et de hauteur h est donné par la formule : $V = \pi \times r^2 \times h$.

LES CLÉS DU SUJET

L'intérêt du sujet

Les pièces montées sont des gâteaux à étages souvent mangées lors des mariages. À travers l'étude du volume de pièces montées, tu vas travailler la proportionnalité et le calcul littéral.

Nos coups de pouce, question par question

▶ **1. Connaître la notion de ratio**	Le ratio est une fraction, ici : ratio $= \dfrac{\text{masse de beurre}}{\text{masse de chocolat}}$.
▶ **2. Calculer avec des grandeurs proportionnelles**	Dresse un tableau de proportionnalité entre la masse de farine et la masse de chocolat.
▶ **3. Effectuer des calculs numériques**	Observe que chaque étage perd 8 cm de longueur de côté.

Les étapes de résolution pour la question 4

Calculer le volume d'un cylindre et d'un pavé droit

1. Calcule le volume de chaque étage de la tour Carrée.
2. Ajoute-les pour avoir le volume total de la tour Carrée.
3. Fais de même pour la tour de Pise en utilisant la formule du volume d'un cylindre donnée.
4. Compare les deux résultats obtenus et conclus en indiquant la pièce montée qui a le plus grand volume.

17 CORRIGÉ GUIDÉ

▶ **1.** Le ratio est :

$$\frac{\text{masse de beurre}}{\text{masse de chocolat}} = \frac{75}{100} = \frac{3}{4}$$

$$\boxed{\text{Ratio} = \frac{3}{4}}.$$

▶ **2.** On peut dresser un tableau de proportionnalité :

Masse de chocolat (g)	100	250
Masse de farine (g)	30	x

$x = \dfrac{30 \times 250}{100} = 75$ g.

Donc il faut 75 g de farine pour 250 g de chocolat noir.

▶ **3.** Chaque étage perd 8 cm de longueur de côté, donc le côté du plus petit carré de la tour Carrée mesure :

$$\boxed{24 - 8 - 8 = 8 \text{ cm}}.$$

▶ **4.** Le volume de la tour Carrée est :

$V_{\text{tour Carrée}} = V_{1^{\text{er}} \text{ étage}} + V_{2^{\text{e}} \text{ étage}} + V_{3^{\text{e}} \text{ étage}}$

$V_{\text{tour Carrée}} = 24 \times 24 \times 8 + 16 \times 16 \times 8 + 8 \times 8 \times 8$

$V_{\text{tour Carrée}} = 4\,608 + 2\,048 + 512$

$\boxed{V_{\text{tour Carrée}} = 7\,168 \text{ cm}^3}$.

> **ATTENTION !**
> N'oublie pas d'enlever 8 cm au diamètre ou au côté quand tu passes d'un étage à l'autre.

Le volume de la tour de Pise est :

$V_{\text{tour de Pise}} = V_{1^{\text{er}} \text{ étage}} + V_{2^{\text{e}} \text{ étage}} + V_{3^{\text{e}} \text{ étage}} + V_{4^{\text{e}} \text{ étage}}$

$V_{\text{tour de Pise}} = \pi \times 15^2 \times 6 + \pi \times 11^2 \times 6 + \pi \times 7^2 \times 6 + \pi \times 3^2 \times 6$

$V_{\text{tour de Pise}} = 2\,424\pi$

$\boxed{V_{\text{tour de Pise}} \approx 7\,615 \text{ cm}^3}$.

C'est donc la tour de Pise qui a le plus grand volume.

Le médicament

EXERCICE 6

15 min
12 points

Les deux parties A et B sont indépendantes.

PARTIE A • ABSORPTION DU PRINCIPE ACTIF D'UN MÉDICAMENT

Lorsqu'on absorbe un médicament, que ce soit par voie orale ou non, la quantité de principe actif de ce médicament dans le sang évolue en fonction du temps. Cette quantité se mesure en milligrammes par litre de sang.
Le graphique ci-dessous représente la quantité de principe actif d'un médicament dans le sang, en fonction du temps écoulé, depuis la prise de ce médicament.

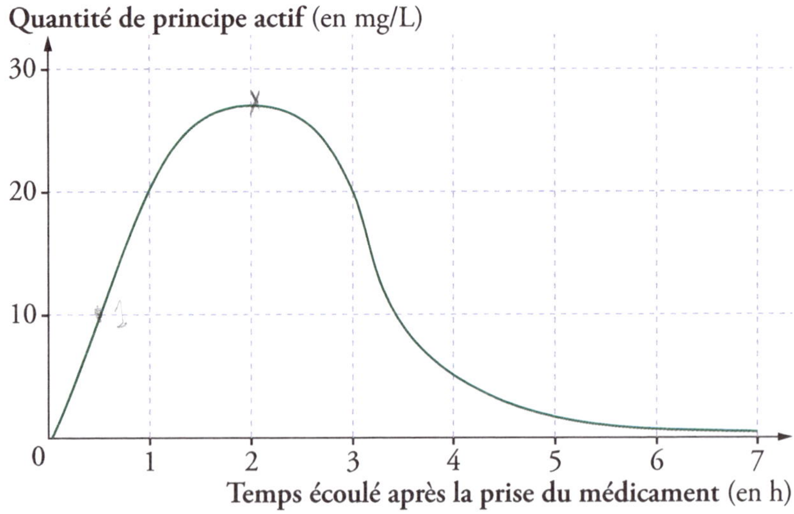

▶ **1.** Quelle est la quantité de principe actif dans le sang, trente minutes après la prise de ce médicament ?

▶ **2.** Combien de temps après la prise de ce médicament, la quantité de principe actif est-elle la plus élevée ?

PARTIE B • COMPARAISON DE MASSES D'ALCOOL DANS DEUX BOISSONS

On fournit les données ci-dessous :

Formule permettant de calculer la masse d'alcool en g dans une boisson alcoolisée :	Deux exemples de boissons alcoolisées :
$m = V \times d \times 7{,}9$ V : volume de la boisson alcoolisée en cL d : degré d'alcool de la boisson (exemple, un degré d'alcool de 2 % signifie que d est égal à 0,02)	**Boisson ①** Degré d'alcool : 5 % Contenance : 33 cL **Boisson ②** Degré d'alcool : 12 % Contenance : 125 mL

▶ Question : la boisson ① contient-elle une masse d'alcool supérieure à celle de la boisson ② ?

LES CLÉS DU SUJET

L'intérêt du sujet

Les médicaments issus de la chimie moderne permettent de te remettre sur pied en cas de maladie. À travers l'étude du temps d'action d'un médicament, tu vas travailler la lecture de courbe et le calcul littéral.

Nos coups de pouce, question par question

Partie A ▶ **1. Convertir une durée** **Lire une courbe**	• Souviens-toi que 30 min = 0,5 h. • Lis l'ordonnée du point de la courbe d'abscisse 0,5.
▶ **2. Repérer le maximum d'une courbe**	Lis l'abscisse qui correspond au maximum de la courbe.

Les étapes de résolution pour la partie B

Substituer dans une expression littérale

❶ Calcule la masse d'alcool dans la boisson 1 : remplace V par 33 et d par 5 % = 0,05 dans la formule donnée.

❷ Calcule de la même façon la masse d'alcool dans la boisson 2, en commençant par convertir le volume en cL.

❸ Compare les masses obtenues et conclus.

18 CORRIGÉ GUIDÉ

PARTIE A

▶ **1.** La quantité de principe actif dans le sang, trente minutes après la prise de ce médicament, est de $\boxed{10 \text{ mg/L}}$.

> **RAPPEL**
> 30 minutes correspondent à ½ h.

▶ **2.** La quantité de principe actif est la plus élevée au bout de $\boxed{2 \text{ h}}$.

PARTIE B

- La masse d'alcool présente dans la boisson alcoolisée ① est de :

$m_1 = V_1 \times d_1 \times 7{,}9 = 33 \times 0{,}05 \times 7{,}9 = \boxed{13{,}035 \text{ g}}$

- La masse d'alcool présente dans la boisson alcoolisée ② est de :

$m_2 = V_2 \times d_2 \times 7{,}9 = 12{,}5 \times 0{,}12 \times 7{,}9 = \boxed{11{,}85 \text{ g}}$

Donc la boisson ① contient une masse d'alcool supérieure à celle de la boisson ②.

19 Centres étrangers • Juin 2021

Vive le ski !

EXERCICE 5

20 min
20 points

Une station de ski propose à ses clients trois formules pour la saison d'hiver.

- Formule A : on paie 36,50 € par journée de ski.
- Formule B : on paie 90 € pour un abonnement « SkiPlus » pour la saison, puis 18,50 € par journée de ski.
- Formule C : on paie 448,50 € pour un abonnement « SkiTotal » qui permet ensuite un accès gratuit à la station pendant toute la saison.

▶ **1.** Marin se demande quelle formule choisir cet hiver. Il réalise un tableau pour calculer le montant à payer pour chacune des formules en fonction du nombre de journées de ski.
Compléter, sans justifier, le tableau fourni.

Nombre de journées de ski	2	6	10
Formule A	73 €		
Formule B	127 €		
Formule C	448,50 €		

▶ **2.** Dans cette question, x désigne le nombre de journées de ski.
On considère les trois fonctions f, g et h définies par :
$f(x) = 90 + 18,5x$ $\qquad g(x) = 448,5$ $\qquad h(x) = 36,5x$.

a) Laquelle de ces trois fonctions représente une situation de proportionnalité ?
b) Associer, sans justifier, chacune de ces fonctions à la formule A, B ou C correspondante.
c) Calculer le nombre de journées de ski pour lequel le montant à payer avec les formules A et B est identique.

▶ **3.** On a représenté graphiquement les trois fonctions dans le graphique ci-après.

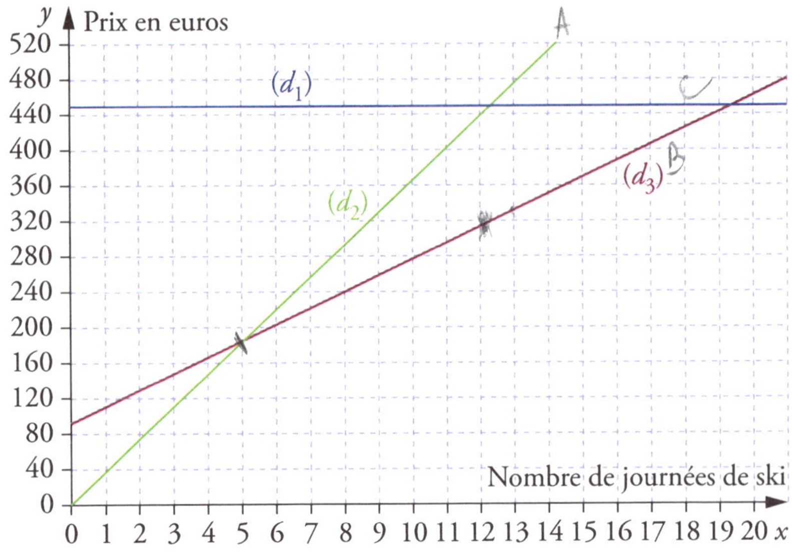

Sans justifier et à l'aide du graphique :

a) Associer chaque représentation graphique (d_1), (d_2) et (d_3) à la fonction f, g ou h correspondante.

b) Déterminer le nombre maximum de journées pendant lesquelles Marin peut skier avec un budget de 320 €, en choisissant la formule la plus avantageuse.

c) Déterminer à partir de combien de journées de ski il devient avantageux de choisir la formule C.

LES CLÉS DU SUJET

L'intérêt du sujet

Ce sujet permet d'étudier les formules proposées au client. Il permet de trouver la meilleure formule, c'est-à-dire celle qui revient le moins cher et qui offre le plus de jours de ski.

Nos coups de pouce, question par question

▶ **1. Suivre des programmes de calcul**	Pour compléter le tableau, calcule les prix payés avec chaque formule.

▶ **2. a) et b) Associer des fonctions et des expressions algébriques**	**a)** Une situation de proportionnalité est représentée par une fonction linéaire. **b)** Remarque qu'une des fonctions est constante.
c) Résoudre une équation	Pour que les formules A et B aient le même coût, il faut que les fonctions associées soient égales. Attention ! Le nombre de jours doit être un nombre entier naturel.
▶ **3. b) Lire sur un graphique**	Trace la droite (d_4) d'équation $y = 320$. Tu trouveras une valeur approchée qui te permettra de répondre à la question.

19 CORRIGÉ GUIDÉ

▶ **1.** Voici le tableau complété.

Nombre de journées de ski	2	6	10
Formule A	73 €	219 €	365 €
Formule B	127 €	201 €	275 €
Formule C	448,50 €	448,50 €	448,50 €

▶ **2. a)** La fonction h représente une situation de proportionnalité. En effet son expression algébrique est de la forme $h(x) = ax$ avec $a = 36,5$. C'est une fonction linéaire.

b) La fonction f est associée à la formule B. Son expression algébrique est de la forme $f(x) = ax + b$ avec $a = 18,5$ et $b = 90$. C'est une fonction affine.

La fonction g est associée à la formule C. Son expression algébrique est de la forme $g(x) = a$ avec $a = 448,5$ qui est une constante. C'est une fonction constante.

Comme vu à la question **a)**, la fonction h est une fonction linéaire de la forme $h(x) = ax$ avec $a = 36,5$ associée à la formule A.

c) Les formules A et B sont identiques quand on a $h(x) = f(x)$, soit $36,5x = 90 + 18,5x$.

Donc $36,5x - 18,5x = 90$, ou encore $18x = 90$, c'est-à-dire $x = 5$.

▶ **3. a)** La droite (d_1) est associée à la fonction constante g car c'est une droite parallèle à l'axe des abscisses.

La droite (d_2) est associée à la fonction linéaire h car c'est une droite passant par l'origine du repère.

La droite (d_3) est associée à la fonction affine f car c'est une droite ne passant pas par l'origine du repère.

b) Il est évident qu'avec un budget de 320 €, la formule C à 448,50 € est impossible.

Traçons la droite (d_4) d'équation $y = 320$. Cette droite coupe les droites (d_2) et (d_3) respectivement en E et F (voir graphique ci-dessous).

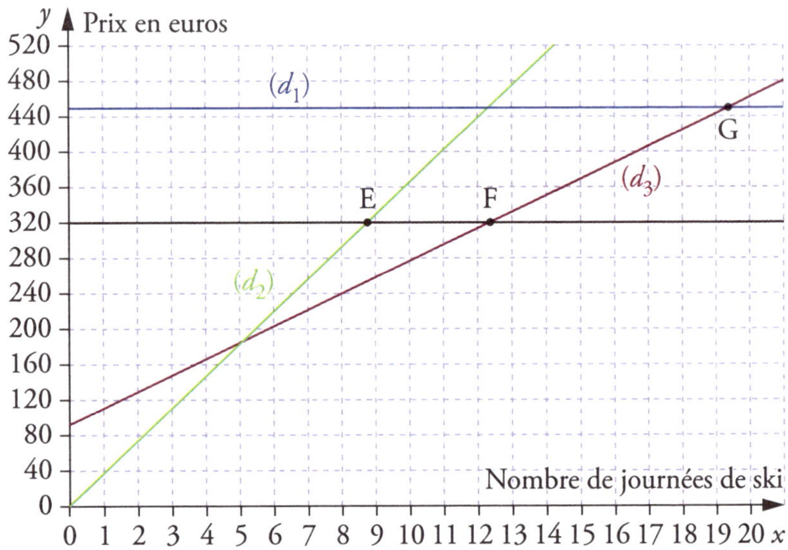

L'abscisse du point F, le plus à droite, est 12,5.

Le point F est sur la droite (d_3) qui correspond à la fonction f. Donc, en choisissant la formule B, Marin pourra skier un maximum de 12 jours avec son budget.

c) On note G le point d'intersection des droites (d_1) et (d_3). On voit sur le graphique que pour des abscisses supérieures à $x_G = 19{,}3$, les droites (d_2) et (d_3) sont au-dessus de la droite (d_1). C'est-à-dire que les prix payés avec les formules A et B sont supérieurs au prix payé avec la formule C.

Conclusion : la formule C est plus avantageuse à partir de 20 jours.

Le puits

EXERCICE 4

15 min
16 points

Pour fabriquer un puits dans son jardin, Mme Martin a besoin d'acheter 5 cylindres en béton comme celui décrit ci-dessous.

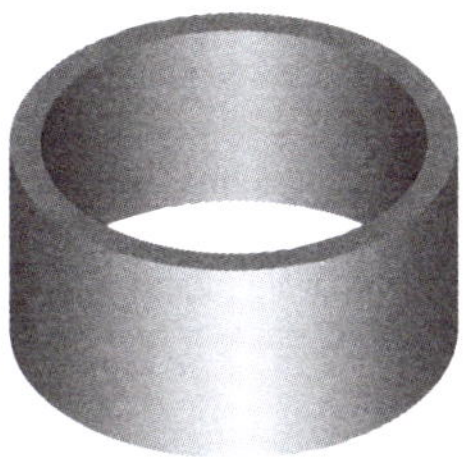

Caractéristiques d'un cylindre :
- diamètre intérieur : 90 cm
- diamètre extérieur : 101 cm
- hauteur : 50 cm
- masse volumique du béton : 2 400 kg/m³

Rappel : volume d'un cylindre = π × rayon × rayon × hauteur
Dans sa remorque, elle a la place pour mettre les 5 cylindres mais elle ne peut transporter que 500 kg au maximum.
À l'aide des caractéristiques du cylindre, déterminer le nombre minimum d'allers-retours nécessaires à Mme Martin pour rapporter ses 5 cylindres avec sa remorque.

LES CLÉS DU SUJET

L'intérêt du sujet

L'eau potable est une denrée qui se raréfie sur Terre. Dans cet exercice, qui étudie la construction d'un puits cylindrique, tu vas travailler les notions de proportionnalité, de volume et de masse volumique.

Les étapes de résolution

Résoudre un problème

1. Détermine les rayons intérieurs et extérieurs d'un cylindre.
2. Calcule les volumes des cylindres intérieurs et extérieurs.
3. Déduis-en le volume d'un cylindre de béton.
4. Par proportionnalité, calcule la masse d'un cylindre en utilisant l'information sur la masse volumique.
5. Détermine le nombre d'allers-retours à faire.

20 CORRIGÉ GUIDÉ

• **Étape 1.** Calculer le volume d'un cylindre en béton.

Le rayon intérieur d'un cylindre est :

$$\frac{90}{2} = 45 \text{ cm} = 0{,}45 \text{ m}.$$

Le rayon extérieur d'un cylindre est :

$$\frac{101}{2} = 50{,}5 \text{ cm} = 0{,}505 \text{ m}.$$

Le volume du cylindre extérieur est :

$$V_{\text{cylindre extérieur}} = \pi \times 0{,}505^2 \times 0{,}5 = 0{,}1275125\pi \text{ m}^3.$$

Le volume du cylindre intérieur est :

$$V_{\text{cylindre intérieur}} = \pi \times 0{,}45^2 \times 0{,}5 = 0{,}10125\pi \text{ m}^3.$$

ATTENTION !
Le cylindre n'est pas plein : il faut soustraire le volume intérieur au volume extérieur.

D'où le volume d'un cylindre en béton :

$$V_{\text{cylindre en béton}} = V_{\text{cylindre extérieur}} - V_{\text{cylindre intérieur}}$$

$$V_{\text{cylindre en béton}} = 0{,}1275125\ \pi - 0{,}10125\ \pi$$

$$\boxed{V_{\text{cylindre en béton}} = 0{,}0262625\pi \text{ m}^3}.$$

- **Étape 2.** Calculer la masse d'un cylindre en béton.

$$M = 2\,400 \times 0{,}0262625\ \pi$$

$$\boxed{M \approx 198 \text{ kg}}.$$

- **Étape 3.** Estimer le nombre d'allers-retours à faire.

$2 \times 198 = 396 < 500$ et $3 \times 198 = 594 > 500$, donc Mme Martin ne peut transporter que 2 cylindres à la fois.

Donc elle devra faire 3 allers-retours pour tout transporter.

MATHS

Les verres de jus de fruits

EXERCICE 6

15 min
20 points

Pour servir ses jus de fruits, un restaurateur a le choix entre deux types de verres : un verre cylindrique A de hauteur 10 cm et de rayon 3 cm et un verre conique B de hauteur 10 cm et de rayon 5,2 cm.

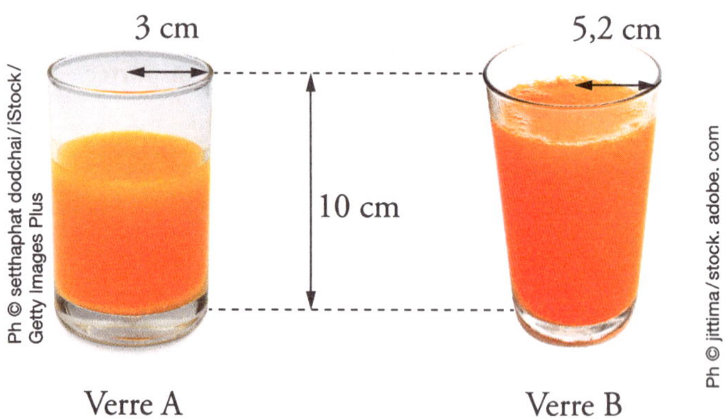

Rappels :

- Volume d'un cylindre de rayon r et de hauteur h : $\pi \times r^2 \times h$
- Volume d'un cône de rayon r et de hauteur h : $\frac{1}{3} \times \pi \times r^2 \times h$
- $1\ \text{L} = 1\ \text{dm}^3$

Le graphique ci-après représente le volume de jus de fruits dans chacun des verres en fonction de la hauteur de jus de fruits qu'ils contiennent.

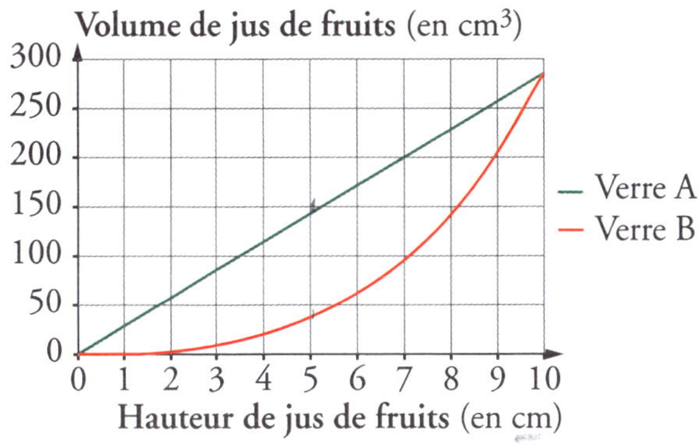

▶ **1.** Répondre aux questions suivantes à l'aide du graphique ci-dessus.
a) Pour quel verre le volume et la hauteur de jus de fruits sont-ils proportionnels ? Justifier.
b) Pour le verre A, quel est le volume de jus de fruits si la hauteur est de 5 cm ?
c) Quelle est la hauteur de jus de fruits si on en verse 50 cm^3 dans le verre B ?

▶ **2.** Montrer, par le calcul, que les deux verres ont le même volume total à 1 cm^3 près.

▶ **3.** Calculer la hauteur du jus de fruits servi dans le verre A pour que le volume de jus soit égal à 200 cm^3. Donner une valeur approchée au centimètre près.

▶ **4.** Un restaurateur sert ses verres de telle sorte que la hauteur du jus de fruits dans le verre soit égale à 8 cm.
a) Par lecture graphique, déterminer quel type de verre le restaurateur doit choisir pour servir le plus grand nombre possible de verres avec 1 L de jus de fruits.
b) Par le calcul, déterminer le nombre maximum de verres A qu'il pourra servir avec 1 L de jus de fruits.

LES CLÉS DU SUJET

L'intérêt du sujet

Un restaurateur doit toujours, en fonction des quantités d'ingrédients dont il dispose, optimiser ses ventes. À travers ce thème, tu vas pouvoir travailler les notions de proportionnalité, d'équation, de volume et de lecture graphique.

Nos coups de pouce, question par question

▶ **1. a) Reconnaître graphiquement une situation de proportionnalité**	Une situation de proportionnalité est représentée graphiquement par une droite passant par l'origine du repère.
b) et c) Lire un graphique	**b)** Lis l'ordonnée du point d'abscisse 5 sur la courbe du verre A. **c)** Lis l'abscisse du point d'òrdonnée 50 sur la courbe du verre B.
▶ **2. Calculer le volume d'un cylindre ou d'un cône en substituant dans une formule**	• Pour le verre A, remplace *r* par 3 et *h* par 10. • Opère le même raisonnement pour le verre B, en utilisant les valeurs de *r* et de *h* qui lui sont propres.
▶ **3. Résoudre une équation du 1er degré à une inconnue**	Résous l'équation $\pi \times 3^2 \times h = 200$.
▶ **4. a) Comparer deux courbes**	Regarde quelle courbe est en dessous de l'autre.
b) Passer d'unités de volume à des unités de contenance	• Calcule le volume d'un verre A. • Sachant que 1 L = 1 000 cm^3, détermine le nombre de verres.

21 CORRIGÉ GUIDÉ

▶ **1. a)** La représentation graphique correspondant au verre A est une droite passant par l'origine du repère, donc le volume de jus de fruits et la hauteur sont proportionnels pour le verre A.

b) Pour le verre A, si la hauteur est de 5 cm, le volume de jus de fruits lu sur le graphique est environ 140 cm^3.

c) Si on verse 50 cm^3 dans le verre B, la hauteur de jus de fruits lue sur le graphique est environ 5,6 cm.

▶ **2.** Le volume du verre A est :

$$V_{\text{verre A}} = \pi \times 3^2 \times 10 = 90\pi \approx 283 \text{ cm}^3.$$

Le volume du verre B est :

$$V_{\text{verre B}} = \frac{1}{3} \times \pi \times 5{,}2^2 \times 10 \approx 283 \text{ cm}^3.$$

Donc les volumes sont bien égaux à 1 cm^3 près.

▶ **3.** Si h est la hauteur du jus de fruits servi dans le verre A pour que le volume de jus soit égal à 200 cm^3, alors :

$$\pi \times 3^2 \times h = 200$$

$$h = \frac{200}{\pi \times 3^2}$$

$$\boxed{h \approx 7 \text{ cm}}.$$

▶ **4. a)** La courbe représentant l'évolution du volume du verre B est en dessous de celle qui représente l'évolution du volume du verre A.

Le restaurateur aura intérêt à choisir le verre B pour servir le plus grand nombre de verres.

b) Pour une hauteur de 8 cm :

$$V_{\text{verre A}} = \pi \times 3^2 \times 8 = 72\pi \text{ cm}^3.$$

Or 1 L = 1 000 cm^3 et $\frac{1\,000}{72\pi} \approx 4{,}4$ verres.

Conclusion : avec 1 L de jus de fruits, le restaurateur pourra servir au plus 4 verres A.

RAPPEL
1 L = 1 000 cm^3.

MATHS

Les bougies

EXERCICE 5

15 min
20 points

Informations sur les cartons
Forme : pavé droit.
Dimensions :
– largeur : 60 cm ;
– hauteur : 36 cm ;
– profondeur : 36 cm.
(On ne tient pas compte de l'épaisseur des cartons.)
Information sur la cire d'abeille
Masse volumique : 0,95 g/cm^3.

Une usine de fabrication de bougies reçoit des cubes de cire d'abeille d'arête 6 cm. Ils sont disposés dans des cartons remplis (sans espace vide).

▶ **1. a)** Montrer que chaque carton contient 360 cubes de cire d'abeille.

b) Quelle est la masse de cire d'abeille contenue dans un carton rempli de cubes ?
On donnera la réponse en kg, arrondie à l'unité près, en ne tenant pas compte de la masse du carton.

▶ **2.** À l'usine, on découpe les cubes de cire d'abeille afin d'obtenir des cylindres de hauteur 6 cm et de diamètre 6 cm avec lesquels on fera des bougies en installant une mèche.

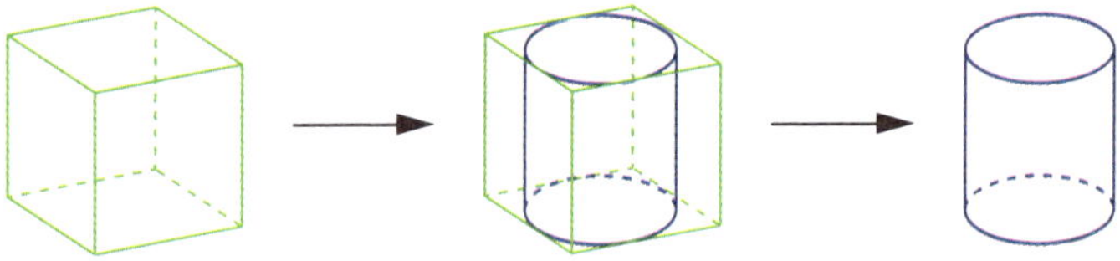

Cube de cire d'abeille
Arête : 6 cm

Bougie cylindrique (sans sa mèche)
Hauteur : 6 cm
Diamètre : 6 cm

On ne tiendra pas compte de la masse, du volume et du prix de la mèche dans la suite de l'exercice.

a) Montrer que le volume d'une bougie est d'environ 170 cm^3.
On rappelle que le volume V d'un cylindre de rayon r et de hauteur h est donné par la formule : $V = \pi \times r^2 \times h$.

b) En découpant les cubes de cire d'abeille d'arête 6 cm pour former des bougies cylindriques, la cire perdue est réutilisée pour former à nouveau d'autres cubes de cire d'abeille d'arête 6 cm.
Combien de cubes au départ doit-on découper pour pouvoir reconstituer un cube de cire d'abeille d'arête 6 cm avec la cire perdue ?

▶ **3.** Un commerçant vend les bougies de cette usine au prix de 9,60 € l'unité. Il les vend 20 % plus chères qu'il ne les achète à l'usine. Combien paie-t-il à l'usine pour l'achat d'une bougie ?

LES CLÉS DU SUJET

L'intérêt du sujet

Voici un exercice concret, très proche de la vie quotidienne et de la réalité. Une excellente façon de voir ou revoir les volumes (croquis et calculs).

Nos coups de pouce, question par question

▶ **1. a) Disposer des cubes identiques sur les faces d'un pavé droit**	Compte le nombre de cubes que tu peux disposer sur chacune des arêtes du carton.
b) Revoir les unités de masse et de volume	Utilise la formule donnant le volume d'un cube. Calcule la masse d'un cube de cire : on a $m = \mu \times v$, où m est la masse, v le volume et μ la masse volumique.
▶ **2. a) et b) Calculer des volumes**	Utilise les formules donnant le volume d'un cylindre, d'un cube.
▶ **3. Appliquer un pourcentage**	Utilise la relation existant entre le prix de vente, le prix d'achat et le bénéfice.

22 CORRIGÉ GUIDÉ

▶ **1. a)** On peut installer dans ce carton :
- 10 cubes dans le sens de la largeur ;
- 6 cubes dans le sens de la profondeur ;
- 6 cubes dans le sens de la hauteur.

Il est donc possible d'installer en tout 360 cubes car $6 \times 6 \times 10 = 360$.

b) Notons V le volume du pavé droit de largeur 60 cm, de hauteur 36 cm et de profondeur 36 cm, c'est-à-dire le volume de cire contenu dans un carton.

$V = \text{largeur} \times \text{hauteur} \times \text{profondeur}$

$V = 60 \times 36 \times 36 = 77\,760 \text{ cm}^3$.

Soit m la masse de cire d'abeille contenue dans un carton rempli de cubes, V le volume d'un carton et μ la masse volumique de la cire.

On a $m = \mu \times V$ ou encore $m = 0{,}95 \times 77\,760$, soit $m = 73\,872$ g.

Donc $m = 74$ kg, valeur arrondie à l'unité près.

▶ **2. a)** Notons V' le volume d'une bougie cylindrique.

$V' = \pi \times r^2 \times h$, où r est le rayon de la base et h la hauteur de la bougie.

Alors $V' = \pi \times 3^2 \times 6 = 54\pi \text{ cm}^3$ est la valeur exacte du volume de la bougie.

Une valeur approchée à l'unité est $V' = 170 \text{ cm}^3$.

> **ATTENTION !**
> C'est le diamètre qui mesure 6 cm ! Il faut diviser par 2 pour obtenir la mesure du rayon.

b) Notons V'' le volume d'un cube d'arête 6 cm.

$V'' = 6^3$, soit $V'' = 216 \text{ cm}^3$.

Notons V_1 le volume de cire perdue lors de la fabrication d'une bougie.

$V_1 = V'' - V'$, soit $V_1 \approx 216 - 170 = 46 \text{ cm}^3$.

Nous avons $\dfrac{216}{46} = 4{,}69\ldots$

Ce résultat doit être un nombre entier. Il faudra découper 5 cubes.

▶ **3.** Soit x le prix d'achat d'une bougie. Le commerçant la vend 20 % plus chère, c'est-à-dire $x + \dfrac{20}{100}x$. On sait qu'il vend une bougie 9,60 €, on a donc l'équation $x + \dfrac{20}{100}x = 9{,}6$.

Ce qui équivaut à $x + 0{,}2x = 9{,}6$ ou encore $1{,}2x = 9{,}6$ soit $x = \dfrac{9{,}6}{1{,}2} = 8$.

Conclusion : le commerçant paie 8 euros pour l'achat d'une bougie.

La pyramide du Louvre

EXERCICE 4

15 min
12 points

Ph © Onnes/iStock Editorial/
Getty Images Plus

La pyramide du Louvre à Paris est une pyramide à base carrée de côté 35,4 m et de hauteur 21,6 m.
C'est une réduction de la pyramide de Khéops en Égypte, qui mesure environ 230,5 m de côté.

▶ **1.** Montrer que la hauteur de la pyramide de Khéops est d'environ 140,6 m.

▶ **2.** Calculer le volume en m^3 de la pyramide du Louvre. (Arrondir à l'unité)

▶ **3.** Par quel nombre peut-on multiplier le volume de la pyramide du Louvre pour obtenir celui de la pyramide de Khéops ? (Arrondir à l'unité)

Rappel : Volume d'une pyramide $= \dfrac{\text{Aire de la base} \times \text{Hauteur}}{3}$.

LES CLÉS DU SUJET

L'intérêt du sujet

La pyramide du Louvre est faite de carreaux de verre et est située dans la cour principale du musée du Louvre. Elle a été construite par Pei en 1989. Dans cet exercice, tu vas travailler les notions de volume et d'agrandissement à travers une comparaison des pyramides du Louvre et de Khéops.

Nos coups de pouce, question par question

▶ 1. Connaître la notion de coefficient d'agrandissement	• Calcule le coefficient d'agrandissement. • Puis la hauteur de la pyramide de Khéops.
▶ 2. Calculer le volume d'une pyramide	• Calcule l'aire de la base carrée. • Puis remplace la hauteur par 21,6.
▶ 3. Savoir l'effet d'un agrandissement sur un volume	Utilise la formule : $V_{agrandi} = (\text{coefficient d'agrandissement})^3 \times V_{initial}$.

23 CORRIGÉ GUIDÉ

▶ **1.** Le coefficient d'agrandissement vaut exactement $\dfrac{230,5}{35,4}$.

Donc la hauteur h de la pyramide de Khéops vaut réellement :

$$h = \frac{230,5}{35,4} \times 21,6$$

$$\boxed{h \approx 140,6 \text{ m}}.$$

RAPPEL
Le coefficient d'agrandissement est le quotient entre les longueurs réelles et les longueurs réduites.

▶ **2.** Le volume de la pyramide du Louvre est :

$$V_{\text{pyramide du Louvre}} = \frac{1}{3} \times \text{aire base} \times \text{hauteur}$$

$$V_{\text{pyramide du Louvre}} = \frac{1}{3} \times 35{,}4^2 \times 21{,}6$$

$$\boxed{V_{\text{pyramide du Louvre}} \approx 9\ 023\ \text{m}^3}.$$

▶ **3.** Le coefficient d'agrandissement étant $\frac{230{,}5}{35{,}4}$:

$$V_{\text{Khéops}} = \left(\frac{230{,}5}{35{,}4}\right)^3 \times V_{\text{Louvre}}.$$

Or $\left(\frac{230{,}5}{35{,}4}\right)^3 \approx 276$, donc il suffit de multiplier le volume de la pyramide du Louvre par environ 276 pour obtenir le volume de la pyramide de Khéops.

Le composteur

EXERCICE 5

20 min
20 points

La production annuelle de déchets par Français était de 5,2 tonnes par habitant en 2007. Entre 2007 et 2017, elle a diminué de 6,5 %.

▶ **1.** De combien de tonnes la production annuelle de déchets par Français en 2017 a-t-elle diminué par rapport à l'année 2007 ?

▶ **2.** Pour continuer à diminuer leur production de déchets, de nombreuses familles utilisent désormais un composteur.
Une de ces familles a choisi le modèle ci-dessous, composé d'un pavé droit et d'un prisme droit (la figure du composteur n'est pas à l'échelle).
Le descriptif indique qu'il a une contenance d'environ 0,5 m^3.
On souhaite vérifier cette information.

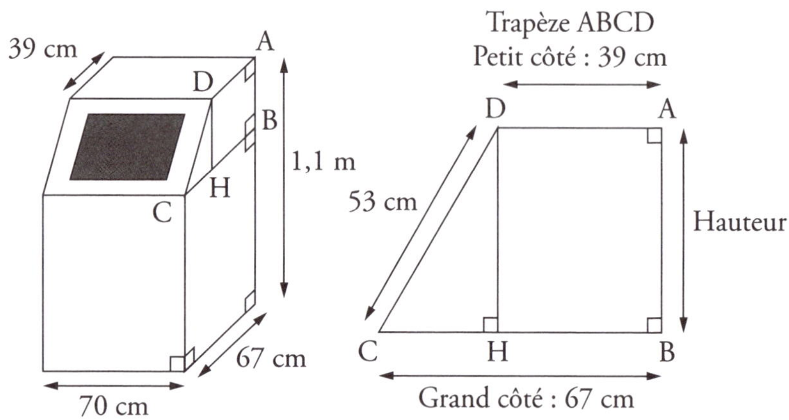

a) Dans le trapèze ABCD, calculer la longueur CH.
b) Montrer que la longueur DH est égale à 45 cm.
c) Vérifier que l'aire du trapèze ABCD est de 2 385 cm^2.
d) Calculer le volume du composteur.
L'affirmation « il a une contenance d'environ 0,5 m^3 » est-elle vraie ? Justifier.

Rappels :

- Aire du trapèze $= \dfrac{(\text{petit côté} + \text{grand côté}) \times \text{hauteur}}{2}$
- Volume du prisme droit = aire de la base × hauteur
- Volume du pavé droit = longueur × largeur × hauteur

LES CLÉS DU SUJET

L'intérêt du sujet

À travers un problème de développement durable, tu vas retravailler le théorème de Pythagore, les formules d'aires et de volumes, ainsi que les pourcentages.

Nos coups de pouce, question par question

▶ 1. Appliquer un pourcentage	Multiplie le pourcentage par la valeur initiale.
▶ 2. a) Calculer une longueur	Remarque que ABHD est un rectangle.
b) Utiliser un théorème de géométrie	Utilise le théorème de Pythagore dans le triangle rectangle CDH.
c) Appliquer une formule d'aire	Remplace, dans la formule rappelée, les côtés par les valeurs de l'énoncé.
d) Calculer un volume et convertir	• Calcule d'abord les volumes du prisme droit et du pavé droit. • Convertis enfin le volume total en m^3 et conclus.

24 CORRIGÉ GUIDÉ

▶ **1.** $5{,}2 \times \dfrac{6{,}5}{100} = 0{,}338$

La production annuelle de déchets a diminué de 0,338 t en 2017 par rapport à 2007.

▶ **2. a)** DABH a trois angles droits, c'est donc un rectangle et HB = DA = 39 cm.

Les points C, H et B sont alignés donc :

CH = CB – HB

CH = 67 – 39

CH = 28 cm.

b) CDH est rectangle en H donc, d'après le théorème de Pythagore, on a :

$CD^2 = CH^2 + HD^2$

$53^2 = 28^2 + HD^2$

$2\,809 = 784 + HD^2$

$HD^2 = 2\,809 - 784 = 2\,025$

Donc : $HD = \sqrt{2\,025} = 45$ cm.

RAPPEL
Dans la formule de Pythagore, le carré de l'hypoténuse est égal à la somme des carrés des deux autres côtés.

c) $\text{Aire du trapèze} = \dfrac{(\text{petit côté} + \text{grand côté}) \times \text{hauteur}}{2}$

$= \dfrac{(39 + 67) \times 45}{2} = 2\,385 \text{ cm}^2.$

d) Volume du pavé droit $= L \times l \times h$

$= 70 \times 67 \times (110 - 45) = 304\,850 \text{ cm}^3.$

Volume du prisme droit

= aire de la base × hauteur

$= 2\,385 \times 70 = 166\,950 \text{ cm}^3.$

Par somme on trouve :

Volume du composteur $= 304\,850 + 166\,950 = 471\,800 \text{ cm}^3$

$= 0{,}471\,800 \text{ m}^3 \approx 0{,}5 \text{ m}^3.$

Donc l'affirmation est vraie.

ATTENTION !
Pense à convertir 1,10 m en centimètres.

Au Futuroscope

EXERCICE 2

20 min
20 points

Le Futuroscope est un parc de loisirs situé dans la Vienne. L'année 2019 a enregistré 1,9 million de visiteurs.

▶ **1.** Combien aurait-il fallu de visiteurs en plus en 2019 pour atteindre 2 millions de visiteurs ?

▶ **2.** L'affirmation « Il y a eu environ 5 200 visiteurs par jour en 2019 » est-elle vraie ? Justifier la réponse.

▶ **3.** Un professeur organise une sortie pédagogique au Futuroscope pour ses élèves de troisième. Il veut répartir les 126 garçons et les 90 filles par groupes. Il souhaite que chaque groupe comporte le même nombre de filles et le même nombre de garçons.
a) Décomposer en produit de facteurs premiers les nombres 126 et 90.
b) Trouver tous les entiers qui divisent à la fois les nombres 126 et 90.
c) En déduire le plus grand nombre de groupes que le professeur pourra constituer. Combien de filles et de garçons y aura-t-il alors dans chaque groupe ?

▶ **4.** Deux élèves de troisième, Marie et Adrien, se souviennent avoir vu en mathématiques que les hauteurs inaccessibles pouvaient être déterminées avec l'ombre. Ils souhaitent calculer la hauteur de la Gyrotour du Futuroscope.
Marie se place comme indiquée sur la figure ci-après, de telle sorte que son ombre coïncide avec celle de la tour. Après avoir effectué plusieurs mesures, Adrien dessine le schéma ci-dessous (le schéma n'est pas à l'échelle), sur lequel les points A, E et B ainsi que les points A, D et C sont alignés.
Calculer la hauteur BC de la Gyrotour.

MATHS

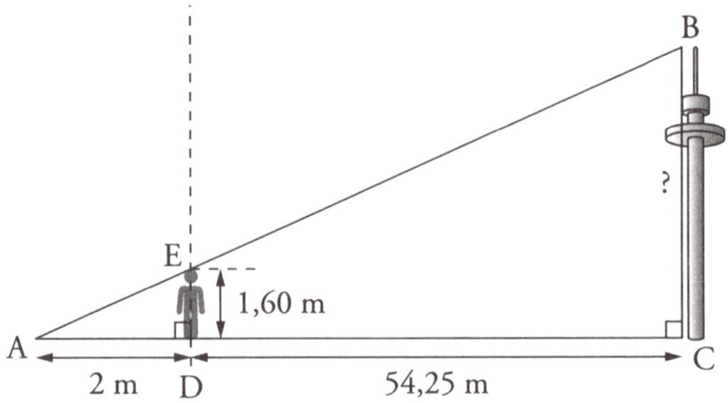

LES CLÉS DU SUJET

L'intérêt du sujet

Tu vas découvrir quelques renseignements sur le Futuroscope et travailler le théorème de Thalès et l'arithmétique.

Nos coups de pouce, question par question

▶ **1. Lire des unités**	Calcule une différence en faisant attention aux unités employées.
▶ **2. Calculer un indicateur statistique**	On demande de calculer un nombre moyen quotidien de visiteurs ; il faut donc que tu utilises le fait qu'il y a 365 jours en 2019.
▶ **3. a) Décomposer un nombre en produit de facteurs premiers**	Pour décomposer un nombre en produit de facteurs premiers, regarde si tes nombres sont divisibles par 2, puis 3, puis 5…
b) et c) Déterminer des diviseurs	Observe les nombres en commun dans les décompositions en facteurs premiers.
▶ **4. Calculer une longueur**	Utilise le théorème de Thalès dans les triangles AED et ABC.

25 CORRIGÉ GUIDÉ

▶ **1.** $2 - 1{,}9 = 0{,}1$

Il aurait fallu 0,1 million de visiteurs en plus, soit 100 000 visiteurs.

▶ **2.** $\frac{1\,900\,000}{365} \approx 5\,205$

Il y a donc bien eu environ 5 200 visiteurs par jour en 2019. L'affirmation est vraie.

> **REMARQUE**
> 2019 n'est pas une année bissextile ; elle contient donc 365 jours.

▶ **3. a)** $126 = 2 \times 63 = 2 \times 3 \times 21 = 2 \times 3 \times 3 \times 7$

$90 = 2 \times 45 = 2 \times 3 \times 15 = 2 \times 3 \times 3 \times 5$

b) Les diviseurs communs à 126 et 90 sont des facteurs communs aux décompositions faites précédemment. Il y a donc :

1 ; 2 ; 3 ; $2 \times 3 = 6$; $3 \times 3 = 9$ et $2 \times 3 \times 3 = 18$.

c) Le plus grand nombre de groupes que pourra faire le professeur est 18.

Il y aura alors, dans chaque groupe :

- $126 \div 18 = 7$ garçons ;
- $90 \div 18 = 5$ filles.

▶ **4.** Les droites (DC) et (EB) sont sécantes en A.

Puisque (ED) et (BC) sont toutes deux perpendiculaires à la même droite (AC), alors (ED) et (BC) sont parallèles.

Donc d'après le théorème de Thalès, on a :

$$\frac{AD}{AC} = \frac{AE}{AB} = \frac{DE}{BC}.$$

En remplaçant les longueurs connues, on obtient :

$$\frac{2}{54{,}25+2} = \frac{AE}{AB} = \frac{1{,}60}{BC}.$$

Donc : $BC = \frac{56{,}25 \times 1{,}60}{2} = 45.$

La Gyrotour mesure 45 m de hauteur.

Les transformations du plan

EXERCICE 5

15 min
18 points

Olivia s'est acheté un tableau pour décorer le mur de son salon. Ce tableau, représenté ci-contre, est constitué de quatre rectangles identiques nommés ①, ②, ③ et ④ dessinés à l'intérieur d'un grand rectangle ABCD d'aire égale à 1,215 m^2. Le ratio longueur : largeur est égal à 3 : 2 pour chacun des cinq rectangles.

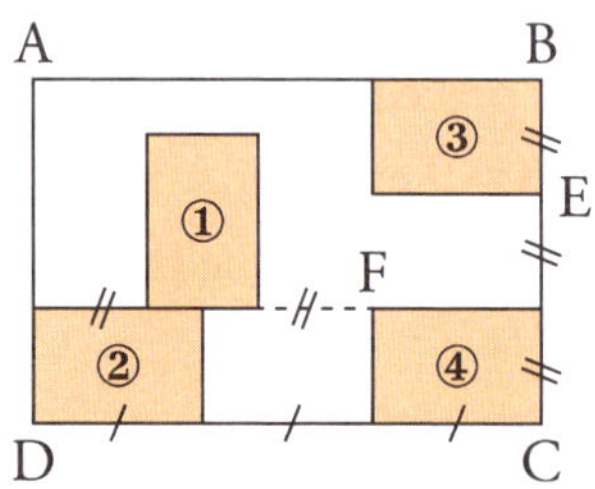

▶ **1.** Recopier, en les complétant, les phrases suivantes. Aucune justification n'est demandée.

a) Le rectangle … est l'image du rectangle … par la translation qui transforme C en E.

b) Le rectangle ③ est l'image du rectangle … par la rotation de centre F et d'angle 90° dans le sens des aiguilles d'une montre.

c) Le rectangle ABCD est l'image du rectangle … par l'homothétie de centre … et de rapport 3.

(Il y a plusieurs réponses possibles, une seule est demandée.)

▶ **2.** Quelle est l'aire d'un petit rectangle ?

▶ **3.** Quelles sont la longueur et la largeur du rectangle ABCD ?

LES CLÉS DU SUJET

L'intérêt du sujet

Tu vas travailler les transformations du plan ainsi que l'effet d'une réduction sur une figure.

Nos coups de pouce, question par question

▶ **1. Reconnaître des transformations planes**	Une translation est un « glissement », une rotation est un « pivot » et une homothétie est un « agrandissement/réduction ».
▶ **2. Connaître l'effet d'une réduction sur les aires**	Si l'on note k le coefficient de réduction d'une figure, l'aire réduite est obtenue en multipliant l'aire initiale par k^2.

Les étapes de résolution pour la question 3

Connaître et utiliser la notion de ratio

❶ Écris le lien entre longueur et largeur grâce à la définition du ratio.

❷ À partir de l'aire d'un rectangle, résous une équation carrée pour trouver la largeur du rectangle.

❸ Déduis-en ensuite la longueur.

26 CORRIGÉ GUIDÉ

▶ **1. a)** Le rectangle ③ est l'image du rectangle ④ par la translation qui transforme C en E.

b) Le rectangle ③ est l'image du rectangle ① par la rotation de centre F d'angle 90° dans le sens des aiguilles d'une montre.

c) Le rectangle ABCD est l'image du rectangle ② par l'homothétie de centre D de rapport 3.

Le rectangle ABCD est l'image du rectangle ③ par l'homothétie de centre B de rapport 3.

Le rectangle ABCD est l'image du rectangle ④ par l'homothétie de centre C de rapport 3.

▶ **2.** $\mathcal{A}_{\text{ABCD}} = 3^2 \times \mathcal{A}_{\text{petit rectangle}}$

$1{,}215 = 9 \times \mathcal{A}_{\text{petit rectangle}}$

Donc $\mathcal{A}_{\text{petit rectangle}} = \dfrac{1{,}215}{9} = \boxed{0{,}135\ \text{m}^2}$.

▶ **3.** Calculons la longueur et la largeur du grand rectangle :

On a $L = 1{,}5 \times l$.

Or $\mathcal{A}_{\text{ABCD}} = L \times l$.

Donc $1{,}5 \times l^2 = 1{,}215$

$$\boxed{l = \sqrt{\dfrac{1{,}215}{1{,}5}} = 0{,}9\ \text{m}}$$

De plus : $\boxed{L = 1{,}5 \times 0{,}9 = 1{,}35\ \text{m}}$

À NOTER
$L : l = 3 : 2$ signifie que la longueur est 1,5 fois plus grande que la largeur.

Photo de la tour Eiffel

EXERCICE 4

15 min
10 points

Leila est en visite à Paris. Aujourd'hui, elle est au Champ de Mars où l'on peut voir la tour Eiffel dont la hauteur totale BH est 324 m.
Elle pose son appareil photo au sol à une distance AB = 600 m du monument et le programme pour prendre une photo (voir le dessin ci-dessous).

Le dessin n'est pas à l'échelle

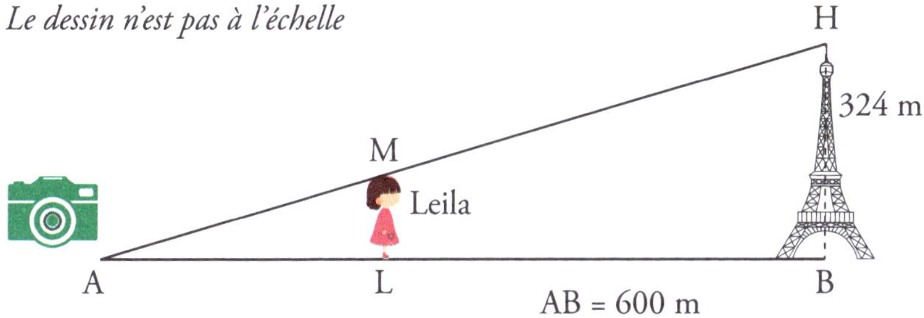

▶ **1.** Quelle est la mesure, au degré près, de l'angle $\widehat{HAB}$?

▶ **2.** Sachant que Leila mesure 1,70 m, à quelle distance AL de son appareil doit-elle se placer pour paraître aussi grande que la tour Eiffel sur sa photo ?
Donner une valeur approchée du résultat au centimètre près.

LES CLÉS DU SUJET

L'intérêt du sujet

Tous les touristes visitant Paris vont admirer la « tour Eiffel » et souhaitent en faire une photo. Ceci est bien difficile étant donné la hauteur de ce monument ! Cette tour a été construite par l'ingénieur Gustave Eiffel en 1887, à l'occasion de l'exposition universelle de Paris de 1889.

Nos coups de pouce, question par question

▶ **1. Calculer un rapport trigonométrique**	Dans le triangle ABH rectangle en B, tu connais les distances BH et BA. Calcule tan $\widehat{HAB}$.
▶ **2. Utiliser un rapport trigonométrique ou le théorème de Thalès**	Remarque que les points A, M et H sont alignés.

27 CORRIGÉ GUIDÉ

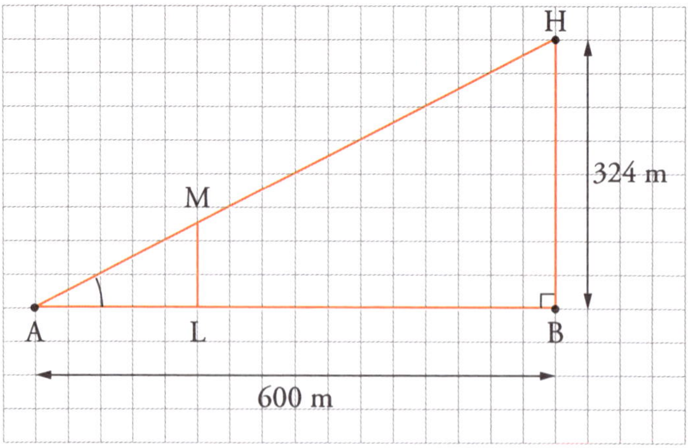

▶ **1.** Dans le triangle ABH rectangle en B :

$\tan \widehat{HAB} = \frac{BH}{BA} = \frac{324}{600} = 0{,}54.$

La calculatrice indique alors, au degré près :

$\boxed{\widehat{HAB} = 28°}$.

> **RAPPEL**
> Dans un triangle ABH rectangle en B, $\tan \widehat{HAB} = \frac{\text{côté opposé}}{\text{côté adjacent}}$.

▶ **2.** Nous avons $\widehat{MAL} = \widehat{HAB}$.

Dans le triangle MAL rectangle en L, $\tan \widehat{MAL} = \frac{ML}{AL}$.

Soit $0{,}54 = \frac{1{,}7}{AL}$ ou encore $AL = \frac{1{,}7}{0{,}54} = 3{,}15$ m, valeur approchée au centimètre près.

Conclusion : Leila doit se positionner à 3,15 m devant son appareil photo.

Autre méthode :

On peut admettre que Leila et la tour Eiffel sont perpendiculaires au sol, donc parallèles entre elles. Le théorème de Thalès donne $\frac{AL}{AB} = \frac{LM}{BH}$

soit $\frac{AL}{600} = \frac{1{,}7}{324}$, d'où $AL = \frac{1{,}7 \times 600}{324} = 3{,}15$ m.

MATHS

Le décor de la pièce de théâtre

EXERCICE 2

15 min
19 points

Dans cet exercice, on donnera, si nécessaire, une valeur approchée des résultats au centième près.

Pour construire le décor d'une pièce de théâtre (figure 1), Joanna dispose d'une plaque rectangulaire ABCD de 4 m sur 2 m dans laquelle elle doit découper les trois triangles du décor avant de les superposer. Elle propose un découpage de la plaque (figure 2).

Figure 1

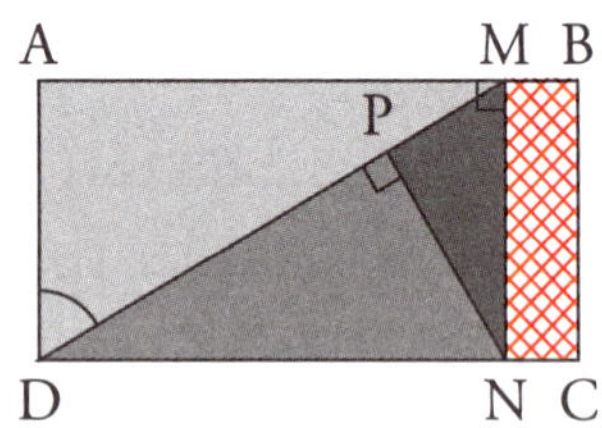

Figure 2

Le triangle ADM respecte les conditions suivantes :

- le triangle ADM est rectangle en A ;
- AD = 2 m ;
- $\widehat{ADM} = 60°$.

▶ **1.** Montrer que [AM] mesure environ 3,46 m.

▶ **2.** La partie de la plaque non utilisée est représentée en quadrillé sur la figure 2. Calculer une valeur approchée au centième de la proportion de la plaque qui n'est pas utilisée.

▶ **3.** Pour que la superposition des triangles soit harmonieuse, Joanna veut que les trois triangles AMD, PNM et PDN soient semblables. Démontrer que c'est bien le cas.

▶ **4.** Joanna aimerait que le coefficient d'agrandissement pour passer du triangle PDN au triangle AMD soit plus petit que 1,5. Est-ce le cas ? Justifier.

LES CLÉS DU SUJET

L'intérêt du sujet

Dans cet exercice de construction de décor, tu vas travailler la trigonométrie et le thème des triangles semblables.

Nos coups de pouce, question par question

▶ **1. Utiliser une formule de trigonométrie**	• Dans le triangle AMD, repère quel côté est connu et quel côté est recherché. • Déduis-en la bonne formule de trigonométrie à appliquer à l'angle $\widehat{ADM}$.
▶ **2. Calculer une proportion**	Calcule la division de l'aire non utilisée par l'aire totale.
▶ **3. Reconnaître deux triangles semblables**	Deux triangles sont semblables si, en particulier, ils ont deux angles égaux.
▶ **4. Calculer un coefficient d'agrandissement**	Un coefficient d'agrandissement se calcule par division de deux longueurs qui se correspondent dans des triangles semblables.

28 CORRIGÉ GUIDÉ

▶ **1.** ADM est rectangle en A.

$$\tan(\widehat{D}) = \frac{\text{côté opposé à l'angle } \widehat{D}}{\text{côté adjacent à l'angle } \widehat{D}} = \frac{AM}{AD}$$

Donc $\tan(60°) = \dfrac{AM}{2}$

et $AM = 2 \times \tan(60°) \approx \boxed{3{,}46 \text{ m}}$

> **ATTENTION !**
> Pour additionner deux fractions, il faut les mettre au même dénominateur.

▶ **2.** $\text{Aire}(BMNC) = BM \times BC = (4 - 3{,}46) \times 2 = 1{,}08 \text{ m}^2$

$\text{Aire}(ABCD) = AB \times BC = 4 \times 2 = 8 \text{ m}^2$

Donc la proportion de plaque non utilisée est $\dfrac{1{,}08}{8} \approx \boxed{0{,}14}$

▶ **3.** • Dans les triangles ADM et MPN :

$\widehat{DAM} = \widehat{MPN}$ car ce sont des angles droits ;

$\widehat{ADM} = \widehat{PMN}$ car les deux angles sont alternes-internes.

Les triangles ADM et MPN ont deux angles égaux, ils sont donc semblables.

• Dans les triangles ADM et PDN :

$\widehat{DAM} = \widehat{NPD}$ car ce sont des angles droits ;

$\widehat{PDN} = 90° - 60° = 30°$ et par la somme des mesures des angles d'un triangle, $\widehat{AMD} = 30°$.

Donc les deux angles $\widehat{PDN}$ et $\widehat{AMD}$ sont égaux.

Les triangles ADM et PND ont deux angles égaux, ils sont donc semblables.

▶ **4.** ADM est rectangle en A.

À NOTER
Une proportion est la division de deux mêmes grandeurs.

$$\cos(\widehat{D}) = \frac{\text{côté adjacent à l'angle } \widehat{D}}{\text{hypoténuse}} = \frac{AD}{DM}$$

donc $\cos(60°) = \dfrac{2}{DM}$

donc $DM = \dfrac{2}{\cos(60°)} = \boxed{4 \text{ m}}$.

Or DN = 3,46 m

donc $\dfrac{DM}{DN} = \dfrac{4}{3{,}46} \approx 1{,}15 < 1{,}5$.

Le coefficient d'agrandissement convient.

Deux voiliers face au vent

EXERCICE 5

15 min
14 points

Lorsqu'un voilier est face au vent, il ne peut pas avancer.
Si la destination choisie nécessite de prendre une direction face au vent, le voilier devra progresser en faisant des zigzags.
Comparer les trajectoires de ces deux voiliers en calculant la distance en kilomètres et arrondie au dixième, que chacun a parcourue.

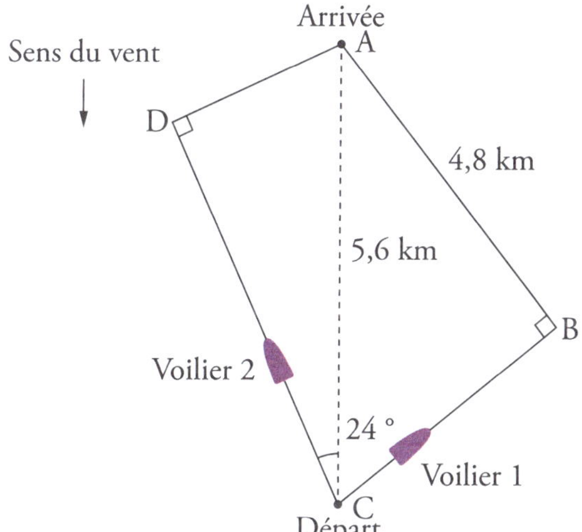

La figure n'est pas à l'échelle

LES CLÉS DU SUJET

L'intérêt du sujet

Pour progresser face au vent, le skipper doit s'écarter de l'axe du vent et avancer en zigzag.

Les étapes de résolution de la question

Comparer deux trajectoires

❶ Calcule la distance parcourue par le voilier 1 en appliquant le théorème de Pythagore au triangle CBA rectangle en B.

❷ Calcule la distance parcourue par le voilier 2 en calculant, dans le triangle CDA rectangle en D, $\cos \widehat{ACD}$ et $\sin \widehat{ACD}$.

❸ Compare les distances parcourues.

29 CORRIGÉ GUIDÉ

- **Distance parcourue par le voilier 1**

Le voilier 1 a parcouru la distance $p_1 = \text{CB} + \text{BA}$.

En appliquant le théorème de Pythagore au triangle CBA rectangle en B, on obtient : $\text{CA}^2 = \text{CB}^2 + \text{BA}^2$.

D'où : $\text{CB}^2 = \text{CA}^2 - \text{BA}^2 = 5{,}6^2 - 4{,}8^2 = 8{,}32$.

Soit $\text{CB} = \sqrt{8{,}32}$. Alors $p_1 = \sqrt{8{,}32} + 4{,}8$.

Une valeur arrondie au dixième de p_1 est alors : $\boxed{p_1 = 7{,}7 \text{ km}}$.

- **Distance parcourue par le voilier 2**

Dans le triangle CDA rectangle en D, $\cos \widehat{ACD} = \dfrac{\text{CD}}{\text{CA}}$, d'où :

$\text{CD} = \text{CA} \times \cos \widehat{ACD} = 5{,}6 \times \cos 24°$

$\text{CD} = 5{,}1$ (valeur arrondie au dixième).

> **RAPPEL**
> Dans le triangle CDA :
> $\sin \widehat{ACD} = \dfrac{\text{côté opposé}}{\text{hypoténuse}}$
> et $\cos \widehat{ACD} = \dfrac{\text{côté adjacent}}{\text{hypoténuse}}$.

Dans ce même triangle CDA rectangle en D, $\sin \widehat{ACD} = \dfrac{\text{AD}}{\text{CA}}$, d'où :

$$\text{AD} = \text{CA} \times \sin \widehat{ACD} = 5{,}6 \times \sin 24°$$

$\text{AD} = 2{,}3$ (valeur arrondie au dixième).

Alors $p_2 = \text{CD} + \text{DA} \approx 5{,}1 + 2{,}3$ cm.

Une valeur arrondie au dixième de p_2 est alors : $\boxed{p_2 = 7{,}4 \text{ km}}$.

$p_1 > p_2$, donc le voilier 1 a parcouru une distance plus grande que le voilier 2.

30 France métropolitaine • Septembre 2019

Jeux de dés

EXERCICE 6

15 min
20 points

Deux amis, Armelle et Basile, jouent aux dés en utilisant des dés bien équilibrés, mais dont les faces ont été modifiées. Armelle joue avec le dé A et Basile joue avec le dé B.
Lors d'une partie, chaque joueur lance son dé et celui qui obtient le plus grand numéro gagne un point.
Voici les patrons des deux dés :

Patron du dé A **Patron du dé B**

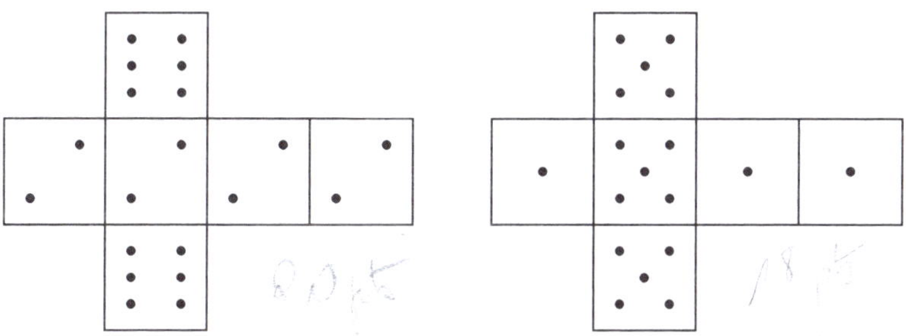

▶ **1.** Une partie peut-elle aboutir à un match nul ?

▶ **2. a)** Si le résultat obtenu avec le dé A est 2, quelle est la probabilité que Basile gagne un point ?
b) Si le résultat obtenu avec le dé B est 1, quelle est la probabilité qu'Armelle gagne un point ?

▶ **3.** Les joueurs souhaitent comparer leur chance de gagner. Ils décident de simuler un match de soixante mille duels à l'aide d'un programme informatique.
Voici une partie du programme qu'ils ont réalisé.

Programme principal

Sous-programmes

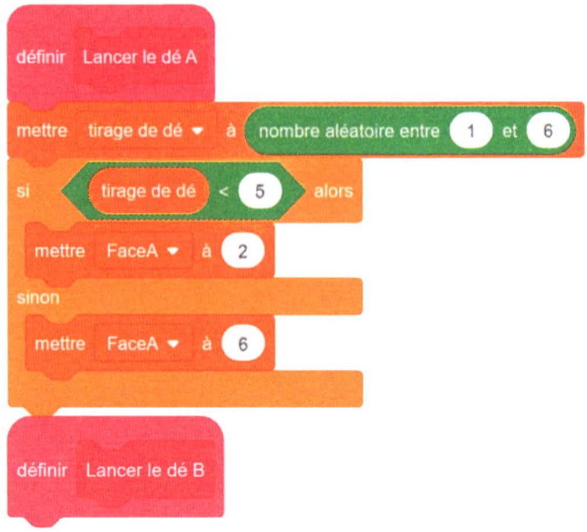

On précise que l'expression (**nombre aléatoire entre 1 et 6**) renvoie de manière équiprobable un nombre pouvant être 1 ; 2 ; 3 ; 4 ; 5 ou 6.
Les variables *FaceA* et *FaceB* enregistrent les résultats des dés A et B. Par exemple, la variable *FaceA* peut prendre soit la valeur 2, soit la valeur 6, puisque ce sont les seuls nombres présents sur le dé A.
Les variables *Victoire de A* et *Victoire de B* comptent les victoires des joueurs.

a) Lorsqu'on exécute le sous-programme « Lancer le dé A », quelle est la probabilité que la variable *FaceA* prenne la valeur 2 ?

b) Recopier la ligne 7 du programme principal en la complétant.

c) Rédiger un sous-programme « Lancer le dé B » qui simule le lancer du dé B et enregistre le nombre obtenu dans la variable *FaceB*.

▶ **4.** Après exécution du programme principal, on obtient les résultats suivants :

Victoire de A = 39 901 ; *Victoire de B* = 20 099.

a) Calculer la fréquence de gain du joueur A, exprimée en pourcentage. On donnera une valeur approchée à 1 % près.

b) Conjecturer la probabilité que A gagne contre B.

LES CLÉS DU SUJET

L'intérêt du sujet

Tu vas travailler les notions de probabilité et de fréquence au travers d'un exercice de programmation Scratch.

Nos coups de pouce, question par question

▶ 1. Comprendre un énoncé	Demande-toi à quelle condition il pourrait y avoir un match nul.
▶ 2. Calculer une probabilité simple	**a)** Basile a 3 fois le chiffre 5 sur son dé. **b)** Demande-toi à partir de quel chiffre Basile peut gagner et quelle est la probabilité que ce chiffre sorte.
▶ 3. Comprendre, compléter et écrire un algorithme Scratch dans une situation de jeu	**a)** La variable *FaceA* prend la valeur 2 si le tirage du dé est strictement inférieur à 5. **b)** Il y a victoire de A si le chiffre de B est strictement inférieur à celui de A. **c)** Réécris un sous-programme du même type que celui déjà proposé, mais en veillant aux valeurs prises par le dé de B, à savoir 1 et 5.
▶ 4. Calculer une fréquence	Utilise la formule : $\text{fréquence}_{\text{événement}} = \dfrac{\text{nombre de fois où l'événement apparait}}{\text{nombre total de fois où l'expérience est menée}}$.

30 CORRIGÉ GUIDÉ

▶ **1.** Il n'y a aucun chiffre en commun sur les deux dés, donc il ne peut pas y avoir de match nul.

▶ **2. a)** Sachant que c'est le chiffre 2 qui est sorti pour Armelle, pour que Basile gagne 1 point, il est nécessaire qu'il sorte un chiffre supérieur à 2, donc un 5.

Or, sur les six faces, il y a trois fois le chiffre 5, donc :

$$p(\text{« Basile gagne un point »}) = \frac{3}{6} = 0{,}5.$$

b) Sachant que c'est le chiffre 1 qui est sorti pour Basile, pour qu'Armelle gagne 1 point, il est nécessaire qu'elle sorte un chiffre supérieur à 1.

> **RAPPEL**
> Un événement certain a une probabilité de 1.

Or, les chiffres des faces du dé d'Armelle sont des 2 et des 6. Donc Armelle est sûre de gagner un point :

$$\boxed{p(\text{« Armelle gagne un point »}) = 1}.$$

▶ **3. a)** Il y a 4 chances sur 6 que le nombre tiré soit inférieur à 5, donc que *Face A* prenne la valeur 2, d'où :

$$\boxed{p(\text{« Face A} = 2\text{ »}) = \frac{4}{6} = \frac{2}{3}}.$$

b) Il y a victoire de A si *Face B* est inférieur à *Face A*.

Il faut donc compléter la ligne 7 ainsi :

c) Voici le script attendu :

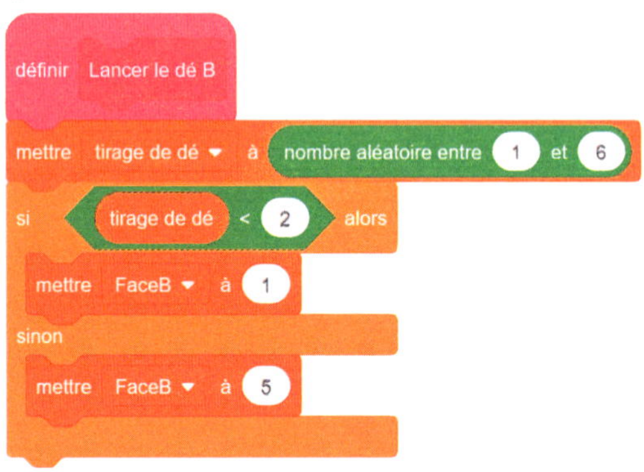

▶ **4. a)** Sur les 60 000 lancers, 39 901 cas apportent la victoire du joueur A.

Donc la fréquence de gain du joueur A est $\frac{39\ 901}{60\ 000} \approx 0{,}67$ soit 67 % à 0,1 près.

b) La probabilité de réalisation d'un événement est sa fréquence d'apparition lorsque l'on reproduit un très grand nombre de fois l'expérience.

La probabilité que A gagne est donc de 0,67.

31 France métropolitaine • Juin 2021

Scratch et résolutions d'équations

EXERCICE 4

20 min
20 points

Voici un programme de calcul :

Choisir un nombre. Prendre le carré du nombre de départ. Ajouter le triple du nombre de départ. Soustraire 10 au résultat.

▶ **1.** Vérifier que si on choisit 4 comme nombre de départ, on obtient 18.

▶ **2.** Appliquer ce programme de calcul au nombre −3.

▶ **3.** Vous trouverez ci-dessous un script, écrit avec Scratch.

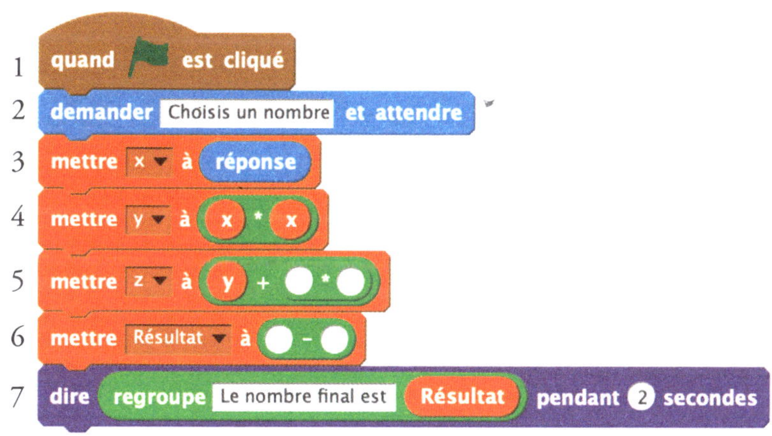

Compléter les lignes 5 et 6 pour que ce script corresponde au programme de calcul.

▶ **4.** On veut déterminer le nombre à choisir au départ pour obtenir zéro comme résultat.

a) On appelle x le nombre de départ. Exprimer en fonction de x le résultat final.

b) Vérifier que ce résultat peut aussi s'écrire sous la forme : $(x+5)(x-2)$.
c) Quel(s) nombre(s) doit-on choisir au départ pour obtenir le nombre 0 à l'arrivée ?

LES CLÉS DU SUJET

L'intérêt du sujet

Tu vas réinvestir les leçons sur le calcul littéral et l'algorithmique.

Nos coups de pouce, question par question

▶ **1.** et ▶ **2.** Appliquer un programme de calcul	• Prends comme nombre de départ 4 puis calcule chaque étape du programme. • Suis le même raisonnement avec comme nombre de départ −3.
▶ **3.** Compléter un algorithme sous Scratch	La ligne 5 de Scratch correspond à la 3e ligne du programme de calcul. La ligne 6 de Scratch correspond à la 4e ligne du programme de calcul.
▶ **4.** Manipuler le calcul littéral et les équations	**b)** Développe la forme proposée avec la double distributivité. **c)** Résous une équation produit.

31 CORRIGÉ GUIDÉ

▶ **1.** On applique le programme de calcul.
On choisit 4.

$4^2 = 16$

$16 + 3 \times 4 = 28$

$28 - 10 = 18$

On obtient bien 18 en prenant 4 au départ.

▶ **2.** On applique le programme de calcul.
On choisit -3.
$(-3)^2 = 9$
$9 + 3 \times (-3) = 0$
$0 - 10 = -10$
On obtient -10 en prenant -3 au départ.

RAPPELS
• Le carré d'un nombre est toujours positif.
• Le triple d'un nombre x est $3x$.

▶ **3.** Voici le script complété :

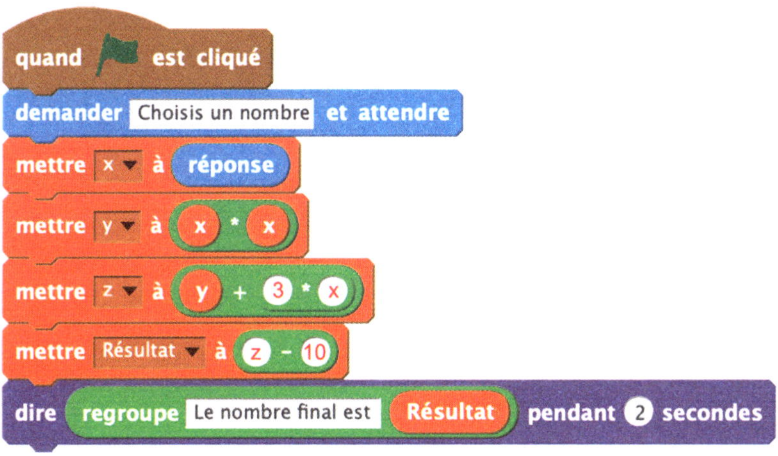

▶ **4. a)** Prenons x comme nombre de départ. Le programme de calcul donne successivement :
x^2
$x^2 + 3x$
$x^2 + 3x - 10$
Le résultat final est : $x^2 + 3x - 10$.

b) $(x + 5)(x - 2) = x^2 - 2x + 5x - 10$
$= x^2 + 3x - 10$

On obtient bien le même résultat.

RAPPEL
Double distributivité :
$(a + b)(c + d)$
$= ac + ad + bc + bd$.

c) Il s'agit de résoudre l'équation $x^2 + 3x - 10 = 0$, donc de résoudre l'équation $(x + 5)(x - 2) = 0$. C'est une équation produit. Or, si un produit de facteurs est nul alors l'un au moins de ses facteurs est nul.
Donc : $x + 5 = 0$ ou $x - 2 = 0$. C'est-à-dire : $x = -5$ ou $x = 2$.
Donc, pour obtenir 0 avec le programme de calculs, il faut choisir les nombres -5 ou 2.

MATHS

2 Différents nombres et leurs représentations

Notion	Définition
Nombre entier naturel	Nombre entier (c'est-à-dire qui s'écrit sans chiffre après la virgule) positif ou nul.
Nombre entier relatif	Nombre entier positif, négatif ou nul.
Nombre décimal	Nombre qui s'écrit avec un nombre fini de chiffres après la virgule. *Exemple* : 0,64.
Nombre rationnel (ou fraction)	Nombre qui peut s'écrire sous la forme d'une fraction, c'est-à-dire sous la forme $\frac{a}{b}$, où a et b sont des nombres entiers relatifs et $b \neq 0$. *Exemple* : $\frac{16}{25}$.
Fraction décimale	Fraction dont le dénominateur est une puissance de 10. *Exemple* : $\frac{64}{10^2} = \frac{64}{100}$.
Notation scientifique d'un nombre	Notation de la forme $x = a \times 10^n$ où $1 \leqslant a < 10$ et n est un entier relatif. On peut utiliser cette notation pour tout nombre positif x. *Exemple* : $6{,}4 \times 10^{-1}$.
Nombre irrationnel	Nombre qui ne peut pas s'écrire sous la forme d'une fraction. *Exemples* : $\sqrt{2}$, π...

REMARQUES

1. Un même nombre peut s'écrire de différentes façons.
Ainsi 0,64, $\frac{16}{25}$, $\frac{64}{100}$ et $6{,}4 \times 10^{-1}$ représentent le même nombre.

2. Un nombre rationnel a une infinité d'écritures sous forme de fraction. Une **fraction irréductible** est une fraction qui ne peut pas être simplifiée.

3. Attention ! Ne pas confondre l'opposé et l'inverse d'un nombre.

- Deux nombres sont **opposés** si leur somme est nulle.

Exemples : -5 est l'opposé de 5, $-\frac{1}{3}$ est l'opposé de $\frac{1}{3}$.

- Deux nombres sont **inverses** si leur produit est 1.

Exemples : $\frac{1}{5}$ est l'inverse de 5, $-\frac{1}{3}$ est l'inverse de -3.

3 Puissance et racine carrée

A Définitions

Notion	Définition
Puissance d'un nombre	Produit de n facteurs égaux à a (a étant un nombre non nul et n un nombre entier naturel positif). On le note a^n : $a^n = \underbrace{a \times a \times ... \times a}_{n \text{ facteurs}}$. a^{-n} est l'inverse de a^n. Donc $a^{-n} = \frac{1}{a^n}$. *Exemples* : $5^3 = 5 \times 5 \times 5 = 125$; $10^{-2} = \frac{1}{10^2} = \frac{1}{100} = 0,01$.
Racine carrée d'un nombre	Nombre positif dont le carré est égal à a (où a est un nombre positif donné). On le note $\sqrt{a}$. *Exemples* : $\sqrt{25} = 5$; $\sqrt{56,25} = 7,5$.

MATHS

B Préfixes scientifiques

Préfixe	Symbole	Puissance de 10	Valeur	Exemples
giga	G	10^9	1 000 000 000	1 gigawatt = 1 000 000 000 watts
méga	M	10^6	1 000 000	1 mégahertz = 1 000 000 hertz
kilo	k	10^3	1 000	1 kilocalorie = 1 000 calories
hecto	h	10^2	100	1 hectopascal = 100 pascals
déca	da	10^1	10	1 décalitre = 10 litres
déci	d	10^{-1}	0,1	1 décimètre = 0,1 mètre
centi	c	10^{-2}	0,01	1 centigramme = 0,01 gramme
milli	m	10^{-3}	0,001	1 milliseconde = 0,001 seconde
micro	µ	10^{-6}	0,000 001	1 microampère = 0,000 001 ampère
nano	n	10^{-9}	0,000 000 001	1 nanomètre = 0,000 000 001 m

4 Calcul avec des fractions

A Règles de calcul

Objectif	Règle
Comparer	• Si deux fractions ont le même dénominateur, la fraction la plus grande est celle qui a le plus grand numérateur. • Si deux fractions ont le même numérateur, la fraction la plus grande est celle qui a le plus petit dénominateur.
Additionner ou soustraire	Pour additionner (ou soustraire) deux fractions, on les réduit au même dénominateur puis on additionne (ou on soustrait) les numérateurs et on conserve le dénominateur commun. *Exemple* : $-\frac{9}{14}-\frac{5}{3}=-\frac{9\times 3}{14\times 3}-\frac{5\times 14}{3\times 14}=-\frac{27}{42}-\frac{70}{42}=-\frac{97}{42}$.
Multiplier	Pour multiplier deux fractions, on multiplie les numérateurs entre eux et les dénominateurs entre eux. *Exemple* : $\frac{7}{9}\times\left(-\frac{2}{7}\right)=\frac{7\times(-2)}{9\times 7}=-\frac{2}{9}$.
Diviser	Pour diviser deux fractions, on multiplie la fraction numérateur par l'inverse de la fraction dénominateur. *Exemple* : $\frac{\frac{5}{3}}{-\frac{9}{14}}=\frac{5}{3}\times\left(-\frac{14}{9}\right)=-\frac{70}{27}$.

B Règles de priorité

Dans une expression qui comporte plusieurs opérations, on effectue les calculs dans l'ordre suivant :

❶ Commencer par effectuer les calculs entre parenthèses (s'il y en a !).

❷ Effectuer toujours les multiplications et les divisions avant les additions et les soustractions.

❸ S'il n'y a que des additions et des soustractions, les effectuer dans l'ordre où elles sont indiquées.

Exemple : $B=\left(-\frac{3}{4}+\frac{1}{4}\right)\times\frac{1}{2}-\frac{5}{8}$

$B=-\frac{2}{4}\times\frac{1}{2}-\frac{5}{8}$

$B=\frac{-2\times 1}{4\times 2}-\frac{5}{8}=-\frac{7}{8}$.

5 Multiples, diviseurs, nombres premiers

A Multiples, diviseurs : définitions

Notion	Définition
Multiple	On appelle multiple d'un entier naturel le produit de ce nombre entier naturel par un autre nombre entier naturel. *Exemples* : 45, 135 et 225 sont des multiples de 15, car $45 = 3 \times 15$ et $135 = 9 \times 15$ et $225 = 15 \times 15$.
Diviseur	Soient deux entiers naturels a et b. a est un diviseur de b lorsque la division de b par a se fait exactement, c'est-à-dire ne donne pas de reste. *Exemples* : 13 est un diviseur de 91 car $91 = 13 \times 7 + 0$.

MATHS

B Critères de divisibilité

Un nombre entier est divisible…

- …par 2 si son chiffre des unités est 0, 2, 4, 6 ou 8.
  Exemple : 218
- …par 3 si la somme de ses chiffres est divisible par 3.
  Exemple : 324
- …par 5 si son chiffre des unités est 0 ou 5.
  Exemple : 115
- …par 10 si son chiffre des unités est 0.
  Exemple : 820
- …par 9 si la somme de ses chiffres est divisible par 9.
  Exemple : 387

C Nombres premiers

Nombre premier	Un nombre premier est un nombre entier naturel divisible seulement par lui-même et par 1. *Exemple* : 17 est un nombre premier car il est divisible seulement par 17 et par 1. 55 n'est pas un nombre premier car il est divisible par 5.
Décomposition d'un nombre entier en un produit de facteurs premiers	Cette opération consiste à transformer un nombre entier en un produit de nombres premiers. *Exemple* : $600 = 2^3 \times 3 \times 5^2$.

6 Calcul littéral

A Développer

● À l'aide de la **propriété de distributivité** : on utilise les règles de la distributivité de la multiplication par rapport à l'addition.

Quels que soient les nombres a, b, c, d :

$a \times (b + c) = a \times b + a \times c$

Exemple : $2x \times (x + 3) = 2x^2 + 6x$

$(a + b) \times (c + d) = a \times c + a \times d + b \times c + b \times d$

Exemple : $(6 - x) \times (2 - 3x) = 12 - 18x - 2x + 3x^2 = 3x^2 - 20x + 12$

● À l'aide des **identités remarquables** : on distingue trois identités remarquables, a et b étant deux réels quelconques :

$(a + b)^2 = a^2 + 2ab + b^2$ *Exemple* : $(2x + 5)^2 = 4x^2 + 20x + 25$

$(a - b)^2 = a^2 - 2ab + b^2$ *Exemple* : $(2x - 4)^2 = 4x^2 - 16x + 16$

$(a + b) \times (a - b) = a^2 - b^2$ *Exemple* : $(3x + 1) \times (3x - 1) = 9x^2 - 1$

B Factoriser

● À l'aide de la **propriété de distributivité**.

Quels que soient les nombres a, b, c, d :

$a \times b + a \times c = a \times (b + c)$ *Exemple* : $2x \times (3x + 1) + 2x \times (2x + 5) = 2x \times (5x + 6)$

● À l'aide des **identités remarquables** :

$a^2 + 2ab + b^2 = (a + b)^2$ *Exemple* : $x^2 + 6x + 9 = (x + 3)^2 = (x + 3) \times (x + 3)$

$a^2 - 2ab + b^2 = (a - b)^2$ *Exemple* : $x^2 - 4x + 4 = (x - 2)^2 = (x - 2) \times (x - 2)$

$a^2 - b^2 = (a + b) \times (a - b)$ *Exemple* : $x^2 - 4 = x^2 - 2^2 = (x + 2) \times (x - 2)$

C Équation produit

On utilise la propriété : lorsqu'un produit de facteurs est nul, alors l'un au moins des facteurs est nul.

Exemple : résoudre l'équation $(2x - 1) \times (-x + 3) = 0$.

La propriété ci-dessus permet d'affirmer que :

$2x - 1 = 0$, soit $x = \frac{1}{2}$ ou $-x + 3 = 0$, soit $x = 3$.

Conclusion : $\frac{1}{2}$ et 3 sont les solutions de l'équation.

7 Statistiques

ordonnées Abscisse

A Représentation d'une série statistique

On peut représenter une série statistique à l'aide de différentes représentations graphiques.

- Le **diagramme en barres** donne en abscisse le caractère étudié, tandis que les effectifs correspondants sont en ordonnée. La hauteur de chaque barre est proportionnelle à l'effectif : **plus l'effectif est grand, plus la barre est haute**, et plus le caractère est fréquent.
- Le **diagramme circulaire** est composé de **plusieurs secteurs**. Chaque secteur possède un angle au centre qui est proportionnel à l'effectif.
- L'**histogramme** est utilisé quand les éléments de la série sont **regroupés en classes**. On porte les classes en abscisse et les effectifs en ordonnée.

B Caractéristiques de position

Notion	Définition
Fréquence d'une valeur	On appelle fréquence d'une valeur, le quotient de l'effectif de cette valeur par l'effectif total. On l'exprime souvent en pourcentage.
Moyenne d'une série statistique	C'est le nombre *m* réel égal au quotient de la somme de toutes les valeurs de la série statistique par l'effectif total.
Médiane d'une série statistique	C'est la valeur qui partage la série statistique, **rangée par ordre croissant** (ou décroissant), en deux parties de même effectif. Si l'effectif total de la série est un nombre impair, la médiane est une valeur de la série. Sinon, c'est un nombre compris entre deux valeurs de la série. On prend souvent pour médiane la moyenne de ces deux valeurs.

C Caractéristiques de dispersion

Notion	Définition
Étendue d'une série statistique	C'est la différence entre la plus grande et la plus petite valeur de la série statistique.
Écart moyen d'une série statistique	C'est la moyenne de la série obtenue en prenant les valeurs positives des différences entre chaque valeur de la série statistique et la valeur moyenne de la série.

8 Probabilités

A Calculer des probabilités dans une situation simple

Soit E un événement.

- La probabilité de réalisation de E est un nombre $p(E)$ compris entre 0 et 1.
- Si $p(E) = 0$ alors l'événement E est impossible.

Exemple : Soit E_1 l'événement « Obtenir un nombre négatif en lançant un dé ».
$p(E_1) = 0$, car cet événement est impossible.

> À NOTER **Deux événements sont incompatibles s'ils ne peuvent pas se réaliser en même temps.**

- Si $p(E) = 1$ alors l'événement E est certain.
- Quand les résultats d'une expérience ont tous la même probabilité, alors $p(E) = \dfrac{\text{nombre de résultats favorables}}{\text{nombre de résultats possibles}} = \dfrac{n}{N}$.

B Calculer des probabilités dans une situation complexe

Soit E un événement.

- Notons $\bar{E}$ l'évènement contraire de E (c'est-à-dire l'événement « non E »).

Alors on a : $p(E) + p(\bar{E}) = 1$.

- L'ensemble des issues d'une expérience aléatoire est appelé **univers**.
- Considérons tous les résultats possibles d'une expérience aléatoire, la somme de leurs probabilités de réalisation est égale à 1.

Exemple : On lance un dé bien équilibré.

Soit A_1 l'événement « obtenir 1 », A_2 l'événement « obtenir 2 », etc.

Puisque le dé est équilibré, la probabilité de chaque événement est donc égale à $\frac{1}{6}$, et on a :

$p(A_1) + p(A_2) + p(A_3) + p(A_4) + p(A_5) + p(A_6) = 6 \times \frac{1}{6} = 1$.

9 Proportionnalité, pourcentages

A Proportionnalité

1. Nombres proportionnels

Soient quatre nombres non nuls a, b, c, d.

- Les nombres a et b sont respectivement proportionnels aux nombres c et d, si $\frac{a}{c} = \frac{b}{d} = k$.
- k représente le **coefficient de proportionnalité**.

2. Représentations

- Une situation de proportionnalité peut se représenter par un tableau.

Un **tableau de proportionnalité** comporte deux suites de nombres.

Ces nombres sont tels que l'on passe de la première ligne à la seconde en multipliant tous les nombres de la première ligne par un même nombre.

Exemple

2	3	5	8
3	4,5	7,5	12

On passe de la première à la seconde ligne en multipliant par 1,5 chaque nombre de la première ligne.

- Une situation de proportionnalité peut aussi se représenter dans un **graphique** par des points alignés sur une droite passant par l'origine du repère.

3. Notion de ratio

Deux nombres x et y sont, par exemple, dans le ratio 4 : 5 si $\frac{x}{4} = \frac{y}{5}$.

B Pourcentages

- Appliquer une **augmentation** de n % à une quantité Q :

on obtient alors la quantité Q' telle que $Q' = Q\left(1 + \frac{n}{100}\right)$.

- Appliquer une **diminution** de n % à une quantité Q :

on obtient alors la quantité Q'' telle que $Q'' = Q\left(1 - \frac{n}{100}\right)$.

- Calculer le **pourcentage *n* d'augmentation** d'une quantité Q devenue Q_1 :

on a $n = \frac{Q_1 - Q}{Q} \times 100$.

10 Fonctions

A La notion de fonction

- Une fonction est une « machine » qui permet d'associer à un nombre, appelé **antécédent**, un autre nombre unique appelé **image**.
- On note souvent f cette « machine », x l'antécédent et $f(x)$ l'image du nombre x par la fonction f. On écrit alors $f : x \mapsto f(x)$.

Exemple : Si l'on a $f : x \mapsto f(x) = 3x + 1$, alors f est la machine à multiplier par 3 puis à ajouter 1. Si on choisit le nombre -4, alors la fonction f lui associe le nombre -11 car $f(-4) = 3 \times (-4) + 1 = -11$. Le nombre -4 est l'antécédent de -11 et -11 est l'image du nombre -4 par la fonction f.

B Fonction linéaire

1. Définition

- La fonction f qui associe au nombre x le nombre ax, où a est un nombre réel donné, est appelée **fonction linéaire**.
- On note $f : x \mapsto ax$ ou encore $f(x) = ax$.
- Une fonction linéaire reflète une situation de proportionnalité : a est **le coefficient de proportionnalité**.

2. Représentation graphique

- Sa représentation graphique est une droite passant par l'origine du repère. On place x en abscisse et $f(x)$ en ordonnée. Il suffit donc de connaître un point appartenant à la droite (autre que l'origine) pour la tracer.
- Le nombre a est le **coefficient directeur** de cette droite.

C Fonction affine

1. Définition

- La fonction f qui associe au nombre x le nombre $ax + b$, où a et b sont des réels donnés, est appelée **fonction affine**.
- On note $f : x \mapsto ax + b$ ou encore $f(x) = ax + b$.

2. Représentation graphique

- Sa représentation graphique est une droite. Il suffit donc de connaître deux points appartenant à la droite pour la tracer.
- a est le coefficient directeur de la droite et b est l'**ordonnée à l'origine** de la droite.

13 Repérages

A Se repérer dans un plan

- Un **repère orthogonal** est constitué de deux axes perpendiculaires, les unités étant différentes sur chacun des axes (OI ≠ OJ). Si les unités sont les mêmes sur chaque axe (OI = OJ = 1 unité), alors le repère est **orthonormal**.
- Un point A du plan est repéré par deux nombres relatifs x_A et y_A.

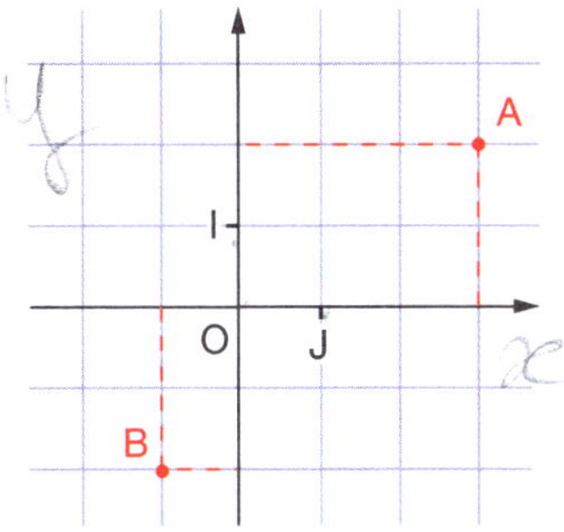

x_A est l'abscisse du point A. L'**abscisse** se lit sur l'axe horizontal.
y_A est l'ordonnée du point A. L'**ordonnée** se lit sur l'axe vertical.
Les **coordonnées** du point A s'écrivent A(x_A ; y_A).
Exemple sur le schéma ci-dessus : A(3 ; 2) et B (–1 ; –2).

B Se repérer dans l'espace

- Un repère orthonormal de l'espace est constitué de trois axes perpendiculaires 2 à 2.
- Un point A de l'espace est repéré par trois nombres relatifs : son **abscisse** x_A, son **ordonnée** y_A et son **altitude** z_A.

Les coordonnées de A s'écrivent A(x_A ; y_A ; z_A).
Exemple sur le schéma ci-contre : A(2 ; 3 ; 4).

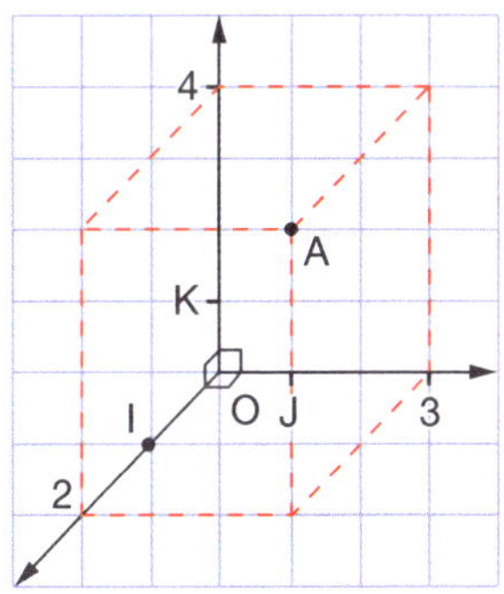

C Se repérer sur une sphère

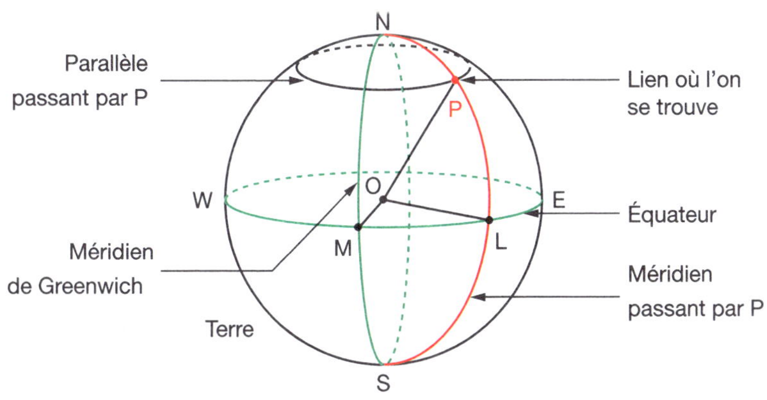

L'angle $\widehat{LOP}$ représente la latitude de P et $\widehat{MOL}$ représente la longitude de P.

14 Triangle et parallélogramme

A Le triangle

- La somme des mesures des trois angles d'un triangle est égale à 180°.
- La mesure d'un côté d'un triangle est toujours inférieure ou égale à la somme des mesures des deux autres côtés.
- Cas d'égalité des triangles :

Si 2 triangles ont un angle égal compris entre deux côtés respectivement égaux, alors ils sont égaux.	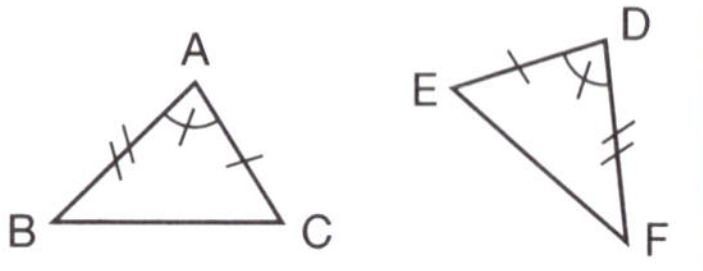	AB = DF AC = DE $\widehat{BAC} = \widehat{EDF}$
Si 2 triangles ont un côté égal compris entre deux angles respectivement égaux, alors ils sont égaux.	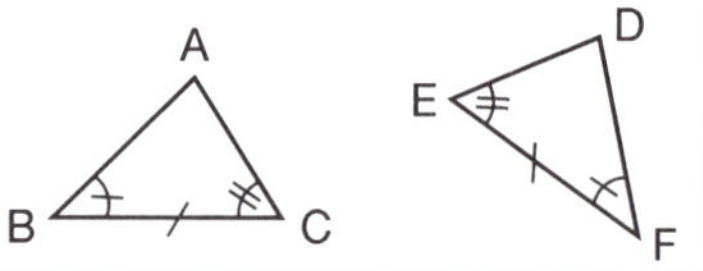	BC = EF $\widehat{ABC} = \widehat{DFE}$ $\widehat{ACB} = \widehat{DEF}$
Si 2 triangles ont leurs trois côtés respectivement égaux, alors ils sont égaux.	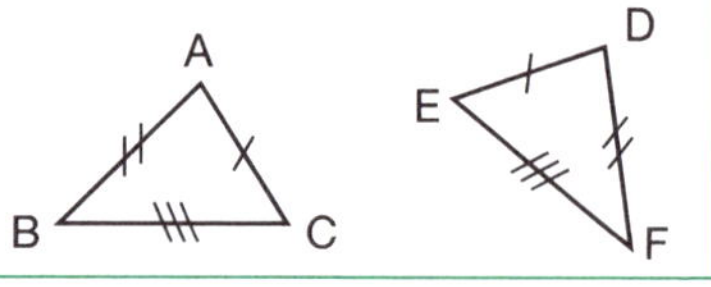	AB = DF AC = DE BC = EF

- Si deux triangles ont leurs trois angles respectivement égaux, alors ils sont **semblables**.

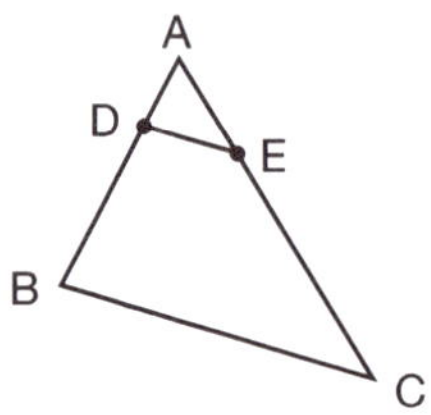

Le triangle ADE est une réduction du triangle ABC dans le rapport $\frac{AD}{AB}$.
Le triangle ABC est un agrandissement du triangle ADE dans le rapport $\frac{AB}{AD}$.

- Trigonométrie dans le triangle rectangle

$$\sin \widehat{ABC} = \frac{AC}{BC} = \frac{\text{côté opposé}}{\text{hypoténuse}}$$

$$\cos \widehat{ABC} = \frac{AB}{BC} = \frac{\text{côté adjacent}}{\text{hypoténuse}}$$

$$\tan \widehat{ABC} = \frac{AC}{AB} = \frac{\text{côté opposé}}{\text{côté adjacent}}$$

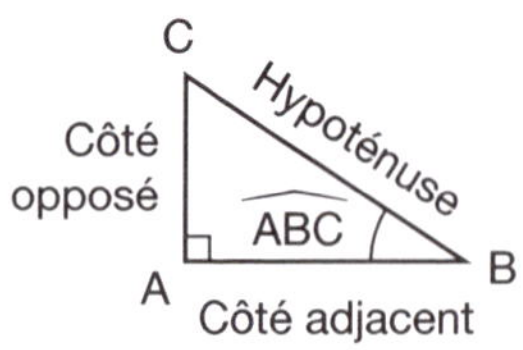

B Le parallélogramme

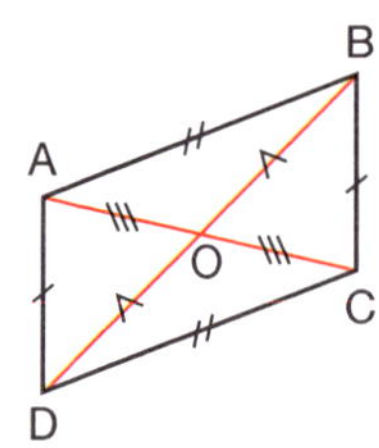

Dans un parallélogramme :
- les côtés opposés sont parallèles deux à deux ;
- les côtés opposés sont égaux deux à deux ;
- les diagonales se coupent en leur milieu.

15 Pythagore et Thalès

A Théorème de Pythagore

- Théorème direct : si un triangle ABC est rectangle en A, alors $BC^2 = AB^2 + AC^2$.
- Réciproque : si un triangle ABC est tel que $BC^2 = AB^2 + AC^2$, alors ce triangle est rectangle en A.

B Théorème de Thalès

Théorème direct

- Soient deux droites $(\mathscr{D})$ et $(\mathscr{D}')$ sécantes en A.
- Soient B et M deux points de $(\mathscr{D})$, distincts de A.
- Soient C et N deux points de $(\mathscr{D}')$ distincts de A.
- Les points A, B et M sont dans le même ordre que les points A, C et N.

Si les droites (BC) et (MN) sont parallèles, alors : $\dfrac{AM}{AB} = \dfrac{AN}{AC} = \dfrac{MN}{BC}$

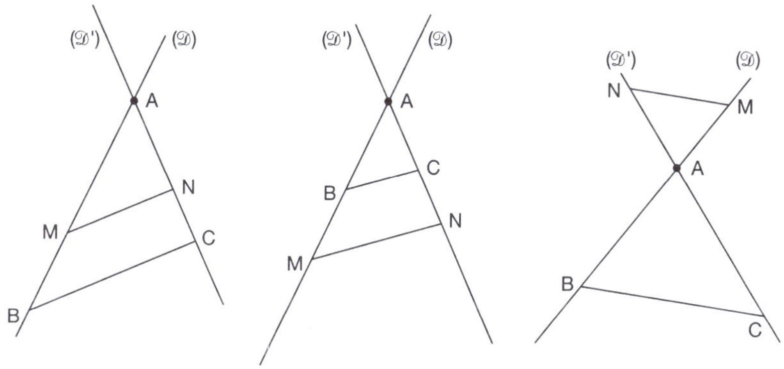

Réciproque

- Soient deux droites $(\mathscr{D})$ et $(\mathscr{D}')$ sécantes en A.
- Soient B et M deux points de $(\mathscr{D})$, distincts de A.
- Soient C et N deux points de $(\mathscr{D}')$ distincts de A.

Si les points A, B, et M d'une part et les points A, C, et N d'autre part sont dans le même ordre et si $\dfrac{AM}{AB} = \dfrac{AN}{AC}$, alors les droites (BC) et (MN) sont parallèles.

MATHS

16 Algorithmique et programmation

A Algorithme

- Le mot algorithme vient du nom du mathématicien Al-Khawarizmi (VIIIe-IXe siècle après J.-C.).
- Un algorithme est une suite ordonnée d'instructions à exécuter pour résoudre un problème donné.

Exemples : appliquer une recette de cuisine ; suivre un itinéraire donné par un GPS ; construire une figure géométrique.

B Programme

- Un programme est une suite ordonnée d'instructions, un algorithme, qu'un ordinateur comprend et peut donc réaliser.
- Comme un algorithme, un programme peut être décomposé en trois parties : l'entrée des données, le traitement des données, la sortie des résultats.

Variables

- Les variables portent un nom et peuvent stocker des nombres, des mots, des phrases…
- La variable spéciale réponse contient ce qui est saisi par l'utilisateur.

Tests

- Les tests permettent de n'effectuer une instruction – ou un groupe d'instructions – que si une condition est remplie.
- Les conditions sont par exemple des comparaisons de variables du type :

$\square < \square$ $\square = \square$ $\square > \square$ que l'on peut regrouper avec « et » et « ou ».

- On peut ajouter une instruction à effectuer si la condition n'est pas vérifiée.

Boucles

- Une boucle permet de faire répéter un groupe d'instructions. Il en existe plusieurs types :

– boucle avec compteur : pour *i* allant de 1 à *n* faire *instructions*.
– boucle « tant que » : tant que *condition* est vraie faire *instructions*.
– boucle « jusqu'à » : faire *instructions* jusqu'à ce que *condition* soit vraie.

Histoire-Géo EMC

INFOS et CONSEILS sur l'épreuve

FICHE 1 Comment réussir l'épreuve d'histoire, géographie et EMC ? 198

Sujet de France métropolitaine 2022

SUJETS 32 à 34 199

Histoire : SUJETS 35 à 39 211

Géographie : SUJETS 40 à 44 231

Enseignement moral et civique

SUJETS 45 à 47 254

1 Comment réussir l'épreuve d'histoire, géographie et EMC ?

Selon les exercices, les attentes diffèrent : ce ne sont pas les mêmes compétences qui sont évaluées.

A L'analyse de document

- Tu es d'abord interrogé sur la nature du document : tu dois ainsi, selon l'exercice, identifier l'auteur ou la date, le type de document, présenter le contexte.
- Les questions suivantes t'amènent à **relever des informations** dans le document, à expliquer un point précis. Parfois, il t'est demandé de porter un regard critique sur les limites du document.
- L'une des questions te conduit à **mettre en relation différents aspects** du document pour construire une réponse plus approfondie. Dans ce cas, ta connaissance du cours est essentielle.

> CONSEIL **Dans une analyse de document, comme dans un développement construit, utilise les mots-clés du chapitre concerné.**

B Le développement construit et la tâche graphique

- Rédiger un développement construit nécessite une bonne **connaissance du sujet** et une certaine **aisance rédactionnelle**. Les deux viennent avec l'entraînement.
- Le jour du brevet, commence par définir les termes principaux du sujet. Puis rédige ton développement en **organisant ton propos en deux ou trois** paragraphes.
- Les **tâches graphiques**, en histoire (frise chronologique) comme en géographie (carte ou schéma), doivent faire l'objet d'un apprentissage régulier au cours de l'année. Tu dois être à l'aise avec les repères temporels et spatiaux du programme et savoir les présenter sous une forme visuelle claire.

C L'exercice d'enseignement moral et civique

- L'exercice d'EMC comporte **un ou deux documents** sur un thème : tu dois les étudier en répondant à quelques **questions**.
- La dernière question consiste en une mise en situation. Par exemple, tu dois expliquer à un correspondant étranger en quoi la France est une démocratie. Tu dois donc rédiger ta réponse en intégrant d'une part des éléments de connaissances, vus en cours, d'autre part des éléments rédactionnels qui montreront que tu as bien pris en compte la situation.

Les coopérations transfrontalières dans l'Union européenne

ANALYSER DES DOCUMENTS

45 minutes
20 points

INTÉRÊT DU SUJET • La construction européenne a permis de transformer le rôle des frontières jadis répulsives et d'y faire émerger de nouveaux territoires de coopération.

DOCUMENT 1 La coopération entre les États de l'Union européenne

La politique de cohésion, qui vise à réduire les écarts de développement entre les régions, est la principale politique de l'Union européenne en matière territoriale. […]

L'intégration européenne passe par le développement de la coopération entre les États membres. Cette coopération prend des formes très diverses et se situe à différents niveaux institutionnels. En matière de sécurité, les États sont amenés à coopérer autour d'une politique commune de défense et d'accords de police (Europol). En matière d'éducation, […] c'est notamment le cas du programme Erasmus[1]. Toutefois, l'Union européenne promeut surtout la coopération interrégionale, c'est-à-dire l'interaction directe entre régions appartenant à des pays membres différents autour d'un projet commun.

Source : Éloïse Libourel, *Géographie de la France*, 2017.

1. Erasmus : programme d'échanges d'étudiants entre des établissements d'enseignement.

DOCUMENT 2 **Un exemple de coopération transfrontalière entre la France et l'Espagne**

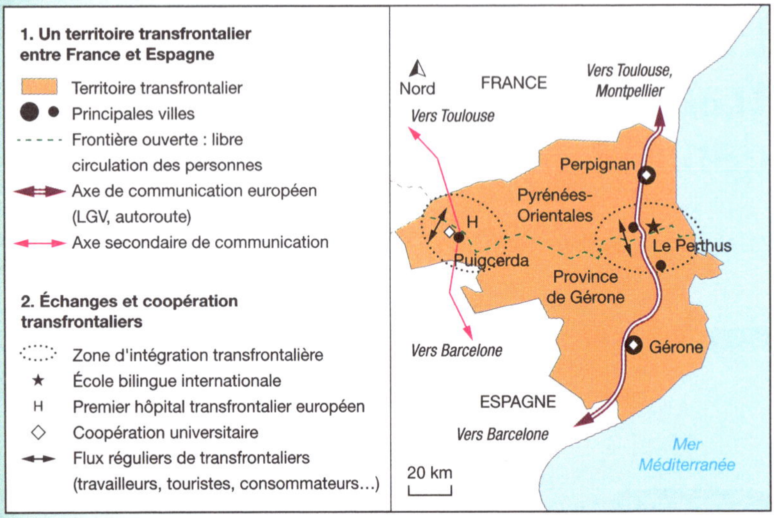

Source : D'après www.eurodistricte.cat et *L'espace « transcatalan » en question*, David Giband.

DOCUMENT 1

▶ **1.** Quel est l'objectif de la Politique de Cohésion de l'Union européenne ?

▶ **2.** Quelles sont les deux échelles de coopérations évoquées par le document ?

DOCUMENT 2

▶ **3.** Citez deux éléments qui favorisent les flux entre la France et l'Espagne.

▶ **4.** Quels aménagements ou équipements ont été réalisés dans le cadre de la coopération entre la France et l'Espagne ?

DOCUMENTS 1 ET 2

▶ **5.** En vous appuyant sur des exemples précis, montrez que l'Union européenne favorise aux échelles nationale, régionale et locale, les échanges et la coopération.

LES CLÉS DU SUJET

Comprendre les documents

La coopération entre les États de l'Union européenne

- **Nature du document**
  Texte extrait d'un ouvrage universitaire
- **Auteur**
  Éloïse Libourel, professeure et chercheuse en géographie
- **Thème**
  La coopération entre les États de l'Union européenne
- **Contexte**
  La construction européenne a développé la coopération entre les États membres dans de très nombreux domaines.

Un exemple de coopération transfrontalière France-Espagne

- **Nature du document**
  Carte de synthèse
- **Auteur**
  Site de l'Eurodistrict transcatalan et article d'un chercheur universitaire en géographie de l'université de Perpignan
- **Thème**
  Les coopérations transfrontalières dans l'espace catalan
- **Contexte**
  La Catalogne n'a pas toujours été divisée entre la France et l'Espagne, et se redécouvre aujourd'hui dans des coopérations transfrontalières.

Répondre aux questions

▶ **2.** Le deuxième paragraphe commence par la coopération « entre États ». Cherche ensuite dans ce paragraphe le connecteur logique qui va introduire une autre échelle (*aussi, cependant, en plus, toutefois*...).

▶ **3.** Qu'est-ce qui permet les flux ? Qu'est-ce que qui ne les empêche pas ? Ne cite pas les équipements : c'est la question 4.

▶ **4.** Observe la deuxième partie de la légende de la carte.

▶ **5.** La question suggère un plan par échelle (nationale, régionale, locale), que tu peux utiliser. Veille à bien analyser les exemples que tu vas employer.

32 CORRIGÉ GUIDÉ

▶ **1.** L'objectif de la politique de cohésion de l'Union européenne, selon le texte, est de « réduire les écarts de développement entre les régions » (l. 1). C'est sa principale politique « en matière territoriale » (l. 3). Cet instrument de la solidarité européenne a été introduit en réponse aux élargissements successifs de pays dont le niveau de développement était plus faible.

▶ **2.** Le texte évoque d'abord « la coopération entre les États » (l. 5), comme les échanges d'étudiants du programme Erasmus. Mais l'Union développe « surtout la coopération interrégionale » (l. 11) « entre régions appartenant à des pays membres différents autour d'un projet commun » (l. 12), créant ainsi des territoires de projet, les eurorégions.

> **ATTENTION**
> Ne confonds pas « échelle » avec « formes » ou « niveaux ». Le terme « échelle » fait référence à un niveau géographique, par exemple national, régional, local.

▶ **3.** Deux éléments favorisent les flux entre la France et l'Espagne :

- la frontière est devenue une frontière ouverte depuis l'entrée de l'Espagne dans la Communauté économique européenne (CEE) en 1986 et l'entrée en vigueur des accords de Schengen en 1995 ;
- entre Perpignan et Gérone passe un axe de communication européen, comprenant ligne à grande vitesse et autoroute. Cet axe permet de connecter les villes de Toulouse ou Montpellier à la métropole catalane de Barcelone.

▶ **4.** La coopération entre la France et l'Espagne a permis de réaliser plusieurs aménagements transfrontaliers dans les domaines sanitaire et culturel. À Puigcerda, du côté espagnol, a ainsi été construit le premier hôpital transfrontalier européen, qui permet de soigner des malades des deux côtés de la frontière. Une école bilingue internationale a été installée au Perthus, dans laquelle élèves français et espagnols font ensemble l'apprentissage de la langue de l'autre.

▶ **5.** La construction européenne, lancée par les traités de Rome de 1957, repose sur une mutualisation des souverainetés nationales. Elle s'efforce donc de favoriser les échanges et coopérations entre pays membres à toutes les échelles.

> **CONSEIL**
> Insère une phrase d'introduction et une autre de conclusion. Commence chaque paragraphe par un terme précisant l'échelle d'analyse.

- À l'échelle nationale, l'UE a mis en place de nombreuses politiques d'échange et de coopération qui favorisent l'intégration. La politique agricole commune (1962) a permis la modernisation des agricultures européennes. Les corridors européens, dont le document 2 montre un tronçon, ont désenclavé les territoires par des liaisons à grande vitesse.

- À l'échelle régionale, les régions les plus pauvres reçoivent des crédits d'équipement du Fonds européen pour le développement économique régional (FEDER) et du Fonds de cohésion. Des projets interrégionaux INTERREG participent aussi de ces politiques dans les eurorégions, comme le groupement Pyrénées-Cerdagne du document 2.

- À l'échelle locale, l'intégration européenne se traduit par l'implantation des corridors transeuropéens à grande vitesse, tel l'axe qui connecte Perpignan et Gérone à Toulouse et Barcelone. D'autres équipements sont plus ponctuels, comme l'hôpital transfrontalier de Puigcerda. Tous profitent d'une frontière ouverte, jadis répulsive, aujourd'hui attractive et génératrice de flux de travailleurs frontaliers.

Ces flux et échanges témoignent bien de l'intégration européenne aux différentes échelles, donc de la vigueur du projet européen.

33 France métropolitaine • Juillet 2022

Les caractéristiques du régime nazi (1933-1945)

MAÎTRISER LES DIFFÉRENTS LANGAGES

45 minutes
20 points

INTÉRÊT DU SUJET • En janvier 1933, Adolf Hitler devenu chancelier de l'Allemagne transforme le régime du pays. Quelles caractéristiques en font un modèle de totalitarisme ?

▶ **1.** Sous la forme d'un développement construit d'une vingtaine de lignes, présentez les principales caractéristiques du régime mis en place en Allemagne entre 1933 et 1945. Vous illustrerez chaque caractéristique par un exemple de votre choix.

▶ **2. a)** Datez les trois événements ou périodes ci-dessous à l'emplacement des pointillés prévus à cet effet.

• Avec la révolution russe, les bolcheviks dirigés par Lénine s'emparent du pouvoir en Russie. Un régime fondé sur les idées communistes est mis en place. Indiquez la date de cet événement : ....

• La Deuxième Guerre mondiale débute par l'invasion de la Pologne par l'Allemagne. C'est une guerre d'anéantissement au bilan très lourd : plus de 50 millions de victimes. Elle se termine par la capitulation de l'Allemagne suivie de celle du Japon quelques mois plus tard. Indiquez les dates de début et de fin de la Deuxième Guerre mondiale : .... et ....

• Le Front populaire est une union des trois partis de gauche. Cette union gagne les élections législatives et fait adopter des lois sociales en France. Parmi ces mesures, il y a notamment la semaine de travail de 40 heures ou encore les 14 jours de congés payés. Indiquez la date de la victoire électorale du Front populaire : ...1936..

b) Sur la frise ci-dessous, placez, en utilisant des figurés adaptés, les trois événements ou périodes présentés à la question 1.

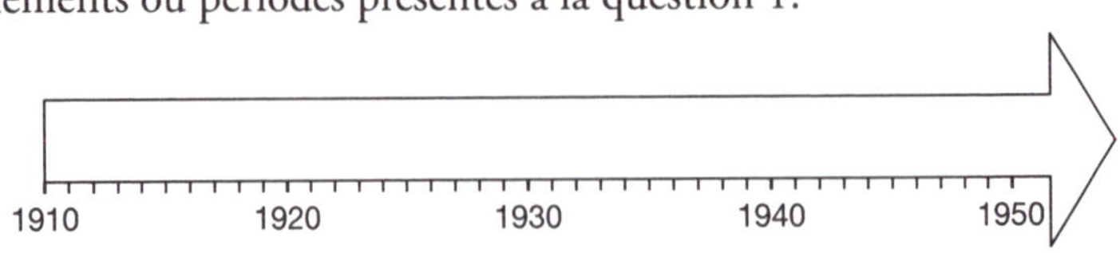

LES CLÉS DU SUJET

Analyser le sujet de développement construit (▶ 1)

• Le sujet consiste à identifier les moyens dont dispose le régime pour encadrer et contrôler toute la population allemande.

• L'invitation à illustrer chaque caractéristique incite à traiter le sujet par thèmes plutôt que chronologiquement.

• Le but est de justifier la qualification de régime totalitaire associé à l'Allemagne nazie.

Organiser ses idées (▶ 2)

Le régime totalitaire nazi de 1933 à 1945

❶ En introduction, rappelle les circonstances de l'accession d'Hitler au pouvoir et identifie son parti politique.

❷ Construis ton développement par thèmes en distinguant les aspects institutionnels et idéologiques, économiques et sociaux, policiers et expansionnistes.

❸ En conclusion, amène la notion de totalitarisme en faisant le lien entre ton développement et sa définition.

33 CORRIGÉ GUIDÉ

▶ **1.** Après les élections de novembre 1932, le Parti national-socialiste des travailleurs allemands (NSDAP) devient le premier parti d'Allemagne. Son leader, Adolf Hitler, est nommé chancelier. En trois mois, il s'emploie à changer le régime politique du pays. Quelles en sont les principales caractéristiques ?

• Hitler établit une dictature sous le nom de IIIe Reich. La loi du 23 mars 1933 lui donne les pleins pouvoirs exécutif et législatif et, à la mort d'Hindenburg, il se proclame chef de l'Allemagne (Führer). Sa seule volonté devient le fondement du régime. Les partis d'opposition sont interdits. Le culte de la personnalité sacralise l'image du Führer. La dictature est mise au service d'une idéologie raciale, antisémite exposée dans *Mein Kampf* et expansionniste (construction d'une Grande Allemagne et conquête d'un espace vital au risque de provoquer la guerre).

• Toute la société est encadrée. L'économie est mise sous tutelle dans le cadre d'une planification orientée vers la remilitarisation et visant l'autarcie. L'État lance un ambitieux programme de grands travaux d'équipements (autoroutes, logements) qui permet de faire reculer le chômage. La population est prise en main dans le cadre d'organisations professionnelles. Les Jeunesses hitlériennes se chargent de la formation physique et idéologique des jeunes dès l'âge de dix ans. La propagande s'insinue dans tous les médias. De grandes manifestations sportives (JO de Berlin) ou politiques (à Nuremberg) rassemblent les foules enthousiastes.

INFO +
L'autarcie est un système d'économie fermée à tout lien avec l'étranger. Le pays utilise ses seules ressources.

• Le régime nazi use de la terreur. La police politique (Gestapo) dirigée par Himmler surveille la population et envoie les opposants dans des camps de concentration (Dachau). Un art officiel s'impose, les œuvres qui déplaisent sont détruites lors d'autodafés, les comportements jugés inadaptés (homosexualité) sont condamnés. Les Juifs sont exclus de la société : boycott de leurs magasins, professions et mariages avec des Allemands interdits (lois de Nuremberg), pogroms (Nuit de Cristal), puis politique d'extermination (Solution finale). La construction de la Grande Allemagne pousse le régime à violer les traités (Versailles), à agresser les États voisins (Tchécoslovaquie, Pologne) et à entraîner l'Europe dans la Seconde Guerre mondiale.

GAGNE DES POINTS
Associe des noms de personnages ou de lieux à tes exemples : Goebbels avec la propagande, Himmler avec la Gestapo, le nom d'un camp…

De 1933 à 1945, l'Allemagne nazie est un régime qui se caractérise par un système de contrôle de tous les secteurs de la société et de toute la vie des citoyens. Rien n'échappe à l'État. C'est un régime totalitaire.

▶ **2. a)** • Révolution russe : 1917

• Début et fin de la Deuxième Guerre mondiale : 1939 et 1945

• Victoire électorale du Front populaire : 1936

b)

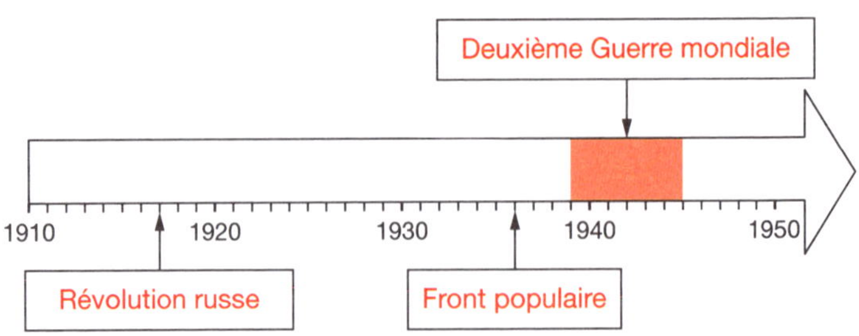

34 France métropolitaine • Juillet 2022

Un exemple d'éducation aux médias

ENSEIGNEMENT MORAL ET CIVIQUE

25 minutes
10 points

INTÉRÊT DU SUJET • Dans un monde où nous sommes tous saturés d'informations, l'éducation aux médias est un préalable indispensable à leur utilisation éclairée, comme consommateurs mais aussi comme producteurs d'information.

DOCUMENT 1 Créer un média par établissement scolaire

Hélène Paumier, professeure de français, explique l'importance pour elle d'apprendre aux élèves à produire et à publier des contenus médiatiques.

C'est en produisant des contenus médiatiques (qu'ils aient pour support la radio, la presse écrite, la vidéo ou le web) qu'on devient un lecteur, un auditeur, un téléspectateur averti[1]. Qui a fait de la radio une fois ne l'écoute plus jamais de la même oreille : il sait qu'un micro-trottoir est le résultat d'un choix, d'un angle, que les recherches doivent être sérieuses, validées et que l'information se vérifie et se replace dans son contexte.

Et cette leçon s'étend à d'autres situations : elle permet de comprendre qu'on ne doit pas, sur les réseaux sociaux, répercuter sans vérifier, s'indigner sans savoir qui parle.

Source : Hélène Paumier, « Mon idée pour la France : "Créer un média par établissement scolaire" », *Le Monde,* 21 février 2019.

1. Averti : un citoyen informé qui fait preuve d'un esprit critique face à l'information.

HGEMC

DOCUMENT 2 Extrait de la Déclaration des droits de l'homme et du citoyen de 1789

Article 11. La libre communication des pensées et des opinions est un des droits les plus précieux de l'Homme : tout Citoyen peut donc parler, écrire, imprimer librement, sauf à répondre de l'abus de cette liberté dans les cas déterminés par la Loi.

DOCUMENT 1

▶ **1.** Indiquez deux raisons pour lesquelles la professeure pense qu'une éducation aux médias est nécessaire pour les collégiens.

▶ **2.** Expliquez le passage souligné.

DOCUMENT 2

▶ **3.** Nommez la valeur de la République à laquelle fait référence l'article 11 de la Déclaration des droits de l'homme et du citoyen et précisez par quoi elle est limitée dans ce même article.

DOCUMENTS 1 ET 2

▶ **4.** Vous êtes membre du conseil de la vie collégienne (CVC) et vous avez décidé avec des camarades de créer un média pour le collège. Vous rédigez un texte expliquant ce que l'on doit respecter quand on produit ou diffuse des informations pour ce média, au moment où les réseaux sociaux sont de plus en plus utilisés.

LES CLÉS DU SUJET

Comprendre les documents

Créer un média par établissement scolaire

- **Nature du document**
  Extrait d'un article du journal *Le Monde*
- **Auteur**
  Hélène Paumier, professeure de français
- **Thème**
  La production de contenus médiatiques par les élèves permet une connaissance éclairée des médias.
- **Contexte**
  La lutte contre le complotisme et les *fake news*

Extrait de la Déclaration des droits de l'homme et du citoyen de 1789

- **Nature du document**
  Déclaration des droits de l'homme et du citoyen de 1789, texte officiel
- **Auteur**
  L'Assemblée nationale française du 26 août 1789
- **Thème**
  Les députés de l'Assemblée nationale établissent les droits fondamentaux.
- **Contexte**
  La Déclaration est insérée dans le préambule de la Constitution française de 1958. Les principes de 1789 gouvernent donc la République actuelle.

Répondre aux questions

▶ **1.** Essaie de ne pas reprendre les éléments de la phrase soulignée que tu devras expliquer dans la 2e question.

▶ **2.** Tu dois développer chaque terme de l'expression : vérification et contexte.

▶ **3.** Parmi les grandes valeurs de la République, tu peux t'inspirer de celle présente dans sa devise.

▶ **4.** Commence par montrer à quel point les jeunes sont consommateurs et producteurs d'information ; explique pourquoi tu veux créer un média pour le collège ; enfin, explique sur quels principes il faudra vous appuyer pour le faire vivre.

34 CORRIGÉ GUIDÉ

▶ **1.** La professeure de français pense qu'une éducation aux médias est nécessaire pour les collégiens, car ceux-ci sont très présents sur les réseaux sociaux, sur lesquels ils consomment et produisent de l'information. Une éducation aux médias leur permettra de devenir des « téléspectateurs avertis », c'est-à-dire capables d'esprit critique, mais aussi de mieux réagir sur les réseaux sociaux.

▶ **2.** Vérifier l'information implique de la comparer à celle fournie par des sources fiables (*fact-checking*). Replacer l'information dans son contexte implique de comprendre l'environnement spatial, chronologique, politique ou social dans lequel elle a été produite. Le producteur d'une information est parfois engagé ; il peut diffuser une information partielle ou partiale, comme les faux comptes Twitter mis en place par la Russie pour influencer le Brexit.

GAGNE DES POINTS
N'hésite pas à citer un exemple de manipulation de l'information dont tu as pu entendre parler.

▶ **3.** L'article 11 de la Déclaration des droits de l'homme et du citoyen fait référence à une valeur fondamentale de la République : la liberté d'expression. Cependant, cette liberté est limitée par certains « cas déterminés par la Loi ». En France, par exemple, l'expression d'une opinion raciste est un délit d'incitation à la haine.

▶ **4.** Camarades collégiens !

CONSEIL
Prépare ton plan au brouillon en essayant de distinguer deux ou trois grandes idées que tu rédigeras en autant de paragraphes.

Nous sommes la génération Instagram, Whatsapp, Snapchat, YouTube ou Tiktok ! Il y a aussi Facebook et Twitter, même si c'est pour les parents ! Nous sommes tous bombardés d'informations, d'images, de textes, de sons. Des informations que nous consommons, mais aussi des informations que nous produisons.

Et nous avons des choses à dire ! Un exemple ? La dégradation du climat de la planète et le recul de la biodiversité. Nous avons tous des actions à mener, à l'échelle locale. Et c'est pourquoi je vous propose de créer un média pour le collège. Journal papier ? Blog ? Site Internet ? Reportages vidéo ? Tout est bon pour faire vivre notre liberté d'expression.

Alors, bien sûr, il faudra réfléchir ensemble aux informations que l'on publiera, vérifier leur véracité et leur légalité, identifier nos sources, contrôler le droit à l'image. On ne peut pas écrire et publier n'importe quoi ! Il en va de notre responsabilité de citoyens et de producteurs de média. Produire une opinion éclairée, appuyée sur des informations fiables et contextualisées, voilà qui donnera un poids réel à notre parole.

Rejoignez-nous dans ce projet !

La mobilisation des enfants pendant la Grande Guerre

ANALYSER DES DOCUMENTS

45 min
20 points

INTÉRÊT DU SUJET • La Grande Guerre est une guerre totale. Les enfants, y compris les plus jeunes, sont utilisés par la propagande pour mobiliser les esprits et soutenir le moral des troupes. L'école elle-même adapte son enseignement.

DOCUMENT 1 **Rapport annuel sur la situation de l'enseignement primaire rendu en 1917**

Un instituteur d'une école du département de la Somme répond à une enquête de son inspecteur.

[Question] Comment avez-vous adapté votre enseignement aux circonstances ?

L'emploi du temps n'a pas été modifié, et les programmes ont été respectés. Mais chaque matière enseignée a reçu un caractère se rapportant aux événements actuels.

En morale et en instruction civique : la Patrie, l'amour de la patrie, le devoir militaire, les qualités du soldat, obéissance, courage, patience, bonne humeur ; le devoir des civils : travail, économie, versement de l'or, souscriptions aux emprunts, aux Bons de la Défense nationale, ont été illustrés par des faits d'actualité. Le récit des souffrances endurées par les malheureuses populations des pays occupés, les dévastations de l'ennemi ont ému les enfants qui comprennent toute la reconnaissance qu'ils doivent à nos soldats et à nos alliés.

L'étude de l'histoire a permis de montrer le rôle de la France dans le monde ; des comparaisons entre les événements passés et les événements actuels ont montré l'unité de notre tradition nationale[1].

En géographie, les nations alliées ont été étudiées avec intérêt ; de même les régions envahies de France si prospères autrefois, aujourd'hui dévastées par un ennemi sans conscience. L'importance de l'agriculture a été particulièrement mise en relief.

HGEMC

Dans l'enseignement du français, les textes de dictées, les morceaux de récitation, les exercices de rédaction ont été empruntés aux événements de guerre actuels ou de la guerre de 1870[2]. Les enfants ont écrit à leur père mobilisé.

Les autres matières du programme, sciences, dessin, arithmétique, ont été étudiées dans leurs rapports avec la guerre aussi souvent que possible [...].

Rapport annuel sur la situation de l'enseignement primaire rendu en 1917, Archives départementales de la Somme.

1. L'instituteur fait par exemple allusion à la défense des Droits de l'homme par la France depuis la Révolution française.
2. Guerre qui a opposé les Français et les Allemands et qui s'est terminée par la défaite de la France.

DOCUMENT 2 **Carte postale de la Première Guerre mondiale réalisée par Georges Morinet, Éditions Patriotic, non datée**

Les cartes postales sont d'un usage très fréquent pendant la Première Guerre mondiale. Elles sont utilisées dans la correspondance entre l'arrière et le front, ou entre civils. La série « Graine de Poilu » met en scène des enfants dans des photographies réalisées en studio puis colorisées ou retouchées.

Ph © Lux-in-Fine/Leemage

Carte postale française conservée aux Archives départementales de l'Ain.

DOCUMENT 1

▶ **1.** Quelle est la situation de la France quand ce rapport est publié ?

▶ **2.** Relevez trois exemples montrant que, selon l'instituteur, la guerre est très présente dans l'enseignement comme dans les activités proposées aux élèves.

DOCUMENT 2

▶ **3.** Décrivez la carte postale.

▶ **4.** Montrez que cette image est une image de propagande.

DOCUMENTS 1 ET 2

▶ **5.** En vous appuyant sur vos réponses et sur vos connaissances, montrez que les civils, y compris les enfants, sont impliqués et mobilisés dans le cadre d'une guerre totale.

LES CLÉS DU SUJET

Comprendre les documents

Rapport annuel sur la situation de l'enseignement primaire

- **Nature du document**
  Un témoignage, extrait d'une enquête officielle
- **Auteur**
  Un instituteur qui répond à son inspecteur
- **Thème**
  L'adaptation de l'enseignement à la situation de guerre
- **Contexte**
  1917, 4e année de la guerre, année décisive

Carte postale de la Première Guerre mondiale

- **Nature du document** : Une image publique sur un support de correspondance
- **Thème** : La mobilisation des enfants
- **Auteur** : Un dessinateur (Georges Morinet), les Éditions Patriotic
- **Contexte** : Non datée, sans doute entre 1915 et 1918

Répondre aux questions

▶ **1.** Utilise la date du début de la guerre pour calculer depuis combien de temps elle dure. Comment les soldats supportent-ils la guerre des tranchées ? Et les civils ?

▶ **2.** Cherche le sens des mots « actuel » et « actualité » employés dans le rapport. Qu'est-ce qui est « actuel » pour l'instituteur en 1917 ?

▶ **3.** Commence par décrire le personnage : la façon dont il est habillé, ce qu'il tient en main. Décris ensuite les détails du dessin.

▶ **4.** L'enfant est-il triste ? Entre Français et Allemands, qui est présenté comme vainqueur de la guerre ? Justifie ta réponse.

▶ **5.** Parmi les civils, distingue les hommes, les femmes et les enfants.

35 CORRIGÉ GUIDÉ

▶ **1.** En 1917, la France connaît une situation difficile. La guerre dure sans résultat depuis trois ans. Dans les tranchées, les soldats sont épuisés ; en avril certains se mutinent. Les pénuries accablent les civils, des grèves éclatent.

> **INFO +**
> Avec les mutineries de soldats, les grèves dans les usines, la révolution russe et l'entrée en guerre des États-Unis, l'année 1917 est considérée comme un tournant de la guerre.

▶ **2.** La présence de la guerre dans l'enseignement se voit dans le souci de l'instituteur de traiter le programme en « se rapportant aux événements ». Par exemple : en morale, il enseigne l'amour de la patrie et le devoir militaire « illustrés par des faits d'actualité » ou par le « récit des souffrances endurées par les populations » ; en histoire, il compare « les événements passés et les événements actuels » ;

en géographie, il étudie « les régions envahies [...] aujourd'hui dévastées » ; en français, les dictées et récitations sont « empruntées aux événements de guerre actuels » ; toutes les autres matières sont étudiées « dans leurs rapports avec la guerre ».

▶ **3.** La carte postale représente un enfant portant un calot militaire, un fusil avec une baïonnette et une épée. Il fait le salut militaire, celui des soldats en présence des officiers. Avec son pied droit, il écrase une poupée qui représente un soldat allemand.

CONSEIL
Pour décrire une image, commence par le sujet principal, puis traite les détails. Travaille par plans ; lis cette image de gauche à droite.

▶ **4.** Cette carte est une image de propagande, parce qu'elle représente un enfant français facilement vainqueur de l'ennemi foulé aux pieds. L'enfant sourit : la guerre ne lui fait pas peur. Son salut militaire montre qu'il est prêt à faire son devoir.

▶ **5.** Les civils sont impliqués dans le cadre de la guerre. Il leur est demandé de soutenir les soldats en donnant de l'argent. Les jeunes filles deviennent « marraines de guerre » : elles écrivent à un soldat pour soutenir son moral. Les plus âgés et les femmes remplacent dans les usines, aux champs ou dans les administrations, les hommes partis au front. Les enfants sont utilisés par la propagande pour diffuser des nouvelles positives.

36 Antilles, Guyane • Septembre 2020

La décolonisation des empires (1945-1975)

MAÎTRISER LES DIFFÉRENTS LANGAGES

45 min
20 points

INTÉRÊT DU SUJET • Menée au nom de la liberté des peuples, la guerre de 1939-1945 provoque une vague d'indépendances. Mais les métropoles ne cèdent pas volontiers au vœu des colonisés.

▶ **1.** En vous appuyant sur vos connaissances et sur l'exemple d'indépendance étudié en classe, rédigez un développement construit d'une vingtaine de lignes qui décrit et explique comment les colonies sont devenues des États indépendants. (*14 points*)

▶ **2.** Écrivez la lettre associée aux événements marquants de la biographie du général de Gaulle à côté du timbre correspondant. (*6 points*)

A Pendant la Première Guerre mondiale, la 10e Compagnie commandée par de Gaulle est chargée de défendre les alentours de ce qui reste de l'église de Douaumont. Il est alors fait prisonnier par les Allemands.	☐  Claude Haley © Musée de La Poste, Paris / La Poste 2021
B Au début de la Seconde Guerre mondiale, Charles de Gaulle lance l'appel à la résistance.	☐  Raymond Moretti – © Adagp, Paris, 2022 © Musée de La Poste, Paris / La Poste 2021

C Il participe aux côtés des Alliés à la lutte contre l'Allemagne nazie.	☐  Sarah Bougault © Musée de La Poste, Paris / La Poste 2021
D Une fois la France libérée, il prend la tête du GPRF qui lance une politique de refondation de la République et de reconstruction du pays.	☐  © DR
E Son retour au pouvoir plusieurs années plus tard marque la naissance de la Ve République.	☐  Maël © Musée de La Poste, Paris / La Poste 2021
F Il en devient ensuite le premier président élu au suffrage universel direct.	☐  © DR

HGEMC

LES CLÉS DU SUJET

Analyser le sujet de développement construit (▶ 1)

• Le sujet porte sur la **décolonisation** et la manière dont les colonies sont devenues indépendantes.

• Il faut t'appuyer sur **un exemple** pour illustrer ton propos, mais ne limite pas celui-ci à un cas. Fais preuve de **connaissances générales**.

Organiser ses idées

Décrire et expliquer comment les colonies sont devenues des États indépendants

1. Décris d'où part la décolonisation, comment elle se répand, à quelle vitesse.
2. Explique les conditions : les guerres, les manifestations, les négociations.
3. Montre le lien entre le processus et les relations internationales (guerre mondiale et guerre froide).

36 CORRIGÉ GUIDÉ

▶ **1.** Au lendemain de la Seconde Guerre mondiale, de nouveaux États apparaissent sur la carte du monde. Malgré la résistance des métropoles, la décolonisation affecte tous les grands empires, britannique comme français. L'Indochine en est un bon exemple.

• Le processus commence en Extrême-Orient. Dès 1945, les revendications se multiplient. Dans ce contexte, la guerre éclate entre la France et ses colonies d'Indochine. Elle dure huit ans et, après la défaite française de Diên Biên Phu (1954), elle donne naissance à quatre pays : le Laos, le Cambodge et les deux Vietnam, du Nord et du Sud. En 1947, l'Inde devient indépendante, mais elle se fractionne aussitôt, donnant naissance au Pakistan.

INFO
La décolonisation commence pendant la guerre (Birmanie dès 1943). D'Asie, elle gagne l'Afrique du Nord (1950), l'Afrique noire (1960) puis australe (1970).

• La décolonisation gagne ensuite l'Afrique du Nord (Libye, Tunisie, Maroc). Mais, comme l'Indochine, l'Algérie s'émancipe au terme d'une longue guerre (1954-1962). L'Afrique noire (Côte d'Ivoire, Sénégal, Ghana) accède à l'indépendance par la voie de la négociation.

• Le contexte a favorisé le processus. Les Japonais pendant la Seconde Guerre mondiale, puis l'URSS et les États-Unis lors de la guerre froide, ont poussé les peuples à s'émanciper. Mieux armés, ceux-ci ont profité des défaites et du déclin des puissances européennes. Défendu par l'ONU, le principe du droit des peuples à disposer d'eux-mêmes a justifié leurs revendications.

• La décolonisation a fait disparaître les empires coloniaux. Mais l'émancipation politique n'a pas donné aux peuples leur indépendance économique.

▶ 2.

B

C

E

A

D

F

Indochine = Laos, Cambodge, Viêtnam Nord / Viêtnam Sud

37 France métropolitaine • Septembre 2021

Le projet européen en construction (9 mai 1950)

ANALYSER UN DOCUMENT

45 min
20 points

INTÉRÊT DU SUJET • Dès 1950, les Européens rêvent d'instituer une communauté recouvrant tous les aspects de la vie politique des États membres. Robert Schuman trace la voie à suivre en s'appuyant sur l'économie.

DOCUMENT **Déclaration de Robert Schuman, ministre des Affaires étrangères français, prononcée à Paris le 9 mai 1950**

La paix mondiale ne saurait être sauvegardée sans des efforts créateurs à la mesure des dangers qui la menacent.

La contribution qu'une Europe organisée et vivante peut apporter à la civilisation est indispensable au maintien des relations pacifiques. En se faisant depuis plus de vingt ans le champion d'une Europe unie, la France a toujours eu pour objet essentiel de servir la paix. L'Europe n'a pas été faite, nous avons eu la guerre.

L'Europe ne se fera pas d'un coup, ni dans une construction d'ensemble : elle se fera par des réalisations concrètes, créant d'abord une solidarité de fait. Le rassemblement des nations européennes exige que l'opposition séculaire[1] de la France et de l'Allemagne soit éliminée : l'action entreprise doit toucher au premier chef la France et l'Allemagne. […]

Le gouvernement français propose de placer l'ensemble de la production franco-allemande du charbon et d'acier sous une Haute Autorité commune, dans une organisation ouverte à la participation des autres pays d'Europe.

La mise en commun des productions de charbon et d'acier assurera immédiatement l'établissement de bases communes de développement économique, première étape de la Fédération européenne, et changera le destin des régions longtemps vouées à la fabrication des armes de guerre dont elles ont été les plus constantes victimes.

La solidarité de production qui sera ainsi nouée manifestera que toute guerre entre la France et l'Allemagne devient non seulement impensable, mais matériellement impossible. L'établissement de cette unité puissante de production ouverte à tous les pays qui voudront y participer, aboutissant à fournir à tous les pays qu'elle rassemblera les éléments fondamentaux de la production industrielle aux mêmes conditions, jettera les fondements réels de leur unification économique.

Cette production sera offerte à l'ensemble du monde, sans distinction ni exclusion, pour contribuer au relèvement du niveau de vie et au progrès des œuvres de paix. L'Europe pourra, avec des moyens accrus, poursuivre la réalisation de l'une de ses tâches essentielles : le développement du continent africain.

Ainsi sera réalisée simplement et rapidement la fusion d'intérêts indispensable à l'établissement d'une communauté économique et introduit le ferment[2] d'une communauté plus large et plus profonde entre des pays longtemps opposés par des divisions sanglantes.

Source : Fondation Robert Schuman.

1. Séculaire : qui dure des siècles.
2. Ferment : base d'une communauté.

HGEMC

▶ **1.** À l'aide des passages soulignés du texte, expliquez la situation de l'Europe en 1950.

▶ **2.** Relevez dans le texte deux passages qui montrent que pour Robert Schuman la construction européenne doit d'abord être une union économique.

▶ **3.** Citez deux autres objectifs de la construction européenne pour Robert Schuman.

▶ **4.** Quelle réalisation concrète propose-t-il pour la création d'une Europe unie ?

▶ **5.** Robert Schuman espère la construction d'une « communauté plus large et plus profonde ». Montrez à l'aide de vos connaissances que son vœu a été réalisé.

LES CLÉS DU SUJET

Comprendre le document

Déclaration de Robert Schuman, le 9 mai 1950

- **Nature du document**
  Un discours fondateur de la CEE, document officiel.
- **Auteur**
  Le ministre des Affaires étrangères de la France.
- **Thème**
  La mise en commun des productions de charbon et d'acier.
- **Contexte**
  1950, reconstruction de l'Europe et début de la guerre froide.

Répondre aux questions

▶ **1.** De quelle guerre l'Europe sort-elle ? Quelle puissance menace sa moitié occidentale ? Quelle guerre commence en Asie ?

▶ **2.** Quelle activité Schuman veut-il mettre en commun ? Comment imagine-t-il qu'elle serve l'unification économique des pays membres ?

▶ **3.** Que veut sauvegarder Schuman au niveau mondial ? Que veut-il relever pour les populations européennes ? Quelle tâche essentielle imagine-t-il pour l'Afrique ?

▶ **4.** Quelle institution Schuman propose-t-il de créer ?

▶ **5.** Qu'est devenu le projet de Schuman en 1957, puis en 1995 ? Quelles politiques communes ont été mises en œuvre ? Quels nouveaux outils (politique, militaire, monétaire, éducatif, administratif…) peux-tu citer à titre d'exemples ?

37 CORRIGÉ GUIDÉ

▶ **1.** En 1950, cinq ans après la fin de la Seconde Guerre mondiale, l'Europe est encore très marquée par les destructions liées au conflit. En reconstruction, elle doit faire face aux ambitions des partis communistes et à l'hostilité de l'URSS qui impose son modèle de société sur la moitié est du continent. En Asie, l'URSS soutient la Chine communiste de Mao et la Corée du Nord engagée dans une guerre chaude contre le Sud. Ce dernier est soutenu par les États-Unis. La paix mondiale est loin d'être acquise. C'est le début de la guerre froide.

INFO+
Le 25 juin 1950 débute la guerre de Corée opposant les communistes du Nord aux non-communistes du Sud. Elle prend fin en juillet 1953.

▶ **2.** Schuman souhaite « une mise en commun des productions de charbon et d'acier » (§ 5), puis rassembler « les éléments fondamentaux de la production industrielle » (§ 6). Explicitement, il veut réaliser « la fusion d'intérêts indispensable à l'établissement d'une communauté économique » (§ 7).

▶ **3.** Schuman veut sauvegarder la paix (§ 1), le niveau de vie des peuples (§ 7) et le développement, plus particulièrement du continent africain (§ 7).

CONSEIL
Ne te contente pas de « citer » le texte comme demandé. Traduis la citation avec tes propres mots.

▶ **4.** Concrètement, Schuman propose de créer « une Haute Autorité commune » (§ 4), une organisation chargée de gérer les productions de charbon et d'acier des États membres.

▶ **5.** Dès 1957 (traité de Rome), l'expérience de la Communauté européenne du charbon et de l'acier (CECA) se généralise à l'ensemble de l'économie dans le cadre de la Communauté économique européenne (CEE). Des politiques agricoles communes sont mises en œuvre, les frontières s'ouvrent (Union douanière en 1968, marché unique en 1993). Un nouveau cap est franchi en 1992 quand la CEE devient l'Union européenne (UE) et s'élargit à tous les domaines de la vie publique. Dans ce cadre, une monnaie unique (euro) et une Banque centrale européenne (BCE) sont créées. D'autres institutions se développent pour l'éducation et la recherche (Erasmus), la police (Europol), la Défense (Eurocorps), la santé ou la culture (encore en construction).

38 France métropolitaine • Juin 2021

La guerre froide : l'affrontement des blocs

MAÎTRISER LES DIFFÉRENTS LANGAGES

45 min
20 points

INTÉRÊT DU SUJET • La rivalité entre les États-Unis et l'URSS caractérise les années 1947-1991. Mais les « Deux Grands » s'affrontent indirectement, évitant toute guerre frontale.

▶ **1.** Rédigez un développement construit d'une vingtaine de lignes pour montrer comment les deux blocs s'affrontent durant la guerre froide. Vous pouvez prendre appui sur des exemples étudiés en classe. *(14 points)*

▶ **2. a)** Sur la frise chronologique ci-dessous, indiquez dans chaque cadre l'année où se déroule l'événement. Puis, reliez chaque cadre à l'année correspondante sur la frise.

b) Placez sur la frise la guerre froide en indiquant bien la date de début et la date de fin de cette période.

c) Indiquez dans le cadre prévu à cet effet, un événement important de la seconde moitié du XXᵉ siècle étudié en classe. Puis, reliez cet événement à l'année correspondante sur la frise. *(6 points)*

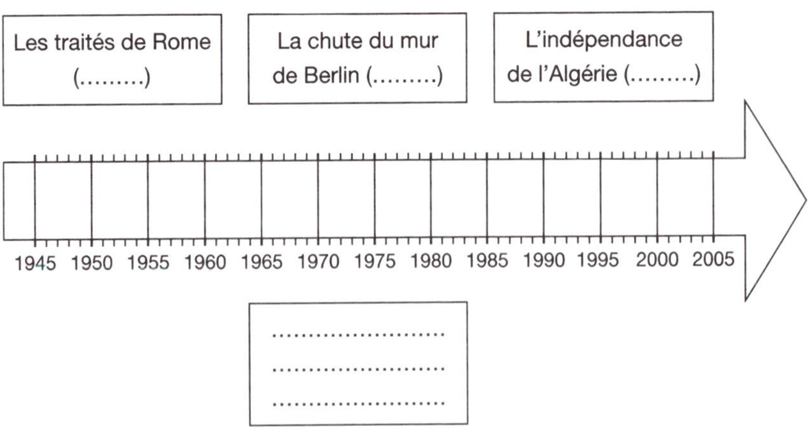

LES CLÉS DU SUJET

Analyser le sujet de développement construit (▶ 1)

• Le sujet porte sur la « guerre froide » et l'opposition des « deux blocs ». Il est surtout axé sur le « **comment** », qui doit t'amener à illustrer les **formes** de l'affrontement.

• Ne prends pas l'invitation à donner des exemples comme une éventualité. Pour produire une bonne copie, il **faut multiplier les références** les plus variées possible.

Organiser ses idées

Montrer les formes de l'affrontement des deux blocs pendant la guerre froide

INTRODUCTION Rappelle d'abord ce qui oppose les « Deux Grands » dans le contexte de 1945.

❶ Présente les moyens « froids » de l'affrontement : alliances, guerres périphériques, course aux armements, menaces…

❷ À travers les exemples des principales crises, montre qu'il s'agit d'un conflit total.

CONCLUSION Évoque l'issue finale de la guerre froide.

38 CORRIGÉ GUIDÉ

▶ **1.** Au lendemain de la Seconde Guerre mondiale, les deux grands vainqueurs (États-Unis et URSS) se retrouvent face à face. Entre la démocratie capitaliste de l'un et le communisme à parti unique de l'autre, tout les oppose. Comment les « Deux Grands » s'affrontent-ils entre 1947 et 1991 ?

• Chacun des deux adversaires rassemble autour de lui des alliés : ceux de l'OTAN et de l'OTASE pour les États-Unis ; ceux du pacte de Varsovie et les pays communistes comme la Chine aux côtés de l'URSS. L'un et l'autre soutiennent les pays nés de la décolonisation, s'engageant parfois dans des guerres périphériques (guerres de Corée, du Vietnam, d'Afghanistan). Ils se défient aussi dans le cadre de la course aux armements (armes nucléaires, conquête de l'espace) et à grand renfort de propagande (accusations internationales, menaces). L'aide financière à la reconstruction (plan Marshall) ou au développement des pays pauvres est aussi utilisée.

- Des crises conduisent les deux puissances à la limite de l'affrontement direct. En 1948-1949 puis en 1961, Berlin est le théâtre d'un conflit direct resté toutefois sous contrôle. La tentative d'installation de missiles russes à Cuba provoque un bras de fer : les Américains établissent un blocus autour de l'île et le président John F. Kennedy menace d'utiliser l'arme nucléaire (1962). Dans les années 1980, l'Europe revient au centre des préoccupations : la crise des euromissiles d'abord (1977-1985) puis celles qui secouent les pays de l'Est (1985-1989) font monter la tension entre les « Deux Grands ». La « guerre des étoiles » est un ultime défi lancé à l'URSS par le président Reagan.

INFO +
« La guerre des étoiles » désigne le programme américain « Initiative de défense stratégique » (IDS), projet de défense qui devait détecter et détruire les missiles soviétiques lancés contre les États-Unis.

Mais, finalement, c'est l'usure du modèle soviétique qui fissure le bloc de l'Est (1989) et provoque l'effondrement de l'URSS (1991). La guerre dite « froide », qui n'était « chaude » que par peuples interposés, prend alors fin.

▶ **2. a), b)** et **c)**

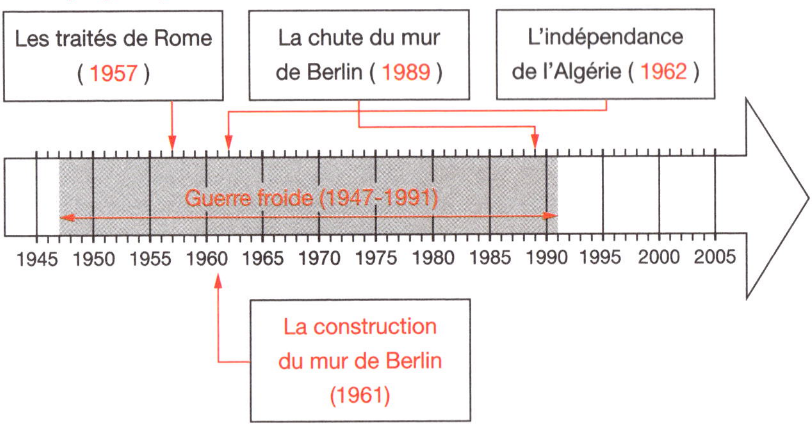

INFO +
Tu aurais pu indiquer d'autres dates importantes de la seconde moitié du XXe siècle. Voici quelques exemples : le blocus de Berlin (1948-1949), la conférence de Bandung (1955), la guerre du Vietnam (1955-1975), la guerre d'Algérie (1954-1962), la crise de Cuba (1961-1962) ou encore la guerre du Golfe (1991).

La refondation de la République (1944-1945)

ANALYSER DES DOCUMENTS

45 min
20 points

INTÉRÊT DU SUJET • La chute du régime de Vichy permet le rétablissement de la République. La victoire des mouvements rassemblés dans la Résistance est l'occasion d'établir des réformes susceptibles de renforcer la démocratie.

DOCUMENT 1 **Extraits du programme du Conseil national de la Résistance (CNR)**

Mesures à appliquer dès la libération du territoire […]
Afin d'assurer :
– l'établissement de la démocratie la plus large en rendant la parole au peuple français par le rétablissement du suffrage universel ;
– la pleine liberté de pensée, de conscience et d'expression ;
– la liberté de la presse, son honneur et son indépendance […] ;
– la liberté d'association, de réunion et de manifestation ;
– l'inviolabilité du domicile et le secret de la correspondance ;
– le respect de la personne humaine ;
– l'égalité absolue de tous les citoyens devant la loi ;
Afin de promouvoir les réformes indispensables : […]
a) Sur le plan économique :
– le retour à la nation des grands moyens de production monopolisée, fruits du travail commun, des sources d'énergie, des richesses du sous-sol, des compagnies d'assurances et des grandes banques […].
b) Sur le plan social : […]
– un plan complet de Sécurité sociale, visant à assurer à tous les citoyens des moyens d'existence, dans tous les cas où ils sont incapables de se le procurer par le travail […] ;
– une retraite permettant aux vieux travailleurs de finir dignement leurs jours ; […]

d) La possibilité effective pour tous les enfants français de bénéficier de l'instruction et d'accéder à la culture la plus développée, quelle que soit la situation de fortune de leurs parents [...].

Le Conseil national de la Résistance, mars 1944.

DOCUMENT 2 **Photographie prise à Paris en 1944**

ph © SZ Photo/Bridgeman Images

DOCUMENT 1

▶ **1.** Qu'est-ce que le Conseil national de la Résistance ? Dans quel contexte rédige-t-il son programme de réformes ? (*4 points*)

▶ **2.** Recopiez une phrase qui montre que le Conseil national de la Résistance veut restaurer la République. (*2 points*)

▶ **3.** Relevez une réforme sociale et une réforme économique préconisées dans ce programme. (*4 points*)

DOCUMENT 2

▶ **4.** Quel droit réclament les femmes et quand obtiennent-elles ce droit en France ? (*2 points*) Droit de Vote 21 04 1944

DOCUMENTS 1 ET 2

▶ **5.** Citez deux passages du programme du CNR qui justifient cette revendication des femmes. (*2 points*)

▶ **6.** À l'aide des documents et de vos réponses, expliquez sur quelles bases se refonde la République en 1944. (*6 points*)

LES CLÉS DU SUJET

Comprendre le document

Extraits du programme du Conseil national de la Résistance (CNR)

- **Nature du document** — Projet politique, document officiel.
- **Auteur** — Les dirigeants de la Résistance intérieure (CNR).
- **Thème** — Les réformes à mettre en œuvre.
- **Contexte** — La fin de la Seconde Guerre mondiale.

Photographie prise à Paris en 1944

- **Nature du document** — Une photographie, document témoin.
- **Auteur** — Inconnu, un journaliste ? Un témoin.
- **Thème** — La revendication du droit de vote des femmes.
- **Contexte** — La Libération, rétablissement de la République.

Répondre aux questions

▶ **1.** De quelles organisations le CNR est-il composé ? Quelle est la situation de la France et des Alliés en mars 1944 ?

▶ **2.** Quel type de régime le CNR veut-il établir ?

▶ **4.** À quel droit fait référence la pancarte brandie par une militante ?

▶ **5.** Quel type de suffrage propose le CNR ? Au nom de quelles autres valeurs de la République le droit au suffrage des femmes se justifie-t-il ?

▶ **6.** Définis d'abord le type de régime revendiqué. Aide-toi ensuite de la devise de la République : elle te permettra de trouver des arguments et d'organiser ta réponse.

39 CORRIGÉ GUIDÉ

CNR – Mars 1944

▶ **1.** Le Conseil national de la Résistance est une organisation réunissant tous les mouvements combattant le régime de Vichy sur le territoire français. Il rédige son programme en mars 1944, au moment où les espoirs de victoire commencent à naître.

▶ **2.** Le CNR veut « l'établissement de la démocratie la plus large en rendant la parole au peuple français par le rétablissement du suffrage universel », autrement dit un gouvernement par tous les citoyens.

INFO +
Le rétablissement de la République a été proclamé par l'ordonnance du 9 août 1944, quinze jours avant la libération de Paris.

▶ **3.** Sur le plan social, le CNR souhaite la création d'une « Sécurité sociale » pour tous, le droit à une retraite pour les aînés, à l'éducation pour les plus jeunes ; sur le plan économique, il propose « le retour à la nation des grands moyens de production » par nationalisation.

▶ **4.** Les femmes revendiquent le droit de vote, celui de pouvoir choisir leurs représentants. Elles l'obtiennent par ordonnance le 21 avril 1944.

INFO +
Pour la première fois, les femmes ont exercé le droit de vote lors des élections municipales du 25 avril 1945.

▶ **5.** Le vœu d'établir un suffrage « universel » justifie la revendication des Françaises. Comme citoyennes, elles doivent bénéficier de la liberté de penser ou d'expression (point 2) ; « l'égalité absolue de tous les citoyens devant la loi » implique que les femmes disposent du même droit que les hommes.

▶ **6.** Le CNR veut l'établissement de « la démocratie la plus large ». La République qui se met en place en 1944 se fonde donc sur un gouvernement par le peuple, sans restriction de cens (impôt) ou de sexe. Ses valeurs sont celles héritées de 1789 : le respect des libertés fondamentales (pensée, expression, culte, association), l'égalité des droits (sociaux, politiques, éducatifs) et la fraternité par l'établissement d'institutions (médicales, scolaires, culturelles) permettant des aides pour tous, y compris les plus démunis.

Remarque des correcteurs *: on attend d'un élève qu'il traite le sujet à partir des données fournies. Nous signalons cependant que le document 2 date plutôt des années 1930 que de 1944.*

La dynamique des aires urbaines en France

MAÎTRISER LES DIFFÉRENTS LANGAGES

45 min
20 points

INTÉRÊT DU SUJET • Avec une population française très majoritairement urbaine, l'organisation et les dynamiques des aires urbaines concernent beaucoup de monde, toi y compris.

▶ **1.** En vous appuyant sur un exemple étudié en classe, rédigez un développement construit d'environ vingt lignes montrant l'organisation et les dynamiques d'une aire urbaine en France. *(13 points)*

▶ **2.** Les territoires ultramarins français *(7 points)*

a) Localisez et nommez les trois océans identifiés sur le planisphère de la page suivante.

b) Reliez, dans le tableau ci-dessous, chaque territoire ultramarin à l'océan dans lequel ou au bord duquel il se situe.

Martinique	●		
Réunion	●	●	Océan Atlantique
Guadeloupe	●		
Polynésie française	●	●	Océan Indien
Mayotte	●		
Guyane	●	●	Océan Pacifique

c) Localisez et nommez sur le planisphère deux territoires ultramarins de votre choix.

d) Identifiez l'équateur sur le planisphère par un trait de couleur et complétez la légende.

HGEMC

Les territoires ultramarins français

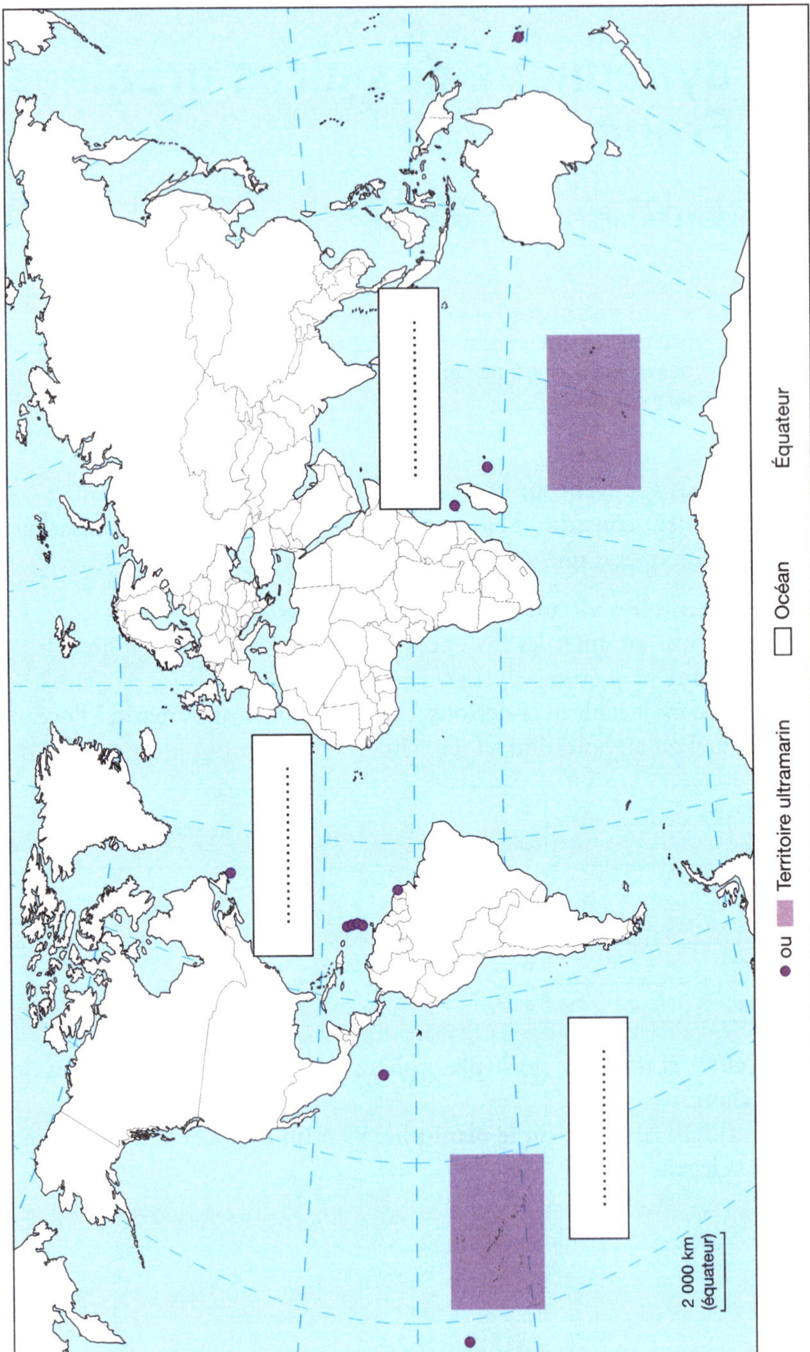

LES CLÉS DU SUJET

Traiter le sujet de développement construit (▶ 1)

• Tu peux organiser ton paragraphe en suivant les deux parties de l'énoncé. N'hésite pas à compléter ton développement par un schéma simple d'une aire urbaine.

• Ton professeur a certainement présenté en classe l'aire urbaine dans laquelle tu vis. Comme ton devoir sera corrigé par des professeurs des collèges voisins, privilégie les exemples vus en classe pour nourrir ton analyse. Tu peux également utiliser ton expérience personnelle.

Présenter l'organisation et les dynamiques d'une aire urbaine en France

INTRODUCTION Montre l'urbanisation de la population française.

❶ Commence par présenter l'organisation théorique d'une aire urbaine.

❷ Analyse ensuite les dynamiques d'une aire urbaine, en utilisant le vocabulaire descriptif de la première partie.

Réaliser la tâche graphique (▶ 2)

b) Pour rendre le tableau plus lisible, utilise des couleurs différentes pour relier les territoires à l'océan qui convient.

c) Compte tenu de la superficie parfois réduite de certains territoires, veille à représenter deux territoires dont la localisation est facile, par exemple la Guyane française ou la Réunion.

HGEMC

40 CORRIGÉ GUIDÉ

▶ **1.** 85 % de la population française résident aujourd'hui dans une aire urbaine, et jusqu'à 95 % dans un territoire sous influence urbaine. La France est un pays de citadins.

• Une aire urbaine s'organise en plusieurs espaces de morphologies différentes (voir schéma). La ville-centre est un espace bâti en continu, très dense, auquel succèdent des banlieues résidentielles en habitat pavillonnaire ou grands ensembles d'habitat collectif. Ville-centre et banlieues forment un pôle

> **CONSEIL**
> Ne cite pas seulement les espaces de l'aire urbaine, donnes-en une description rapide.

urbain (au moins 10 000 emplois). Au-delà du pôle urbain commence la couronne périurbaine : l'habitat s'agglomère autour de petits villages-centres qui grossissent par développement d'habitats pavillonnaires ; mais au moins 40 % des habitants travaillent en fait dans le pôle urbain.

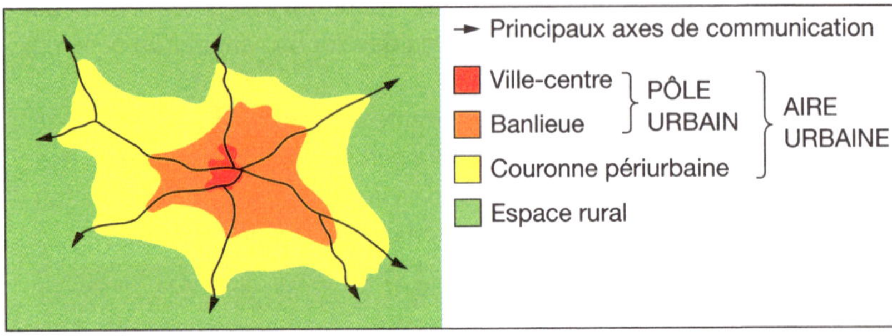

• Les dynamiques urbaines sont marquées par l'étalement : l'espace urbain et périurbain se dilate, s'étale dans l'espace et sa densité diminue. La périurbanisation gagne sur les campagnes proches, grignotant l'espace rural environnant, à la faveur du développement de l'automobile et de prix fonciers plus attractifs. La dissociation entre lieu de vie, lieu de travail, lieu de loisirs ou de consommation, a été permise par le développement de l'automobile. Elle entraîne donc l'explosion des mobilités. Les axes de communication sont alors saturés par les migrations pendulaires. Ces mobilités génèrent pertes de temps et pollution.

GAGNE DES POINTS
Il est recommandé de réaliser un schéma simple d'une aire urbaine. Essaie d'y indiquer des toponymes locaux.

Ce mode de vie périurbain, fortement consommateur d'espace et d'énergie, est-il cependant, aujourd'hui, le mieux adapté aux nouvelles problématiques de développement durable ?

GAGNE DES POINTS
Une phrase de conclusion sur la durabilité de ces dynamiques urbaines est bienvenue.

▶ **2. a)**, **c)** et **d)** *Voir le planisphère complété page suivante. Tous les territoires ultramarins y sont indiqués. Cependant, le jour de l'épreuve, contente-toi d'abord des deux demandés.*

b)

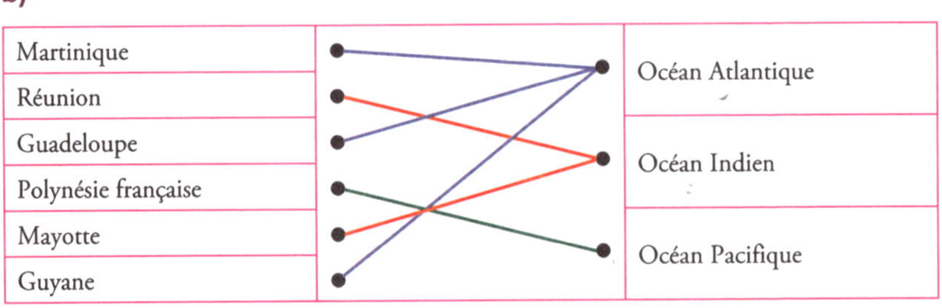

Les territoires ultramarins français

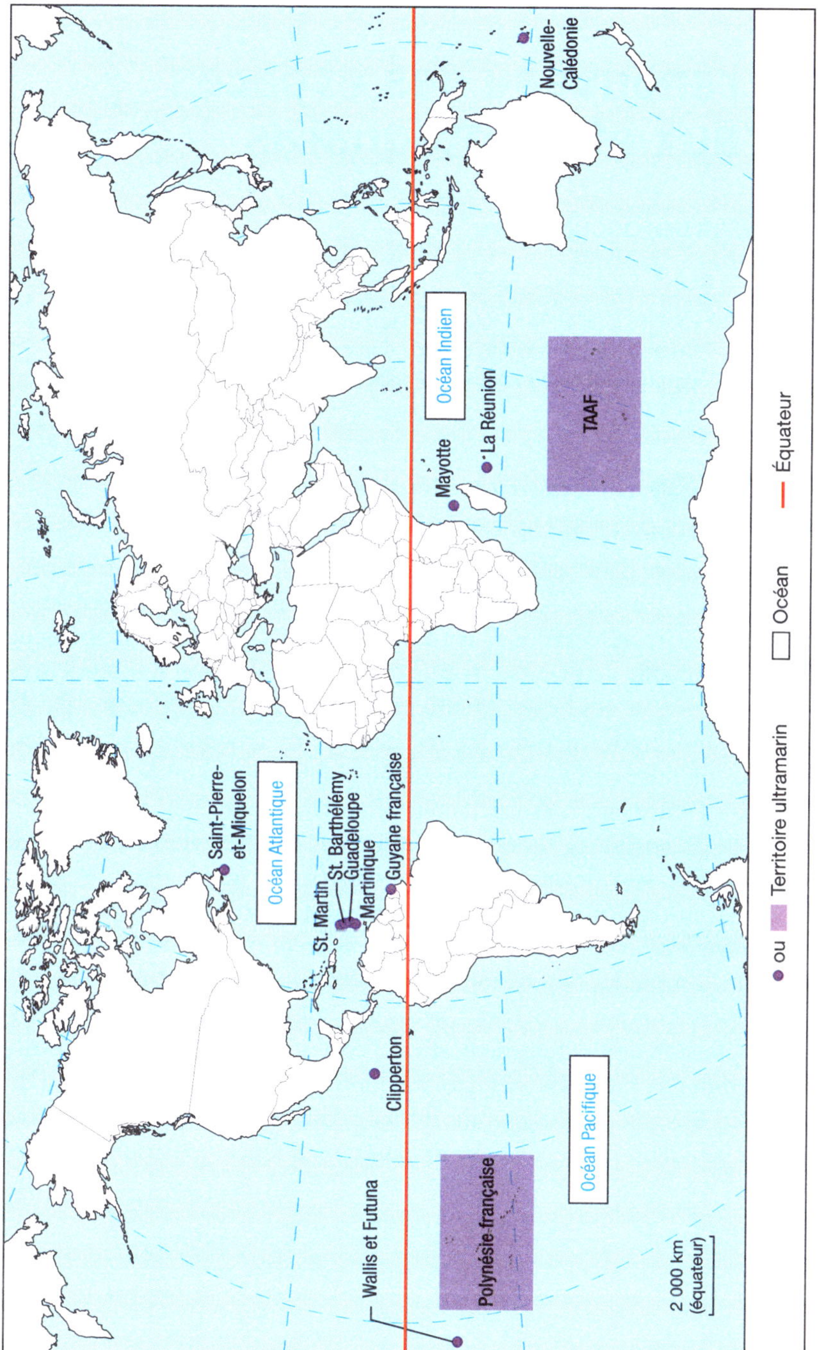

HGEMC

41 France métropolitaine • Juin 2021

Le renouveau des espaces ruraux et montagnards

ANALYSER DES DOCUMENTS

45 min
20 points

INTÉRÊT DU SUJET • Les confinements liés à la crise sanitaire ont montré les contraintes et les inconforts de la vie urbaine. Un atout de plus pour les espaces de faible densité !

DOCUMENT 1 **Le renouveau des territoires ruraux en France**

Les territoires ruraux sont désormais considérés comme « espaces de nature et d'authentique », c'est-à-dire où la nature aurait été préservée de l'artificialisation[1] de la civilisation urbaine. Ce renversement des représentations[2] entraîne en particulier le développement du « tourisme vert » et se traduit par la multiplication des résidences secondaires et des hébergements en gîtes ruraux ou à la ferme, par la création d'infrastructures légères (sentiers de randonnée, écomusées, etc.). La mise en tourisme permet aussi le maintien ou le développement d'autres activités : artisanat, productions agricoles, etc.

Si les territoires situés à proximité des grandes villes ou des villes moyennes bénéficient d'un accès convenable aux services élémentaires, en particulier aux services publics, les territoires les plus isolés souffrent d'un déficit de services de plus en plus préoccupant, notamment lorsque les populations sont âgées et/ou en situation de précarité économique et sociale. L'accès aux soins, qui s'exprime à travers l'expression de « désert médical », à l'éducation, à la culture, à l'administration et même aux services du quotidien (alimentation, bureau de poste, etc.) est de plus en plus difficile dans certains territoires peu ou très peu denses situés à l'écart des aires urbaines et des liaisons rapides.

Autre enjeu majeur, la « fracture numérique », qui désigne les disparités d'accès aux technologies numériques (Internet, téléphonie mobile, etc.) et aux services qui leur sont associés, renforce l'isolement et donc la fragilité de certains territoires.

Source : Magali Reghezza-Zitt, géographe,
La France dans ses territoires, 2017.

---

1. Artificialisation : le fait de transformer l'espace en le rendant moins naturel et plus artificiel.
2. Renversement des représentations : changement d'opinion sur les espaces ruraux.

DOCUMENT 2 **Extrait du guide touristique « pass'malin du Haut-Jura »**

HAUT-JURA
entre 700 et 1 495 m d'altitude

VOUS ALLEZ AIMER :
- Les villages de montagne authentiques, les stations familiales et conviviales, les activités nordiques et de pleine nature
- Des panoramas à couper le souffle : Belvédère des 4 Lacs, Pic de l'Aigle, la Dôle avec vue sur les Alpes et le Mont Blanc
- Les balades dans le Parc naturel régional du Haut-Jura
- Les savoir-faire d'excellence Made in Jura artisanaux et industriels (Lunette, jouet, bois,…)
- La Station des Rousses labellisée flocon vert, frontalière avec la Suisse
- Les sites incontournables : Saint-Claude (capitale de la pipe et du diamant), les Hautes-Combes et ses grands espaces, La Haute Vallée de la Saine (site naturel protégé), la cité médiévale de Nozeroy…
- Les caves d'affinage du Fort des Rousses et les nombreuses fruitières à Comté, Morbier et Bleu de Gex (les 3 AOP fromages du Jura).

Extrait de la carte touristique du Jura 2021. Comité Départemental du Tourisme du Jura (Jura Tourisme)

Source : Offices de Tourisme du Haut-Jura.

DOCUMENT 1

▶ **1.** Relevez deux difficultés que rencontrent les espaces de faible densité en France.

▶ **2.** Relevez dans le texte un passage qui montre que l'accessibilité est un enjeu majeur pour les espaces de faible densité.

▶ **3.** En vous appuyant sur le document, expliquez comment l'activité touristique dynamise ces territoires ruraux.

DOCUMENT 2

▶ **4.** Quel est l'objectif des auteurs du document ? Justifiez votre réponse.

DOCUMENTS 1 ET 2

▶ **5.** En vous appuyant sur les documents, montrez que les espaces de faible densité disposent de nombreux atouts qui les rendent aujourd'hui attractifs.

LES CLÉS DU SUJET

Comprendre les documents

- **Le renouveau des territoires ruraux en France**
  - **Nature** : texte tiré d'un manuel universitaire
  - **Auteur** : Magali Reghezza-Zitt, géographe connue
  - **Thème** : le renouveau des territoires ruraux
  - **Contexte** : les représentations des espaces ruraux évoluent positivement, malgré des handicaps persistants.

- **Extrait du guide touristique « pass'malin du Haut-Jura »**
  - **Nature** : extrait d'un guide touristique
  - **Source** : offices de Tourisme du Haut-Jura
  - **Thème** : favoriser la découverte touristique de la région
  - **Contexte** : chaque région tente de valoriser ses atouts pour développer l'activité touristique locale.

Répondre aux questions

▶ **1.** Les difficultés sont regroupées dans le deuxième paragraphe.

▶ **2.** Tu peux chercher dans le texte le terme clé « accessibilité » ou l'une de ses formes, par exemple « accès ».

▶ **3.** Les atouts des espaces ruraux sont analysés dans le premier paragraphe. Recherche le terme clé « tourisme ».

▶ **4.** Quelle est la mission d'un office de tourisme ?

▶ **5.** Veille à bien rester centré sur les atouts, sans aborder les handicaps, puisque ce n'est pas le sujet.

41 CORRIGÉ GUIDÉ

▶ **1.** D'après le texte, les espaces de faible densité en France rencontrent deux difficultés :

- une accessibilité dégradée, surtout pour les territoires les plus isolés, qui entraîne un « déficit de services », en particulier « lorsque les populations sont âgées et/ou en situation de précarité économique et sociale ». Or, les populations vivant dans les espaces de faible densité sont précisément plus âgées et plus pauvres que la population générale ;
- une « fracture numérique », liée à un équipement moindre, qui freine l'accès aux technologies numériques et « aux services qui leur sont associés ».

▶ **2.** L'accessibilité est un enjeu majeur. En effet, en fonction de cette accessibilité, « les territoires situés à proximité des grandes villes ou des villes moyennes bénéficient d'un accès convenable aux services élémentaires » alors que « les territoires les plus isolés souffrent d'un déficit de services de plus en plus préoccupant ». Les conditions de vie de la population sont donc différentes.

GAGNE DES POINTS
Après avoir cité le passage demandé, rédige une phrase de conclusion montrant qu'il s'agit d'un enjeu majeur pour les populations.

▶ **3.** Les espaces ruraux peuvent bénéficier du « tourisme vert » qui dynamise ces espaces par :

- « la multiplication des résidences secondaires et des hébergements en gîtes ruraux », qui accroît la population résidente et l'économie présentielle ;

GAGNE DES POINTS
Explique ce que chaque élément apporte aux territoires ruraux, en utilisant des notions tirées de ton cours (économie présentielle).

HGEMC

- « la création d'infrastructures légères (sentiers de randonnée, écomusées, etc.) », donc de faible coût, pour améliorer l'usage du territoire ;
- « le maintien ou le développement d'autres activités : artisanat, productions agricoles, etc. » à destination de ces nouvelles populations.

▶ **4.** L'objectif des auteurs du document est de promouvoir le développement du tourisme dans le Haut-Jura. En effet, ce sont les offices de tourisme du Haut-Jura qui ont produit cette brochure qui communique sur les atouts de la région, notamment :

- un espace naturel, avec la présence du Parc naturel régional du Haut-Jura ;
- le patrimoine industriel (Saint-Claude), historique (cité médiévale de Nozeroy) et gastronomique (fromages Comté, Morbier) ;
- le caractère authentique et familial des villages et des stations de montagne jurassiens, par opposition aux « usines à neige » des Alpes du Nord.

▶ **5.** Les documents font en effet état des nombreux atouts qui rendent attractifs les espaces de faible densité, ici montagnards ou ruraux.

- Le texte de Magali Reghezza-Zitt montre bien le renversement des représentations des espaces de faible densité que sont les territoires ruraux. Dans une société très urbanisée qui commence à percevoir les contraintes liées à ce mode de vie, la ruralité apparaît comme un « espace de nature et d'authentique » dont les citadins ont de plus en plus besoin.
- Ce renversement se traduit par la « mise en tourisme » vert. Ce tourisme vert valorise précisément des activités plus diffuses, moins denses, plus authentiques et familiales, à l'opposé des plages surpeuplées de la Côte d'Azur ou des stations de sports d'hiver des Alpes du Nord.
- Ce tourisme vert permet la préservation, parfois le renouveau, des activités traditionnelles des espaces de faible densité : l'agriculture, surtout de qualité, labellisée, en vente directe ou circuits courts ; la mise en valeur du patrimoine naturel (parcs nationaux ou naturels régionaux), historique ou gastronomique local, notamment grâce à la mise en place d'infrastructures légères, donc abordables pour des collectivités qui ont peu de moyens financiers (chemins de randonnée, écomusées).

Toutefois, ces activités concernent surtout les espaces de faible densité relativement proches des aires urbaines, ou du moins connectés à elles. Pour les espaces très isolés, à l'accessibilité plus difficile, le renouveau est plus difficile à percevoir.

> **GAGNE DES POINTS**
> Quelques lignes de conclusion pourront nuancer le propos en évoquant les contraintes liées à la faible densité.

Les inégalités entre les territoires français

MAÎTRISER LES DIFFÉRENTS LANGAGES

45 min
20 points

INTÉRÊT DU SUJET • Les inégalités sont au cœur du débat politique en France. Elles affectent en effet les territoires français et les populations qui y vivent. Mais des politiques correctives sont menées pour les réduire.

▶ **1.** Rédigez un développement construit d'environ vingt lignes montrant les inégalités entre les territoires français et expliquant les moyens mis en œuvre pour les réduire. Vous pouvez prendre appui sur un exemple étudié en classe. *(13 points)*

▶ **2.** Utilisez des repères sur une carte.
Sur la carte ci-après *(7 points)* :
a) Localisez et nommez deux mers ou océans qui bordent la France.
b) Localisez, à l'aide d'un figuré adapté, la France métropolitaine.
c) Localisez et nommez quatre États membres de l'Union européenne ayant une frontière commune avec la France.
d) Localisez et nommez la ville française qui abrite une institution européenne.
e) Expliquez le choix du figuré utilisé pour représenter les flux transfrontaliers.
f) Complétez la légende.

La France : un territoire intégré à l'Union européenne

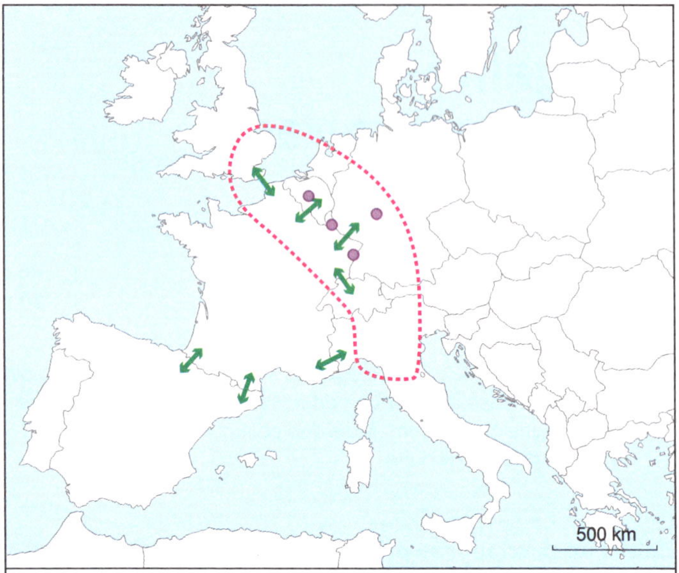

Légende

- France métropolitaine
- ....
- .... Villes siège d'une institution européenne
- Flux transfrontaliers

Explication du choix du figuré des flux transfrontaliers :

....

LES CLÉS DU SUJET

Traiter le sujet de développement construit (▶ 1)

- Les inégalités sont multiples (sociales, économiques, spatiales) et visibles à toutes les échelles (nationale, régionale, locale).
- Utilise dans ton devoir l'exemple étudié en classe avec ton professeur.

Présenter les différentes inégalités entre les territoires français

❶ Commence par présenter les différents types d'inégalités, sans oublier de varier les échelles.

❷ Évoque ensuite les acteurs qui tentent de réduire ces inégalités et donne un exemple des politiques d'aménagement territorial menées à cet effet.

Réaliser la tâche graphique (▶ 2)

• Un figuré est une façon de représenter une information sur une carte. Par exemple, un carré bleu ou une flèche rouge. Choisis pour chaque élément demandé une couleur bien distincte : bleu, rouge, noir, etc.
• N'oublie pas de compléter la légende et d'y écrire ton explication des flux transfrontaliers.

42 CORRIGÉ GUIDÉ

▶ **1.** Les inégalités entre territoires peuvent être sociales, économiques et spatiales. Elles sont perceptibles à toutes les échelles.

• À l'échelle régionale, les régions méridionales et septentrionales sont les plus défavorisées socialement. C'est à l'échelle communale et infra-communale que les inégalités sociales sont cependant les plus grandes. Les communes qui comptent le plus de personnes pauvres sont les villes-centres des grandes aires urbaines. L'aire urbaine de Paris concentre 20 % des Français vivant en dessous du seuil de pauvreté.

Les territoires présentent aussi des inégalités économiques. Les régions les plus dynamiques sont les régions atlantiques, méridionales, alpines, et l'Île-de-France, tandis que les moins dynamiques sont la Lorraine et la « diagonale du vide ». À une autre échelle, la croissance profite aux capitales régionales beaucoup plus qu'aux villes petites et moyennes.

Enfin, les territoires présentent des inégalités spatiales. Elles se mesurent dans l'accès des populations aux services (supermarché, école, établissement de soins). Là encore, les inégalités sont croissantes et mesurables à toutes les échelles. Les différences sont importantes entre les grands espaces urbanisés et le reste du territoire.

• Les différents acteurs (État, collectivités territoriales, Union européenne) mettent en œuvre des politiques de compensation des inégalités, par le biais de transferts sociaux, subventions ou politiques d'aménagement. Ainsi, l'Union européenne finance des aménagements avec les fonds structurels et d'investissement européens ; l'État développe les lignes à grande vitesse pour désenclaver les territoires ; les départements versent des aides sociales.

CONSEIL
Donne quelques exemples de ces politiques d'aménagement vues en classe avec ton professeur.

HGEMC

▶ **2.** *Les autres villes siège d'une institution européenne sont, d'ouest en est, Bruxelles, Luxembourg et Francfort.*

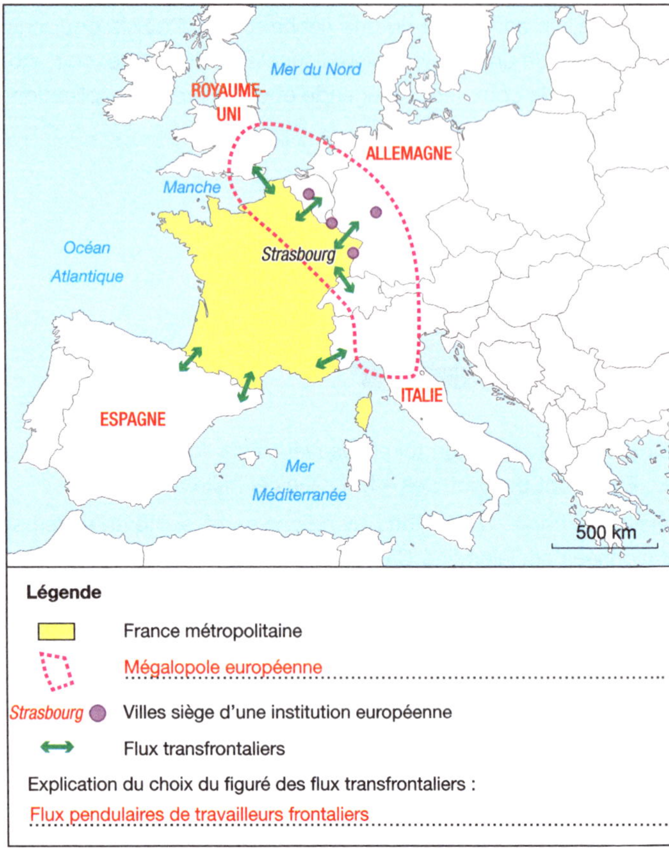

Aménager pour réduire les inégalités territoriales en Polynésie

ANALYSER DES DOCUMENTS

45 min
20 points

INTÉRÊT DU SUJET • Les inégalités territoriales concernent tous les territoires français, mais en particulier ceux de Polynésie, distants entre eux de milliers de kilomètres. Le défi de réduire ces inégalités y est colossal.

Natitua

DOCUMENT 1 Le câble du sous-marin *Natitua*

Ce mardi 18 décembre [2018], le câble sous-marin numérique et domestique, *Natitua*, est entré en service en Polynésie. Il doit apporter du haut débit dans 10 îles des archipels des Tuamotu et des Marquises, afin de réduire la fracture numérique avec l'île de Tahiti.

Après une installation de moins de trois mois, de début août à début octobre, le câble sous-marin numérique *Natitua* est entré en service, respectant ainsi les délais fixés par le gouvernement local. D'ores et déjà, le PDG de l'Office des postes et télécommunications (OPT), un des financeurs du projet, a lancé les offres commerciales, « les mêmes qui sont commercialisées sur Tahiti, Moorea, les Îles-sous-le-Vent ». Ce second câble sous-marin en Polynésie relie désormais Tahiti à une partie des îles des archipels des Tuamotu et des Marquises.

Dix îles sont desservies par le câble *Natitua* : Hao, Makemo, Fakarava, Arutua, Kaukura, Rangiroa, Manihi, Takaroa, Hiva Oa, et enfin Nuku Hiva. Dix autres îles des deux archipels seront raccordées au câble par un réseau de faisceaux hertziens, au premier semestre 2019. 22 000 habitants bénéficient ainsi du haut débit grâce à cette infrastructure numérique qui permettra le développement de ces îles. 60 établissements scolaires, l'hôpital de Taiohae,

HGEMC

et plus de 40 000 touristes auront aussi accès à Internet à haut débit grâce à cet équipement, avait indiqué la Présidence de la Polynésie française à la fin de l'installation du câble.

Source : https://outremers360.com/economie/numerique-en-polynesie-le-cable-domestique-natitua-est-entre-en-service

DOCUMENT 2 **Le tracé du câble sous-marin *Natitua***

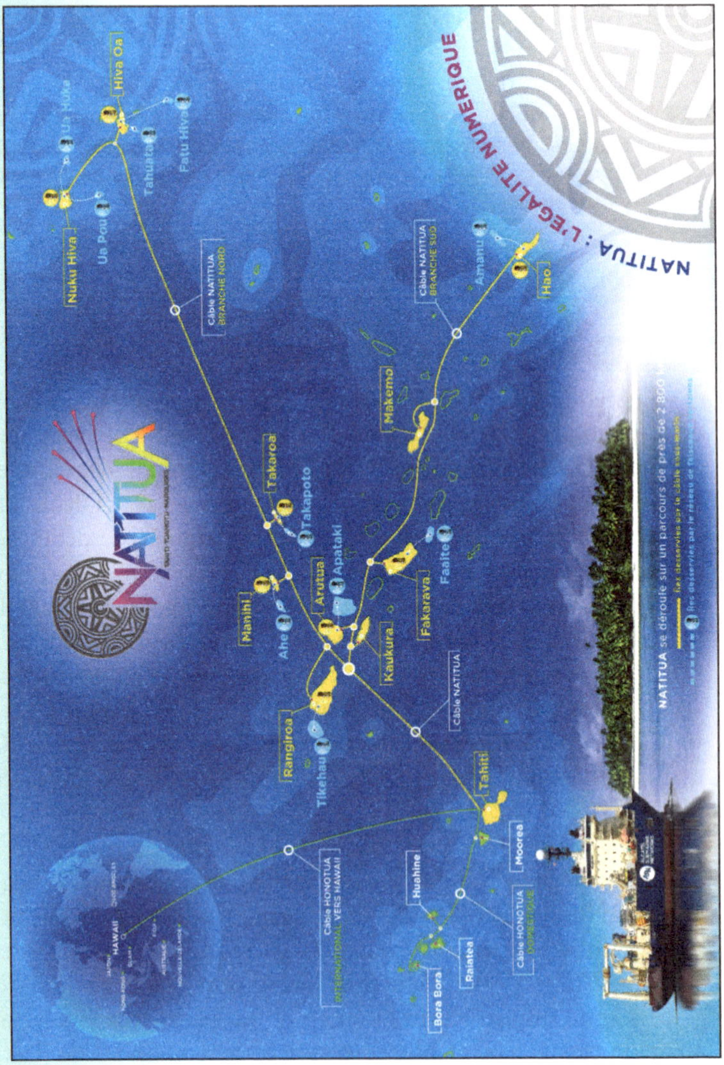

© Groupe OPT

DOCUMENTS 1 ET 2

▶ **1.** Relevez dans les documents les objectifs du câble sous-marin *Natitua*. (*4 points*)

▶ **2.** Identifiez dans les deux documents les territoires qui vont bénéficier de la présence de ce câble. (*4 points*)

▶ **3.** Nommez l'acteur de l'aménagement évoqué dans les deux documents. (*1 point*)

DOCUMENT 1

▶ **4.** En vous appuyant sur le document 1 et sur vos connaissances, nommez d'autres acteurs pouvant intervenir dans ce projet, comme dans l'aménagement du territoire. (*3 points*)

▶ **5.** Relevez dans le document 1 les domaines qui vont profiter de la présence du câble. (*3 points*)

DOCUMENTS 1 ET 2

▶ **6.** En vous appuyant sur les documents et vos connaissances, expliquez pourquoi l'aménagement du territoire permet de réduire les inégalités entre les territoires. (*5 points*)

LES CLÉS DU SUJET

Comprendre les documents

Le câble sous-marin *Natitua*

- **Nature du document**
  Extrait d'un article tiré d'un site Internet.
- **Auteur**
  Non précisé. Extrait de Outremers 360°, un site d'information qui couvre l'ensemble des actualités ultramarines.
- **Thème**
  L'installation d'un câble sous-marin numérique en Polynésie.
- **Contexte**
  La réduction des inégalités d'accès à l'Internet haut débit en Polynésie française.

Le tracé du câble sous-marin *Natitua*

- **Nature du document**
  Carte de tracé.
- **Auteur**
  OPT : Office des Postes et Télécommunications (l'équivalent de La Poste en Polynésie française).
- **Thème**
  Tracé du câble sous-marin numérique *Natitua*.
- **Contexte**
  La Polynésie française s'étend sur des milliers de kilomètres d'un archipel à l'autre.

Répondre aux questions

Tahiti fait partie des îles de la Société. Au centre de la carte, on trouve l'archipel des Tuamotu (de Rangiroa à Hao). Au nord-est se trouve l'archipel des Marquises.

▶ **1.** L'objectif est dans le premier paragraphe. Relève aussi le slogan présent sur la carte. Comme la question est sur 4 points, tu peux développer en explicitant.

▶ **2.** La question étant sur 4 points, développe sur les îles reliées par réseau hertzien.

▶ **6.** Commence par rappeler les handicaps spécifiques aux territoires ultramarins, en particulier polynésiens, et les inégalités qui en résultent. Tu pourras ensuite montrer comment les aménagements permettent de réduire ces inégalités.

43 CORRIGÉ GUIDÉ

▶ **1.** Le câble *Natitua* doit « apporter du haut débit dans 10 îles des archipels des Tuamotu et des Marquises » et ainsi « réduire la fracture numérique avec Tahiti » (doc. 1). *Natitua* doit ainsi participer à « l'égalité numérique » (doc. 2). Tahiti est en effet alimenté en haut débit par le câble *Honotua* qui connecte l'archipel de la Société (de Tahiti à Bora Bora) à Hawaii et, au-delà, à l'Internet mondial. Mais les Tuamotu et les Marquises n'y étaient pas reliées jusqu'à présent.

INFO+
En polynésien, Natitua signifie « lien en haute mer » : un nom particulièrement approprié.

▶ **2.** Dix îles sont connectées à Natitua : huit dans l'archipel des Tuamotu, au centre de la carte, deux dans l'archipel des Marquises (au nord-est) : Hiva Oa et Nuku Hiva. Dix autres profiteront de *Natitua* par connexion hertzienne. Ainsi, Hao est-elle connectée à *Natitua* et sa voisine Amanu le sera par faisceaux hertziens.

CONSEIL
Cite un exemple pour montrer que tu as travaillé le document et appuyer ta démonstration.

▶ **3.** L'acteur de l'aménagement évoqué dans les deux documents est l'OPT, l'Office des Postes et des Télécommunications. Il s'agit d'un acteur public, tout à fait comparable à La Poste en métropole.

▶ **4.** D'autres acteurs sont présents. Dans le document 1, le gouvernement local polynésien a fixé les délais de pose du câble. La Polynésie est un Pays d'Outre-Mer (POM) largement autonome par rapport à la métropole, mais celle-ci contribue à l'aménagement. L'Union européenne, pour qui la Polynésie française fait partie des PTOM (Pays et Territoires d'Outre-Mer), apporte également un financement. Les acteurs interviennent donc à des échelles multiples.

▶ **5.** Les domaines qui vont profiter de la présence du câble *Natitua* sont les secteurs économiques de l'éducation (« 60 établissements scolaires »), de la santé (« l'hôpital de Taiohae » sur Nuku Hiva) et du tourisme (« 40 000 touristes »).

▶ **6.** La Polynésie, comme les autres territoires ultramarins, souffre de handicaps géographiques majeurs, ultrapériphériques : insularité (118 îles), exiguïté, distance (*Natitua* s'étend ainsi sur près de 2 800 km) et donc fragmentation et isolement, le tout avec une population modeste (280 000 habitants).

À l'échelle de la Polynésie elle-même, les îles de la Société, en particulier Tahiti, sont moins mal loties, par exemple dans l'accès Internet à haut débit, que les archipels des Tuamotu ou des Marquises.

Les aménagements impulsés par les acteurs locaux (gouvernement polynésien, OPT), métropolitain ou européen, permettent la réduction de ces inégalités territoriales : *Natitua* fournit ainsi l'Internet à haut débit à 22 000 habitants.

Toutefois, l'aménagement du territoire est une tâche sans fin : l'archipel des Gambier, qui ne compte que 1 600 habitants, reste ainsi particulièrement isolé, à plus de 800 km au sud-est en-dehors de la carte…

PTOM Pays Territoire Outre-Mer

Les effets des politiques de coopération européenne sur les territoires français

MAÎTRISER LES DIFFÉRENTS LANGAGES

45 min
20 points

INTÉRÊT DU SUJET • Les politiques de l'Union européenne sont souvent mal perçues dans l'opinion française. Pourtant, elles ont d'importants effets positifs sur nos territoires, notamment transfrontaliers.

▶ **1.** Rédigez un développement construit d'une vingtaine de lignes montrant que les politiques de coopération de l'UE transforment les territoires français. Vous pourrez vous appuyer sur l'exemple d'une région transfrontalière ou sur un exemple d'aménagement de votre choix. *(15 points)*

▶ **2.** Utilisez des repères sur une carte (voir page suivante).
Sur la carte et la légende :
a) Complétez la légende en choisissant un figuré pour chacun des deux éléments suivants (*1 point*) :
• deux pays parmi les 6 membres fondateurs de la construction européenne ;
• deux pays ayant rejoint plus tardivement la construction européenne.
b) À l'aide des figurés, complétez la carte en localisant et nommant les quatre pays retenus. (*2 points*)
c) Localisez et nommez la ville où se situe le Parlement européen. (*1 point)*
d) Localisez et nommez une façade maritime de l'UE. *(1 point)*

L'Union européenne, un nouveau territoire de référence et d'appartenance

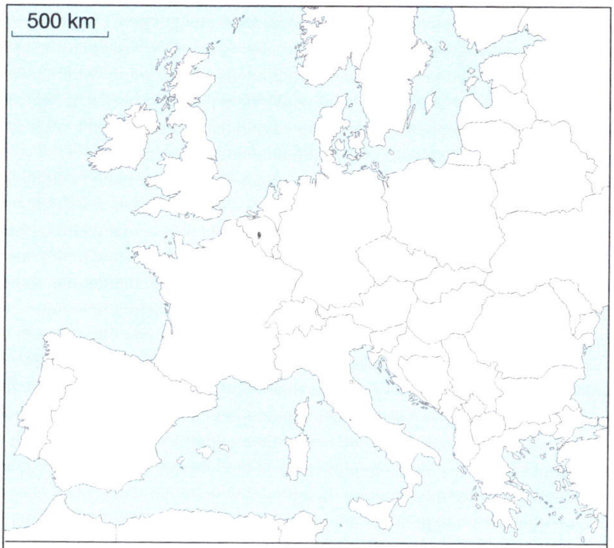

Légende

- Deux pays fondateurs de la construction européenne
- Deux pays ayant rejoint plus tardivement la construction européenne
- Parlement européen
- Façade maritime de l'Union européenne

LES CLÉS DU SUJET

Traiter le sujet de développement construit (▶ 1)

• Tu dois montrer que les politiques de coopération de l'Union européenne transforment les territoires français. L'UE est ainsi le « nouveau territoire de référence et d'appartenance » (intitulé du programme).

• Tu peux t'appuyer sur l'exemple d'une région transfrontalière (c'est le cas ici) ou sur un exemple d'aménagement de ton choix.

Montrer comment la construction européenne produit de nouveaux territoires intégrés à l'échelle européenne

1. Présente d'abord les politiques de coopération européennes, sectorielles et territoriales.

2. Développe ensuite l'exemple des régions frontalières du Nord-Est français.

3. Élargis enfin ton propos en présentant les eurorégions.

Réaliser la tâche graphique (▶ 2)

- Il faut compléter la légende en choisissant des couleurs adaptées, puis colorier la carte en fonction des couleurs choisies.
- Choisis de préférence des pays que tu connais bien et de dimensions suffisantes. Il serait par exemple peu visible de colorier le Luxembourg et Malte ! Et tu auras ainsi plus de place pour les nommer.

44 CORRIGÉ GUIDÉ

▶ **1.** • La construction européenne a mis en place des politiques de coopération. Certaines sont sectorielles, comme l'Europe de la défense ou de l'aéronautique, avec la réussite d'Airbus. D'autres sont territoriales et témoignent des flux d'hommes, de marchandises, de capitaux, d'informations qui transforment les territoires français, en particulier dans les régions frontalières, qui ont connu un retournement géographique majeur : de périphériques, espaces de confrontation, elles sont devenues centrales, espaces de coopération. C'est notamment le cas des régions frontalières du nord et de l'est de la France.

• Ces interfaces profitent aujourd'hui, dans un contexte pacifié, d'une frontière qui unit davantage qu'elle ne sépare. En Alsace, 35 % des entreprises sont ainsi à participation étrangère. Les flux de travailleurs frontaliers reflètent ce différentiel entre des économies dynamiques (Belgique, Luxembourg, Allemagne ou Suisse) et des régions françaises à fort taux de chômage.

• L'UE a ainsi permis la création d'eurorégions, qui associent des régions frontalières appartenant à des pays différents. La « Grande région » (autrefois eurorégion « Saar-Lor-Lux »), par exemple, est un « groupement européen de coopération territoriale » (GECT) qui rassemble le Luxembourg, la Wallonie belge, la région Lorraine en France, ainsi que la Moselle et Meurthe-et-Moselle, et les Länder allemands de Sarre et de Rhénanie-Palatinat.

CONSEIL
Analyse l'exemple d'eurorégion vu avec ton professeur.

▶ 2.

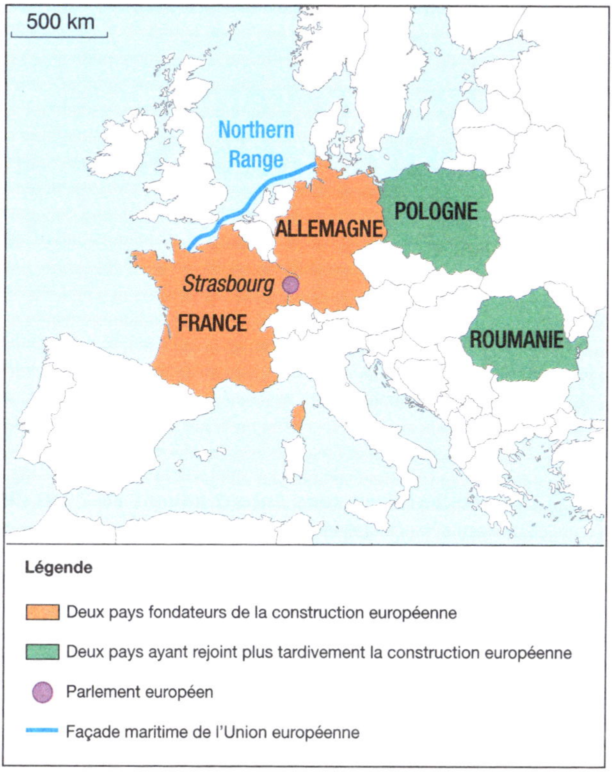

REMARQUE

La dernière question peut prêter à confusion. Tu peux te contenter d'indiquer la façade atlantique ou méditerranéenne, mais le Northern Range est plus précis et adapté.

L'impôt sur le revenu et la solidarité nationale

ENSEIGNEMENT MORAL ET CIVIQUE

25 min
10 points

INTÉRÊT DU SUJET • Dans une société française toujours plus fracturée, les inégalités sociales doivent être compensées par la solidarité nationale. La progressivité de l'impôt sur le revenu y contribue.

DOCUMENT 1 Cinq célibataires sans enfant payent en 2018 l'impôt sur leurs revenus de 2017

	Revenus de l'année 2017	Impôt sur le revenu à payer en 2018
Paul Duchemin	9 000 euros	0 euro
Dominique Martin	27 000 euros	2 029 euros
Cristina Viala	40 000 euros	5 093 euros
Sophie Lefranc	90 000 euros	19 515 euros
Ali Abdellatifi	160 000 euros	46 860 euros

Jusqu'en janvier 2019, les Français payaient chaque année leurs impôts sur les revenus de l'année précédente.

Simulation à partir du site Impots.gouv.fr.

DOCUMENT 2 La solidarité nationale

L'engagement de l'État en matière de solidarité remonte essentiellement au lendemain de la crise économique des années 1930 et de la Seconde Guerre mondiale. Il prend la forme de l'État-providence : l'intervention de l'État dans la vie économique et sociale apparaît nécessaire afin de lutter contre la pauvreté et les inégalités et d'assurer la cohésion nationale.

Cette prise de conscience est inscrite dans le préambule de la Constitution française de 1946 (repris par celle de 1958) qui garantit le droit au travail, la protection de la santé, l'accès à l'instruction, la sécurité matérielle. […] Concrètement, elle est à l'origine de la création de plusieurs institutions de protection sanitaire et sociale, reposant sur des systèmes d'assurance obligatoire organisés par l'État : la Sécurité sociale est créée dès 1945 ; c'est également dans les années d'après-guerre qu'est mise en place l'assurance-chômage. La solidarité nationale est notamment financée par l'impôt sur le revenu, qui repose sur une redistribution des richesses, chaque citoyen y contribuant en fonction de ses moyens.

Conseil national des politiques de lutte contre la pauvreté et l'exclusion sociale, 19 septembre 2014.

DOCUMENT 1

▶ **1.** D'après ce document, pour quelle raison les Français ne paient-ils pas tous un même montant pour l'impôt sur le revenu ?

DOCUMENT 2

▶ **2.** Recopiez la phrase du texte qui justifie que les Français ne payent pas tous un même montant pour l'impôt sur le revenu.

▶ **3.** Relevez trois dispositifs pouvant contribuer à lutter contre la pauvreté et les inégalités.

DOCUMENTS 1 ET 2

▶ **4.** Un de vos amis ne comprend pas pourquoi certains paient des impôts et d'autres moins ou pas du tout. Il trouve cela contraire au principe d'égalité. Vous lui expliquez pourquoi l'impôt sur le revenu est un outil permettant de combattre les inégalités.

LES CLÉS DU SUJET

Comprendre les documents

Cinq célibataires sans enfant payent en 2018 l'impôt sur leurs revenus de 2017

- **Nature du document**
  Un tableau de données (simulation)
- **Source**
  Le site du ministère des Finances : impots.gouv.fr
- **Thème**
  L'impôt sur le revenu
- **Contexte**
  La progressivité de l'impôt permet de lutter contre les inégalités sociales

La solidarité nationale

- **Nature du document**
  Un texte explicatif publié en 2014
- **Auteur**
  Le Conseil national des politiques de lutte contre la pauvreté et l'exclusion sociale, un organisme officiel
- **Thème**
  La solidarité nationale
- **Contexte**
  L'engagement de l'État pour la solidarité nationale depuis les années 1930

Répondre aux questions

▶ **3.** Par « dispositifs », on entend des éléments techniques.

▶ **4.** Veille à mettre ta réponse en situation. Sur le fond, commence par expliquer pourquoi l'imposition est progressive et non simplement proportionnelle, puis développe les aspects liés à la solidarité.

45 CORRIGÉ GUIDÉ

Donne du sens aux chiffres du document en calculant un rapport approximatif.

▶ **1.** D'après le document 1, les Français ne paient pas tous un même montant pour l'impôt sur le revenu. Cela ne tient pas à leur situation familiale : le document précise en effet qu'ils sont tous célibataires et sans enfant. En revanche, leurs revenus sont très différents les uns des autres : ils varient de 9 000 à 160 000 € : Ali Abdellatifi gagne presque 18 fois ce que gagne Paul Duchemin. C'est ce qui explique le montant très différent de leur impôt.

CONSEIL
Donne du sens aux chiffres du document en calculant un rapport approximatif.

▶ **2.** La phrase du document 2 qui justifie que les Français ne payent pas tous un même montant pour l'impôt sur le revenu est : « La solidarité nationale est notamment financée par l'impôt sur le revenu, qui repose sur une redistribution des richesses, chaque citoyen y contribuant en fonction de ses moyens. »

▶ **3.** Trois dispositifs cités dans le document 2 peuvent contribuer à lutter contre la pauvreté et les inégalités :

GAGNE DES POINTS
Explique, d'après tes connaissances, chaque dispositif.

- La Sécurité sociale : chacun cotise en fonction de ses revenus pour payer les frais de santé de ceux qui sont malades ; les risques sont mutualisés et les pauvres bénéficient des cotisations de tous.
- L'assurance-chômage : une cotisation payée sur les salaires permet à ceux qui se retrouvent sans emploi de percevoir des allocations.
- L'impôt sur le revenu : un impôt non proportionnel mais progressif, qui prélève d'autant plus que les revenus sont importants, permet de lutter contre les inégalités en prélevant aux plus riches pour financer les prestations sociales perçues par les plus pauvres.

▶ **4.** « C'était pas mal, le cours d'EMC, non ? » Mon ami Robin semble pourtant bien renfrogné. « M'ouais… N'empêche que je ne vois pas bien pourquoi certains Français payent des impôts et d'autres en payent moins ou pas du tout ! Mon père n'arrête pas de râler en disant que les impôts lui prennent tout ce qu'il gagne ! »

Je ris et lui réponds : « Si les impôts lui prennent tout ce qu'il gagne, comment se fait-il que vous viviez dans une si belle maison ?

La République française défend un certain nombre de valeurs, dont l'égalité et la solidarité. Mais l'égalité ne consiste pas à ce que tout le monde paie les mêmes impôts. Une famille pauvre n'a pas les moyens de payer beaucoup d'impôts ; une famille aisée a la capacité d'en payer davantage. C'est la raison pour laquelle l'impôt sur le revenu n'est pas proportionnel, mais progressif : plus on gagne, plus le taux d'imposition est élevé.

Et puis, cela permet de redistribuer les richesses et ainsi faire preuve de solidarité en luttant contre les inégalités de revenus entre Français. La République est une République sociale. La lutte contre la pauvreté, par exemple, est une question de principe, de dignité humaine. C'est le choix qu'a fait le peuple français en 1945, et encore en 1958. »

46 France métropolitaine • Juin 2021

Faire vivre les valeurs de la République

ENSEIGNEMENT MORAL ET CIVIQUE

25 min
10 points

INTÉRÊT DU SUJET • La mise en œuvre des valeurs et des principes de la République peut se faire dès le plus jeune âge, notamment à travers des institutions spécialement créées à cet effet, comme le Conseil municipal des enfants.

DOCUMENT 1 **Des politiques publiques au quotidien**

– Le Conseil municipal des enfants a été créé en 1993 par le Conseil municipal de la ville pour l'aider en proposant des idées et des projets qui pourront être réalisés avec l'aide des services compétents de la mairie. Des écoles réparties dans des quartiers de la commune sont choisies afin de participer au Conseil municipal des enfants. Ce sont les enfants des CM2 qui participent à ces conseils. Ils élisent tous les ans les conseillers municipaux enfants qui les représentent auprès de la commune.

– Le Centre communal d'action sociale propose un ensemble de prestations pour remédier aux situations de précarité ou de grande difficulté sociale. Selon les cas, le public y est conseillé, orienté vers les services concernés ou directement pris en charge pour bénéficier immédiatement de ses droits. Pour les personnes âgées, il permet d'accéder aux soins en résidences ou à domicile mais également à un programme de loisirs grâce aux animations qu'il organise. Pour les personnes en situation précaire, il instruit les demandes de RSA[1], se charge de leur accompagnement social.

Source : d'après le site de la ville concernée.

1. Le revenu de solidarité active (RSA) assure aux personnes sans ressources un niveau minimum de revenu qui varie selon la composition du foyer.

DOCUMENT 2 **La Constitution de la Vᵉ République (extrait)**

Article premier. La France est une République indivisible, laïque, démocratique et sociale. Elle assure l'égalité devant la loi de tous les citoyens sans distinction d'origine, de race ou de religion. Elle respecte toutes les croyances.

DOCUMENT 1

▶ **1.** Quel est l'objectif de la création du Conseil municipal des enfants ?

▶ **2.** Citez une action mise en place par le Centre communal d'action sociale de la ville.

DOCUMENTS 1 ET 2

▶ **3.** Expliquez quelle(s) valeur(s) et quel principe de la République les missions du Centre communal d'action sociale de la ville permettent de mettre en application. Justifiez votre réponse.

▶ **4.** Vous êtes membre du Conseil municipal des jeunes de votre commune, choisissez une valeur ou un principe de la République et présentez des actions qui pourraient permettre de les faire vivre dans votre vie quotidienne.

LES CLÉS DU SUJET

Comprendre les documents

Extrait de la Constitution de la Ve République

- Nature du document
  Constitution de la Ve République, article premier
- Auteur
  Michel Debré et le général de Gaulle, en 1958
- Thème
  Les valeurs et principes de la République
- Contexte
  Les valeurs et principes républicains guident toute action publique.

Répondre aux questions

▶ **1.** Cherche dans la première phrase une tournure qui indique l'objectif ou le but.

▶ **2.** Recherche dans le deuxième paragraphe une phrase qui indique une action précise et non un principe général.

▶ **3.** Les valeurs sont des normes de comportement, les principes guident l'action. Dans l'extrait de la Constitution, choisis une valeur et un principe dont tu peux reconnaître l'application dans le deuxième paragraphe du document 1.

▶ **4.** Tu peux t'appuyer sur les actions du Conseil municipal des enfants (ou des jeunes) de ta commune.

46 CORRIGÉ GUIDÉ

▶ **1.** L'objectif du Conseil municipal des enfants est d'aider le Conseil municipal de la ville « en proposant des idées et des projets qui pourront être réalisés avec l'aide des services compétents de la mairie ». Il s'agit donc d'associer les jeunes de la commune à l'action municipale.

GAGNE DES POINTS
Tu peux rappeler l'objectif de principe (associer les jeunes) à l'objectif cité dans le texte (aider le Conseil municipal).

▶ **2.** Le Centre communal d'action sociale de la ville, par exemple, « instruit les demandes de RSA » et « se charge de [l']accompagnement social » des « personnes en situation précaire ».

▶ **3.** La Constitution de la Ve République établit clairement que « la France est une République […] sociale ». Les personnes en situation précaire sont donc accompagnées par la commune pour la mise en place du revenu de solidarité active (RSA). Le RSA permet aux personnes sans ressources de bénéficier d'un niveau minimum de revenu, financé par la solidarité nationale.

À NOTER
Pour citer une phrase d'un texte dont tu as modifié la construction sans changer le sens, mets la partie modifiée entre deux crochets ou trois points de suspension entre deux crochets si tu as coupé une partie de la phrase.

Le texte montre bien que cet accompagnement se fait « sans distinction d'origine, de race ou de religion ». Ce caractère social de la Ve République fait vivre les valeurs de solidarité, qui rejoint la « fraternité » présente dans la devise républicaine : « Liberté, Égalité, Fraternité ».

▶ **4.** Le Conseil municipal des jeunes (CMJ) a été élu, parmi les écoliers et collégiens de notre commune, pour présenter des projets susceptibles d'être accompagnés ou mis en œuvre par les services municipaux. Le CMJ agit donc comme réservoir à idées et force de propositions. Mais son action doit s'inscrire dans le cadre républicain, donc faire vivre les valeurs de la République.

À cet égard, la valeur de solidarité entre les générations nous tient particulièrement à cœur. Notre commune abrite en effet de nombreuses personnes âgées, parfois isolées chez elles, parfois regroupées dans une maison de retraite, mais souvent isolées des autres âges de la vie. C'est à nous, les plus jeunes, de faire l'effort de combler le fossé des générations, de faire vivre cette fraternité républicaine.

GAGNE DES POINTS
Essaie de mettre en situation l'action ou les actions que tu choisis de développer.

Le CMJ propose donc de mettre en place, une à deux fois par mois, par exemple, des visites des enfants des écoles auprès de leurs aînés. Ces visites pourraient s'inscrire dans la rédaction d'un livre de la mémoire de notre commune, qui rassemblerait les souvenirs des anciens sur l'évolution de notre territoire, enregistrés par les plus jeunes, et publiés par les services de la mairie pour tous les citoyens de notre commune.

Ainsi, outre l'aspect mémoriel du projet, le CMJ s'attache à faire vivre le principe républicain d'une France fraternelle et solidaire.

47 France métropolitaine • Juillet 2019

L'engagement des citoyens dans la vie de leur commune

ENSEIGNEMENT MORAL ET CIVIQUE

25 min
10 points

INTÉRÊT DU SUJET • Dans une France marquée par l'abstention et le rejet de la politique, les institutions locales tentent de promouvoir une démocratie participative susceptible de favoriser l'engagement citoyen.

DOCUMENT **Dépliant de présentation des budgets participatifs de la ville de Floirac (2019)**

© Service communication de la Ville de Floirac

www.ville-floirac33.fr/la-democratie-participative.

▶ **1.** Identifiez la source et les destinataires de ce dépliant.

▶ **2.** Qui peut proposer des projets ? Qui peut voter ?

▶ **3.** Expliquez quel est l'objectif recherché par la ville de Floirac.

▶ **4.** Citez deux autres formes d'engagement des citoyens dans la vie démocratique.

▶ **5.** Vous allez à la rencontre des habitants de votre quartier pour qu'ils s'engagent dans la vie de la commune. Rédigez un texte pour les convaincre.

LES CLÉS DU SUJET

Comprendre le document

Dépliant de présentation des budgets participatifs de la ville de Floirac

- **Nature du document** : Un dépliant d'information, 2019
- **Auteur** : La mairie de Floirac, en Gironde
- **Thème** : La présentation aux habitants des budgets participatifs de la commune
- **Contexte** : La démocratie locale permet d'associer davantage les citoyens.

Répondre aux questions

▶ **2.** Qui peut proposer ? La réponse est dans l'en-tête du document. Qui peut voter ? Une rubrique du document s'intitule ainsi.

▶ **3.** L'objectif est indiqué dans le document. Essaie de développer ta réponse en montrant l'intérêt de cette implication.

▶ **4.** Cette question ne concerne pas nécessairement Floirac, ni même l'échelle locale.

▶ **5.** Imagine la structure de ton texte (plan) et sa mise en forme (appel à l'engagement) au brouillon. Ne rédige rien avant d'avoir tout organisé.

47 CORRIGÉ GUIDÉ

▶ **1.** Le document est publié par la ville de Floirac, en Gironde (33), sur le site Internet de la commune. Le Conseil municipal s'adresse ainsi aux citoyens habitant Floirac.

▶ **2.** Le dépliant précise que les projets émanent « directement des citoyens ». La décision de réaliser ou non les projets présentés dépend d'une « votation » à laquelle peuvent participer tous les « résidents floiracais âgés de plus de 9 ans ». Il s'agit donc d'un corps de votants restreint aux résidents de la commune, mais plus large que celui des seuls citoyens (âgés de plus de 18 ans).

GAGNE DES POINTS
Développe ta réponse en montrant les spécificités du groupe de votants.

▶ **3.** L'objectif de la ville de Floirac est de promouvoir la démocratie locale en faisant vivre ses aspects participatifs. Elle souhaite favoriser « l'implication des habitants dans la vie locale ». Cette implication est aujourd'hui une condition nécessaire (mais pas toujours suffisante) pour faire avancer les projets locaux. En effet, la société civile française est particulièrement dynamique, et parfois même contestataire. L'implication des citoyens dans les processus de décision est un moyen de désamorcer une partie des contestations et de faire vivre les valeurs démocratiques.

▶ **4.** Outre cet exemple des budgets participatifs, les citoyens français peuvent s'engager dans la vie démocratique, à l'échelle locale ou à d'autres échelles. L'engagement dans un parti politique, par exemple, est un moyen de faire vivre ses idées. L'engagement dans un syndicat participe à la démocratie sociale.

▶ **5.** Mes chers concitoyens,

Notre commune, c'est notre premier cadre de vie, celui de notre quotidien. En s'engageant dans la vie de la commune, chacun d'entre nous peut, par sa connaissance du terrain, par ses compétences propres, participer à en faire un lieu de vie plus agréable pour tous ses habitants.

S'engager dans la vie de la commune, c'est aussi faire fonctionner une démocratie locale. Naturellement, vos élus locaux – maire et conseillers municipaux – sont à votre service : c'est la démocratie représentative. Mais la démocratie locale s'exerce à une échelle qui permet aux citoyens de s'engager dans la recherche de l'intérêt général. Si chacun fait entendre sa voix, alors les projets de la ville seront les projets de chacun !

L'engagement se fait au service de tous. Il fait vivre nos valeurs de fraternité et de solidarité. Alors engagez-vous ! Venez participer aux débats citoyens ! Venez proposer des projets pour notre vie de demain !

GAGNE DES POINTS
Respecte la forme demandée : un appel à l'engagement des habitants de ton quartier.

Sciences

INFOS et CONSEILS sur l'épreuve

FICHE 1 Comment réussir l'épreuve de sciences ? 266

Sujet de France métropolitaine 2022

SUJETS 48 et 49 267

Physique-Chimie

SUJETS 50 à 52 281

SVT

SUJETS 53 à 55 298

Technologie

SUJETS 56 à 58 320

1 Comment réussir l'épreuve de sciences ?

L'épreuve de sciences propose deux exercices se rapportant à deux de ces trois matières : physique-chimie, SVT et technologie.

A Quels sont les documents proposés ?

- Les documents (textes, tableaux, graphiques...) proposés dans chaque exercice **rendent compte d'un phénomène** ou présentent le fonctionnement d'un appareil ou d'un système technique.
- Commence par **lire tous les documents**. Souligne les mots et éléments importants. Identifie bien les intitulés des lignes et colonnes d'un tableau, les grandeurs dans un graphique.

B Comment répondre aux questions ?

1. Les questions ciblées

- Pour les questions ciblées, une **réponse courte** convient souvent.
- Certaines questions font uniquement appel à tes **connaissances** ou à ta compréhension. Elles peuvent parfois prendre la forme d'un **QCM**. D'autres questions te conduisent à **chercher** dans les documents **des informations** qui te serviront à étayer ta réponse.
- On peut également te demander de **calculer** (une vitesse, une énergie, une masse volumique, etc.) ; tracer une courbe ; compléter un algorithme extrait d'un programme Scratch ; retrouver des éléments manquants pour compléter la chaîne d'énergie et la chaîne d'information d'un système.

> CONSEIL **Pour conduire un calcul, écris d'abord la formule littérale, puis effectue l'application numérique. Précise l'unité de chaque grandeur.**

2. Les questions de synthèse

- Les questions de synthèse nécessitent une **démonstration** : tu devras **confirmer** ou **infirmer** un fait à l'aide des documents et de tes connaissances. D'autres nécessitent de faire la synthèse des données de plusieurs documents, puis un bilan.
- Choisis bien tes arguments, en prenant appui sur les documents. Pense à faire apparaître les **liens logiques** dans tes explications.
- Répondre aux **questions de synthèse** implique de **raisonner** à partir de tes connaissances et des documents. Tu dois décomposer ce raisonnement en étapes.

48 France métropolitaine • Juillet 2022

L'importance des coraux

30 minutes
25 points

INTÉRÊT DU SUJET • Ce sujet permet de comprendre les impacts écologiques et économiques du blanchissement des récifs coralliens, dû au réchauffement climatique.

Situés dans la zone intertropicale dans des eaux peu profondes et chaudes, les récifs coralliens couvrent moins de 0,2 % de la surface des océans mais offrent un potentiel économique et une source de nourriture à plus de 500 millions de personnes, soit 8 % de la population mondiale.
On constate actuellement que l'augmentation de la température des eaux de surface des océans due au réchauffement climatique provoque le blanchissement des coraux.

© Marine Savers and Four Seasons Resorts Maldives

Photographies de coraux sains,
en cours de blanchissement et complètement blancs
Source : Marinesavers, 2016.

SCIENCES

DOCUMENT 1 **Le corail, une association symbiotique entre des animaux et des algues**

Les récifs coralliens sont construits par des animaux qui fabriquent un squelette calcaire. Ces animaux marins, appelés polypes, hébergent à l'intérieur de leurs cellules des algues microscopiques : les zooxanthelles responsables en partie de leur couleur.

Schéma d'une coupe longitudinale d'un polype

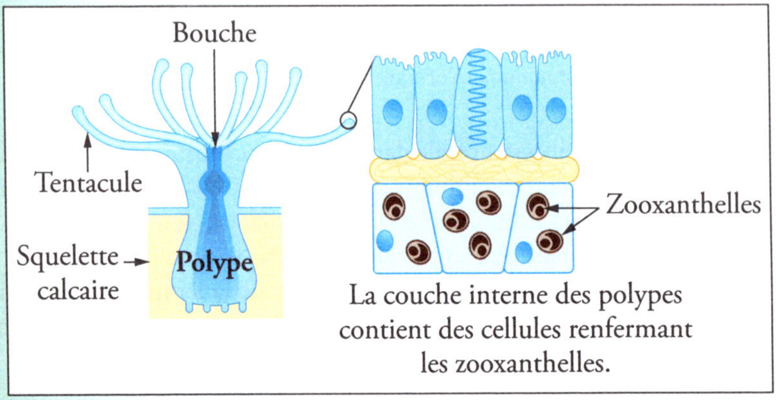

(NOAA, s.d)

Grâce à la photosynthèse, les zooxanthelles apportent des molécules riches en carbone et du dioxygène aux polypes. Les zooxanthelles bénéficient d'un environnement protégé du broutage par les prédateurs et des conditions stables pour leur multiplication. Elles utilisent les déchets azotés et phosphatés du polype comme source d'éléments minéraux.

▶ **1.** Sachant qu'une symbiose est une association à bénéfices réciproques, justifier que le corail est une association symbiotique. *(4 points)*

La température est un paramètre environnemental primordial car elle agit sur la photosynthèse, la respiration et la croissance des coraux.

DOCUMENT 2 **Nombre de zooxanthelles dans les polypes en fonction de la température de l'eau**

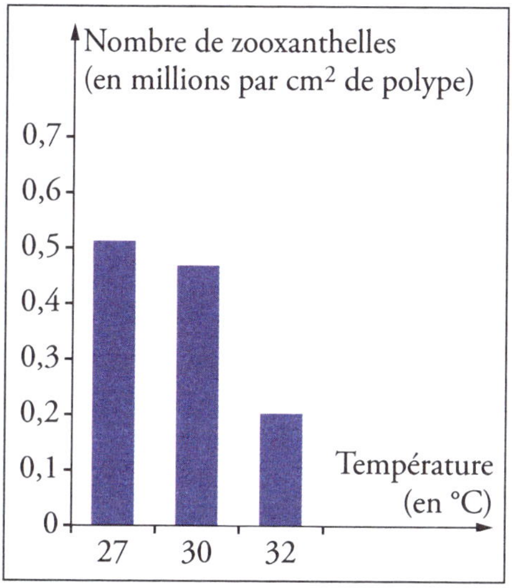

Source : Hoegh-Guldberg & Smith, 1989.

▶ **2.** En vous aidant du graphique du document 2, établir le lien entre la quantité de zooxanthelles et la température de l'eau de mer. Votre réponse sera justifiée par des valeurs. *(6 points)*

Les zooxanthelles sensibles à l'élévation de température meurent, ce qui entraîne la mort des polypes et le blanchissement des coraux.
On cherche à sélectionner des coraux résistant à une température de 32 °C afin de les multiplier et de les réintroduire dans l'environnement.

DOCUMENT 3 **Matériel disponible pour réaliser les expériences**

- coraux hébergeant des zooxanthelles d'espèce A
- coraux hébergeant des zooxanthelles d'espèce B
- coraux hébergeant des zooxanthelles d'espèce C
- aquariums
- eau de mer
- bains thermostatés (conservant une température constante)
- thermomètres

Durée des expériences : Les résultats des expériences ne seront visibles qu'au bout de quelques semaines car le blanchissement des coraux n'est pas immédiat.

▶ **3.** En vous aidant du document 3, proposer un protocole expérimental pour sélectionner des coraux résistant à une température des eaux de surface de 32 °C. Votre réponse sera présentée sous forme d'un texte ou/et d'un schéma légendé. *(6 points)*

On s'intéresse aux services rendus par les récifs coralliens pour les 8 millions d'humains vivant à leur proximité.

DOCUMENT 4 **Les récifs coralliens de l'île de la Réunion, des écosystèmes marins d'une grande valeur**

Aspects socio-économiques
• Les ressources marines sont limitées, les récifs constituent des zones de pêche privilégiées. • La pêche est la ressource principale des familles les plus démunies. • Environ un demi-million de touristes visitent l'île chaque année en moyenne. • Plus de 80 % des touristes passent au moins une journée ou plus à la plage pendant leur séjour. • L'ensemble des touristes dépense en moyenne 350 millions d'euros chaque année sur l'île. • Les activités récréatives de sports côtiers (voile, plongée, surf, kayak) représentent plus de 80 000 pratiquants par an. • Des dizaines de clubs de plongée vivent directement des activités en lien avec les récifs. • L'utilisation pharmacologique potentielle des différentes espèces marines constitue un réservoir naturel susceptible de constituer les médicaments de demain.

Aspects environnementaux
• Les récifs coralliens protègent les côtes de la houle et évitent la dégradation des habitats du littoral. • L'érosion des plages est ralentie par la barrière de corail qui diminue l'énergie de la houle. • 1/3 des espèces marines connues vivent dans les récifs : les récifs sont un réservoir de biodiversité. • Les récifs constituent une zone de frayère et de nurserie pour de très nombreuses espèces de poissons, notamment des poissons pêchés. • Des espèces rares et menacées vivent de manière protégée dans les récifs. • Le carbone est séquestré dans le squelette calcaire des coraux.

▶ **4.** À partir de l'ensemble des documents, montrer comment un changement à l'échelle de la planète peut influencer la biodiversité locale et les activités humaines sur l'île de la Réunion. *(9 points)*
On attend au moins deux exemples qui associent obligatoirement ces trois éléments : activités humaines, biodiversité et climat.

LES CLÉS DU SUJET

Comprendre les documents

Document 1 • Le corail, une association symbiotique	• Le schéma et le texte décrivent les rôles des animaux et des algues au sein des coraux, ainsi que la nature de leur association. • Identifie les organismes et mets en évidence les bénéfices qu'ils tirent de leur association.
Document 2 • Nombre de zooxanthelles dans les polypes en fonction de la température de l'eau	• Le graphique montre l'évolution de la quantité de zooxanthelles dans les polypes en fonction de la température de l'eau. • N'oublie pas de relever des valeurs chiffrées dans le graphique.
Document 3 • Matériel disponible pour réaliser les expériences	• Ce document est une liste de matériel d'expérience pour sélectionner des coraux résistant à une température de 32 °C. • Élabore un protocole expérimental en utilisant tous les éléments de cette liste.
Document 4 • Les récifs coralliens de l'île de la Réunion, des écosystèmes marins d'une grande valeur	• Le tableau expose les valeurs socio-économiques et environnementales des récifs coralliens de l'île de la Réunion. • Les intérêts sont nombreux : distingue ceux qui sont liés aux activités humaines et ceux liés à la biodiversité locale.

Répondre aux questions

▶ **1.** Recherche les avantages pour chaque organisme d'être associé à l'autre et décris ce qu'ils s'apportent mutuellement.

▶ **3.** N'oublie pas la notion de témoin dans le protocole expérimental, qui peut comporter plusieurs expériences.

SCIENCES

▶ **4.**

Montrer comment un changement à l'échelle de la planète peut influencer localement la biodiversité et les activités humaines

Étape 1. Dans un premier temps, surligne dans le tableau du document 4 les intérêts de la présence des coraux, afin de montrer leur importance pour les activités humaines et la biodiversité de l'île de la Réunion.

Étape 2. Ensuite, pour au moins deux exemples, montre la relation entre les aspects environnementaux et socio-économiques.

Étape 3. Pour finir, relie le changement climatique et ses conséquences sur les activités humaines et la biodiversité de l'île.

48 CORRIGÉ GUIDÉ

▶ **1.** Les récifs coralliens sont constitués de l'association de deux organismes : des animaux appelés polypes et des algues microscopiques, les zooxanthelles. Les polypes bénéficient des molécules riches en carbone et en dioxygène produites par la photosynthèse des zooxanthelles. Quant aux zooxanthelles, à l'intérieur des polypes, elles sont protégées du broutage par les prédateurs et peuvent ainsi se multiplier dans des conditions stables. Elles profitent aussi des déchets azotés et phosphatés du polype comme source d'éléments minéraux.

Chaque organisme apporte des avantages à l'autre, ils tirent un bénéfice réciproque de leur association : le corail est donc bien une association symbiotique.

▶ **2.** Sur le graphique du document 2, on peut lire le nombre de zooxanthelles présentes en millions de cellules par cm^2 de polype, en fonction de la température de l'eau de mer.

L'augmentation de la température de l'eau de 27 à 30 °C entraîne une diminution assez faible du nombre de zooxanthelles (environ 0,05 million de cellules par cm^2 de polype). En revanche, l'élévation de 2 °C de la température de l'eau de mer entre 30 et 32 °C entraîne la disparition de plus de la moitié des zooxanthelles, qui passent de 0,5 à 0,2 million de cellules par cm^2 de polype.

À l'approche de 32 °C, il y a donc une diminution très importante de la quantité des zooxanthelles, ce qui fragilise les coraux et entraîne leur blanchissement.

▶ **3.** Le protocole expérimental doit permettre de tester et de sélectionner des coraux résistants à une température des eaux de surface de 32 °C.

Il faut tester chacun des trois types de coraux à une température de 32 °C, mais aussi à une température optimale (27 °C) qui servira de témoin, afin de pouvoir comparer leur apparence et savoir s'ils se développent toujours normalement à 32 °C ou s'ils blanchissent au bout de quelques semaines.

Par exemple, pour les coraux hébergeant l'espèce A de zooxanthelles, on mettra en œuvre deux expériences :

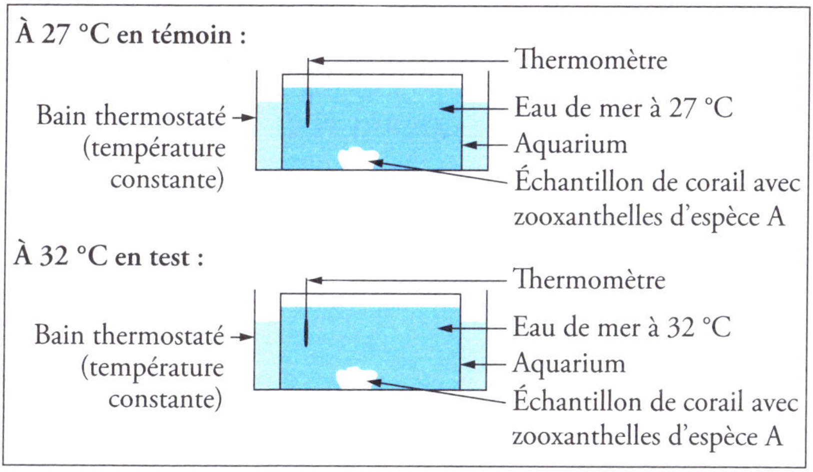

▶ **4.** Des changements climatiques à l'échelle de la planète peuvent avoir des répercussions locales sur l'environnement, mais aussi sur l'activité humaine. C'est le cas sur l'île de la Réunion à cause de la destruction des récifs coralliens.

- Les récifs coralliens sont non seulement très importants pour l'environnement et la biodiversité de l'île mais ils ont aussi un rôle socio-économique.

D'après le document 4, les récifs coralliens hébergent un tiers des espèces marines connues et sont un réservoir de biodiversité. Ils constituent une zone de reproduction de très nombreuses espèces de poissons notamment des poissons pêchés. Des espèces rares et menacées vivent de manière protégée dans les récifs.

DÉFINITION
Une frayère (voir document 4) est l'endroit où les femelles déposent leurs œufs. Les mâles viendront ensuite les recouvrir de leur semence.

SCIENCES

En découle un intérêt pour la pêche qui est la ressource principale des familles les plus démunies, mais aussi pour le tourisme. Chaque année, un demi-million de touristes visitent l'île, profitent de ses plages et dépensent en moyenne 350 millions d'euros. Les nombreux clubs de plongée vivent directement des activités en lien avec les récifs.

- D'un autre côté, les récifs coralliens protègent les côtes de la houle et évitent l'érosion des plages et la dégradation des habitats du littoral. Ils permettent ainsi la conservation des plages et le maintien des activités récréatives de sports côtiers (voile, plongée, surf, kayak) qui attirent les touristes.
- On peut aussi noter l'intérêt de la biodiversité au sein des récifs coralliens pour l'utilisation pharmacologique potentielle des différentes espèces marines afin de créer les médicaments de demain.

Le réchauffement climatique à l'échelle de la planète entraîne l'élévation de la température de l'eau de mer et la destruction des récifs coralliens de l'île de la Réunion. Cette destruction a un impact environnemental désastreux avec une diminution importante de la biodiversité, mais aussi des conséquences négatives sur les activités humaines, principalement la pêche et le tourisme.

49 France métropolitaine • Juillet 2022

Robot collecteur de déchets

30 minutes
25 points

INTÉRÊT DU SUJET • Ce sujet permet d'aborder le diagramme des blocs internes d'un robot, puis de choisir un matériau en fonction de son impact environnemental.

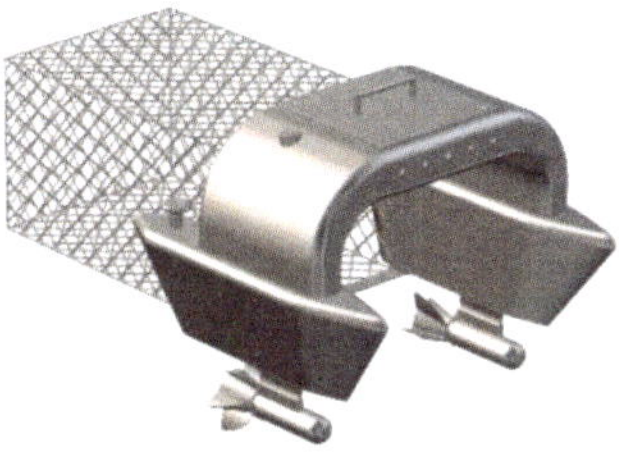

De plus en plus de déchets flottent en mer, polluent les eaux et intoxiquent les animaux. La collecte de ces déchets, triés puis recyclés permet d'économiser les ressources naturelles non renouvelables (pétrole, aluminium…), de limiter les émissions de gaz à effet de serre, de préserver la faune et la flore subaquatiques. L'étude porte sur un robot collecteur de déchets se déplaçant de façon autonome sur l'eau.

▶ **1. Donner** la fonction d'usage de ce robot. **Citer** trois éléments permettant d'expliquer l'importance de recycler les déchets collectés par ce robot. *(4 points)*

DOCUMENT 1 **Principe de fonctionnement**

Le déplacement du robot sur l'eau est assuré par deux hélices couplées chacune à un moteur électrique.

La consommation électrique des moteurs est proportionnelle à la quantité de déchets collectée. Le niveau de déchets collecté est estimé à l'aide d'un capteur qui effectue une mesure du courant consommé par les moteurs électriques. L'énergie électrique, nécessaire au fonctionnement du robot, est stockée au sein d'une batterie.

Un module de puissance distribue, sur ordre d'une interface programmable, l'énergie aux moteurs électriques.

Les flux d'information et de puissance sont gérés par l'interface programmable.

Un retour à la base est programmé dès lors que l'intensité lumineuse, détectée par le capteur de luminosité, est faible ou que le réservoir de déchets est plein.

SCIENCES

▶ **2.** À l'aide du document 1, **compléter** le diagramme des blocs internes en utilisant les termes suivants *(6 points)* :
- interface programmable ;
- capteur de mesure de courant ;
- capteur de luminosité ;
- batterie ;
- moteurs électriques ;
- hélices.

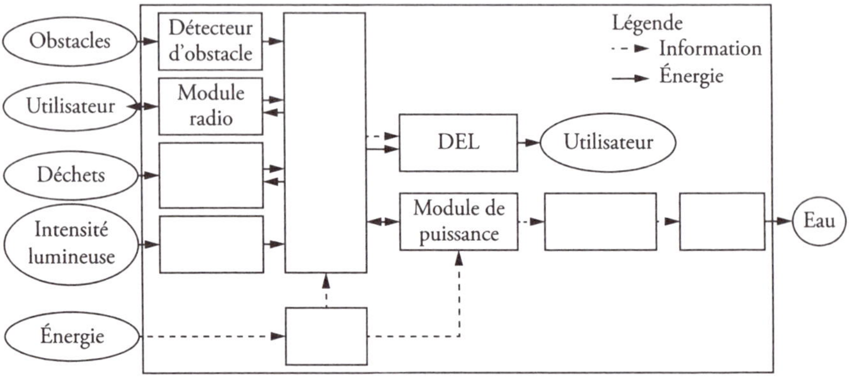

DOCUMENT 2 **Algorithme du programme de gestion du retour à la base**

Si la valeur mesurée par le capteur de courant est supérieure à 80 A
Alors les DEL* d'information à destination de l'utilisateur sont allumées,
la commande « retour base » est activée,
le message « vider les déchets » est envoyé à tous.
Sinon
Si l'intensité lumineuse reçue par le capteur est inférieure à 50 lux
Alors les DEL d'information à destination de l'utilisateur sont allumées,
la commande « retour base » est activée,
le message « intensité lumineuse insuffisante » est envoyé à tous.
Sinon le robot effectue son cycle de « déplacement ».

*DEL : diode électroluminescente

▶ **3.** À l'aide du document 2, **compléter** le programme de gestion « retour à la base ». *(8 points)*

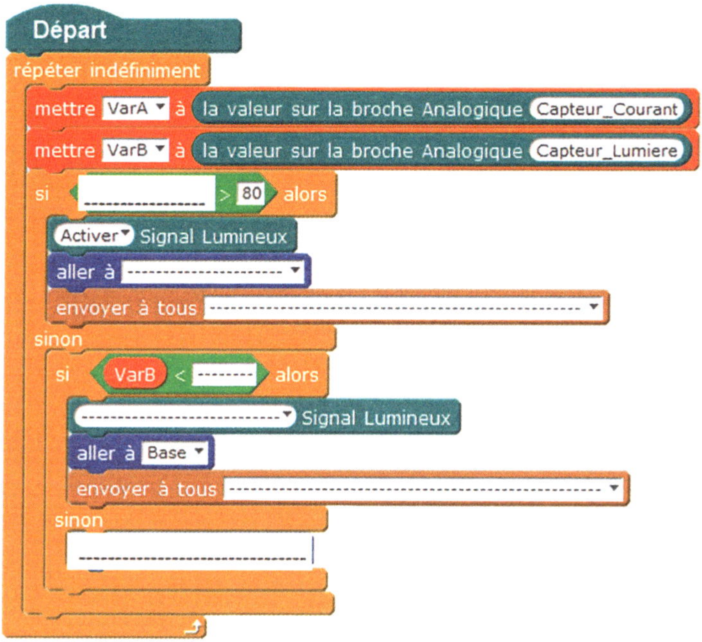

DOCUMENT 3 Caractéristiques des matériaux

Matériau	Aluminium recyclé	Composite (fibre de carbone)
Volume de la pièce	2 500 cm^3	1 800 cm^3
Masse volumique du matériau	2,7 $g \cdot cm^{-3}$	1,7 $g \cdot cm^{-3}$
Émission de gaz à effet de serre pour 1 kg de matière utilisée	560 g	2 600 g

Remarque : Le volume de la pièce varie en fonction du matériau utilisé car l'épaisseur de la coque est différente pour obtenir un même niveau de résistance.

Pour limiter l'impact environnemental, la coque du robot est réalisée avec le matériau qui a la plus faible émission de gaz à effet de serre.

▶ **4.** À l'aide du document 3, **calculer** la masse de chaque matériau puis la quantité d'émission de gaz à effet de serre. **Déterminer** alors le matériau à utiliser pour réaliser la coque du robot. **Argumenter.** *(7 points)*

LES CLÉS DU SUJET

Question 1

Comprendre l'introduction

L'introduction explique le besoin auquel répond le système étudié.

Répondre à la question

• Pose-toi la question « à quoi le robot sert-il ? ». Tu trouveras alors sa fonction d'usage. Essaie d'utiliser les mots du texte dans ta réponse.

• Les trois éléments permettant d'expliquer l'importance de recycler les déchets collectés sont indiqués dans l'introduction. Barre-les au crayon au fur et à mesure que tu les écris dans ta réponse.

Question 2

Comprendre le document 1

Le document 1 explique le principe de fonctionnement du système.

Répondre à la question

• Repère les liens entre les éléments extérieurs (intensité lumineuse, énergie, eau…) et les éléments du robot.

• Repère l'élément central du système, c'est-à-dire celui qui fait le lien entre l'énergie et l'information.

• Complète les blocs internes du diagramme en utilisant les termes de la question.

Question 3

Comprendre le document 2

Le document 2 est l'algorithme du programme de gestion de retour du robot à sa base.

Répondre à la question

• Il s'agit de traduire l'algorithme du document 2 sous la forme d'un programme Scratch.

• Dans l'algorithme, repère les éléments déjà complétés dans le programme Scratch.

• Complète les cases du programme Scratch avec les informations manquantes.

Question 4

Comprendre le document 3

Le tableau du document 3 donne les caractéristiques de deux matériaux qui peuvent être utilisés dans la fabrication de la coque du robot.

Répondre à la question

- Note les unités des différentes valeurs indiquées dans le tableau.
- Détermine la masse des coques dans chacun des deux matériaux, en multipliant le volume de la pièce par la masse volumique. Puis détermine la masse de gaz à effet de serre qu'elles émettent. Choisis le matériau qui en émet le moins.

49 CORRIGÉ GUIDÉ

▶ **1.** Le robot sert à collecter les déchets qui flottent en mer.

La collecte de ces déchets permet :

– d'économiser les ressources naturelles non renouvelables (pétrole, aluminium…) ;

– de limiter les émissions de gaz à effet de serre ;

– de préserver la faune et la flore subaquatiques.

▶ **2.**

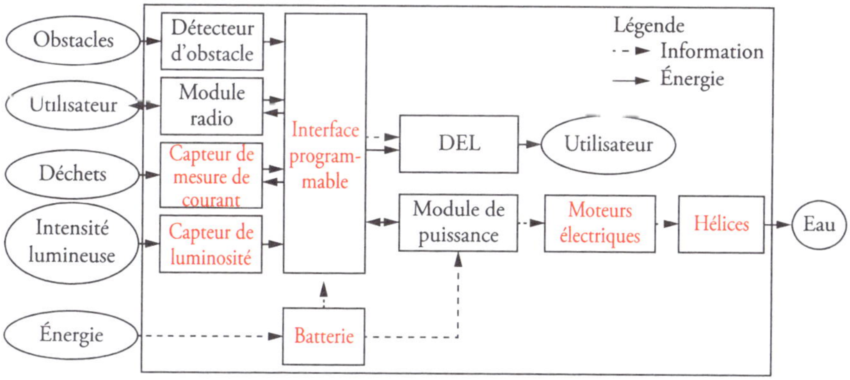

▶ **3.**

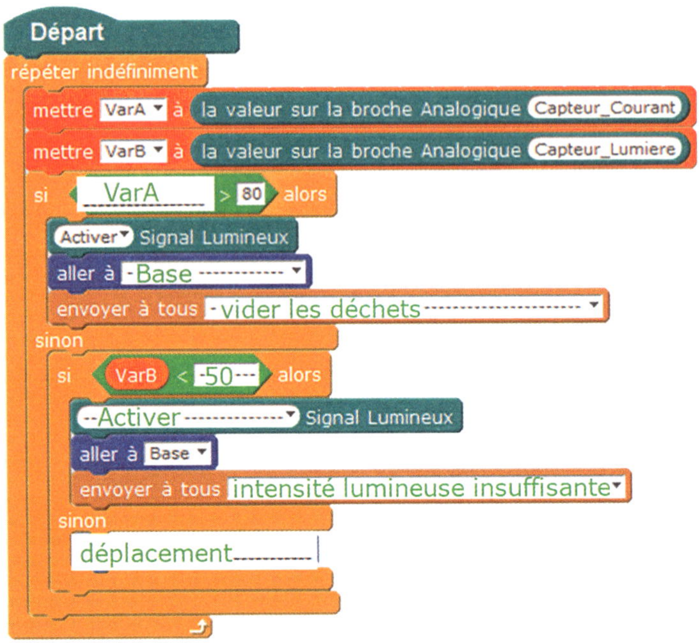

▶ **4.**

Matériau		Aluminium recyclé	Composite : fibre de carbone
Masse du matériau	Détail du calcul	2 500 × 2,7	1 800 × 1,7
	Résultat en kg	6 750 g = 6,75 kg	3 060 g = 3,06 kg
Émission de gaz à effet de serre lors du cycle de vie de la coque	Détail du calcul	6,75 × 560	3,06 × 2 600
	Résultat en g	3 780 g	7 956 g

CONSEIL
Les valeurs des émissions de gaz à effet de serre sont données pour 1 kg de matière utilisée. N'oublie pas de convertir en kilogrammes les masses des coques que tu as calculées.

La fabrication de la coque en aluminium recyclé émet environ deux fois moins de gaz à effet de serre que la fabrication de la coque en fibre de carbone.

Pour limiter l'impact environnemental, on choisira donc de réaliser la coque du bateau avec de l'aluminium.

50 Asie • Juin 2021

Ultra trail du Mont-Blanc

30 min
25 points

INTÉRÊT DU SUJET • Ce sujet te permet de faire le bilan énergétique d'un athlète lors d'une course à pied en montagne, ainsi que celui de sa lampe frontale, afin de réfléchir à sa consommation d'énergie.

Toute réponse, même incomplète, montrant la démarche de recherche du candidat sera prise en compte dans la notation.

L'ultra trail du Mont-Blanc (UTMB) est une course à pied de pleine nature et de longue durée qui se déroule dans le massif alpin du Mont-Blanc.

Les coureurs ont à parcourir 170 km en un temps maximum de 46 h 30 min. Ils franchissent de nombreux cols et sommets comme le montre le document suivant.

Profil du début de l'épreuve

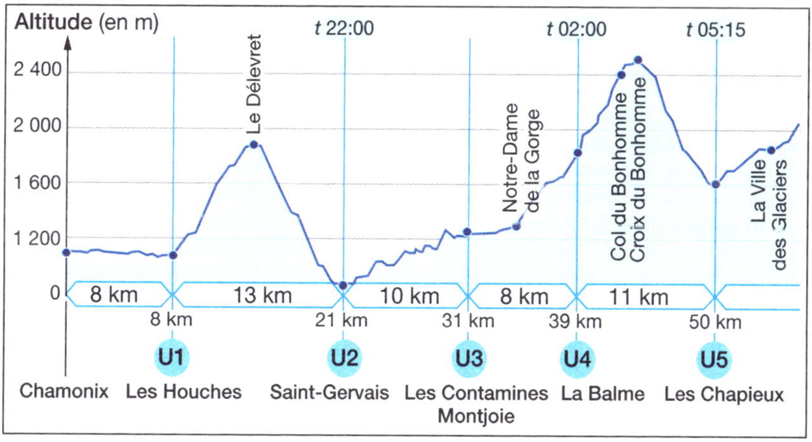

SCIENCES

PARTIE 1. ANALYSE DE LA COURSE

▶ **1.** En exploitant le document, nommer le lieu où l'énergie potentielle d'un coureur est la plus élevée et celui où elle est la plus faible. Justifier. (*4 points*)

▶ **2.** Parmi les relations suivantes, indiquer celle qui permet de calculer la vitesse v. Préciser ce que représentent d et t. (*3 points*)

Relation A	Relation B	Relation C
$v = \frac{d}{t}$	$v = d \cdot t^2$	$v = d \cdot t$

▶ **3.** En 2019, l'athlète espagnol Pau Capell remporta la course en 20 h 20 min. Dans une revue sportive, un journaliste écrivait que la vitesse moyenne de Pau Capell sur l'épreuve était de 10 km/h.
Montrer que le journaliste a surévalué la performance du sportif. (*4 points*)

PARTIE 2. ÉTUDE DU SYSTÈME D'ÉCLAIRAGE INDIVIDUEL

Une partie de l'épreuve s'effectue de nuit. Selon le règlement, les coureurs doivent impérativement être équipés d'une lampe frontale fournissant un flux lumineux minimal de deux cents lumens (200 lm).
Avant l'essor des lampes à basse consommation, on utilisait des lampes frontales à incandescence. Aujourd'hui, elles sont remplacées par des lampes frontales à diodes électroluminescentes (DEL ou LED).
Dans la suite du sujet, on s'intéresse à deux lampes :

	Source de lumière	Source d'énergie électrique	Flux lumineux
Lampe A	Une lampe à incandescence traversée par une intensité de 0,30 A.	Une pile plate LR12 délivrant une tension de 4,5 V.	12 lm
Lampe B	Deux LED consommant chacune une puissance électrique égale à 1,0 W.	Trois piles LR03, montées en série, délivrant chacune une tension de 1,5 V.	240 lm

Le schéma simplifié du circuit électrique de la lampe A se trouve ci-contre.

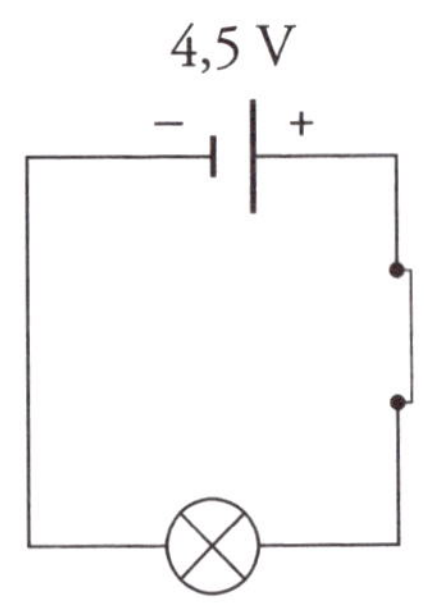

▶ **4.** Reproduire ce schéma sur la copie en y ajoutant les appareils nécessaires à la mesure des valeurs de la tension aux bornes de la lampe et de l'intensité dans le circuit. (*4 points*)

▶ **5.** Expliquer pourquoi la lampe A ne permet pas de respecter le règlement de l'UTMB. (*2 points*)

▶ **6.** Le rendement lumineux r d'une source lumineuse est le rapport entre le flux lumineux émis par cette source et la puissance électrique de la source. Il s'exprime en lumen par watt (lm/W).
Comparer les rendements lumineux des lampes A et B. (*6 points*)

▶ **7.** Expliquer pourquoi aujourd'hui les lampes frontales à incandescence sont remplacées par des lampes frontales à diodes électroluminescentes. (*2 points*)

LES CLÉS DU SUJET

Comprendre l'énoncé

Ce sujet ne contient pas de document mais il faut porter attention aux éléments suivants :

• Dans la partie **1**, un schéma donne le profil du parcours. Utilise ce document pour relever les altitudes des différents lieux.

• Dans la partie **2**, l'introduction te permet de trouver toutes les informations nécessaires pour répondre aux questions. Utilise les valeurs données dans le tableau pour effectuer les calculs de la question **6**.

Répondre aux questions

▶ **3.** Il faut convertir les minutes en heures pour effectuer les calculs.

▶ **5.** L'introduction de la partie **2** contient les normes à respecter pour le choix de la lampe.

▶ **6.** Suis les étapes du schéma pour répondre à cette question.

Comparer les rendements lumineux des lampes A et B

Étape 1. L'introduction te permet de trouver une formule pour calculer le rendement *r*. Donne cette formule.

Étape 2. Calcule ensuite la puissance électrique pour la lampe A.

Étape 3. Calcule les deux rendements en les appelant de façons différentes pour ne pas les confondre et rédige ta réponse en les comparant.

50 CORRIGÉ GUIDÉ

PARTIE 1. ANALYSE DE LA COURSE

▶ **1.** L'énergie potentielle augmente avec la hauteur. On constate que le point U2, Saint Gervais, dont l'altitude est inférieure à 1 200 m, est le lieu de la course dont l'altitude est la plus basse et donc où l'énergie potentielle est la plus faible.

Le lieu où l'altitude et l'énergie potentielle sont les plus élevées est celui appelé « Croix du Bonhomme », situé à plus de 2 400 m d'altitude.

▶ **2.** La relation qui permet de calculer la vitesse est $v = \frac{d}{t}$ où d est la distance parcourue et t la durée du parcours.

▶ **3.** Calculons la vitesse du coureur espagnol qui a parcouru $d = 170$ km. Pour cela, il faut convertir la durée t de sa course, donnée dans l'énoncé, en heures :

$$t = 20 \text{ h } 20 \text{ min} = 20 + \frac{20}{60} = 20{,}33 \text{ h}$$

$$v = \frac{d}{t} = \frac{170}{20{,}33} = 8{,}36 \text{ km/h}$$

On constate que le journaliste donne une vitesse plus élevée pour le coureur : 10 km/h. Cette valeur est supérieure à celle calculée (10 > 8,4). Les performances du coureur sont donc surévaluées par ce journaliste.

INFO +
La distance parcourue dans cette course est donnée dans l'introduction du début du sujet.

PARTIE 2. ÉTUDE DU SYSTÈME D'ÉCLAIRAGE INDIVIDUEL

▶ **4.** Un ampèremètre se monte en série dans un circuit simple et un voltmètre, en dérivation sur le dipôle dont on mesure la tension (schéma ci-dessous).

REMARQUE
L'ampèremètre peut être placé n'importe où dans le circuit, avant ou après la lampe.

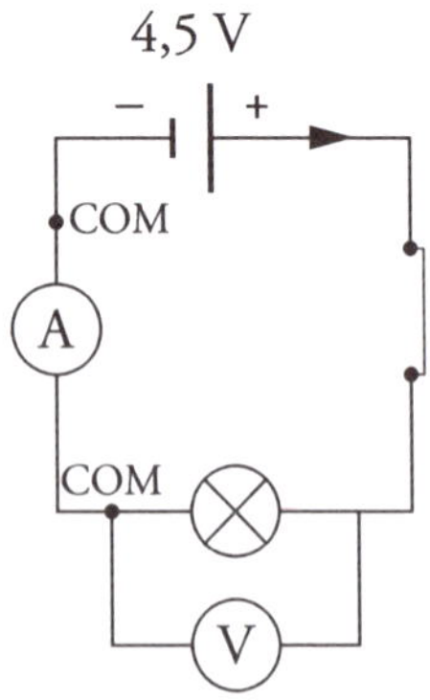

▶ **5.** Le règlement de l'UTMB exige un flux lumineux minimal de 200 lm. Or, la lampe A n'a qu'un flux de 12 lm, insuffisant pour effectuer la course d'après ce règlement.

▶ **6.** Le rendement lumineux r est donné par la formule : $r = \frac{\text{flux}}{P}$

Pour calculer le rendement de la lampe A, il faut d'abord calculer la puissance électrique P_A :

$P_A = U_A \cdot I_A = 4{,}5 \times 0{,}30 = 1{,}35$ W

$P_B = 2 \times 1{,}0 = 2{,}0$ W

On calcule les rendements lumineux des lampes A et B :

$$r(A) = \frac{\text{flux}(A)}{P_A} = \frac{12}{1{,}35} = 8{,}9 \text{ lm/W}$$

$$r(B) = \frac{\text{flux}(B)}{P_B} = \frac{240}{2{,}0} = 120 \text{ lm/W}$$

On constate que les rendements lumineux des deux lampes sont très différents. La lampe B a en effet un rendement très supérieur (13,5 fois !) à celui de la lampe A pour des puissances électriques qui restent du même ordre de grandeur (2,0 W et 1,35 W).

CONSEIL
Il faut calculer la puissance électrique de la lampe A. Donne la formule de la puissance avant d'effectuer le calcul.

ATTENTION
La lampe B contient deux LED. Elle consomme donc plus de puissance.

▶ **7.** Le calcul précédent nous indique un rendement lumineux de 120 lm/W pour une lampe frontale à LED, nettement plus élevé que celui d'une lampe frontale à incandescence qui n'est que de 8,9 lm/W, alors que leurs puissances électriques sont semblables. C'est pourquoi les lampes à LED ont aujourd'hui remplacé celles à incandescence, très énergivores. Ces dernières consomment beaucoup plus d'énergie électrique pour produire le même flux lumineux qu'une LED.

51 Antilles, Guyane • Juin 2019

La physique et la chimie au service du football

30 min
25 points

INTÉRÊT DU SUJET • Le sport exige de plus en plus de technicité dans les matériaux utilisés par les sportifs. La science permet de répondre à cette nouvelle exigence.

En 2019, la France organise la coupe du monde de football féminin. À cette occasion, les fabricants de matériel sportif mettent en avant des chaussures de football à la fois légères et performantes dédiées spécifiquement aux femmes. Ces innovations sont permises par la recherche en science des matériaux et répondent aux exigences toujours plus grandes des sportifs.

Ph© Franck Fife / Afp

DOCUMENT 1 Les chaussures de football en PEBA

Bon nombre de joueuses professionnelles utilisent des chaussures de football en PEBA ou polyéther block amide. Ce matériau peu dense permet d'obtenir des chaussures qui sont 20 % plus légères. Qu'il fasse chaud ou froid, sur terrain enneigé ou sec, le PEBA reste stable. De plus, la semelle peut se plier un million de fois sans se dégrader grâce à l'élasticité exceptionnelle du PEBA, c'est-à-dire à sa capacité à emmagasiner et à restituer l'énergie comme le ferait un ressort. Cela procure une sensation de dynamisme et d'adhérence au terrain, ainsi qu'un toucher de balle exceptionnel.

D'après www.pebaxpowered.com

DOCUMENT 2 De l'huile de ricin au PEBA

Plant de ricin

L'huile de ricin, issue de graines de ricin, est constituée essentiellement de longues molécules d'acide ricinoléique de formule $C_{18}H_{34}O_3$.
Une transformation chimique de l'acide ricinoléique permet d'obtenir une espèce chimique appelée rilsan. Un objet fabriqué en rilsan est caractérisé par sa rigidité.
Une entreprise chimique française, Arkema, a mis au point le PEBA en faisant réagir le rilsan avec une autre espèce chimique, appelée polyéther, qui apporte plus de souplesse et d'élasticité.

▶ **1. a)** À partir du document 1, citer trois qualités du matériau nommé PEBA. *(3 points)*

b) Quel est le nom des éléments chimiques contenus dans la molécule d'acide ricinoléique de formule $C_{18}H_{34}O_3$. Il est demandé de répondre par une phrase et non par une simple liste de mots. *(3 points)*

On désire représenter les transformations chimiques successives permettant d'obtenir le PEBA à l'aide du diagramme suivant :

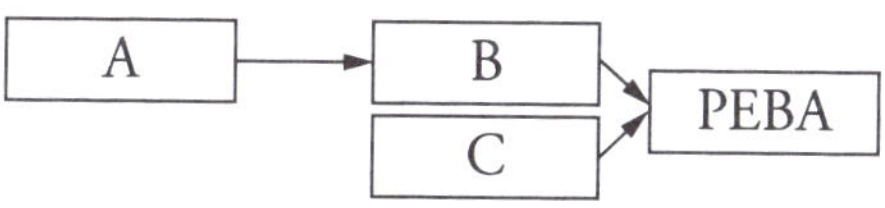

c) À partir du document 2, donner le nom des espèces chimiques associées aux repères A, B et C de ce diagramme. *(3 points)*

▶ **2.** Le ballon de football fait aussi l'objet de recherche pour améliorer ses caractéristiques et son comportement au cours du jeu : rebonds, résistance aux chocs, etc. On souhaite modéliser les actions que le ballon subit lorsqu'il est soumis à un coup de pied. Pour cela, on identifie l'ensemble des actions mécaniques modélisées par des forces qui s'exercent sur le ballon posé au sol au moment du coup de pied donné par une footballeuse.

DOCUMENT 3 **Schématisation des actions mécaniques exercées sur le ballon**

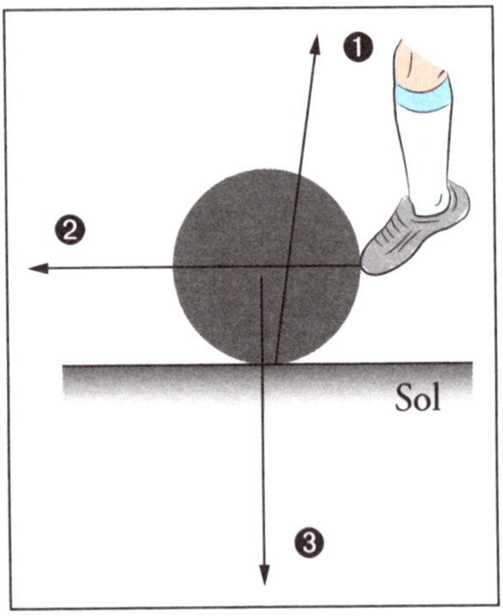

Les segments fléchés ①, ② et ③ identifiés ci-dessus modélisent les trois actions mécaniques qui s'exercent sur le ballon lors du coup de pied.

a) Pour chacun des segments fléchés ①, ② et ③ du document 3, choisir, parmi les propositions suivantes, le nom de l'action mécanique qui lui correspond : *(2,5 points)*
– action du sol sur le ballon ;
– action de pesanteur sur le ballon ;
– action du pied sur le ballon ;
– action du ballon sur le pied ;
– action du ballon sur le sol.

b) Parmi ces cinq actions, identifier une action à distance et une action de contact. *(2,5 points)*

▶ **3.** Une montre GPS enregistre la position et la vitesse d'une footballeuse lors d'un footing d'entraînement. Un logiciel d'analyse de performance sportive permet d'afficher la courbe du document 4, montrant l'évolution de la vitesse de la footballeuse au cours de cet entraînement.

DOCUMENT 4 **Évolution de la vitesse au cours de la séance d'entraînement**

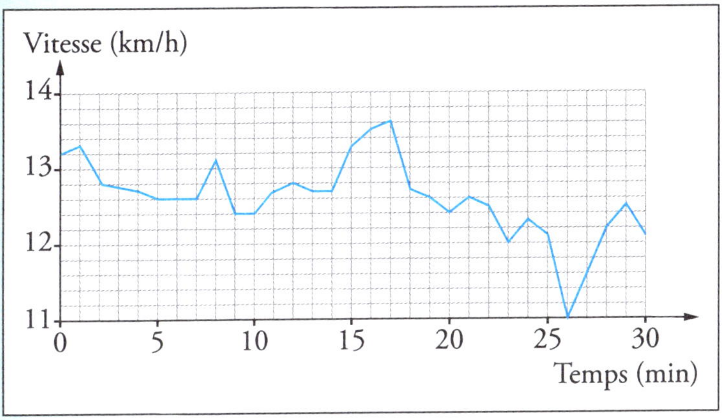

a) À quel instant la vitesse maximale a-t-elle été atteinte par la footballeuse lors de cette séance ? *(2 points)*
b) Quelle est la vitesse de la footballeuse à la 26e minute ? S'est-elle arrêtée à cet instant ? *(2 points)*
c) Choisir, parmi les propositions suivantes, celle(s) qui caractérise(nt) le mouvement de la footballeuse durant cette séance : *(2 points)*
– la vitesse est constante et égale à 13,6 km/h ;
– la vitesse est comprise entre 11,0 et 13,6 km/h ;
– le mouvement est uniforme.

▶ **4.** Une rencontre de la coupe du monde commence : l'arbitre siffle le début de la partie au milieu du terrain. Le son se propage à la vitesse de 340 m/s. Une gardienne de but, située près de ses cages, est à une distance de 48 m de l'arbitre : elle entend donc le son émis par le sifflet avec un léger retard.
Ce retard peut-il avoir une influence sur le bon déroulement du jeu ? Donner un avis argumenté en développant un raisonnement qui utilise la relation entre vitesse, distance parcourue et durée du parcours. La durée calculée sera arrondie au centième de seconde.
Toute démarche, même partielle, sera prise en compte. *(5 points)*

LES CLÉS DU SUJET

Comprendre les documents

Document 1 • Les chaussures de football en PEBA	• C'est un texte sur un nouveau matériau, le PEBA, présentant ses qualités et ses performances. • Souligne dans le texte ces qualités.
Document 2 • De l'huile de ricin au PEBA	• Ce document explique le procédé chimique de la fabrication du PEBA. • Relève dans le texte les transformations chimiques nécessaires à cette fabrication, ainsi que les noms des espèces chimiques qui y apparaissent.
Document 3 • Actions mécaniques sur un ballon	• C'est un schéma des actions subies par un ballon placé sur le sol et auquel on donne un coup de pied. • Note bien les points de contact entre les différents éléments du schéma et d'où partent les flèches.
Document 4 • Évolution de la vitesse au cours d'un entraînement	• Ce graphique montre l'évolution de la vitesse d'une footballeuse lors de son entraînement, au cours du temps. • Sa lecture te permet de répondre à la question **3**.

Répondre aux questions

▶ **1. a)** Sois vigilant(e) : on te demande de citer les qualités du matériau et non pas les sensations qu'il procure.

▶ **2. a)** Ce sont des actions appliquées « sur le ballon », ce détail t'aidera à choisir les bonnes réponses.

▶ **4.** Suis les étapes du schéma pour répondre à cette question.

Déterminer la vitesse de propagation d'un son pour argumenter sur le bon déroulement du jeu

Étape 1. Cherche d'abord la distance que le son doit parcourir et note la vitesse du son.

Étape 2. Calcule ensuite le temps t mis par le son pour parvenir à la gardienne du but.

Étape 3. Rédige ton raisonnement en mettant en avant la particularité de la réponse que tu as trouvée pour t.

51 CORRIGÉ GUIDÉ

▶ **1. a)** Le PEBA est un matériau peu dense, stable et d'une grande élasticité.

b) La molécule d'acide ricinoléique contient les éléments carbone, hydrogène et oxygène.

c) Dans ce diagramme, A représente l'huile de ricin, B le rilsan et C le polyéther.

▶ **2. a)** Sur ce schéma, le segment fléché ① représente l'action du sol sur le ballon, le segment fléché ② représente l'action du pied sur le ballon et le segment fléché ③ représente l'action de pesanteur sur le ballon.

b) L'action de la pesanteur sur le ballon est une action à distance que ce dernier subit même lorsqu'il n'est pas posé sur le sol. L'action du pied sur le ballon est une action de contact.

▶ **3. a)** La vitesse maximale de 13,6 km/h est atteinte à la 17e minute par la footballeuse.

b) D'après la courbe, la vitesse de la footballeuse à la 26e minute est de $V = 11$ km/h. Cette valeur est supérieure à zéro, elle n'est donc pas à l'arrêt.

c) La vitesse de la footballeuse varie au cours du temps, elle n'est donc pas constante, et le mouvement n'est pas uniforme. On peut donc dire que sa vitesse est comprise entre 11,0 et 13,6 km/h.

> **REMARQUE**
> Le zéro de l'axe des ordonnées est décalé, tiens-en compte pour ta lecture.

▶ **4.** La gardienne de but entendra le son du sifflet, à une distance de $d = 48$ m, au bout d'un temps t.

Calcul de t à l'aide de la vitesse du son $v = 340$ m/s :

$$v = \frac{d}{t}$$

$$t = \frac{d}{v} = \frac{48}{340} = 0{,}14 \text{ s.}$$

La gardienne du but entendra donc le son du sifflet 14 centièmes de seconde après son émission. C'est un temps trop court pour pouvoir parler d'un décalage qui puisse avoir une influence sur le déroulement du jeu. L'oreille humaine ne remarquera pas ce retard de réception du son. Le jeu ne sera donc pas perturbé.

> **CONSEIL**
> Calcule le temps que met le son pour parvenir à la gardienne du but.

Fonte et régression des glaciers

30 min
25 points

INTÉRÊT DU SUJET • La fonte des glaciers de montagne est l'une des conséquences du réchauffement climatique. Ce phénomène touche particulièrement l'Europe. Cela nous concerne donc de très près !

Le réchauffement climatique est la principale cause de la fonte et de la régression des glaciers de montagne dans le monde.

D'après www.futura-sciences.com

PARTIE 1. LES CAUSES DE LA FONTE DES GLACIERS

L'augmentation de la température de l'air est responsable d'une fonte plus importante des glaciers de montagne. Cette augmentation de la température est liée à l'excédent de gaz à effet de serre (vapeur d'eau H_2O, dioxyde de carbone CO_2, méthane CH_4, etc.) libérés dans l'atmosphère par les activités humaines. Les chercheurs estiment que le manteau neigeux naturel des Alpes pourrait diminuer de 70 % d'ici la fin du siècle si les émissions de gaz à effet de serre se poursuivent à l'identique. Un deuxième phénomène responsable de la fonte des glaciers de montagne est la diminution des précipitations. En effet, les apports en neige de l'hiver ne compensent plus la fonte naturelle des glaciers pendant l'été.

▶ **1.** En vous appuyant sur l'introduction, citer deux causes essentielles responsables de la fonte des glaciers de montagne.

▶ **2.** Donner le nom et le nombre des atomes présents dans la molécule de méthane.

▶ **3.** Le méthane, constituant principal du gaz naturel et du biogaz, intervient aussi en tant que réactif dans des combustions servant aux activités humaines. On obtient du dioxyde de carbone et de l'eau à l'issue d'une combustion complète. Choisir parmi les équations chimiques suivantes celle qui modélise la combustion complète du méthane. Justifier ce choix.

$$CH_4 + 2\,O_2 \rightarrow CO_2 + 2\,H_2$$
$$CH_4 + 2\,O_2 \rightarrow 2\,CO_2 + H_2O$$
$$CH_4 + 2\,O_2 \rightarrow CO_2 + 2\,H_2O$$

PARTIE 2. FONTE DES GLACIERS DE MONTAGNE ET HYDROÉLECTRICITÉ

Les eaux de fonte des glaciers contribuent à alimenter des lacs de retenue et participent au fonctionnement de centrales hydroélectriques dont le schéma de principe est donné ci-dessous.

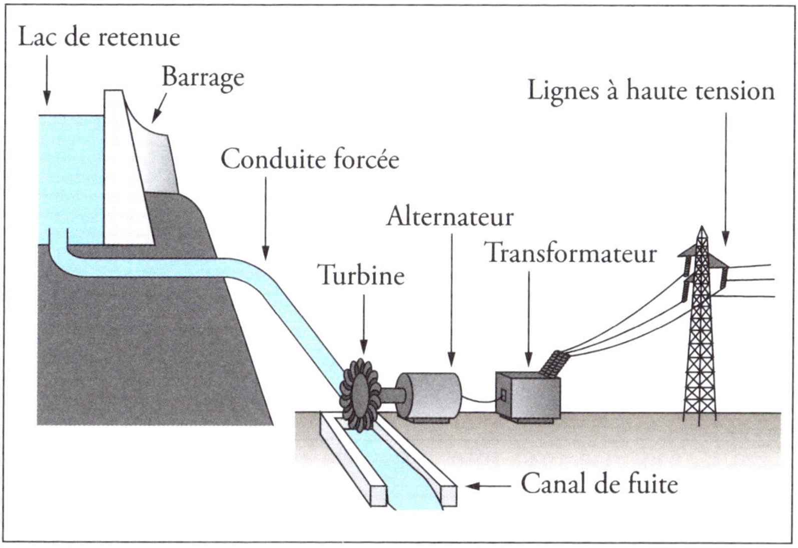

D'après www.edf.fr

▶ **1.** Citer la forme d'énergie emmagasinée au niveau du lac de retenue parmi les suivantes : énergie nucléaire, énergie cinétique, énergie potentielle, énergie chimique, énergie thermique.

▶ **2.** On considère l'alternateur de la centrale hydroélectrique. Sans recopier le diagramme de conversion d'énergie ci-dessous, affecter à chaque numéro une forme d'énergie en choisissant parmi les groupes de mots suivants : énergie électrique, énergie chimique, énergie cinétique, énergie lumineuse, énergie thermique.

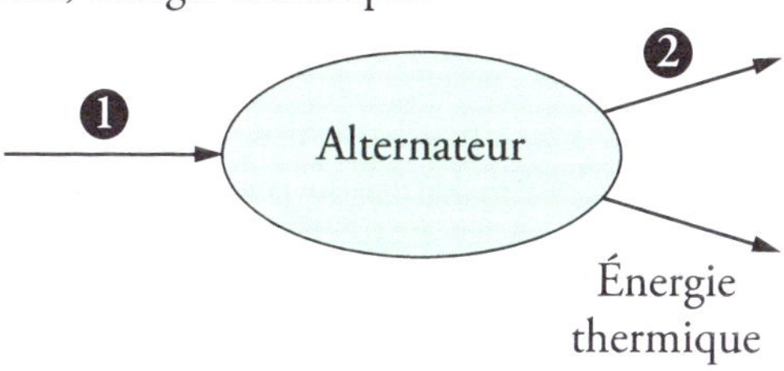

PARTIE 3. ÉVOLUTION AU COURS DU TEMPS DE L'ÉPAISSEUR EN UN POINT DE LA MER DE GLACE

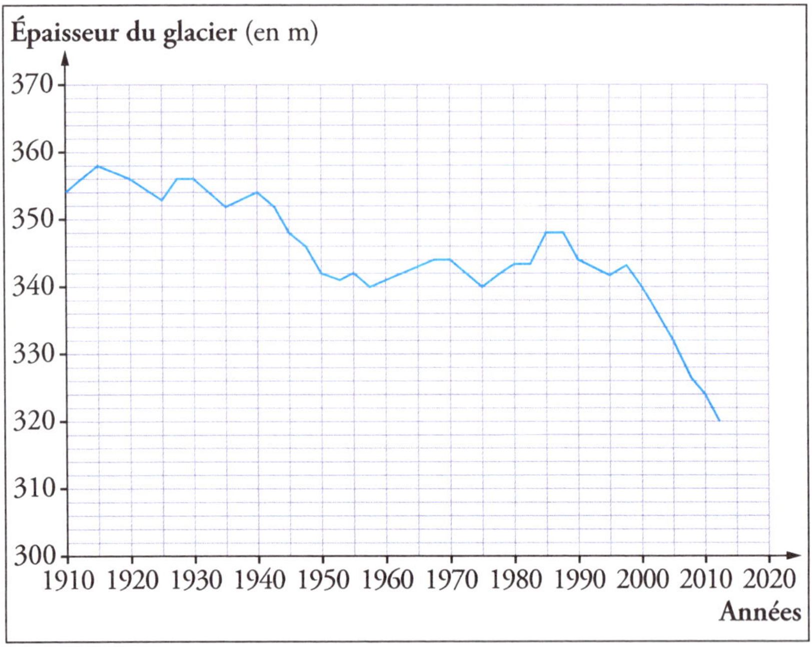

D'après www.ecologie.gouv.fr

▶ **1.** À l'aide du document ci-dessus, on montre que la diminution de l'épaisseur de la Mer de Glace (un glacier des Alpes) entre les années 1990 et 2000 est de 4 mètres. Déterminer la diminution de l'épaisseur du glacier entre les années 2000 et 2010. Justifier la réponse.

▶ **2.** Comparer les deux diminutions obtenues pour une durée de dix ans puis commenter. Quelle hypothèse peut-on formuler à propos du réchauffement climatique ?

PARTIE 4. VITESSE D'ÉCOULEMENT DE LA GLACE DE LA MER DE GLACE DANS LES ALPES

Un glacier de montagne n'est pas immobile. Une fois la glace formée, elle s'écoule lentement vers l'avant de la pente, comme un fleuve. Une première estimation de la vitesse d'écoulement de la Mer de Glace a été établie il y a déjà presque deux siècles : une échelle abandonnée par le physicien alpiniste Horace-Bénédict de Saussure en 1788 a été retrouvée 4 370 mètres en aval en 1832.

▶ Établir le raisonnement permettant de calculer la vitesse d'écoulement de la glace de la Mer de Glace. Effectuer le calcul et exprimer le résultat en mètres par an.

LES CLÉS DU SUJET

Comprendre les documents

Ce sujet ne contient pas de document à proprement dit, mais chaque question commence par une introduction faisant office de document.

Partie 1 • Causes de la fonte des glaciers	• Ce texte présente deux phénomènes responsables de la fonte plus importante des glaciers de montagne de nos jours. • Les informations et les formules données te serviront pour répondre aux questions qui suivent.
Partie 2 • Fonte des glaciers de montagne et hydroélectricité	• Ce schéma d'une centrale électrique donne le principe de fonctionnement de la centrale qui utilise l'eau provenant des glaciers. • Fais attention aux énergies mises en jeu dans ce schéma.
Partie 3 • Évolution de l'épaisseur de la Mer de Glace	• Ce graphique donne le changement de l'épaisseur en un point d'un glacier (Mer de Glace) au cours du temps. • Utilise une règle pour repérer les points sur l'axe des ordonnées correspondant aux abscisses demandées.
Partie 4 • Vitesse d'écoulement de la glace de la Mer de Glace	• Ce texte explique comment un glacier de montagne se met en mouvement et s'écoule. • Note bien les deux dates données dans ce texte et l'altitude indiquée pour effectuer tes calculs.

Répondre aux questions

Partie 1

▶ **3.** Note bien dans l'énoncé de cette question les noms des produits de la réaction. Ces produits doivent figurer dans l'équation choisie.

Partie 2

▶ **1.** L'énergie à citer est celle également emmagasinée dans les objets ou les masses que l'on maintient en hauteur dans un lieu où règne la pesanteur.

SCIENCES

■ Partie 4

Suis les étapes proposées ci-dessous pour répondre à cette question.

Calculer la vitesse d'écoulement de la glace de la Mer de Glace

Étape 1. Les deux dates données dans l'introduction à cette question te donnent la durée du déplacement de l'échelle laissée par l'alpiniste. Calcule cette durée *t*.

Étape 2. Cherche ensuite dans le texte la distance *d* parcourue par l'échelle. La durée *t* et la distance *d* te permettront de calculer la vitesse *v* de déplacement de l'échelle oubliée.

Étape 3. Rédige ta réponse en exposant ton raisonnement, sachant que c'est la glace qui a entraîné l'échelle avec elle en s'écoulant.

52 CORRIGÉ GUIDÉ

PARTIE 1

▶ **1.** L'une des causes de la fonte des glaciers de montagne est l'augmentation de la température de l'air due au réchauffement climatique. La seconde raison est la diminution des précipitations en hiver. L'apport en neige est donc insuffisant pour compenser la quantité qui fond naturellement.

▶ **2.** La molécule de méthane (CH_4) contient un atome de carbone et quatre atomes d'hydrogène.

▶ **3.** La bonne équation est :

$CH_4 + 2\ O_2 \rightarrow CO_2 + 2\ H_2O$.

• D'après l'énoncé, il apparaît de l'eau H_2O et du dioxyde de carbone CO_2, ce que nous constatons à droite de l'équation. Comme les éléments sont conservés au cours de la réaction, on doit retrouver le même nombre d'atomes à gauche de la flèche : un atome de carbone, quatre atomes d'hydrogène et quatre atomes d'oxygène.

INFO +
L'équation d'une réaction doit être équilibrée, c'est-à-dire que le nombre d'atomes doit être le même à droite et à gauche de la flèche.

• Dans la première équation, l'eau n'apparaît pas comme produit de la réaction et, dans la seconde équation, il n'y a qu'un seul atome de carbone et quatre d'oxygène avant la réaction, mais deux atomes de carbone et cinq d'oxygène après, ce qui n'est pas possible.

PARTIE 2

▶ **1.** La forme d'énergie emmagasinée dans le lac de retenue est l'énergie potentielle.

▶ **2.** Les deux énergies sont :

❶ Énergie cinétique

❷ Énergie électrique

PARTIE 3

▶ **1.** D'après le graphique, en 2000, l'épaisseur du glacier était de 340 m, tandis qu'en 2010, cette épaisseur était de 324 m.

La diminution de l'épaisseur du glacier est donc de 340 – 324 = 16 m.

> **CONSEIL**
> Chaque graduation correspond à 2 m, il est donc possible de faire une lecture sur la courbe. Mais en faisant le calcul, tu dois justifier ta réponse.

▶ **2.** Le graphique de la question **3** montre qu'entre 1990 et 2000, c'est-à-dire en 10 ans, l'épaisseur de la Mer de Glace a diminué de 4 m.
Tandis qu'entre 2000 et 2010, soit pour une durée identique, l'épaisseur du même glacier a diminué de 16 m, c'est-à-dire quatre fois plus que lors de la décennie précédente. Nous pouvons donc émettre l'hypothèse qu'en 10 ans, le réchauffement du climat de notre planète a connu une accélération fulgurante.

PARTIE 4

D'après l'introduction, une échelle abandonnée par un physicien alpiniste a parcouru 4 370 m entre l'année où il l'a abandonnée, c'est-à-dire en 1788, et l'année où elle a été trouvée, en 1832. La durée t du parcours de l'échelle est :

$t = 1832 - 1788 = 44$ ans

La vitesse v à laquelle l'échelle a parcouru la distance $d = 4\ 370$ m est celle de l'écoulement de la glace de la Mer de Glace, car cet objet a été entraîné par le mouvement du glacier. Cette vitesse est donnée par :

$$v = \frac{d}{t} = \frac{4\ 370}{44} = 99 \text{ m/an}$$

Nous pouvons donc affirmer que la vitesse moyenne de l'écoulement de la glace est 99 m/an. Il s'agit d'une vitesse moyenne, car cette valeur ne peut pas être constante en tout lieu d'une chaîne de montagnes aussi vaste et sur une durée aussi longue (44 ans).

Photosynthèse de feuilles rouges et panachées

30 min
25 points

INTÉRÊT DU SUJET • La plupart des plantes ont des feuilles vertes, mais certaines ont des feuilles rouges ou panachées. Celles-ci sont-elles capables d'effectuer la photosynthèse malgré leur couleur différente ?

Dans la nature, au printemps, on peut observer des plantes à feuilles vertes, des plantes à feuilles rouges, des plantes à feuilles panachées, c'est-à-dire vertes et blanches, rouges et blanches…

Pour réaliser la photosynthèse, les plantes à feuilles vertes captent l'énergie lumineuse grâce à des pigments, notamment les chlorophylles, présents dans les cellules de leurs feuilles. Ces chlorophylles sont responsables de la couleur verte de ces plantes.

On recherche les pigments que possèdent les plantes à feuilles rouges.

▶ **1.** En vous appuyant sur les chromatogrammes du document 1 :

– montrer que les feuilles rouges disposent de pigments permettant la photosynthèse ;

– citer les pigments qui pourraient être responsables de la couleur rouge des feuilles des plantes à feuilles rouges.

DOCUMENT 1 **Chromatographie et chromatogrammes**

La chromatographie est une technique qui permet, notamment, de séparer les pigments contenus dans une feuille. Pour cela, un morceau de feuille est écrasé sur une bande de papier (étape 1). La bande de papier est placée dans un solvant (étape 2) qui va entraîner les pigments vers le haut et les séparer.

On réalise deux chromatographies : un pour une feuille verte et l'autre pour une feuille rouge.

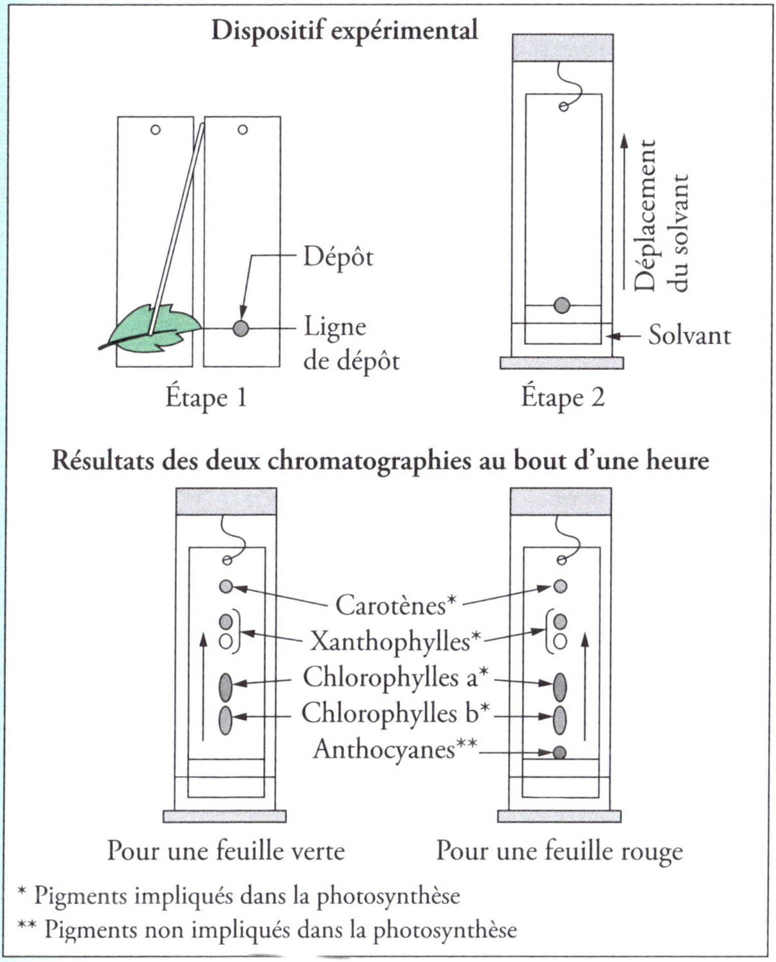

L'amidon est une molécule qui constitue une forme de stockage de la matière organique. Pour le produire, les plantes à feuilles vertes réalisent la photosynthèse. Les pigments chlorophylliens des plantes à feuilles rouges sont fonctionnels (ils permettent de réaliser la photosynthèse).

On se demande si les plantes à feuilles rouges produisent de l'amidon grâce à la photosynthèse en présence de lumière.

DOCUMENT 2 **Production et stockage d'amidon dans les différentes parties d'une plante à feuilles rouges**

Avant de débuter l'expérience, il est nécessaire de s'assurer de l'absence d'amidon dans les feuilles des plantes. Pour cela, on laisse les plantes au moins deux jours à l'obscurité. Dans ces conditions, la photosynthèse s'arrête, les produits de la transformation de l'amidon sont distribués dans les autres parties de la plante.

DOCUMENT 3 **Dispositifs expérimentaux**

		Expérience 1	Expérience 2	Expérience 3
Matériel de départ Les plantes sont cultivées en présence d'eau et de sels minéraux.		 1 plante à feuilles vertes – 1 plante à feuilles rouges	 2 plantes à feuilles rouges	 1 plante à feuilles rouges
Protocole expérimental	**Étape 1**	Culture des 2 plantes pendant 3 jours à l'obscurité	Culture des 2 plantes pendant 3 jours à l'obscurité	Culture de la plante pendant 3 jours à l'obscurité
	Étape 2	Culture pendant 6 h : – à la lumière pour la plante rouge ; – à l'obscurité pour la plante verte.	Culture pendant 6 h : – à la lumière pour une plante ; – à l'obscurité.	Culture pendant 6 h à la lumière
	Étape 3	• Prélèvement d'une feuille de chacune des plantes • Décoloration en laboratoire • Test à l'eau iodée	• Prélèvement d'une feuille de chacune des plantes • Décoloration en laboratoire • Test à l'eau iodée	• Prélèvement d'une feuille de la plante • Décoloration en laboratoire • Test à l'eau iodée

Principe du test à l'eau iodée : l'eau iodée est un réactif jaune qui permet de mettre en évidence la présence d'amidon en se colorant en violet/noir en sa présence.

▶ **2.** À l'aide des documents 2 et 3, indiquer sur votre copie l'expérience, parmi les trois proposées, qui permet de tester l'hypothèse : « La lumière est nécessaire pour que les plantes à feuilles rouges produisent de l'amidon grâce à la photosynthèse. »
Justifier votre choix.

On s'intéresse aux plantes à feuilles panachées : de couleur verte et blanche ou de couleur rouge et blanche.

DOCUMENT 4 **Tests à l'eau iodée sur différentes feuilles**

Toutes les feuilles utilisées ci-dessous sont issues de plantes placées dans des conditions favorables à la photosynthèse : en présence de lumière, d'eau et de sels minéraux.
Les parties blanches des feuilles ne contiennent pas de pigments.

Couleurs des feuilles avant le test à l'eau iodée

Expérience 1	Expérience 2	Expérience 3	Expérience 4
Feuilles vertes	Feuilles rouges	Feuilles panachées vertes et blanches	Feuilles panachées rouges et blanches

▶ **3.** En vous aidant de tous les documents du sujet :
a) Donner les résultats attendus des tests à l'eau iodée pour les feuilles des quatre expériences du document 4 (en réalisant des schémas légendés et/ou en rédigeant un texte).
b) Expliquer la production d'amidon ou son absence dans les différentes parties des feuilles.

LES CLÉS DU SUJET

Comprendre les documents

Document 1 • Chromatographie et chromatogrammes	• Le texte explique la technique de chromatographie ; les schémas montrent le dispositif expérimental ainsi que les résultats pour une feuille verte ou une feuille rouge. • La chromatographie de la feuille verte sert de témoin pour une feuille effectuant la photosynthèse.
Document 2 • Amidon dans une plante à feuilles rouges	Le texte précise la manière dont l'expérience peut débuter après s'être assuré de l'absence d'amidon dans les feuilles.
Document 3 • Dispositifs expérimentaux	• Le tableau présente trois protocoles expérimentaux. • Surligne, avec des couleurs différentes, les conditions différentes (la présence de lumière ou non).
Document 4 • Tests à l'eau iodée sur différentes feuilles	• Le tableau présente les quatre types de feuilles testées à l'eau iodée après avoir été éclairées. • Repère les couleurs des différentes parties des feuilles afin de déduire si la photosynthèse et la production d'amidon y sont possibles.

Répondre aux questions

▶ **1.** Compare les résultats des deux chromatographies. Attention, il y a deux questions, tu dois montrer que les pigments nécessaires à la photosynthèse sont présents dans les feuilles rouges et expliquer quels pigments peuvent leur donner la couleur rouge.

▶ **2.** Compare les conditions expérimentales afin de mettre en évidence les facteurs qui varient ; il s'agit de ceux qui sont testés.

▶ **3. a)** Dans un premier temps, imagine les résultats des tests à l'eau iodée des quatre expériences.

b) Explique s'il y a production ou non d'amidon dans les différentes parties des feuilles. Pour cela, fais un lien entre pigments, photosynthèse et production d'amidon.

53 CORRIGÉ GUIDÉ

▶ **1.** • La chromatographie est une technique qui permet de séparer les différents pigments d'une feuille. Le document 1 montre notamment les pigments impliqués dans la photosynthèse sur les résultats des chromatographies. Ce sont les xanthophylles, les carotènes et les chlorophylles a et b présents dans les feuilles vertes. D'après les résultats comparés des deux chromatographies, on voit que les feuilles rouges contiennent aussi ces pigments, ainsi que des anthocyanes qui ne sont pas impliqués dans la photosynthèse.

• Tous les pigments permettant la photosynthèse sont présents aussi bien dans les feuilles vertes que dans les feuilles rouges.

• Seuls les anthocyanes sont en plus dans les feuilles rouges et peuvent être responsables de la couleur rouge, puisque c'est la seule différence entre les feuilles rouges et les feuilles vertes.

▶ **2.** • L'amidon est une molécule de stockage de la matière organique produite par photosynthèse. D'après le document 2, on sait qu'au début de l'expérience, il n'y a pas d'amidon stocké car les plantes ont été privées de photosynthèse à l'obscurité pendant deux jours.

• La présence d'amidon est révélée par un test à l'eau iodée qui prend alors une couleur violet/noir.

> **CONSEIL**
> Les expériences doivent tester les plantes rouges et l'importance du facteur lumière.

• En comparant les colonnes du tableau, on note que les étapes des protocoles expérimentaux sont identiques, sauf au niveau de la couleur des feuilles de la plante testée et de l'exposition à la lumière en étape 2.

• L'expérience 1 teste à la fois la couleur des feuilles et l'exposition à la lumière, les résultats ne peuvent être exploitables car deux facteurs varient en même temps.

• L'expérience 3 ne teste qu'une seule plante à feuilles rouges à la lumière, mais pas à l'obscurité. Il n'y a pas de facteur testé avec cette seule expérience.

• L'expérience 2 teste deux plantes à feuilles rouges, l'une à la lumière et l'autre à l'obscurité. Ces résultats comparés permettront de savoir si la lumière est nécessaire aux feuilles rouges pour produire de l'amidon grâce à la photosynthèse.

• C'est donc l'expérience 2 qui permet de tester l'hypothèse que la lumière est nécessaire pour que les feuilles rouges produisent de l'amidon grâce à la photosynthèse.

▶ **3. a)** Résultats des tests à l'eau iodée des quatre expériences :

Expérience 1	Expérience 2	Expérience 3	Expérience 4
Feuilles vertes	Feuilles rouges	Feuilles panachées vertes et blanches	Feuilles panachées rouges et blanches

Couleur noir/violet : test positif à l'eau iodée, présence d'amidon

Couleur jaune : test négatif à l'eau iodée, absence d'amidon

b) • D'après les documents 2 et 3, la production d'amidon se fait par photosynthèse.

• D'après le document 1, pour réaliser la photosynthèse, les plantes captent l'énergie lumineuse grâce à des pigments, notamment les chlorophylles présents dans les cellules de leurs feuilles qu'elles soient vertes ou rouges. Il y a photosynthèse et production d'amidon dans les parties vertes ou rouges des feuilles qui contiennent les pigments nécessaires.

• D'après le document 4, les parties de feuilles blanches ne contiennent pas de pigments et ne peuvent donc pas effectuer la photosynthèse et produire de l'amidon. Il y a absence d'amidon dans les parties blanches des feuilles panachées.

• Comme la production d'amidon nécessite la présence des pigments impliqués dans la photosynthèse, la molécule d'amidon sera présente dans les parties vertes ou rouges et absente dans les parties blanches.

La nutrition des végétaux

30 min
25 points

INTÉRÊT DU SUJET • La population humaine devrait atteindre 10 milliards en 2050. L'un des enjeux futurs est de pouvoir nourrir tout le monde. On cherche ainsi des pratiques permettant d'augmenter la production agricole, tout en veillant à préserver l'environnement.

L'eau et les sels minéraux comme l'azote, le phosphore et le potassium sont indispensables pour satisfaire les besoins nutritifs des végétaux. Dans ce sujet, on s'intéresse au lieu de prélèvement de l'eau et des sels minéraux au niveau d'un végétal.

DOCUMENT 1 Organisation générale d'un végétal avec ses principaux organes

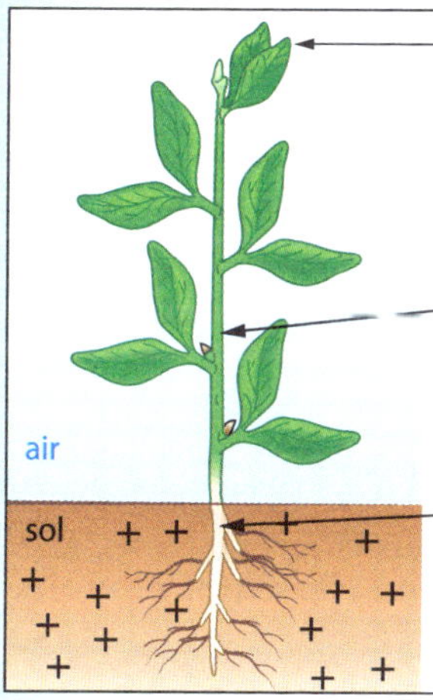

La feuille capte un maximum de lumière et prélève du dioxyde de carbone ce qui permet de fabriquer de la matière organique (sucres) grâce à la photosynthèse.

La tige porte les feuilles. Elle est également le lieu de transport de la sève brute et de la sève élaborée.

La racine permet d'ancrer le végétal dans le sol, de prélever l'eau et les sels minéraux (azote, potassium…) et de stocker des réserves.

D'après le site snv.jussieu.fr et svt.ac-dijon.fr/schéma

▶ **1.** Recopier le schéma ci-dessous sur la copie et relier chaque substance minérale à l'organe qui la prélève en utilisant le document 1.

Substances minérales			**Organes du végétal**
l'eau	•	•	la feuille
le dioxyde de carbone	•	•	la tige
l'azote	•	•	la racine

On s'intéresse à l'absorption racinaire par la plantule.

DOCUMENT 2 **Expériences permettant de déterminer le lieu d'absorption de l'eau et des sels minéraux**

a. Observation d'une plantule à la loupe binoculaire

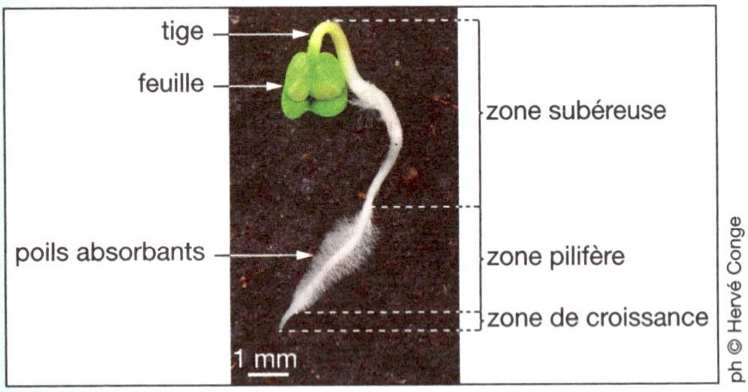

La racine est constituée de trois zones distinctes.
Pour déterminer quelle(s) zone(s) de la racine absorbe l'eau et les sels minéraux, les différentes parties de la racine sont placées dans l'eau minéralisée ou dans l'huile selon l'hypothèse testée (voir ci-dessous).

b. Expérience permettant de rechercher la/les zone(s) d'absorption racinaire

Précisions :

– L'huile et l'eau ne se mélangent pas, il n'y a pas d'échange entre ces deux fluides.
– L'huile est moins dense que l'eau ; ainsi elle se trouve au-dessus de l'eau dans le récipient.
– L'huile ne peut pas être absorbée par la plante et n'est pas toxique.
– L'huile ne contient ni eau ni sels minéraux.

Conditions expérimentales et résultats :

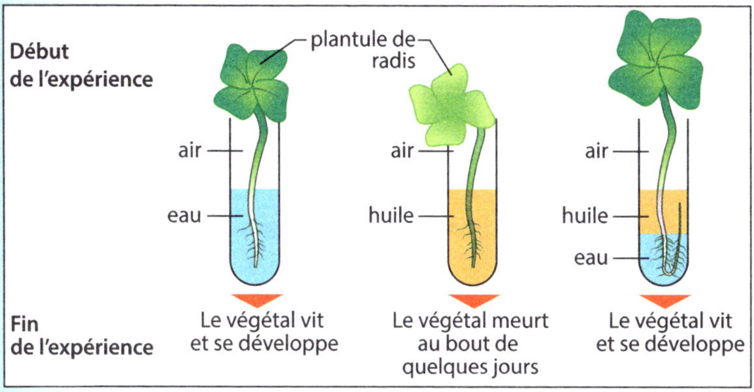

▶ **2.** À partir des documents 2a et 2b, choisir parmi les trois propositions suivantes l'hypothèse testée dans l'expérience précédente et la recopier sur la copie.
Hypothèse 1 : la zone subéreuse absorbe l'eau et les sels minéraux.
Hypothèse 2 : la zone de croissance absorbe l'eau et les sels minéraux.
Hypothèse 3 : la zone pilifère absorbe l'eau et les sels minéraux.

▶ **3.** À partir des documents 2a et 2b, décrire sur votre copie une expérience constituée de plusieurs tubes qui permet de tester l'hypothèse suivante :
« La zone de croissance est aussi une zone d'absorption d'eau et de sels minéraux ».
Vous pouvez répondre sous la forme d'un texte ou d'un schéma.

On s'intéresse maintenant à l'absorption de l'azote par les végétaux et à l'amélioration de la production des cultures. L'azote est indispensable pour la croissance des végétaux.

DOCUMENT 3 **Présentation de deux pratiques agricoles pour satisfaire les besoins d'une plante non légumineuse (céréale comme le blé) en azote**

• **Pratique agricole n° 1 : ajout d'engrais chimique azoté**
De l'engrais chimique azoté peut être apporté chaque année dans les cultures de céréales.
Quand l'apport est trop important, le surplus qui n'est pas absorbé par le végétal, se retrouve dans les cours d'eau, ce qui peut perturber les écosystèmes et engendrer des pollutions.

• **Pratique agricole n° 2 : utilisation des bactéries *Rhizobium***
Une alternative à l'ajout d'engrais consiste à cultiver des légumineuses l'année qui précède la culture de céréales. En effet, la racine de légumineuses (pois chiche, luzerne, etc.) possède des structures sphériques, appelées nodosités, qui renferment des bactéries du genre *Rhizobium*. Ces bactéries présentes naturellement dans le sol, sont capables de capter l'azote atmosphérique présent dans les poches d'air du sol et de le transformer en azote utilisable par les végétaux. Après la récolte des légumineuses, il reste dans le sol des feuilles, des racines et des nodosités riches en azote. Les céréales nouvellement cultivées utilisent l'azote issu de ces restes de cultures de légumineuses.

DOCUMENT 4 **Cultures de pois chiche (légumineuse) dans trois conditions culturales différentes**

La matière sèche produite par la plante permet d'évaluer la production de pois chiche.

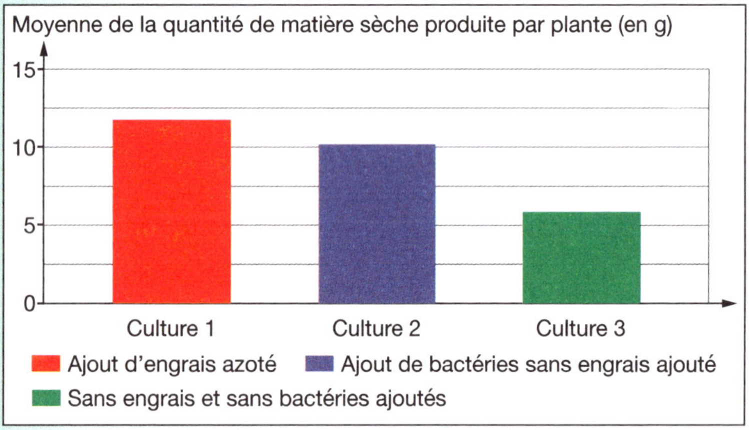

Graphique montrant la quantité de matière sèche produite par le pois chiche dans trois conditions de cultures différentes

▶ **4.** À partir des documents 3 et 4, comparer les deux pratiques agricoles utilisées pour améliorer la production des cultures.
Pour répondre, rédiger un paragraphe sur votre copie. Des valeurs chiffrées sont attendues.

LES CLÉS DU SUJET

Comprendre les documents

Document 1 • Organisation générale d'un végétal	• Ce schéma présente l'organisation fonctionnelle d'un végétal avec ses organes et leurs rôles respectifs. • Lis bien les légendes pour répondre à la question **1**.
Document 2 • Lieu d'absorption de l'eau et des sels minéraux	• La photographie légendée 2a présente les trois différentes zones d'une racine de plantule. • Les schémas du document 2b comparent les résultats d'expériences effectuées sur des plantules, afin de connaître la ou les zones de l'absorption racinaire. • Relève l'intérêt d'utiliser de l'huile au contact de la racine et n'oublie pas l'intérêt des témoins.
Document 3 • Présentation de deux pratiques agricoles	• Ce texte compare deux pratiques agricoles : l'ajout d'engrais chimique azoté et l'utilisation de bactéries *Rhizobium*. • Souligne ou surligne de couleurs différentes les intérêts et inconvénients de chaque pratique pour préparer la réponse à la question **4**.
Document 4 • Cultures de pois chiche dans trois conditions différentes	• Ce graphique compare les productions du pois chiche en présence d'engrais azoté, en présence de bactéries sans engrais, ou sans engrais ni bactéries. • Pense à comparer des productions entre lesquelles un seul facteur varie afin de connaître son influence.

Répondre aux questions

▶ **1.** Lis attentivement les légendes associées aux organes du végétal, leur rôle y est noté.

▶ **2.** Compare les trois tubes en regardant bien quelle partie de la racine est alors en contact avec l'eau. Recherche quelle zone est testée.

▶ **3.** Inspire-toi du document 2b pour imaginer une expérience avec plusieurs tubes qui permet de tester l'absorption d'eau et de sels minéraux dans la zone de croissance (zone terminale de la racine).

▶ **4.** Compare les intérêts et les inconvénients des deux pratiques agricoles utilisées à l'aide des documents 3 et 4. Pour organiser ta réponse, suis les étapes du schéma.

SCIENCES

Comparer deux pratiques d'amélioration de la production des cultures

Étape 1. Relève les intérêts et les inconvénients des deux pratiques dans le document 3 et les résultats chiffrés sur la production dans le document 4.

Étape 2. Liste les avantages et inconvénients de l'utilisation d'engrais azoté.

Étape 3. Liste les avantages et inconvénients de l'utilisation des bactéries *Rhizobium*.

Étape 4. Fais un bilan comparatif afin de justifier le choix de l'une des pratiques.

54 CORRIGÉ GUIDÉ

▶ **1.**

Substances minérales	Organes du végétal
l'eau	la feuille
le dioxyde de carbone	la tige
l'azote	la racine

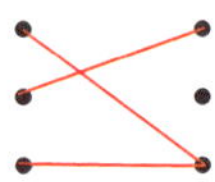

▶ **2.** Le premier tube où toute la racine est dans l'eau est le témoin positif, il y a absorption d'eau et de sels minéraux, le végétal vit et se développe.

Le second tube où toute la racine est dans l'huile est le témoin négatif, il n'y a pas absorption d'eau et de sels minéraux, le végétal meurt.

Dans le troisième tube, seule la zone pilifère de la racine est dans l'eau, c'est donc elle qui est testée. Le végétal vit et se développe, il y a absorption d'eau et de sels minéraux.

L'hypothèse testée est donc l'hypothèse 3 : la zone pilifère absorbe l'eau et les sels minéraux.

▶ **3.** Il faut un témoin positif avec échanges : dans le premier tube où toute la racine est dans l'eau, il y a absorption d'eau et de sels minéraux, le végétal vit et se développe.
Il faut un témoin négatif sans échanges : dans le second tube où toute la racine est dans l'huile, il n'y a pas absorption d'eau et de sels minéraux, le végétal meurt.
Dans le troisième tube, seule la zone de croissance de la racine est dans l'eau, c'est donc elle qui est testée. On peut alors savoir s'il y a absorption d'eau et de sels minéraux, dans ce cas la plante vit et se développe comme avec le témoin positif.
L'hypothèse « la zone de croissance est aussi une zone d'absorption d'eau et de sels minéraux » est bien testée.

▶ **4.** On peut comparer les deux pratiques agricoles utilisées pour améliorer la production des cultures, afin de dégager leurs avantages et inconvénients.

> **REMARQUE**
> Dans le graphique du document 4, il faut comparer les cultures qui ne diffèrent que par un seul facteur, c'est celui qui est testé.

• **Pratique agricole 1 : engrais chimique azoté**

– Avantages : l'engrais peut être apporté chaque année dans les cultures de céréales afin d'augmenter la production comme on le voit dans le graphique en comparant les cultures 1 et 3. Pour la culture 3, sans engrais, on a seulement 6 grammes de matière sèche produite par la plante contre 12 grammes avec l'ajout d'engrais de la culture 1. La production est multipliée par 2 avec l'engrais.

L'apport chimique est facile d'utilisation.

– Inconvénients : quand l'apport en engrais est trop important, le surplus qui n'est pas absorbé par le végétal se retrouve dans les cours d'eau, ce qui peut perturber les écosystèmes et engendrer des pollutions.

• **Pratique agricole 2 : utilisation des bactéries *Rhizobium***

Les racines de légumineuses contiennent des bactéries capables de fixer l'azote de l'air.

Après la récolte des légumineuses, il reste dans le sol des feuilles, des racines riches en azote. Les céréales cultivées ensuite utilisent l'azote issu de ces restes de cultures de légumineuses.

– Avantages : elle augmente la production, comme on le voit dans le graphique en comparant les cultures 2 et 3. Pour la culture 3, sans bactéries, on a seulement 6 grammes de matière sèche produite par la plante contre 10 grammes avec l'ajout de bactéries de la culture 2. La production est multipliée par 1,7 avec les bactéries *Rhizobium*.

Elle n'est pas polluante.

– Inconvénients : cette pratique nécessite une alternance de cultures, d'abord des légumineuses pour enrichir le sol en azote, puis des céréales qui utiliseront cet azote.

Les deux pratiques agricoles augmentent la production des cultures. Cependant, même si la culture avec les bactéries *Rhizobium* est plus contraignante et un peu moins rentable, elle préserve l'environnement.

> **REMARQUE**
> Dans le document 4, c'est la culture du pois chiche qui est testée. Pour une légumineuse, l'ajout de bactérie remplace l'engrais, les cultures 1 et 2 donnent des résultats presque identiques.

SCIENCES

Stérilité et PMA

30 min
25 points

INTÉRÊT DU SUJET • Les connaissances sur la reproduction humaine permettent d'identifier les causes de stérilité d'un couple et de leur proposer des techniques de procréation médicalement assistée afin d'avoir des enfants.

Mme X ne prend plus de moyen de contraception depuis deux ans mais ne parvient pas à avoir d'enfant. Elle décide avec son conjoint de consulter une équipe médicale spécialisée. Les examens montrent que le conjoint de Mme X ne présente pas d'anomalie de fertilité.

DOCUMENT 1 **Taux de fertilité féminin en fonction de l'âge**

La fertilité désigne la capacité pour un individu à se reproduire et obtenir une descendance viable. On parle d'infertilité en cas de difficulté à avoir un enfant. Ce serait peut-être le cas de Mme X qui a 42 ans.

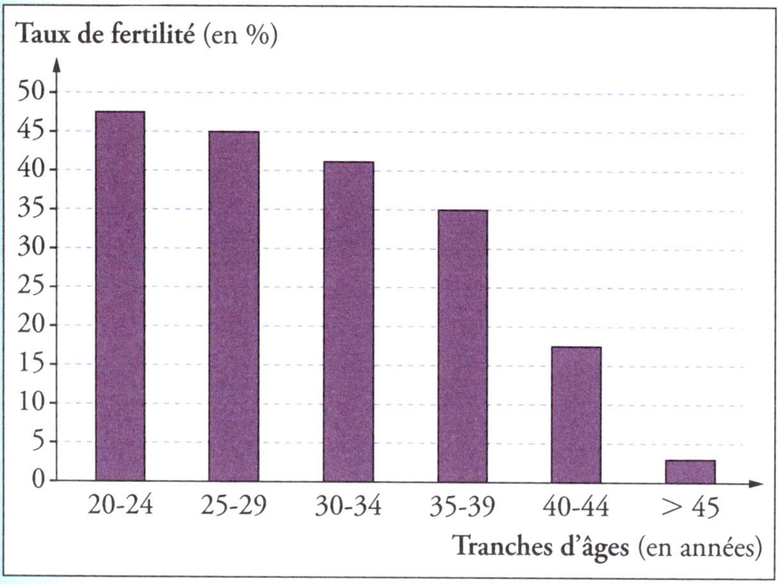

Taux de fertilité féminin en fonction des tranches d'âge

D'après *New England Journal of Medecine*, 2004

▶ **1.** En utilisant des données chiffrées significatives, décrire l'évolution du taux de fertilité féminin en fonction de l'âge et déterminer le taux de fertilité de Mme X.

DOCUMENT 2 **Examen radiographique de l'appareil reproducteur féminin**

L'hystérographie est un examen permettant de visualiser l'utérus et les trompes de Fallope grâce à un produit injecté dans l'utérus via une sonde. Le produit va se diffuser à partir de l'utérus jusqu'aux ovaires, en passant par les trompes.
Lorsque les trompes sont « bouchées », le produit utilisé lors de l'examen n'arrive pas jusqu'aux ovaires. Dans ce cas, les trompes et les ovaires ne sont pas visibles sur l'hystérographie.

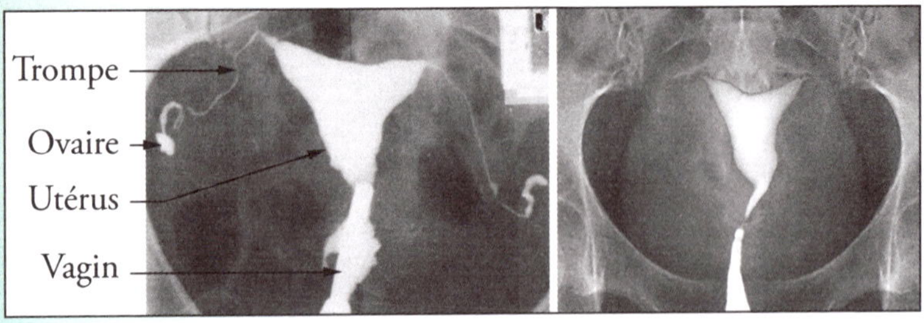

Hystérographies d'une femme fertile (à gauche) et de la patiente, Mme X (à droite)

D'après un sujet de Bac ST2S de biologie-physiopathologie humaine (2014, Polynésie)

▶ **2.** À l'aide du document 2 et de vos connaissances, expliquer l'origine de l'infertilité de Mme X.

DOCUMENT 3 **Définition : qu'est-ce que la PMA ?**

La procréation médicalement assistée (PMA), consiste à manipuler un ovule et/ou un spermatozoïde pour favoriser l'obtention d'une grossesse. Elle permet de résoudre certaines difficultés à concevoir, sans nécessairement traiter la cause de l'infertilité.

L'une des techniques de PMA est **l'insémination artificielle** qui consiste à introduire artificiellement le sperme du conjoint ou d'un donneur au niveau du col de l'utérus ou dans la cavité utérine de la femme pour aboutir à la fécondation d'un ovule.

Une autre technique de PMA est la **fécondation *in vitro*** (**FIV**), qui consiste à recueillir ovules et spermatozoïdes, puis à procéder à une fécondation artificielle pour ensuite introduire le ou les embryons obtenus dans l'utérus de la femme.

En 2015, en France, 3,1 % des enfants sont nés grâce à une PMA, soit une naissance sur 32 environ. La recherche vise à améliorer les techniques utilisées de manière à augmenter les chances de succès de grossesse.

Insémination artificielle

Introduire artificiellement le sperme dans la cavité utérine de la femme

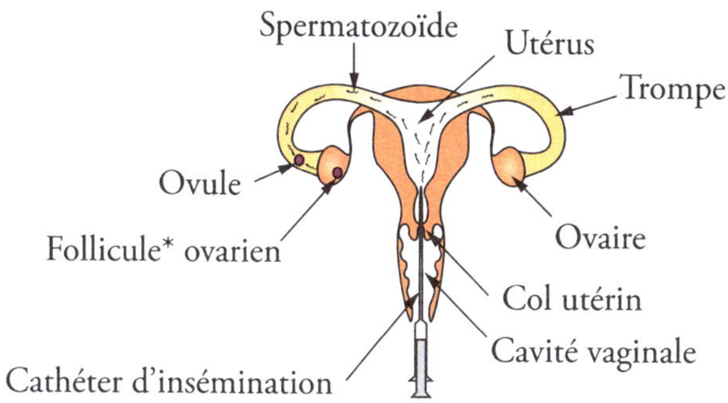

Fécondation *in vitro* (FIV)

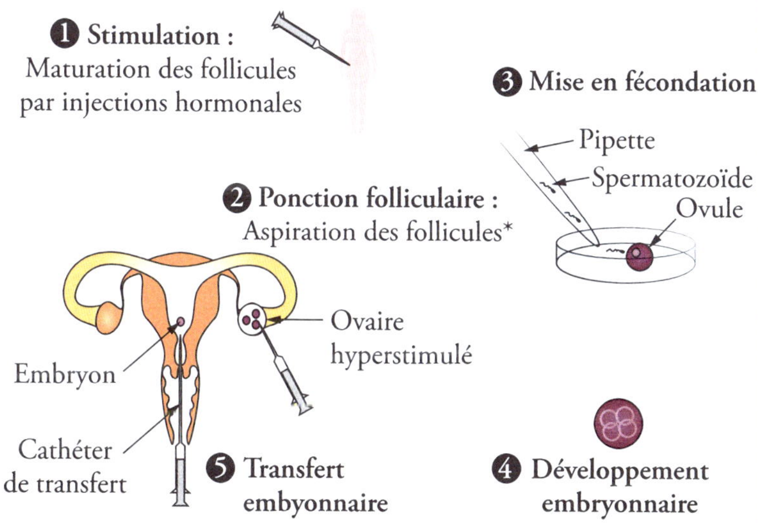

Schéma de deux méthodes de procréation médicalement assistée (PMA)

D'après www.publicsenat.fr

*Follicule : structure contenant l'ovule.

▶ **3.** D'après le document 3, cocher la bonne réponse pour chaque proposition.

a) Lors d'une insémination artificielle, la fécondation, c'est-à-dire la rencontre entre le spermatozoïde et l'ovule, a lieu :

❑ dans l'utérus.
❑ au niveau des trompes, proche de l'ovaire.
❑ à l'extérieur de l'organisme féminin.

b) Lors d'une fécondation *in vitro*, l'embryon obtenu est ensuite placé :

❑ dans l'utérus.
❑ dans l'ovaire.
❑ dans les trompes.

c) Lors d'une fécondation *in vitro*, la fécondation a lieu :

❑ dans l'utérus.
❑ dans l'ovaire.
❑ à l'extérieur de l'organisme féminin.

d) En 2015, le pourcentage d'enfants nés en France grâce à la PMA est :

❑ 0,31 %. ❑ 3,1 %. ❑ 31 %.

▶ **4.** À l'aide des documents, proposer parmi les deux techniques de PMA, celle qui permettrait à Mme X d'avoir un enfant. Justifier votre raisonnement.

LES CLÉS DU SUJET

Comprendre les documents

Document 1 • Taux de fertilité féminin en fonction de l'âge	• Le texte rappelle les notions de fertilité et d'infertilité et le graphique présente l'évolution du taux de fertilité en fonction des tranches d'âge de la femme. • Repère les axes du graphique et relève des données chiffrées pour répondre à la question **1**.
Document 2 • Examen de l'appareil reproducteur féminin	• Le texte explique l'intérêt de l'hystérographie, dont on voit ensuite les images dans le cas d'une femme fertile et dans le cas de Mme X. • Compare les deux hystérographies afin d'identifier l'anomalie que présente Mme X.
Document 3 • La PMA	• Le texte et les schémas décrivent deux techniques de PMA : l'insémination artificielle et la FIV. • Recherche les différences entre les deux techniques afin de répondre à la question **3.**

Répondre aux questions

Coups de pouce

▶ **1.** Dans le graphique, repère des valeurs significatives montrant la façon dont la fertilité féminine évolue avec l'âge. Celui de Mme X est donné dans le texte.

▶ **2.** Compare l'hystérographie de Mme X à celle d'une femme fertile afin de mettre en évidence son anomalie puis, à l'aide de tes connaissances, déduis-en la raison de son infertilité.

▶ **3.** Les informations nécessaires à la résolution du QCM sont présentes dans le texte du document 3. Elles sont aussi illustrées dans le schéma des deux méthodes, qui t'aidera à mieux visualiser les différentes étapes et leurs localisations.

Aide à la résolution de la question 4

Proposer la technique de PMA qui aiderait Mme X à avoir un enfant

Étape 1. Montre l'intérêt de l'insémination artificielle.

Étape 2. Montre l'intérêt de la fécondation *in vitro*.

Étape 3. Reprends le cas de Mme X et justifie l'utilisation de l'une de ces deux méthodes pour l'aider à avoir un enfant.

55 CORRIGÉ GUIDÉ

▶ **1.** • D'après le graphique présentant le taux de fertilité féminin en fonction des tranches d'âges, il est d'environ 47 % entre 20 et 24 ans et diminue lentement pour atteindre 35 % entre 35 et 39 ans. Le taux de fertilité chute ensuite brutalement à partir de 40 ans : il est d'environ 17 % entre 40 et 44 ans et à près de 2 % au-delà de 45 ans.

• Le taux de fertilité diminue au cours de la vie de la femme avec une brusque chute à partir de 40 ans et une fertilité presque nulle après 45 ans.

• Mme X est âgée de 42 ans, elle se situe dans la tranche d'âge 40-44 ans ; elle a donc un taux de fertilité d'environ 17 %.

▶ **2.** • L'hystérographie permet de visualiser l'utérus, les trompes de Fallope et leur jonction avec les ovaires. On injecte un produit opaque aux rayons X et visible en blanc sur les clichés radiologiques.

SCIENCES

• On peut alors déterminer le trajet du produit et s'il atteint normalement les ovaires ou non. Lorsque le produit n'est pas visible au niveau des trompes et des ovaires, cela signifie que les trompes sont bouchées.

• La comparaison de l'hystérographie de Mme X à celle d'une femme fertile montre que les ovaires et les trompes n'apparaissent pas sur le cliché de Mme X. Le produit ne diffuse donc pas normalement, elle a sans doute les deux trompes bouchées.

• Les trompes permettent aux spermatozoïdes de remonter jusqu'à l'ovule et c'est dans leur tiers supérieur qu'a lieu la fécondation. Comme Mme X a les trompes bouchées, il ne peut y avoir fécondation. C'est probablement la cause de son infertilité.

▶ **3. a)** Lors d'une insémination artificielle, la fécondation (rencontre entre le spermatozoïde et l'ovule) a lieu au niveau des trompes, proche de l'ovaire.

b) Lors d'une fécondation *in vitro*, l'embryon obtenu est ensuite placé dans l'utérus.

c) Lors d'une fécondation *in vitro*, la fécondation a lieu à l'extérieur de l'organisme féminin.

d) En 2015, le pourcentage d'enfants nés en France grâce à la PMA est 3,1 %.

▶ **4.** • Les trompes bouchées de Mme X la rendent infertile, nous cherchons à savoir quelle technique de PMA – insémination artificielle ou FIV – serait la plus adaptée pour qu'elle puisse avoir un enfant.

• La technique d'insémination artificielle permet de faciliter le trajet des spermatozoïdes en déposant le sperme dans l'utérus, soit au-delà du principal obstacle qui est le col de l'utérus. Les spermatozoïdes effectuent ensuite la fécondation dans l'une des trompes.

• La fécondation *in vitro* consiste à recueillir des ovules et des spermatozoïdes chez le couple et à procéder à une fécondation artificielle en dehors du corps de la femme (dans une boîte de Petri) pour ensuite introduire le ou les embryons obtenus dans son utérus afin de permettre la grossesse.

• L'infertilité de Mme X est due à l'obstruction de ses trompes (= ses trompes bouchées), c'est donc la rencontre de l'ovule et des spermatozoïdes qui est impossible car les spermatozoïdes ne peuvent pas remonter jusqu'à l'ovule pour le féconder. La technique à utiliser doit permettre la fécondation sans cet accès naturel des spermatozoïdes à l'ovule.

- L'insémination artificielle, qui consiste à déposer les spermatozoïdes dans l'utérus, ne permet pas de surmonter ce problème puisque les spermatozoïdes ne pourront toujours pas accéder à l'ovule.
- En revanche, la FIV, en permettant la rencontre de l'ovule et des spermatozoïdes *in vitro*, répond au problème.
- La technique de PMA qui aiderait Mme X à avoir un enfant est donc la fécondation *in vitro* suivie de l'implantation des embryons *in utero* (= dans l'utérus) car elle permet la fécondation même si les trompes sont bouchées.

INFO +
Dans le cas de Mme X, âgée de 42 ans, la stimulation ovarienne qui fait partie du protocole de la FIV permet de pallier la faible production d'ovules liée à son âge, ce qui augmente aussi ses chances d'avoir un enfant.

56 Centres étrangers • Juin 2021

Aide au stationnement

30 min
25 points

INTÉRÊT DU SUJET • Ce sujet permet de travailler sur le fonctionnement d'un système et le choix de solutions techniques d'après un cahier des charges.

Le radar de recul est un système utilisé à l'arrière des véhicules pour faciliter la manœuvre de stationnement.

DOCUMENT 1

Un radar de recul est constitué de quatre capteurs à ultrasons positionnés sur le pare-chocs du véhicule. Lorsqu'un obstacle est détecté (mur, véhicule, arbre, personne…), le système émet des bips sonores et affiche la position de l'obstacle sur un écran au tableau de bord.

Capteur à ultrasons

DOCUMENT 2

Chaque capteur est capable d'émettre et de recevoir des ultrasons. Lorsqu'un obstacle est présent face au capteur, le délai entre l'émission et la réception de l'onde permet de connaître la distance qui le sépare de l'obstacle. Les informations sont ensuite traitées par l'ordinateur de bord.

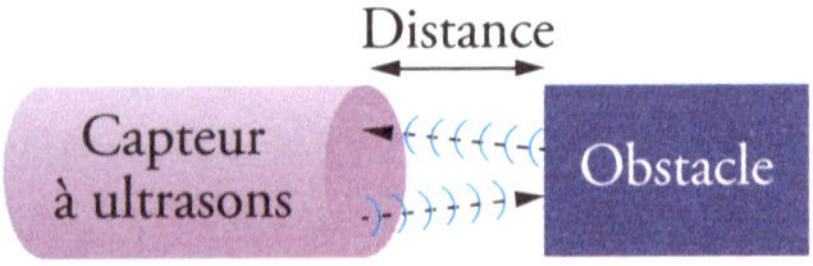

DOCUMENT 3

L'affichage au tableau de bord s'active lorsque la distance avec l'obstacle est inférieure ou égale à 2 m. Des voyants verts apparaissent, puis orange, puis rouges au fur et à mesure que le véhicule se rapproche de l'obstacle. Ils sont accompagnés d'un signal sonore émis par un buzzer dont le rythme s'accélère lorsque la distance diminue.

Affichage du tableau de bord

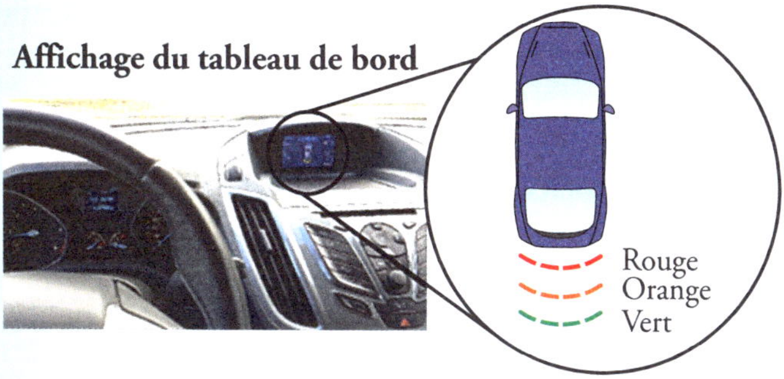

DOCUMENT 4 **Signaux visuels et sonores pour le conducteur**

Distance de l'obstacle (en mètres)	Couleur du voyant	Rythme du signal sonore (en secondes)
À partir de 2 m et jusqu'à 1 m	Voyant vert	Signal toutes les 0,5 s
Inférieure à 1 m et jusqu'à 0,50 m	Voyant orange	Signal toutes les 0,25 s
Inférieure à 0,50 m	Voyant rouge	Signal continu

▶ **1.** Donner la fonction d'usage du radar de recul. (Rédiger la réponse.) (*2 points*)

▶ **2.** Qu'est-ce qu'un capteur ? (Identifier puis cocher la bonne définition). (*2 points*)

❑ Un élément permettant d'avertir par un signal sonore.
❑ Un élément capable de prélever une information.
❑ Un élément pouvant transformer un mouvement.
❑ Un élément permettant d'alimenter en énergie.

▶ **3.** *(3 points)*

a) Compléter les deux affirmations ci-dessous concernant le capteur à ultrasons en utilisant les mots : **court** et **long.**

– Plus la distance est petite, plus le délai émission/réception de l'onde est …

– Plus la distance est grande, plus le délai émission/réception de l'onde est …

b) Quel paramètre permet de déterminer la distance entre le véhicule et l'obstacle ?

❑ Le délai entre l'émission et la réception de l'onde.

❑ La vitesse du véhicule.

❑ Le nombre de capteurs.

▶ **4.** Compléter la chaîne d'information du système d'aide au stationnement. *(6 points)*

a) Compléter les deux cases par une fonction (verbe à l'infinitif).

b) Replacer les solutions techniques sur les pointillés :

Buzzer / Capteur à ultrasons / Écran avec voyants / Ordinateur de bord

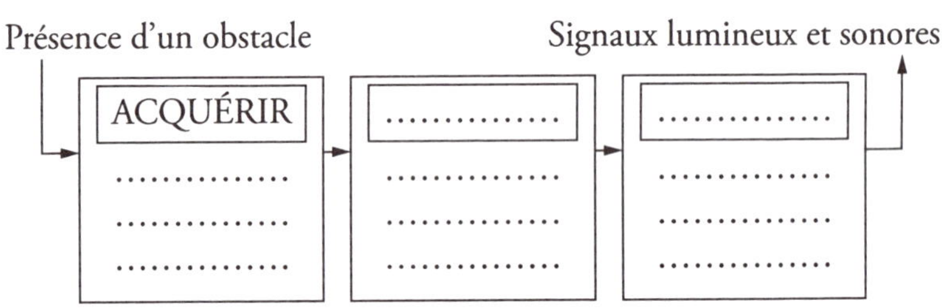

▶ **5.** Pour le bon fonctionnement du système, le capteur à ultrasons doit avoir un temps de réponse inférieur à 500 ms et doit capter un obstacle à partir de 2 m de distance.

DOCUMENT 5 **Différents modèles de capteurs à ultrasons**

	Capteur à ultrasons Modèle A	Capteur à ultrasons Modèle B	Capteur à ultrasons Modèle C
Détection entre :	8 m et 0,1 m	0,6 m et 0,065 m	2 m et 0,2 m
Temps de réponse	240 ms	64 ms	530 ms
Diamètre	35 mm	65 mm	30 mm

À partir du document 5, choisir le capteur le plus approprié et justifier le choix. *(4 points)*

▶ **6.** À partir du document 4 et du document 6, compléter les huit cases blanches de ce programme lié au fonctionnement du radar de recul (les distances sont en mètres). (*8 points*)

DOCUMENT 6 **Système de codage informatique des couleurs**

Les couleurs sont notées « RVB » pour le système de codage informatique.
Code couleur RVB pour le **Vert** : (rouge 0 ; vert 255 ; bleu 0)
Code couleur RVB pour le **Rouge** : (rouge 255 ; vert 0 ; bleu 0)
Code couleur RVB pour le **Orange** : (rouge 255 ; vert 150 ; bleu 20)

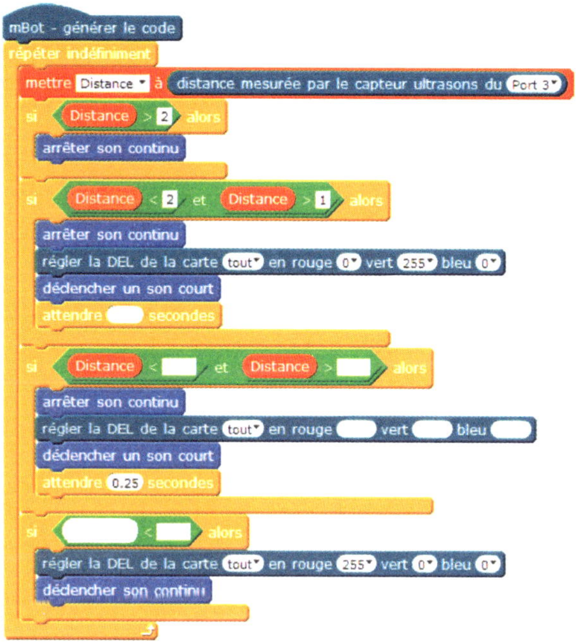

LES CLÉS DU SUJET

Question 1

La réponse à la question se trouve dans le texte introductif. Pose-toi la question « à quoi ça sert ? ».

Question 2

Avant de répondre, demande-toi si c'est bien le capteur qui réalise l'action décrite : est-ce le capteur qui avertit par un signal sonore ? etc.

Question 3

Comprendre le document 2

Observe le document 2 : les arcs de cercle correspondent aux ultrasons. Demande-toi comment se comportent ceux-ci quand on rapproche et quand on éloigne l'obstacle.

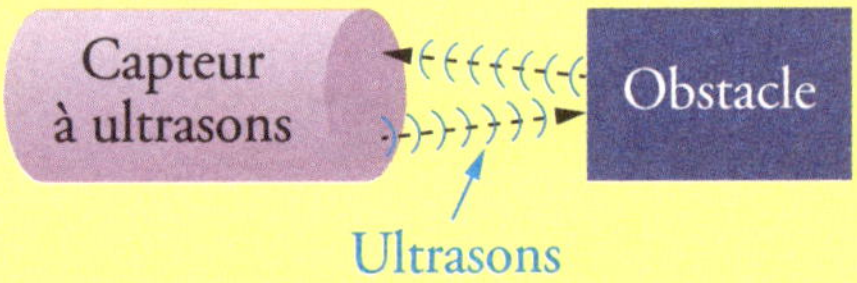

Répondre à la question

La réponse est dans le texte du document 2.

Question 4

Comprendre les documents 2 et 3

Les fonctions de la chaîne d'information se trouvent dans les textes en introduction des documents 2 et 3.

Répondre à la question

Commence par placer l'élément qui réalise la fonction acquérir, c'est-à-dire celui qui « voit » l'obstacle. Ensuite, place les éléments qui créent un signal lumineux ou sonore.

Question 5

Comprendre le document 5

Tu dois t'assurer que le capteur choisi respecte les deux contraintes données. Pour cela, il peut faire mieux (détecter plus vite ou plus loin), mais il ne doit pas faire moins bien.

Répondre à la question

Justifie ta réponse en mentionnant bien les deux contraintes.

Question 6

Comprendre les documents 4 et 6

• Relève les informations dans le document 4 au sujet des couleurs du voyant et des rythmes du signal sonore, en fonction de la distance de l'obstacle.

• Le document 6 donne le code informatique des trois couleurs du voyant. Tu peux rassembler toutes ces informations dans un tableau au brouillon.

• Dans le programme, repère les blocs qui correspondent aux différentes situations possibles.

Répondre à la question

Tu peux alors compléter les cases blanches du programme.

56 CORRIGÉ GUIDÉ

▶ **1.** La fonction d'usage du radar de recul est de faciliter la manœuvre de stationnement.

▶ **2.** Un capteur est un élément capable de prélever une information.

▶ **3. a)** Plus la distance est petite, plus le délai émission/réception de l'onde est court.

Plus la distance est grande, plus le délai émission/réception de l'onde est long.

b) Le paramètre qui permet de déterminer la distance entre le véhicule et l'obstacle est le délai entre l'émission et la réception de l'onde.

▶ **4.** Voici le schéma complété.

CONSEIL

Repère l'association du capteur avec l'obstacle puis la fonction de l'ordinateur de bord dans le document 2. Ensuite, repère les éléments qui sont associés dans le document 3, ils ont la même fonction.

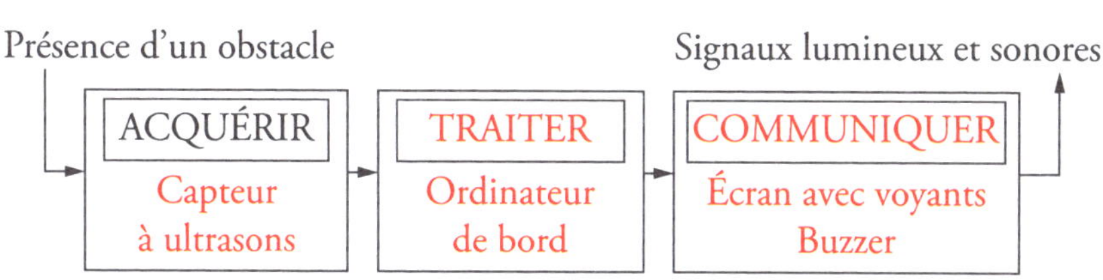

▶ **5.** Les capteurs à ultrasons des modèles A et C peuvent détecter un obstacle à partir de 2 m, même plus loin pour le modèle A.

Le temps de réponse du modèle A est inférieur à 500 ms, contrairement au modèle C.

Donc, il faut utiliser le capteur à ultrasons modèle A.

	Capteur à ultrasons Modèle A	Capteur à ultrasons Modèle B	Capteur à ultrasons Modèle C
Détection entre :	8 m et 0,1 m	0,6 m et 0,065 m	2 m et 0,2 m
Temps de réponse	240 ms	64 ms	530 ms
Diamètre	35 mm	65 mm	30 mm

▶ **6.**

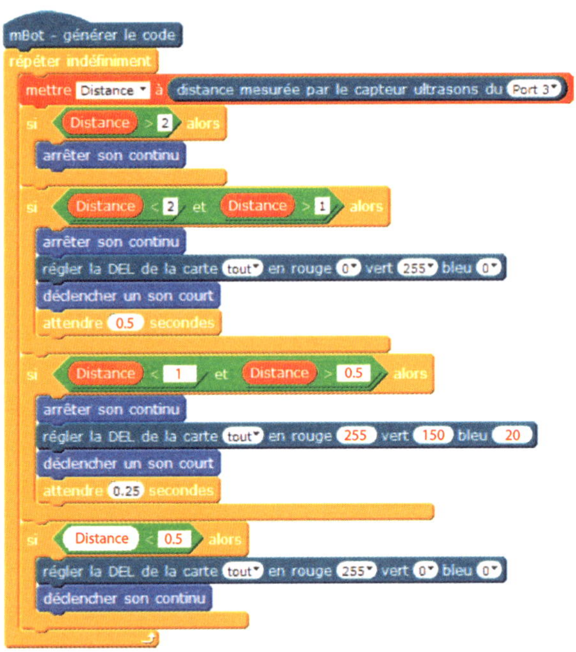

Système de ventilation autonome pour une véranda

30 min
25 points

INTÉRÊT DU SUJET • Ce sujet permet de travailler sur les fonctions d'un objet, le choix de solutions techniques et sur la programmation sous forme d'algorigramme.

Le propriétaire d'une véranda, surchauffée par le soleil en été, souhaite trouver une solution simple, économique et autonome pour ventiler cette pièce automatiquement.

DOCUMENT 1

Ce kit de ventilation solaire peut renouveler l'air d'une pièce en autonomie dès le lever du soleil. Lorsque le soleil éclaire le panneau, l'extracteur se déclenche et extrait l'air à l'extérieur de la pièce.
Il est fourni avec un panneau photovoltaïque 10 W-12 V, un support pour le panneau, un interrupteur, un extracteur d'air 160 m^3/h en 12 V, une bobine de câble électrique de 4 m. Sa consommation est de 0,45 A. Il est silencieux, 100 % autonome et il permet de ventiler de façon optimale une maison, même si elle est inhabitée.

© Sellande

sellande.fr

▶ **1.** Compléter le descriptif du kit puis cocher sa fonction d'usage parmi les trois propositions. (*6 points*)

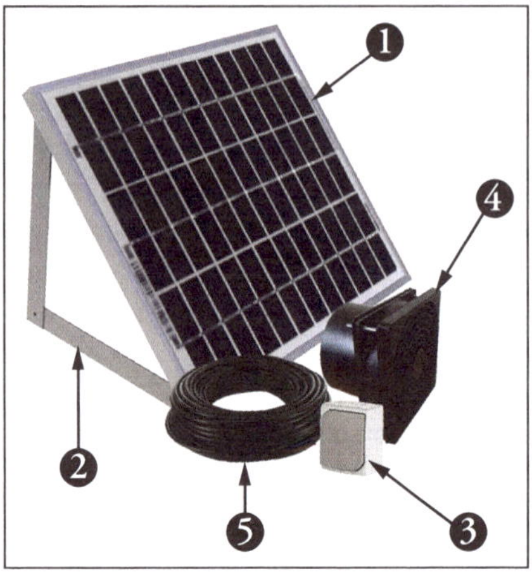

© Sellande

Rep.	Désignation	Fonction
1	....	Alimenter en courant électrique
2	Support	....
3	....	Allumer ou éteindre le système
4	Extracteur 160 m³/h en 12 V	....
5	....	Distribuer le courant électrique

Fonction d'usage :

❑ Le kit de ventilation sert à renouveler l'air de façon autonome.

❑ Le kit de ventilation, quand il est usé, doit être déposé dans une filière de recyclage.

❑ Le kit de ventilation fonctionne grâce à un panneau photovoltaïque.

▶ **2.** On veut ajouter deux fonctions supplémentaires FS1 et FS2 au kit.

DOCUMENT 2 **Extrait du cahier des charges du kit de ventilation avec régulation**

	Fonction	Critères	Niveaux de performance
FS1	Stocker l'énergie	– Tension – Autonomie – Dimensions (mm)	– 12 volts – 12 h minimum – 140 × 100 × 100 maximum
FS2	Réguler l'alimentation électrique du système	– Tension – Courant d'entrée (panneau) – Courant de sortie (extracteur)	– 12 volts – Supporter au moins 2 A – Supporter au moins 0,5 A

Pour ces deux fonctions, une solution technique a été choisie :

	FS1	FS2
Descriptif	Batterie YUASA 7A  © Yuasa Associée à un régulateur, elle peut stocker l'énergie produite par un panneau photovoltaïque.	Régulateur Solsum 6.6  © Steca Il se branche entre le panneau photovoltaïque et la batterie ; il permet d'adapter la tension fournie et de contrôler le niveau de la charge.
Caractéristiques	Tension : 12 V Capacité : 7 Ah Autonomie : 17 h Dimensions (mm) : 151 × 65 × 98	Tension : 12 V à 24 V Courant en entrée et en sortie : jusqu'à 10 A Poids : 150 g DEL témoin de charge

Toutes les caractéristiques de la batterie et du régulateur répondent-elles aux exigences du cahier des charges ? Justifier la réponse. (*3 points*)

▶ **3.** Dans les endroits chauds, il est conseillé d'avoir une capacité de ventilation du triple du volume de la pièce à ventiler afin de changer d'air plusieurs fois par jour. Sachant que la véranda mesure 3 m en longueur, 5 m de largeur et 2,5 m de hauteur, quel est son volume ? Cocher la bonne réponse et justifier (calcul). (*2 points*)

❑ 11,25 m^3 ❑ 37,5 m^3 ❑ 43,31 m^3

▶ **4.** Sachant que l'extracteur d'air peut extraire 160 m^3/h d'air, est-il capable d'extraire le triple du volume de la véranda ? Cocher la bonne réponse et justifier (calcul). (*2 points*)

❑ Oui ❑ Non

▶ **5.** À l'aide du document 3, compléter la représentation de la chaîne d'information et de la chaîne d'énergie (page XX) avec les termes suivants (*8 points*) :

communiquer ; acquérir ; batterie ; transmettre ; alimenter ; extracteur ; distribuer ; traiter

DOCUMENT 3 Schéma et principe de fonctionnement

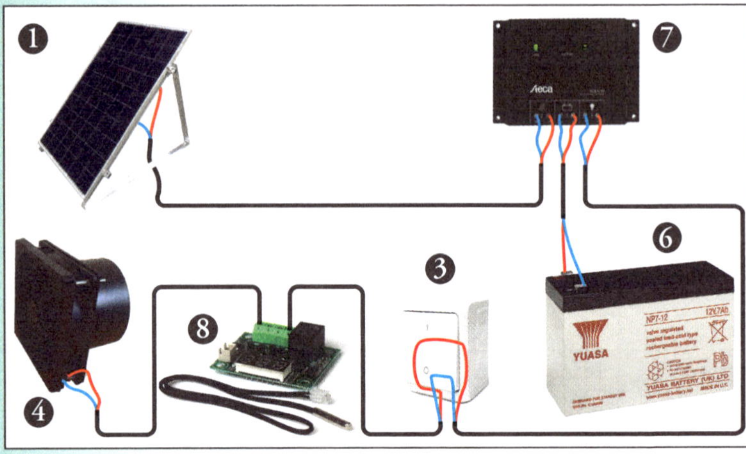

Ph © Solaris ; Yuasa ; Steca ; Popova Olga/ stock.adobe.com ; Ytian ; Sellande

La batterie (6) et le panneau photovoltaïque sont branchés sur le régulateur (7). Celui-ci charge la batterie le jour, jusqu'à sa valeur maximale à partir de laquelle le régulateur coupe la charge.

L'interrupteur (3) et le commutateur de température (8) sont branchés en série entre la sortie du régulateur et l'extracteur (le commutateur de température (8) permet de régler l'allumage en fonction de la température).

Pour que l'extracteur fonctionne, il faut que :

– la batterie soit assez chargée ;

– l'interrupteur soit fermé ;

– la température dépasse la valeur affichée, réglée par l'utilisateur.

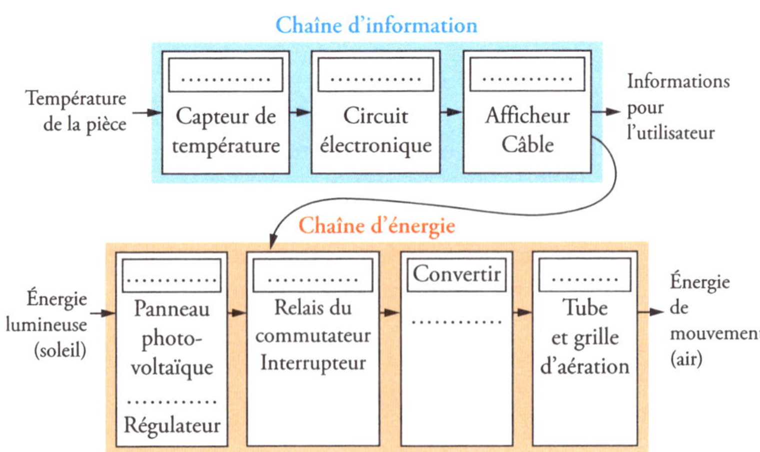

▶ **6.** Compléter l'algorigramme de fonctionnement avec les informations suivantes (*4 points*) :
– charger batterie ;
– ventiler ;
– système allumé ?
– charge = 100 %.

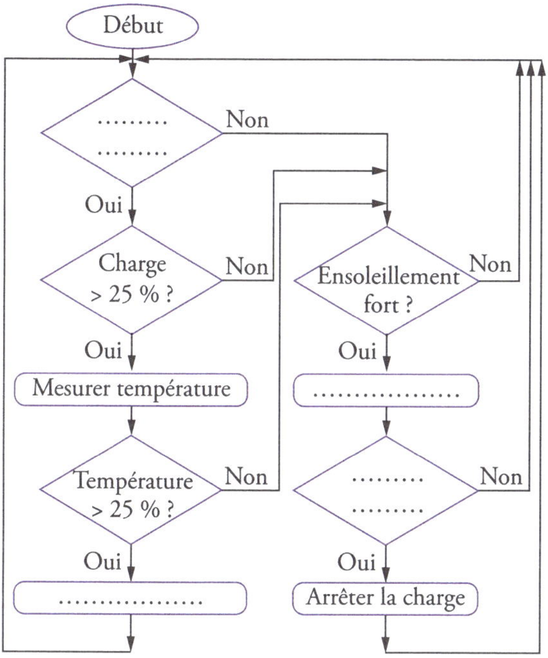

Descriptif du fonctionnement

Quand le système est allumé, l'extracteur ne doit ventiler qu'au-dessus d'une température dépassant les 25 degrés et si la charge de la batterie est supérieure à 25 %.

En dessous de cette température, si l'ensoleillement est fort, le panneau photovoltaïque doit recharger la batterie ; une fois celle-ci chargée, on arrête la charge.

LES CLÉS DU SUJET

Question 1

Comprendre le document 1

Le document 1 est une présentation rapide du système étudié : il te fournit quelques caractéristiques techniques du système de ventilation.

Répondre à la question

• Complète le tableau en donnant les noms des trois éléments manquants. Ceux-ci se trouvent dans le document 1.

• Donne les fonctions de l'extracteur et du support. Elles doivent commencer par un verbe à l'infinitif. Demande-toi « à quoi ça sert ? ».

• Il n'y a qu'une fonction d'usage à cocher : pose-toi de nouveau la question « à quoi ça sert ? ».

SCIENCES

Question 2

Comprendre les documents

• Le document 2 correspond au cahier des charges, c'est-à-dire aux exigences, pour deux fonctions du système de ventilation. Ce tableau se lit horizontalement.

• Le tableau suivant correspond aux solutions techniques choisies pour chacune des deux fonctions. Il se lit verticalement.

Répondre à la question

Compare les niveaux de performance attendus pour FS1 et FS2 avec les solutions techniques choisies. Prends le temps de bien comparer ces données avant de dire si elles correspondent ou non aux exigences du cahier des charges. Justifie tes réponses, chiffre à l'appui.

Question 3

Calcule le volume de la véranda à partir des données fournies.

Question 4

Multiplie par 3 le volume de la véranda et compare ton résultat à la capacité d'extraction de l'extracteur d'air.

Question 5

Comprendre le document 3

• Le document 3 est un schéma de fonctionnement accompagné d'une description du principe de fonctionnement. Il te permet de repérer les liens entre les éléments.

• Certains noms d'éléments n'apparaissent ni sur le schéma ni dans le texte, mais sont inscrits dans la consigne. Tu peux essayer de repérer l'image à laquelle chaque élément de la consigne correspond.

Répondre à la question

• Commence par identifier les cases dans lesquelles il faut écrire des noms de composants et celles correspondant aux fonctions.

• Associe les fonctions aux composants en te posant la question « à quoi ce composant sert-il ? ».

• Ne t'attarde pas sur un composant si tu ne trouves pas la réponse : passe au suivant.

Question 6

Comprendre l'algorigramme

Le premier paragraphe du descriptif du fonctionnement correspond à la colonne de gauche de l'algorigramme. Le second paragraphe correspond à la colonne de droite.

Répondre à la question

Surligne les éléments que tu retrouves dans le texte du descriptif et dans l'algorigramme. Cela t'aidera à retrouver la position des informations à placer.

57 CORRIGÉ GUIDÉ

▶ **1.**

Rep.	Désignation	Fonction
1	Panneau photovoltaïque	Alimenter en courant électrique
2	Support	Soutenir le panneau photovoltaïque
3	Interrupteur	Allumer ou éteindre le système
4	Extracteur 160 m^3/h en 12 V	Extraire l'air vers l'extérieur de la pièce
5	Câble électrique	Distribuer le courant électrique

La fonction d'usage est « le kit de ventilation sert à renouveler l'air de façon autonome ».

▶ **2.** La batterie YUASA 7A ne répond pas aux exigences du cahier des charges : elle a une longueur de 151 mm, alors qu'elle ne peut faire que 140 mm pour correspondre au cahier des charges.

Le régulateur Solsum 6.6 répond aux exigences du cahier des charges, il peut fonctionner avec une tension de 12 V et peut supporter 2 A en entrée et 0,5 A en sortie.

▶ **3.** On calcule le volume de la véranda :

volume $= 3 \times 5 \times 2{,}5 = 15 \times 2{,}5 = 37{,}5$

Le volume de la véranda est de 37,5 m^3.

▶ **4.** On calcule le triple du volume de la véranda :

volume $\times 3 = 37{,}5 \times 3 = 112{,}5$ m^3

160 m^3 est plus important que 112,5 m^3, donc l'extracteur d'air peut extraire le triple du volume de la véranda.

SCIENCES

▶ 5.

CONSEIL
Repère les éléments qui sont liés dans le document 3.

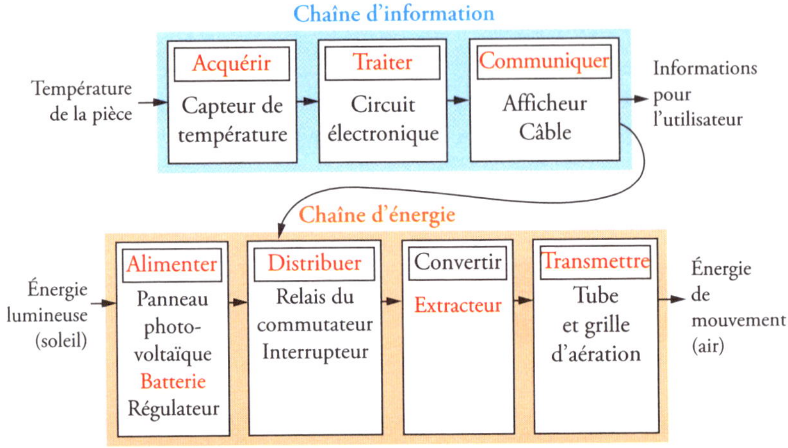

▶ 6.

INFO +
Utilise uniquement les termes donnés dans le sujet.

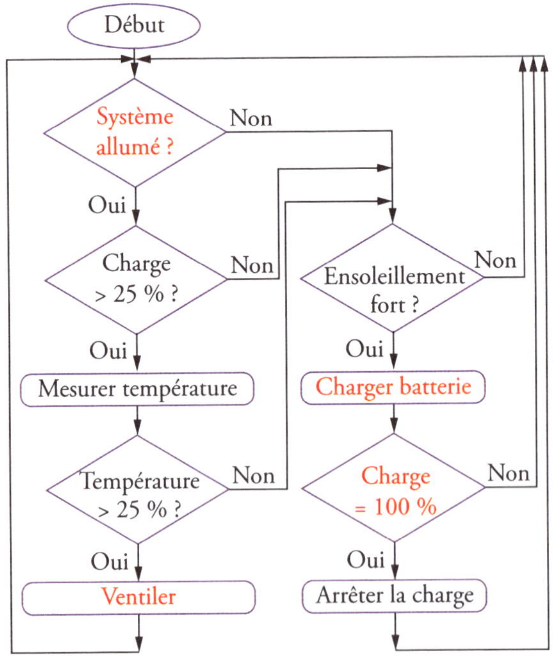

58 Polynésie française • Juillet 2019

Test d'abrasion de gants de moto

30 min
25 points

INTÉRÊT DU SUJET • Ce sujet permet de travailler sur les notions de capteur et de signal à partir des résultats attendus à une expérience, pour ensuite améliorer le système.

Ph© Studio Milagro / DPPI / Afp

Dans le sport mécanique, il existe une discipline qui regroupe les meilleurs pilotes moto sur une vingtaine de circuits à travers le monde : la « moto GP ». Les machines utilisées peuvent dépasser les 300 km/h !

Les pilotes professionnels sont munis d'un casque et de diverses protections (combinaison, gants, bottes…). Ces équipements doivent respecter une normalisation très stricte.

DOCUMENT 1 Extrait de tableau concernant la norme EN13594 pour les gants

© Ixon

	Niveau 1 (usage pour les particuliers)	Niveau 2 (usage pour la compétition)
Résistance du système de fermeture du gant	⩾ 25 N	⩾ 50 N
Longueur de la manchette	⩾ 15 mm	⩾ 50 mm
Abrasion*	⩾ 4 secondes	⩾ 8 secondes
Résistance des coutures	⩾ 6 N/mm	⩾ 10 N/mm

* Le gant doit protéger la main si, en cas de chute, elle frotte sur la chaussée. Le test d'abrasion permet de mesurer la durée durant laquelle le gant protège la main.

▶ **1.** Des tests d'abrasion pour 4 modèles de gants ont donné les résultats suivants.

Gants 1 : 9,2 s Gants 2 : 7 s Gants 3 : 8 s Gants 4 : 5,3 s

Pour un usage en compétition, quels sont les gants que les pilotes peuvent utiliser ? Justifier votre réponse. (*5 points*)

DOCUMENT 2

La machine qui réalise les tests d'abrasion est schématisée ci-dessous. Un échantillon de matériau qui compose le gant est testé. Cet échantillon frotte sur un tapis en mouvement. La surface de ce tapis est abrasive. Le test consiste à chronométrer la durée nécessaire pour perforer l'échantillon de gant.

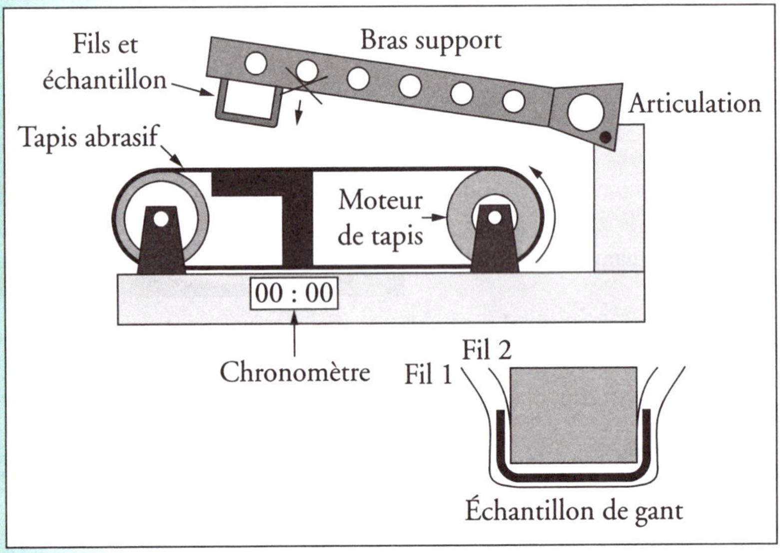

Lorsque le moteur d'entraînement du tapis démarre, il faut attendre 5 secondes pour qu'il atteigne la vitesse nécessaire au test.

Le bras support est alors libéré et l'échantillon est mis en contact avec le tapis.

Le fil 1 est détruit dès qu'il entre en contact avec le tapis abrasif. Le chronomètre est alors déclenché.

Dès que l'échantillon de gant est perforé, le fil 2 est détruit à son tour ce qui stoppe le chronomètre.

▶ **2.** Compléter l'algorigramme ci-dessous. (*8 points*)

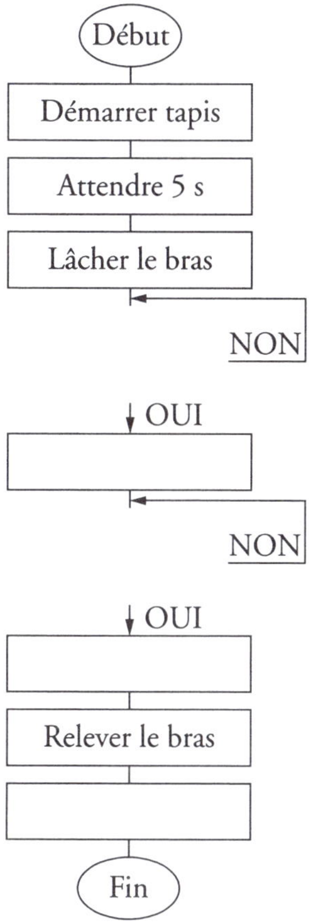

DOCUMENT 3

Le fabricant constate que 5 secondes sont parfois insuffisantes pour que le tapis atteigne la bonne vitesse.

Il souhaite installer un capteur pour améliorer cette machine.

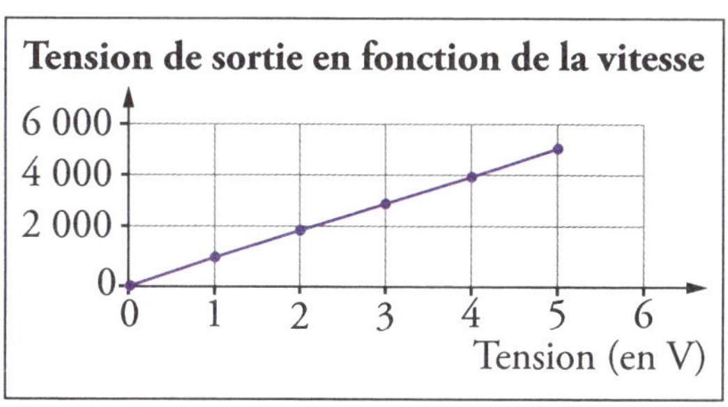

Les caractéristiques du capteur sont indiquées ci-dessous.

Le moteur doit atteindre une vitesse de 3 000 tr/min pour que le test soit valide.

▶ **3. a)** Quelle est la fonction de ce capteur ? Que mesure-t-il ? (*3 points*)
b) Quelle tension faut-il atteindre pour que le bras soit libéré ? (*2 points*)
c) Ce capteur est du type « analogique », qu'est-ce que cela signifie ? (*2 points*)

▶ **4.** Un programme est ébauché ci-dessous.

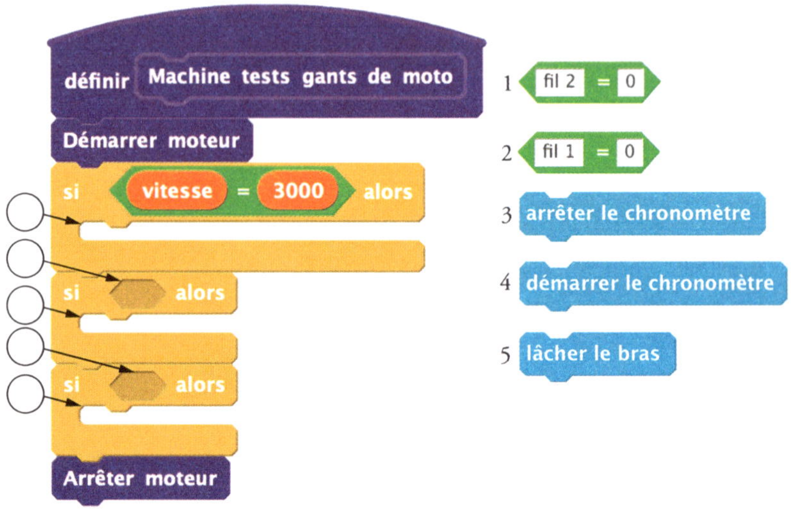

Replacer dans les bulles le numéro de l'élément de programme à sa juste place. (*5 points*)

LES CLÉS DU SUJET

Question 1

■ **Comprendre le document 1**

Le document 1 est un extrait de la norme concernant les gants pour pilotes de deux-roues motorisés.

■ **Répondre à la question**

Recherche l'information sur les temps d'abrasion dans le tableau.

Question 2

■ **Comprendre le document 2**

Il schématise la machine qui teste les gants. Il est accompagné d'une description expliquant son fonctionnement.

Répondre à la question

• Commence par repérer, dans le texte du document, les étapes déjà complétées sur l'algorigramme, en les surlignant avec de couleurs différentes par exemple.

Lorsque le moteur d'entraînement du tapis démarre, il faut attendre 5 secondes pour qu'il atteigne la vitesse nécessaire au test.
Le bras support est alors libéré et l'échantillon est mis en contact avec le tapis.

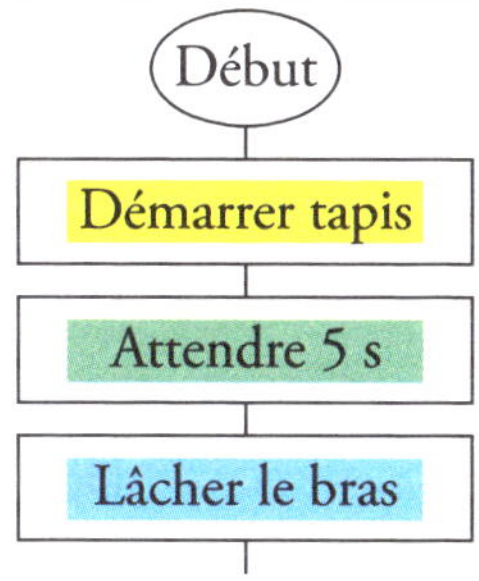

• Applique cette même méthode pour retrouver les éléments manquants de l'algorigramme.

Question 3

Comprendre le document 3

• Ce document décrit l'amélioration de la machine prévue par le fabricant.

• Le graphique représente le signal créé par le capteur, lors de l'acquisition de l'information « Vitesse de rotation du moteur ».

Répondre à la question

Tu auras besoin de te rappeler tes cours sur les capteurs et les signaux.

Question 4

L'algorigramme de la question **2** est d'une grande aide pour compléter le programme scratch de la question **4** : il s'agit du même programme, mais avec la prise en compte de l'utilisation du capteur.

58 CORRIGÉ GUIDÉ

▶ **1.** Les gants 2 et 4 ne peuvent pas être utilisés en compétition car leur durée d'abrasion est inférieure à 8 s. Ils peuvent cependant être utilisés sur route car leur durée d'abrasion est supérieure à 4 s.

Les gants 1 et 3 peuvent être utilisés en compétition, car leur durée d'abrasion est supérieure ou égale à 8 s.

▶ **2.**

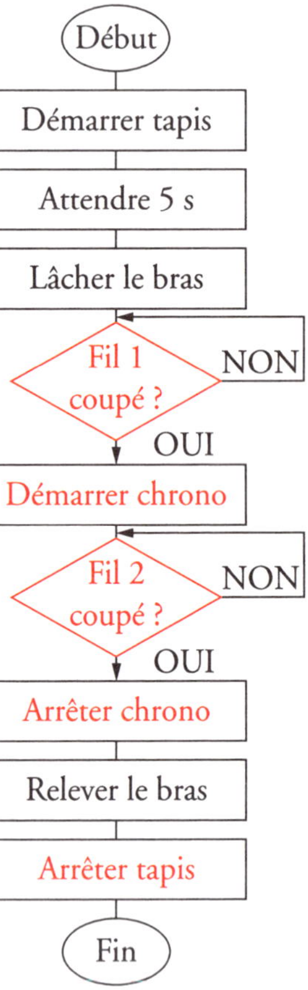

INFO +
N'hésite pas à regarder du côté du programme Scratch pour t'en inspirer.

▶ **3. a)** La fonction de ce capteur est d'acquérir une information : la vitesse de rotation du moteur. Il mesure la vitesse de rotation en la convertissant en un signal électrique.

b) Le bras est libéré quand la vitesse de rotation est de 3 000 tr/min, ce qui correspond à une tension de 3 V sur le graphique.

REMARQUE
Cette question vérifie la compréhension du système et nécessite de connaître les fonctions de la chaîne d'information.

c) Ce capteur est de type analogique : le signal électrique, fonction de la vitesse, peut prendre une infinité de valeurs.

▶ **4.**

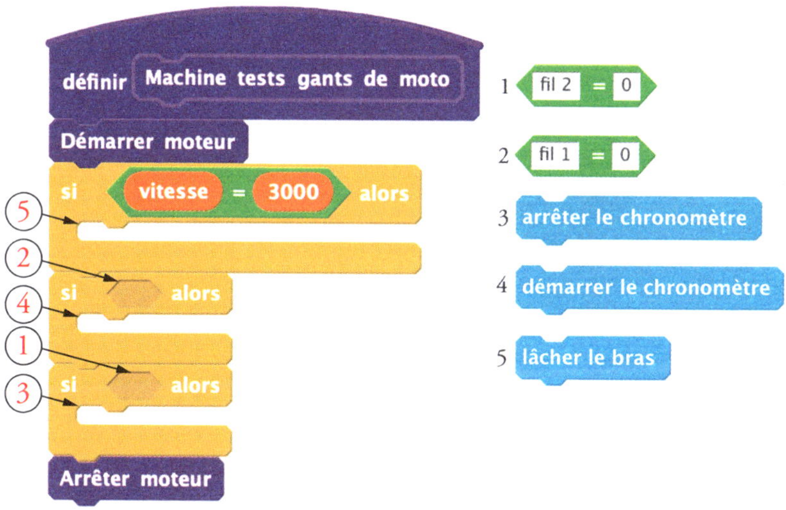

SCIENCES

Épreuve orale

INFOS et CONSEILS sur l'épreuve

FICHE 1 Comment s'organise l'épreuve orale du brevet ? 344

FICHE 2 Effectuer une recherche documentaire pour l'oral 346

FICHE 3 Présenter un projet interdisciplinaire 347

FICHE 4 Présenter une œuvre d'art 349

FICHE 5 Créer un diaporama pour accompagner sa présentation 351

FICHE 6 S'exprimer avec aisance à l'oral 353

FICHE 7 Faire sa présentation à plusieurs 355

FICHE 8 S'entretenir avec le jury 356

FICHE 9 Six étapes clés pour réussir l'épreuve orale 358

Histoire des arts

SUJETS 59 à 66 359

Projet interdisciplinaire

SUJET 67 376

1 Comment s'organise l'épreuve orale du brevet ?

L'épreuve orale est composée d'un exposé suivi d'un entretien avec un jury.

A Comment se déroule l'épreuve ?

- C'est à toi de choisir ce que tu veux présenter : soit une œuvre étudiée en **histoire des arts**, soit un **projet** mené dans le cadre des EPI ou d'un parcours éducatif (parcours Avenir, parcours citoyen, parcours éducatif de santé, parcours d'éducation artistique et culturelle).
- Tu peux passer l'oral **seul(e) ou à plusieurs** (3 élèves maximum). Si tu es seul(e), ton exposé dure 5 minutes, suivies de 10 minutes d'entretien avec le jury. En groupe, l'exposé dure 10 minutes et l'entretien 15 minutes.

> CONSEIL **Répartissez équitablement le temps de parole, car la note est individuelle !**

- Tu dois t'exprimer de façon claire et montrer ce que le travail sur l'œuvre ou le projet t'a apporté. Tu peux présenter au jury une réalisation concrète faite pendant l'année ou préparer un diaporama pour appuyer ton exposé, mais c'est ta **prestation orale** qui est évaluée.

B Quelles sont les modalités de l'épreuve ?

L'épreuve est notée sur **100 points** :
- 50 points pour la maîtrise de l'expression orale ;
- 50 points pour la maîtrise du sujet présenté.

1. Évaluation de l'expression orale

Tu dois montrer que tu es capable :
- de t'exprimer devant plusieurs personnes et d'échanger avec elles ;
- d'utiliser un vocabulaire correct, précis et varié ;
- d'exposer ton **point de vue**, d'exprimer tes émotions (face à une œuvre notamment).

2. Évaluation de la maîtrise du sujet

Sur cet aspect, le jury évalue ta capacité à :
- construire un exposé structuré ;
- analyser une œuvre ou un projet de manière critique et argumentée ;
- justifier un choix, une démarche, un avis...

> ASTUCE **S'exprimer en public, surtout avec le trac, est difficile. Entraîne-toi au maximum avant l'épreuve !**

ÉPREUVE ORALE

15-25 min. — 100 pts

1re partie : exposé

5-10 min.

MÉTHODE

1. Présentez votre projet.
2. Expliquez les différentes étapes du travail.
3. Faites le bilan : quelles difficultés avez-vous rencontrées ?

OBJECTIF

Vous devez présenter, seul(e) ou par équipe de deux ou trois, un dossier d'histoire des arts ou un projet réalisé dans le cadre des EPI.

CONSEILS

Soignez votre expression : elle compte autant que votre maîtrise du sujet.

2e partie : entretien

10-15 min.

MÉTHODE

1. Assurez-vous de bien maîtriser votre sujet pour pouvoir répondre aux questions précises du jury.
2. Les questions plus larges vous permettent de mettre en valeur votre culture et votre expérience.

2 Effectuer une recherche documentaire pour l'oral

Pour préparer ta présentation orale, tu dois faire des recherches en bibliothèque ou sur Internet.

A Utiliser des mots-clés

- Saisis d'abord des **termes précis**. De nouveaux **mots-clés** vont émerger au fil de ta recherche.
- Pour passer **du langage courant au langage documentaire**, supprime les articles et les termes trop vagues, et utilise seulement les **notions essentielles** de ton sujet.

B Consulter différentes sources

- Commence par consulter des **sources publiées** (manuels, livres, revues). Après avoir trouvé des informations dans les **documents de référence**, tu peux aller sur **Internet**.
- N'hésite pas à t'inspirer de ton environnement et de l'**expérience vécue** de personnes proches en les interrogeant.

C Constituer une bibliographie ou une sitographie

- Une bibliographie doit toujours être classée par ordre alphabétique du nom d'auteur.
- Tu dois indiquer toutes les informations nécessaires pour permettre de **retrouver facilement la source**, en respectant des codes de présentation spécifiques.

> **EXEMPLE** **Pour un livre : Panafieu, Jean-Baptiste de, *Sur les traces de Darwin*, Gallimard Jeunesse, 2011, 127 p.**
>
> **Pour un article : Sharomov, Dmitri, « L'odyssée sauvage », *Phosphore*, décembre 2013, n° 390, p. 18-23.**

- Pour un site Internet, copie-colle l'adresse et précise la date à laquelle tu l'as consultée : Région Île-de-France, *L'agriculture urbaine et la biodiversité : agriculture urbaine et fonctions écologiques* (consulté le 24 juillet 2016), http://agricultureurbaine-idf.fr/agriculture-urbaine-fonctions-ecologiques-1.

> **CONSEIL** **Crée des favoris pour retrouver facilement les sites utilisés. Pense à consulter ton historique de recherche si tu as oublié de noter une référence.**

3 Présenter un projet interdisciplinaire

Tu dois exposer le cheminement de ton projet en 5 minutes, avant de t'entretenir avec le jury pendant 10 minutes.

A Que faut-il présenter ?

1. Le projet et la démarche

- Présente d'abord le **thème général** du projet interdisciplinaire ainsi que le parcours (citoyen, culture ou avenir) dans lequel il s'inscrit.
- Présente ensuite ton **projet** : quel était l'objectif ? que devais-tu faire ?
- Expose ta **démarche** : comment es-tu parvenu(e) au résultat final ? Explique les difficultés rencontrées mais surtout comment tu as pu les surmonter.

2. Ce qu'il t'a apporté

- Explique ton intérêt pour ce projet : pourquoi as-tu choisi ce sujet ?
- **Qu'as-tu appris ?** Détermine ce qui t'a le plus intéressé(e) pendant la phase de recherche, et pense aussi aux compétences pratiques que tu as acquises (travail en équipe, gestion d'un planning, recherche documentaire…).
- Efforce-toi d'avoir un **regard critique** sur le travail effectué : es-tu satisfait(e) du résultat final ? Qu'est-ce qui pourrait être amélioré ?

B Comment t'y prendre concrètement ?

1. Construis un plan efficace

- **Introduction :**

– présente le thème et le projet, insiste sur son aspect pluridisciplinaire ;
– annonce le plan de ta présentation.

- **Développement :**

I. Présente la démarche de ton équipe et ton rôle dans le projet.
II. Fais un bilan personnel (ce que tu as appris, les compétences que tu as acquises, les difficultés que tu as rencontrées, etc.).

- **Conclusion :**

– reprends l'essentiel de ton exposé en quelques phrases ;
– ouvre le sujet, en parlant de l'autre projet interdisciplinaire réalisé dans l'année par exemple.

2. Prépare des outils pour t'aider

- Ne rédige pas intégralement ta présentation orale. Note juste les **idées essentielles** sur des fiches.
- Fais une fiche par partie et **note le titre de chacune en haut de la fiche** pour t'y retrouver facilement.

> **ASTUCE** **Si cela te rassure, tu peux rédiger la première phrase que tu vas dire au jury sur ta première fiche. De cette façon, tu es sûr(e) de bien commencer !**

- Tu peux utiliser un **support visuel** pour enrichir ta présentation et maintenir l'attention du jury (réalisation concrète de ton projet, diaporama…).

C Les points clés de la présentation

① OBJECTIF → Résumez le projet en une phrase.

② ÉTAPES → Relisez votre journal de bord et identifiez les grandes phases du projet (entre 3 et 5).

③ RÉSULTAT
- **votre avis** : Êtes-vous satisfait(e) ? déçu(e) ? Pourquoi ?
- **l'avis du public** : Si vous avez présenté votre projet, comment a-t-il été reçu ? A-t-il été compris ? apprécié ? critiqué ?

④ DIFFICULTÉS → Listez les difficultés rencontrées et les solutions trouvées.

Difficultés		Solutions
•	→	....
•	→	....
•	→	....

⑤ BILAN
- **connaissances** : Qu'avez-vous appris ?
- **compétences** : Quels savoir-faire avez-vous acquis ?
- **apport personnel** : Qu'en avez-vous retiré ?

4 Présenter une œuvre d'art

Tu dois présenter un objet d'étude abordé en histoire des arts : le plus souvent, il s'agit d'une œuvre d'art, mais ce peut être également un mouvement artistique ou une thématique abordée à travers plusieurs œuvres.

A Que faut-il présenter ?

1. Un objet d'étude qui t'intéresse

- Quelques semaines avant l'épreuve, ton professeur principal te transmettra la liste des objets d'étude vus en classe pour te permettre de faire ton choix.
- Pour que ta présentation soit convaincante, il est important que tu ne choisisses pas un sujet par défaut : sélectionne une œuvre qui t'a plu ou qui t'a interpellé(e). Tu dois être capable de **justifier ton choix**.

2. Un objet d'étude que tu connais bien

- Tu disposes de 5 minutes (10 minutes si la présentation se fait en groupe) pour présenter l'objet d'étude : description de l'œuvre, analyse, interprétation.
- **Documente-toi** sur l'œuvre choisie pour mieux en comprendre les enjeux : artiste, contexte historique, mouvement artistique… Tu peux aussi rechercher des œuvres similaires à celle que tu présentes afin d'enrichir ton exposé.

> ATTENTION **Ne te contente pas de copier-coller la page Wikipédia de l'œuvre que tu présentes ! Ton exposé doit être personnel.**

- Prends le temps de t'interroger sur **l'effet que l'œuvre produit sur toi** : tu prouveras ainsi au jury que tu es capable de formuler une analyse personnelle.

B Comment t'y prendre concrètement ?

1. Construis un plan efficace

- **Introduction** :

– présente l'œuvre : titre, auteur, date de création, type d'œuvre, support, lieu de conservation, etc.
– annonce la problématique associée à l'œuvre choisie : en quoi est-elle particulièrement intéressante ?

● **Développement** :

I. Décris l'œuvre et son contexte de création : époque, mouvement artistique, influences de l'artiste…

> CONSEIL **Lorsque tu décris une image, procède méthodiquement : du premier plan à l'arrière-plan, par exemple.**

II. Analyse l'œuvre de manière précise. Par exemple, s'il s'agit d'un tableau, intéresse-toi à sa structure, à la technique utilisée, au choix des couleurs, etc.
III. Propose une interprétation de l'œuvre : quelle est l'intention de l'artiste ? quel est l'effet produit ?

● **Conclusion** :

– résume l'intérêt de l'œuvre et explique pourquoi tu as choisi de la présenter ;
– ouvre en faisant le lien avec d'autres œuvres d'art que tu as pu étudier en cours ou que tu as découvertes par toi-même.

2. Prépare des outils pour t'aider

● Pour chaque objet d'étude, prépare des **fiches** reprenant les **idées principales** de ta présentation, en consacrant une fiche à chaque partie (inscris clairement le titre de chaque partie pour te repérer facilement).

● **Ne rédige surtout pas** tes notes, sinon tu seras tenté(e) de lire plutôt que de t'adresser directement au jury.

> ASTUCE **Entraîne-toi en avance pour repérer ce que tu as tendance à oublier : mets ces éléments en valeur sur tes fiches pour y penser le jour J !**

● Utilise un **support visuel** pour enrichir ta présentation :

– si tu en as la possibilité, prépare un **diaporama** (→ fiche 26) pour illustrer ta présentation et maintenir l'intérêt du jury.

> CONSEIL **Prévois une dizaine de diapositives maximum qui accompagnent le déroulé de ton exposé et profites-en pour compléter ton propos avec des visuels (portrait de l'artiste, autre œuvre similaire, etc.).**

– si tu ne peux pas projeter de diaporama, imprime une reproduction de l'œuvre pour chaque membre du jury.

5 Créer un diaporama pour accompagner sa présentation

Pour ta présentation orale, tu peux réaliser un diaporama. Pour cela, utilise le logiciel gratuit OpenOffice Impress.

A Respecter une charte graphique

L'ensemble des normes visuelles adoptées pour ton diaporama doit être simple et cohérent. On appelle cet ensemble une charte graphique.

1. Adapte l'aspect visuel

- Utilise un seul arrière-plan pour tout le diaporama, privilégie les fonds unis à ceux qui sont dégradés ou composés.
- Ne multiplie pas les transitions animées. **L'ensemble doit rester sobre.**
- Choisis les thèmes, les couleurs et les transitions de façon à ce qu'ils **accompagnent ton propos**.
- En revanche, tu peux varier les mises en page de chaque diapositive.

ASTUCE **Évite les fonds sombres ; ils diminuent la lisibilité du texte.**

2. Assure-toi de la lisibilité du texte

- Utilise toujours une taille de police supérieure à 24. **On doit pouvoir lire ton texte de loin.**
- Choisis une police simple et lisible (Arial, Cambria, Times New Roman) et garde-la pour toute la présentation. Évite les polices compliquées ou esthétiques, elles sont difficiles à lire.
- Ne mets pas plus de 6 mots par ligne et plus de 6 lignes par diapositive. **Ton auditoire doit avoir le temps de tout lire.**
- Ne mets pas de texte en bas de l'écran, ton auditoire pourrait ne pas arriver à voir ce que tu as écrit.

B Composer des diapositives

1. Agence bien ton diaporama

- Sur la première diapositive, fais apparaître le titre et le thème de ton exposé ainsi que le(s) nom(s) de ceux ou celles qui font la présentation.
- Organise ton diaporama selon le même plan que celui de ton exposé. Prévois une diapositive pour le titre et pour chaque partie.

- Ne rédige pas tes phrases en entier. Tu ne dois faire apparaître que les **mots-clés**, les **noms propres** et les **idées essentielles**.
- Utilise des **puces** pour structurer ton propos.
- Privilégie les **schémas**, les flèches et les graphiques.

2. Illustre ton propos

- N'ajoute des visuels que lorsque c'est nécessaire. Ils ne servent pas à décorer, mais à soutenir un point précis.
- Prévois un titre pour chaque illustration.
- Lorsque tu présentes un schéma, affiche-le progressivement, pour **l'expliquer au fur et à mesure** qu'il apparaît.
- Tu peux ajouter une flèche pour montrer précisément un détail sur une carte ou un tableau.

> CONSEIL PRATIQUE **À la fin de ton exposé, prévois une diapositive qui permet à ton auditoire de comprendre que tu as terminé.**

C S'organiser avant la projection

1. Prépare-toi à l'avance

- **Prends du temps** pour préparer ton diaporama. Tu peux y passer 3 ou 4 heures la première fois. Ensuite, tu devras revenir une ou deux fois dessus et y travailler au moins une heure à chaque fois.
- Quand il te semble terminé, fais-le défiler devant tes amis. **Entraîne-toi à présenter ton projet en même temps.**
- Surtout, ne lis pas ce qui est écrit sur les diapositives, commente-le.

2. Ne te laisse pas surprendre par un problème technique

- **Prévois une clé-USB** avec une copie de ton diaporama au format PDF. Si ton diaporama ne s'ouvre pas en format Impress, essaie en format PDF.
- Envoie-toi également ces deux documents (en format Impress et en format PDF) par e-mail. Tu pourras ainsi les retrouver par internet, si tu ne retrouves pas ta clé.
- Enfin, imprime les feuilles les plus importantes de ton diaporama. Tu pourras ainsi les distribuer au jury en cas de panne électrique.

6 S'exprimer avec aisance à l'oral

La maîtrise de la langue est essentielle lors de l'épreuve orale. La moitié des points est accordée à la qualité de ton expression.

A Bien se préparer

1. Maîtrise ton sujet

- Il est nécessaire de **connaître le sens des mots que tu utilises**, les personnes que tu cites, les dates des événements historiques dont tu parles…
- Annonce ton plan au début et fais-y référence à chaque transition.

2. Appuie-toi sur des fiches efficaces

- Utilise des feuilles dans un petit format (type fiches bristol).
- Écris chaque idée sur **une seule ligne**.
- Ne rédige pas de phrase complexe ou de paragraphe.

> EXEMPLE **3 août 1914 : l'Allemagne déclare la guerre à la France.**

- Espace tes idées et classe-les pour reprendre le fil en cas d'interruption.
- Choisis un **code couleur** identique pour toutes tes fiches (titres en rouge, exemples en vert…).

3. Entraîne-toi à l'oral

- Relis tes fiches et tes diapositives à voix haute pour vérifier que ton exposé **s'enchaîne bien** et que ton texte est clair.
- Entraîne-toi à présenter ton travail à l'oral : cela te permettra de contrôler le **temps de parole** et de repérer ce que tu as du mal à mémoriser.
- Simule un entretien avec un ami ou un membre de ta famille pour **tester tes connaissances**.

B Bien parler

1. Utilise un langage et un vocabulaire corrects

- Exprime-toi dans un **langage courant ou soutenu** et articule bien. Prononce les négations (« je ne sais pas ») et toutes les lettres des mots (« un cheval » et non « un ch'fal »).
- **Évite les mots abrégés** (« photographie » et non « photo ») et préfère les termes précis (« je », « les comédiens ») aux termes généraux (« on », « les personnes »).

● **Bannis les onomatopées** (« euh », « bah ») et remplace-les par des mots de liaison (« alors », « donc »). N'utilise pas de mots familiers ou enfantins (« la femme, l'homme, embrasser » au lieu de « la dame, le monsieur, faire un bisou »...).

● **Utilise un vocabulaire adapté** à ton sujet. Si tu présentes une lecture, dis que tu as lu « un roman » ou « une nouvelle » et pas « un livre ».

2. Soigne ta diction

● Ne lis pas un texte que tu as rédigé au préalable. Au contraire, parle naturellement à partir d'une trame et de notes personnelles.

● Pour maintenir l'attention de ton jury, classe tes idées **des plus évidentes aux plus originales** et n'hésite pas à faire des **rappels** (« comme nous l'avons vu... »).

● **Varie le ton** pour mettre en valeur les idées importantes et les liens entre les différentes parties de ta présentation.

ASTUCE Entraîne-toi en te filmant ! Visionne d'abord la vidéo seul(e) puis fais-le avec un ami ou un parent. Notez tous les petits défauts et soyez critiques. Recommence jusqu'à ce que le résultat te convienne.

3. Fais attention à ta posture

● Elle doit être **naturelle** et **dégagée** (épaules ouvertes, bras mobiles), mais pas relâchée.

● Évite les **mouvements parasites** qui font oublier le contenu de ton exposé (balancements d'un pied sur l'autre...).

● Ne sois pas trop statique : ne t'appuie pas contre un mur ou un bureau, ne mets pas tes mains dans tes poches, ne croise pas les bras.

ASTUCE Regarde chaque membre du jury individuellement. Ainsi, ton public se sentira personnellement impliqué et restera attentif.

7 Faire sa présentation à plusieurs

Vous pouvez faire la présentation à plusieurs (2 ou 3 candidats). L'exposé dure 10 minutes et l'entretien avec le jury 15 minutes.

A Travailler en groupe

1. Présentez un travail commun

- Pour réussir l'épreuve en groupe, vous devez tous avoir participé à l'**ensemble des étapes** de la réalisation de votre travail.
- Ne présentez pas des œuvres ou des projets différents. Travaillez ensemble sur un seul sujet en donnant une **fonction** à chaque membre de l'équipe.

2. Valorisez votre travail d'équipe

- **Répétez ensemble** plusieurs fois. Changez l'organisation jusqu'à ce que chacun trouve sa place, sans tout changer à la dernière minute.
- Nommez un(e) **responsable du temps**. Élaborez un code discret qui vous permettra de savoir si vous devez accélérer ou si vous êtes en avance.
- Montrez que vous êtes une équipe. Ne restez pas inactif(ve) pendant que les autres membres du groupe parlent : occupez-vous du diaporama, par exemple !

B Organiser l'épreuve

1. Gérez votre temps

- **Donnez à chacun le même temps de parole** pendant l'exposé et durant l'entretien. Définissez à l'avance le temps et la répartition de la parole.
- **Évitez d'intervenir** et de couper la parole à celui ou celle qui parle.

2. Personnalisez les exposés

- Ne changez pas de locuteur à chaque phrase, mais prenez une part dans chaque axe de la présentation. Évitez de vous répéter les uns les autres !
- Tout en montrant que votre travail est commun, **soulignez la part personnelle de chacun**. Chaque candidat tirera un bilan différent et aura des impressions propres.

> REMARQUE **Même si la soutenance est collective, la note est individuelle.**

8 S'entretenir avec le jury

Durant l'entretien, le jury cherche à vérifier que ton travail est personnel et que tu as compris ce que tu as fait. Pour cela, il va te poser des questions sur ton exposé mais aussi sur des sujets plus larges.

A Parler de son exposé

1. Anticipe les questions

- Dans la première partie de l'entretien, le jury va te poser **des questions précises sur tes connaissances** à propos de ton projet ou te demander de préciser les caractéristiques de l'œuvre présentée.
- Essaie d'imaginer une dizaine de questions que le jury pourrait te poser sur ton exposé et prépare tes réponses.
- Dans ton exposé, **laisse de côté certains points que tu connais** : le jury te questionnera sur ces aspects que tu as volontairement éludés.

> EXEMPLE **Dans un exposé sur Archimède, mentionne l'école d'Alexandrie et les découvertes d'Ératosthène. Le jury te questionnera à la fin de ton exposé sur tes connaissances sur le sujet.**

2. Réponds clairement

- Reprends bien la structure de la question posée. Tu montreras ainsi que tu sais t'exprimer correctement à l'oral.
- Si tu ne connais pas la réponse, dis-le honnêtement. Une absence de réponse ne présume absolument pas de ta note finale.
- Si une question du jury te désarçonne, **réfléchis quelques secondes**. **Ne te décourage pas** et rebondis sur un autre élément assez proche qui te vient à l'esprit.

> CONSEIL **Ne va pas trop vite, prends le temps de réfléchir avant de répondre.**

B Élargir le propos

Durant la deuxième partie de l'entretien, le jury va davantage te questionner sur ce que t'a apporté personnellement la réalisation de ce travail.

1. Parle de ton expérience

- Le jury te posera quelques questions sur les autres EPI réalisés ou les autres objets d'étude vus dans l'année.
- On peut te demander de **parler** d'autres activités ou expériences que tu as vécues. Réfléchis à l'avance à celles que tu as préférées et qui t'ont le plus intéressé(e).
- Tu peux souligner ce que ces différentes activités t'ont apporté ou si tu as préféré un projet par rapport à un autre. **Explique toujours pourquoi.**
- Tu peux aussi parler d'une activité périscolaire, mais uniquement si elle est en lien avec ton projet.

> ASTUCE **Essaie avec tes réponses d'orienter le jury vers le sujet que tu souhaiterais aborder.**

2. Mets en valeur tes points forts

- Profite de cette deuxième partie pour parler de ce que tu connais et que tu sais le mieux faire.
- Utilise tes connaissances, même si elles ne proviennent pas de ce que tu as appris au collège. Inspire-toi de tes lectures, des films que tu connais. Le jury cherche aussi à cerner ta culture personnelle, tes centres d'intérêt.

> EXEMPLE **Si tu as travaillé sur un scientifique à l'époque gréco-romaine et que l'on te demande une comparaison avec un scientifique d'aujourd'hui, tu peux t'appuyer sur des représentations de scientifiques dans des films historiques que tu as vus, comme Alan Turing dans *Imitation game*.**

- Tu peux parler des problèmes que tu as rencontrés mais mets surtout en avant les solutions que tu as trouvées pour les résoudre. Le jury cherche avant tout à évaluer **ton travail personnel**.
- Si tu n'as pas trouvé de solution pour résoudre les problèmes, **essaie d'envisager les solutions** que tu pourrais mettre en place pour anticiper ce genre de problème à l'avenir.
- Attention, ne cherche pas à montrer au jury que tu en sais plus que lui. C'est peu probable et ce sera mal vu.
- **Reste naturel(le), souriant(e)** et montre que le sujet que tu as étudié t'intéresse et que tu as travaillé honnêtement.

9 Six étapes clés pour réussir l'épreuve orale

Pour réussir ton exposé devant le jury, tu dois être méthodique.

1. Préparer soigneusement son exposé en faisant le **bilan** du travail présenté. Ne pas oublier de citer ses sources.

(→ FICHES 2, 3, 4)

2. **Maîtriser son sujet** et être capable d'expliquer toutes les notions abordées dans l'exposé.

(→ FICHE 6)

3. Préparer des **fiches** faciles à manipuler (une fiche par partie, avec des couleurs pour se repérer) et éventuellement un **diaporama** pour illustrer l'exposé.

(→ FICHES 5, 6)

4. Dans le cas d'une **présentation à plusieurs**, répartir clairement les rôles et savoir ce que chacun doit dire et faire.

(→ FICHE 7)

5. **S'entraîner** à dire l'exposé en soignant son expression et en se chronométrant.

(→ FICHE 6)

6. **Anticiper** l'entretien en réfléchissant aux questions que pourrait poser le jury.

(→ FICHE 8)

59 Sujet inédit

La Femme au chapeau, Henri Matisse

HISTOIRE DES ARTS

15 ou 25 min
100 points

▶ Présentez *La Femme au chapeau* d'Henri Matisse : évoquez son contexte de création, puis décrivez l'œuvre elle-même avant d'en donner une interprétation personnelle.

DOCUMENT Henri Matisse, *La Femme au chapeau* (1905)

ORAL

59 PISTES POUR L'ORAL

I. Situer l'œuvre

La *Femme au chapeau* est un portrait peint par Henri Matisse. Il est exposé au salon d'Automne à Paris en 1905 et provoque un scandale à cause de ses couleurs très vives. Un critique d'art, choqué par la violence de cette peinture, invente alors pour Matisse et ses amis le terme de « fauvisme ».

II. Analyser l'œuvre

- Le tableau est le portrait d'Amélie Matisse, la femme du peintre. Elle a tous les attributs de la femme bourgeoise : riche chapeau à plumes, gant, éventail. Par ailleurs, son maintien et son regard posé trahissent son origine sociale.
- Le visage est traversé par une longue trace verte qui représente l'ombre du nez. Les reliefs du visage sont rendus par des taches de couleurs différentes. Le peintre a utilisé de larges aplats qui ne permettent pas de distinguer les détails : les taches sur l'éventail, par exemple, sont peut-être les fleurs d'un bouquet. Le fond du tableau est un simple jeu de correspondances colorées.

III. Interpréter l'œuvre

- Avec ce portrait, Matisse crée une rupture avec les codes classiques de la représentation. Il ne cherche plus la ressemblance parfaite avec le modèle et préfère l'interprétation personnelle. C'est, en 1905, une démarche extrêmement novatrice, et choquante pour nombre de ses contemporains.
- L'emploi de la couleur sans lien avec la réalité (transposition chromatique) est l'autre grande innovation de ce portrait et la principale caractéristique du fauvisme. Les couleurs, vives et contrastées, éclatent littéralement sous l'œil du spectateur. Elles reflètent les sentiments du peintre, servent à rendre l'ombre et la lumière et remplacent la perspective.

POUR OUVRIR ET CONCLURE

Au salon d'Automne de 1905, d'autres toiles « fauves » sont exposées :

- ***Le portrait de Matisse*** par Derain (1905), conservé à la Tate Gallery à Londres : www.tate.org.uk (en anglais).
- ***Le portrait de Derain*** par Vlaminck (1906), conservé au Metropolitan Museum of Art à New York : www.metmuseum.org (en anglais).

60 Sujet inédit

Le Cheval majeur, Raymond Duchamp-Villon

HISTOIRE DES ARTS

15 ou 25 min
100 points

▶ Présentez *Le Cheval majeur* de Raymond Duchamp-Villon : évoquez son contexte de création, puis décrivez l'œuvre elle-même avant d'en donner une interprétation personnelle.

DOCUMENT Raymond Duchamp-Villon, *Le Cheval majeur* (1914)

ph © Boltin Picture Library / Bridgeman Art Library

Collection privée et Centre Georges Pompidou, Paris

60 PISTES POUR L'ORAL

I. Situer l'œuvre

Le Cheval majeur est une sculpture de Raymond Duchamp-Villon, réalisée en plâtre en 1914 puis coulée en bronze en 1976. Duchamp-Villon est un artiste qui a voulu faire évoluer le mouvement cubiste avec la Section d'or.

II. Analyser l'œuvre

- *Le Cheval majeur* a été réalisé en plusieurs versions, de dimensions et de matériaux divers : il est d'abord conçu en plâtre, en petites dimensions, par l'artiste en 1914. Ce sont ses frères qui réaliseront de manière posthume la sculpture aux dimensions monumentales dont l'artiste rêvait.
- Les formes, réalisées après de nombreuses esquisses, sont épurées. Des formes géométriques arrondies se mêlent à d'autres plus rectilignes.

III. Interpréter l'œuvre

- Cette œuvre est au croisement des esthétiques cubiste et futuriste.
- Elle exprime la synthèse entre la force animale et la robustesse de la machine. Elle est ainsi le reflet de l'époque de la deuxième révolution industrielle. L'industrialisation inspire d'autres sculpteurs de l'époque, comme Boccioni, ou le frère de l'artiste, Marcel Duchamp.

POUR OUVRIR ET CONCLURE

Au début du XXe siècle, d'autres jeunes sculpteurs innovent et s'éloignent de la sculpture du maître Rodin :

- **Constantin Brâncuşi** (1816-1956) : il utilise le marbre et le bronze, estompe les traits, élimine les détails. *La Muse endormie* (1909) est la parfaite illustration de sa conception de la sculpture (www.centrepompidou.fr).
- **Umberto Boccioni** (1882-1916) : son œuvre *Formes uniques de continuité dans l'espace* (1912) rappelle *Le Cheval majeur* par la force et la vitesse du mouvement (www.histoire-image.org).
- **Marcel Duchamp** (1887-1968) et le *ready-made* : influencé par la modernisation de la société, il pense que le seul choix de l'artiste suffit à faire d'un objet une œuvre d'art (dossier pédagogique du centre Pompidou : www.centrepompidou.fr).

61 Sujet inédit

Chrysler Building, William Van Alen

HISTOIRE DES ARTS

15 ou 25 min
100 points

▶ Présentez le *Chrysler Building* de William Van Alen : évoquez son contexte de création, puis décrivez l'œuvre elle-même avant d'en donner une interprétation personnelle.

DOCUMENT William Van Alen, *Chrysler Building* (1928-1930)

ph © Shutterstock

ORAL

61 PISTES POUR L'ORAL

I. Situer l'œuvre

• Le *Chrysler Building* est un gratte-ciel conçu par William Van Alen dans le style Art déco, style dominant dans les années 1920.

• Il est construit à New York et inauguré en 1930 après deux ans de travaux.

II. Analyser l'œuvre

• Dans cette époque de prospérité économique qui précède la crise des années 1930, les États-Unis affichent leur puissance par la construction de gratte-ciel de plus en plus hauts.

• Le *Chrysler Building* sera le plus haut monument du monde jusqu'à la construction de l'*Empire State Building*, un an plus tard, en 1931.

III. Interpréter l'œuvre

• Sa décoration exalte la puissance de l'économie américaine et de l'industrie automobile, particulièrement de la marque Chrysler, son commanditaire.

• Les années 1920 sont une période d'avant-garde artistique. En architecture, on recherche également de nouvelles esthétiques et techniques, de nouveaux matériaux, comme en témoigne le style Art déco.

POUR OUVRIR ET CONCLURE

Les années 1920 sont celles du renouvellement et de l'avant-garde dans tous les domaines artistiques. L'architecture ne fait pas exception.

• Le **Bauhaus** : ce mouvement allemand fondé en 1919 cherche à lier les arts plastiques avec l'architecture, l'artisanat et l'industrie (pour en savoir plus : www.grandpalais.fr/fr/article/le-bauhaus).

• **Antonio Gaudí**, architecte visionnaire : à sa mort en 1927, l'architecte catalan travaille depuis 43 ans (1884) sur un projet fou, la *Sagrada Família*, à Barcelone (pour en savoir plus sur cette œuvre inachevée : www.sagradafamilia.org).

62 Sujet inédit

Les Temps modernes, Charlie Chaplin

HISTOIRE DES ARTS

15 ou 25 min
100 points

Présentez *Les Temps modernes* de Charlie Chaplin : évoquez son contexte de création, puis décrivez l'œuvre elle-même avant d'en donner une interprétation personnelle.

DOCUMENT Charlie Chaplin, *Les Temps modernes* (1936)

Extrait de la séquence d'ouverture, « À l'usine ».

ORAL

62 PISTES POUR L'ORAL

I. Situer l'œuvre

• Charlie Chaplin est un cinéaste qui joue dans ses films comiques, qui les écrit et les produit. Après une enfance difficile, il s'installe aux États-Unis. Il est sensible aux idées communistes.

• *Les Temps modernes* est le dernier film muet dans lequel Charlot apparaît. La séquence d'ouverture, à l'usine, dénonce les conditions de travail des ouvriers.

II. Observer et analyser l'œuvre

• La séquence d'ouverture se déroule dans une usine minutieusement décrite. Les personnages sont associés à ce lieu et l'action est limitée à une journée.

• La pause déjeuner est un moment burlesque, où la machine devenue folle martyrise Charlot, impuissant. L'ouvrier est pris de folie à cause de son travail.

III. Interpréter l'œuvre

• Ce film témoigne de la volonté de Chaplin de conserver le caractère burlesque présent dans ses films antérieurs.

• Le cinéaste se méfie du cinéma parlant et donne les rares paroles aux personnages antipathiques adeptes des technologies faisant produire plus.

• Chaplin dénonce, par la satire, les conditions très dures des travailleurs à la chaîne, traités comme des bêtes par un patron tout-puissant.

POUR OUVRIR ET CONCLURE

Comme *Les Temps modernes*, de nombreux films ont **dénoncé la violence** subie par les ouvriers dans le monde, parmi lesquels :

• ***Metropolis*** de Fritz Lang (Autriche, 1927) : une femme-robot déclenche la révolution dans une mégapole où la population ouvrière est exploitée.

• ***À nous la liberté*** de René Clair (France, 1931) : film dont Chaplin s'est inspiré et qui dénonce le travail à l'usine où les ouvriers sont habillés comme des détenus.

• ***Les Raisins de la colère*** de John Ford (États-Unis, 1940) : adaptation du roman de J. Steinbeck, il dénonce la confiscation des terres des paysans américains endettés.

63 Sujet inédit

Complainte du progrès, Boris Vian

HISTOIRE DES ARTS

15 ou 25 min
100 points

▶ Présentez la *Complainte du progrès* de Boris Vian : évoquez son contexte de création, puis décrivez l'œuvre elle-même avant d'en donner une interprétation personnelle.

DOCUMENT Boris Vian, *Complainte du progrès* (1956)

Autrefois pour faire sa cour
On parlait d'amour
Pour mieux prouver son ardeur
On offrait son cœur

Maintenant c'est plus pareil
Ça change, ça change
Pour séduire le cher ange
On lui glisse à l'oreille
Ah Gudule

Viens m'embrasser
Et je te donnerai
Un frigidaire
Un joli scooter
Un atomixer
Et du Dunlopillo
Une cuisinière
Avec un four en verre
Des tas de couverts
Et des pelles à gâteau

Une tourniquette
Pour faire la vinaigrette
Un bel aspirateur
Pour bouffer les odeurs
Des draps qui chauffent
Un pistolet à gaufres
Un avion pour deux
Et nous serons heureux
Autrefois, s'il arrivait
Que l'on se querelle
L'air lugubre on s'en allait
En laissant la vaisselle

Maintenant, que voulez-vous
La vie est si chère
On dit rentre chez ta mère
Et on se garde tout
Ah Gudule,

Excuse-toi
Ou je reprends tout ça
Mon frigidaire
Mon armoire à cuillères
Mon évier en fer
Et mon poêle à mazout
Mon cire-godasses
Mon repasse-limaces
Mon tabouret à glace
Et mon chasse-filous

ORAL

La tourniquette
À faire la vinaigrette
Le ratatine-ordures
Et le coupe friture

Et si la belle
Se montre encor cruelle
On la fiche dehors
Pour confier son sort
Au frigidaire
À l'efface-poussière
À la cuisinière
Au lit qu'est toujours fait
Au chauffe-savates
Au canon à patates
À l'éventre-tomates
À l'écorche-poulet

Mais très très vite
On reçoit la visite
D'une tendre petite
Qui vous offre son cœur
Alors on cède
Car il faut qu'on s'entraide
Et l'on vit comme ça
Jusqu'à la prochaine fois
Et l'on vit comme ça
Jusqu'à la prochaine fois

Boris Vian (paroles), Alain Goraguer (musique),
Complainte du progrès, 1956, © Warner Chappell Music France.

63 PISTES POUR L'ORAL

I. Situer l'œuvre

• Boris Vian est un artiste aux talents multiples et à la santé fragile. Trompettiste, il joue dans un orchestre de jazz et écrit les paroles de ses chansons.

• Alain Goraguer est un compositeur et arrangeur musical français. Il rencontre Boris Vian et met en musique ses paroles.

• *La Complainte du progrès* est écrite au début des Trente Glorieuses, au moment où naît la société de consommation, portée par les arts ménagers.

II. Observer et analyser l'œuvre

• Les paroles dressent un parallèle entre le passé et le présent, décrivant les conséquences de l'évolution de la société sur la vie amoureuse.

• Les refrains sont composés d'une longue énumération amusante : une série de noms d'objets dédiés à la cuisine ou au ménage, réels ou inventés.

• L'orchestre de jazz est divisé en deux sections, rythmique et mélodique. La trompette ponctue les fins de phrase quand le piano accompagne la voix.

III. Interpréter l'œuvre

• Vian rédige des paroles pleines d'humour. La musique jazz composée par Alain Goraguer est inspirée des musiques des Caraïbes et souligne la malice des mots.

• Les paroles critiquent la soif de progrès technique de la population, l'entraînant à acheter des objets répondant à des besoins le plus souvent ridicules.

• Malgré l'humour et la musique entraînante, la description est en fait pessimiste. Tout romantisme est impossible dans la société de consommation.

POUR OUVRIR ET CONCLURE

La critique de la société de consommation est un thème fréquemment abordé dans les arts depuis la seconde moitié du XXe siècle. En voici quelques exemples :

• ***Mon oncle*** (1958) : film de Jacques Tati qui décrit avec humour le quotidien d'une famille dans une maison aux nombreuses innovations…

• ***Supermarket Lady*** (1969) : sculpture hyperréaliste de Duane Hanson qui représente une Américaine avec des bigoudis dans les cheveux poussant un chariot de courses débordant de nourriture.

64 Sujet inédit

Electronic Superhighway, Nam June Paik

HISTOIRE DES ARTS

15 ou 25 min
100 points

▶ Présentez *Electronic Superhighway: Continental U.S., Alaska, Hawaï* de Nam June Paik : évoquez son contexte de création, puis décrivez l'œuvre elle-même avant d'en donner une interprétation personnelle.

DOCUMENT **Nam June Paik, *Electronic Superhighway: Continental U.S., Alaska, Hawaï* (1995)**

Smithsonian Art Museum, Washington DC, États-Unis

64 PISTES POUR L'ORAL

I. Situer l'œuvre

• Nam June Paik, artiste coréen installé aux États-Unis, est le créateur de l'art vidéo qui considère les téléviseurs comme des outils artistiques.

• *Electronic Superhighway* est une installation vidéo composée de néons et de téléviseurs. Elle a été réalisée en 1995. L'œuvre se trouve à la National Portrait Gallery de Washington.

II. Décrire l'œuvre

• Cette installation de très grand format forme une carte des États-Unis. Les néons de couleur vive délimitent les frontières des États américains.

• Des extraits vidéo ayant pour sujet les États américains passent en boucle. Les couleurs et les sons sont travaillés par l'artiste : le rendu visuel et sonore est confus en vue d'ensemble, mais plus clair quand on observe chaque État.

III. Interpréter l'œuvre

• L'œuvre s'inspire de l'univers des autoroutes (couleurs criardes et vitesse) qui ont fasciné l'artiste lors de son installation dans ce pays.

• *Electronic Superhighway* est un autoportrait des États-Unis à travers sa représentation par les médias.

• L'installation questionne le spectateur et sa relation aux médias qui donnent une vision déformée, remplie de clichés, de la réalité.

POUR OUVRIR ET CONCLURE

Depuis la seconde partie du XXe siècle, de nombreux artistes utilisent des **éléments de la culture populaire** ou des objets manufacturés pour créer leurs œuvres. C'est le cas des artistes du Pop Art et des Nouveaux Réalistes européens :

• **Andy Warhol** : artiste américain (1928-1987), chef de file du Pop Art.

• **Roy Lichtenstein** : peintre et sculpteur américain (1923-1997), artiste Pop Art, dont les œuvres reprennent des cases de comics en grand format.

• **César** (César Baldaccini, dit) : sculpteur français (1921-1998), nouveau-réaliste, il utilise pour ses « compressions » des voitures écrasées.

65 Sujet inédit

Affiche antibolchevique, Adrien Barrère

HISTOIRE DES ARTS

15 ou 25 min
100 points

▶ Présentez l'affiche antibolchevique d'Adrien Barrère : évoquez son contexte de création, puis décrivez l'œuvre elle-même avant d'en donner une interprétation personnelle.

DOCUMENT **Adrien Barrère, *L'Homme au couteau entre les dents* (1919)**

Coll. Dixmier / Kharbine-Tapabor

65 PISTES POUR L'ORAL

I. Situer l'œuvre

• Cette affiche a été réalisée par Adrien Barrère en 1919, sur commande d'un groupe d'industriels de la banlieue parisienne.

• Adrien Barrère est habitué à réaliser des affiches très expressives et frappantes grâce à ses nombreuses réalisations d'affiches de cinéma et de théâtre. Dans un contexte d'élections législatives, le patronat, effrayé par les révolutions bolcheviques et par la propagation de ses idées dans des pays traumatisés par la Grande Guerre, fait réaliser cette affiche.

II. Analyser l'œuvre

• Le dessin représente un visage terrifiant, hirsute, les cheveux en bataille, les yeux exorbités. Ses traits sont exagérés : c'est une caricature.

• Le couteau que le personnage tient entre les dents dégouline de sang, la couleur rouge-sang domine.

• Le slogan est écrit d'une main tremblante. La signature précise que l'affiche est commanditée par les patrons des usines de Sceaux et Saint-Denis.

III. Interpréter l'œuvre

• Tout est mis en œuvre pour effrayer le concitoyen : l'omniprésence du rouge, le couteau acéré… Ce sont les procédés des affiches du théâtre d'épouvante.

• Cette affiche de propagande a pour but de convaincre les électeurs de voter contre le bolchevisme et donc de voter pour les partis conservateurs.

POUR OUVRIR ET CONCLURE

L'affiche *L'Homme au couteau entre les dents* a été détournée par le Parti communiste lui-même : Raoul Cabrol dessine l'affiche « Contre ça, votez communiste », où Hitler est représenté de manière grotesque, tenant un couteau entre ses dents. Le mot « communiste » n'est plus présenté comme le danger, mais comme l'alternative à « ça » (Hitler, désigné sans être nommé) : www.histoire-image.org.

Dracula, Francis Ford Coppola

HISTOIRE DES ARTS

15 ou 25 min
100 points

▶ Présentez *Dracula* de Francis Ford Coppola : évoquez son contexte de création, puis décrivez l'œuvre elle-même avant d'en donner une interprétation personnelle.

DOCUMENT Francis Ford Coppola, *Dracula* (1992)

Film adapté du roman de Bram Stoker (1897).

66 PISTES POUR L'ORAL

I. Situer l'œuvre

- *Dracula* est un film fantastique réalisé par Francis Ford Coppola en 1992.
- C'est une adaptation du roman néogothique de Bram Stoker, écrit en 1897.
- Le film raconte l'histoire du vampire Dracula, être brisé et maudit, qui renoue avec l'amour alors qu'il est en quête de nouvelles proies à Londres.

II. Analyser l'œuvre

- Le réalisateur crée un contraste entre romantisme et horreur.
- Les points de vue multiples des personnages traduisent leur psychologie.
- Le foisonnement des décors et des costumes donne une tonalité particulière aux lieux de l'action et symbolise l'âme des personnages.

III. Interpréter l'œuvre

- Dans le film, Dracula est un être brisé par l'amour, qui renie sa foi, la morale et les interdits à la mort de sa fiancée. Il pense renouer avec l'amour grâce à Mina.
- Amour et sensualité vont de pair, faisant de l'acte vampirique un acte charnel que l'on désire autant qu'on le craint.
- Au contact des vampires, les sens prennent le dessus sur la raison, à l'image d'un animal guidé par ses instincts.

POUR OUVRIR ET CONCLURE

- **Autres films sur Dracula** :
  - *Nosferatu* de Murnau (1922), film expressionniste allemand dont Coppola s'est inspiré pour les effets spéciaux, telle l'ombre de Dracula sur le mur ;
  - *Dracula* interprété par Bela Lugosi (1931) ;
  - *Le Cauchemar de Dracula*, avec Christopher Lee (1958) ;
  - *Du Sang pour Dracula* (1974) ;
  - *Dracula Untold* (2014) de Gary Shore.
- **Autres films et romans de vampires** :
  - *Le Bal des Vampires*, de Roman Polanski (1967), sur le mode parodique ;
  - *Entretien avec un vampire* de Neil Jordan (1994), adapté du roman d'Anne Rice (1976) ;
  - *Twilight*, série de films adaptés des romans de Stephenie Meyer (2005).

67 Sujet inédit

L'image au service de la propagande

PROJET INTERDISCIPLINAIRE

15 ou 25 min
100 points

Vous devez présenter un panneau d'exposition dans le cadre d'un projet interdisciplinaire (Histoire, EMC, Français) sur le thème de l'embrigadement de la jeunesse par la propagande hitlérienne et stalinienne.

Voici le panneau réalisé :

L'embrigadement de la jeunesse par la propagande hitlérienne et stalinienne

ph © www.bridgemanimages.com

« Enfant, que sais-tu de notre leader ? », affiche allemande (1935).

ph © Fine Art Images/Heritage Images/Getty Images

« Merci à notre cher Staline pour notre enfance heureuse », affiche soviétique (1950).

1. Des affiches similaires

• Les deux affiches sont **composées de la même manière** : Hitler et Staline sont à droite, tandis que les enfants occupent la partie gauche et la moitié inférieure de l'image.

• Les deux chefs sont présentés **en contre-plongée**, du point de vue des enfants, ce qui les fait paraître d'autant plus grands et imposants.

→ Ces affiches de propagande traduisent le **culte de la personnalité** caractéristique des régimes totalitaires.

2. Un message différent

✓ Hitler, un leader fort et conquérant

• Le **drapeau nazi** est très présent.

• « Kinder » et « Führer » sont écrits de la même taille, pour établir **un lien entre les enfants et le leader**.

• L'enfant au second plan a les yeux tournés vers la droite, donc vers l'Est et vers l'avenir : son regard symbolise **l'espoir** et évoque **les ambitions conquérantes** du régime.

→ L'objectif est de **rallier les enfants au régime** pour en faire de futurs soldats.

✓ Staline, une figure paternelle et rassurante

• Les enfants offrent des fleurs à Staline et le garçon lui adresse **un regard admiratif**.

• Le texte de l'affiche traduit **la gratitude des enfants** à l'égard de leur chef.

• Le garçon est vêtu du costume des **jeunesses communistes** mais le drapeau de l'URSS est absent.

→ L'objectif est de **donner une image rassurante de Staline**, « le petit père des peuples ».

67 PISTES POUR L'ORAL

Voici les diapositives qui peuvent servir de support à la présentation orale :

Ouverture

L'embrigadement de la jeunesse par la propagande hitlérienne et stalinienne

Alice, Michaël et Ryan (3e C)
le 15 avril 2021

- **Projet :** Réaliser un panneau en vue d'une exposition
- **Thème :** Information, communication et citoyenneté
Parcours citoyen
- **Intitulé :** L'image au service de la propagande
- **Disciplines :** Histoire, EMC et Arts plastiques

• **Sur la diapositive** : commencez par une diapositive d'ouverture indiquant toutes les caractéristiques de votre projet.

• **À l'oral** : vous pouvez passer rapidement sur cette 1re diapositive, mais elle vous permet de prendre confiance.

Introduction

Introduction

Problématique : Comment les régimes totalitaires utilisent-ils la propagande pour servir leur idéologie ?

Thème choisi : L'embrigadement de la jeunesse par la propagande hitlérienne et stalinienne

Plan de l'exposé sur mon projet :
I. Les recherches préparatoires
II. L'analyse des affiches
III. L'élaboration du panneau

• **Sur la diapositive** : faites apparaître la problématique et le plan de votre exposé. Ici, il suit les grandes étapes du projet.

• **À l'oral** : ne lisez pas le plan, énoncez-le en faisant des phrases complètes.

Partie 1

I. Les recherches préparatoires

Objectif : comprendre le fonctionnement des régimes totalitaires et trouver des affiches de propagande.

- **Définition de « propagande »**
Ensemble des moyens utilisés pour propager une idée ou une idéologie.

- **Quelques dates clés :**

1922, Italie
Mussolini marche sur Rome

1928, URSS
Staline, seul au pouvoir

1933, Allemagne
Hitler est nommé chancelier

© Archives Hatier

- **Sur la diapositive** : synthétisez vos recherches : ne mentionnez que les informations essentielles, si possible de manière visuelle.
- **À l'oral** : complétez la définition de la propagande et commentez la frise en justifiant le choix des dates.

Partie 2

II. L'analyse des affiches

Objectif : sélectionner des affiches et les analyser pour comprendre les techniques de propagande utilisées

MÉTHODE

1. Présentation
2. Description
3. Analyse

Affiche allemande, 1933

Affiche soviétique, 1950

- **Sur la diapositive** : limitez le texte à l'essentiel ; privilégiez les visuels.
- **À l'oral** : détaillez la méthode et appliquez-la aux deux affiches présentées.

ORAL

Partie 3

III. L'élaboration du panneau

Objectif : concevoir et réaliser un panneau pour présenter notre analyse des deux affiches.

La conclusion du travail d'analyse

les deux affiches contribuent au culte de la personnalité des dictateurs, mais leur intention est différente.

→ Comment organiser le panneau de manière à communiquer efficacement cette conclusion ?

L'embrigadement de la jeunesse par la propagande hitlérienne et stalinienne

Affiche 1 + légende	Affiche 2 + légende

1. Des affiches similaires
[points communs : le culte de la personnalité]

2. Un message différent
✓Hitler, un leader fort et conquérant
[analyse de l'affiche 1]

✓Staline, une figure paternelle et rassurante
[analyse de l'affiche 2]

• **Sur la diapositive** : gardez une trace des différentes étapes, surtout si vous ne pouvez pas apporter le résultat final le jour de l'oral.

• **À l'oral** : comparez les affiches et commentez la disposition choisie.

Conclusion

Conclusion

Ce que nous avons appris	Ce qui a été difficile	Aboutissement du projet
■ Reconnaître un régime totalitaire ■ Analyser une affiche de propagande ■ Concevoir un panneau explicatif	■ Passer de la description des affiches à leur analyse ■ Rédiger les textes du panneau	Présentation de notre travail au public lors d'une exposition au CDI.

• **Sur la diapositive** : faites le bilan du projet et terminez par une bibliographie.

• **À l'oral** : précisez ou complétez chacun le bilan de manière plus personnelle.

Révise avec le n°1

Tous les ouvrages pour t'entraîner toute l'année ou dans la dernière ligne droite

GRATUIT

Plus d'exercices et de sujets sur annabac.com

Hatier